2020-11-23

三民書局

中國文哲專刊㉘

觀看・敘述・審美
唐宋題畫文學論集

衣若芬◎著

臺北　南港

中央研究院　中國文哲研究所

2004年6月初版

關於本書

　　這是一本研究唐宋文人如何觀看繪畫，敘述視覺經驗，凝聚時代審美意識的論文集。

　　書中收錄的七篇文章，依其寫作旨趣與議題類型，可以分為三個方向：第一篇〈觀看、敘述、審美──中國題畫文學研究方法論之建構〉和第二篇〈題畫文學研究概述〉，審視題畫文學的研究方法，回顧並檢討題畫文學的研究史，從而提出未來的研究願景，旣是個人研究的奠基工作，也為讀者導覽及概觀題畫文學的規模輪廓。

　　第三篇〈晚唐五代題畫詩的審美特質〉有如第四篇〈寫眞與寫意：從唐至北宋題畫詩的發展論宋人審美意識的形成〉的前置作業，貫串二者的，是唐宋題畫詩的書寫歷程、詩人的審美態度、文學批評理論與繪畫觀念的交融互通等問題，嘗試由題畫詩所開展的美學思想方面著手，理解「唐宋變革」的精神本質。

　　第五篇至第七篇是對於唐宋題畫詩文本的深入探析，以「人像畫」、「仕女畫」、「詩意圖」的題畫詩為取樣，希望藉著鳥瞰當時的藝術氛圍與畫作形貌，為題畫文學文本尋求可能的視覺依憑，並且在文學傳統與繪畫傳統的歷時性與共同性脈絡中穿梭遊移，考察題畫詩的獨立文類特質。

　　書末附錄的〈題畫文學研究知見錄(1911-2005)〉為筆者研究題畫文學多年累積的資料，「獨學而無友，則孤陋而寡聞」，讀者或可由其中見微知著，觸類旁通。獻曝之心，期勉與研究題畫文學的同好們共相繼往以開來。

　　七篇文章均曾經通過審查而發表，為了顧及本書的整體性與流暢性，筆者作過通盤的刪修或增訂，謹將各篇刊登的情形依序臚列如下：

一、觀看、敘述、審美——中國題畫文學研究方法論之建構

《國際中國學研究》第6輯(2003年12月),頁3-21。原題目爲:〈觀看、敘述、審美——建構中國題畫文學研究方法論之我見〉。

二、題畫文學研究概述

《中國文哲研究通訊》第10卷第1期(2000年3月),頁215-252。

三、晚唐五代題畫詩的審美特質

衣若芬、劉苑如主編:《世變與創化:漢唐、唐宋轉換期之文藝現象》(臺北市:中央研究院中國文哲研究所籌備處,2000年),頁377-424。

四、寫眞與寫意:從唐至北宋題畫詩的發展論宋人審美意識的形成

《中國文哲研究集刊》第18期(2001年3月),頁41-90。

五、北宋題人像畫詩析論

《中國文哲研究集刊》第13期(1998年9月),頁121-174。

六、北宋題仕女畫詩析論

鍾彩鈞主編:《傳承與創新:中央研究院中國文哲研究所十週年紀念論文集》(臺北市:中央研究院中國文哲研究所籌備處,1999年),頁301-380。

七、宋代題「詩意圖」詩析論——以題「歸去來圖」、「憩寂圖」、「陽關圖」爲例

《中國文哲研究集刊》第16期(2000年3月),頁1-64。

論文集結成書後,亦經送審通過。感謝各篇論文及本書的審查教授予以肯定,支持及鼓勵筆者精益求精,筆者謹聽取審查教授的意見,再作思考與補充,呈現於讀者面前。

　　成書過程中，朱龍興先生設計封面，廖肇亨先生及貝克定 (Timothy Baker) 先生通覽全部的日文及英文註解，助理葉建昭先生協助校對，謹此一併致謝。

衣若芬 書於文哲所
2004年5月

目　　次

寫真與寫意：

從唐至北宋題畫詩的發展論宋人審美意識的形成

北宋題人像畫詩析論

北宋題仕女畫詩析論

宋代題「詩意圖」詩析論
——以題「歸去來圖」、「憩寂圖」、「陽關圖」為例

觀看、敘述、審美

中國題畫文學研究方法論之建構

一、前　　言

　　所謂「題畫文學」，向來有廣義與狹義兩種界定方式，狹義的「題畫文學」單指被書寫於畫幅上的文字；廣義的「題畫文學」，則泛稱「凡以畫為題，以畫為命意，或讚賞，或寄興，或議論，或諷諭，而出之以詩詞歌賦及散文等體裁的文學作品」①。賞畫品題本是文人風雅的藝術活動，有時珠聯唱和，一幅畫作被名家歌詠而身價倍增，可惜文字的傳布畢竟較畫作的留世便利得多，吾人今日得見之題畫作品是否曾經被書寫於畫幅上不易判斷，故而筆者寧取廣義的解釋，以為平日研究與本文探討之判準。

　　題畫文學又被稱為「詠畫」之作，就古人使用「題畫」與「詠畫」的情形來看，二者並無明顯的區別，或以為稱作「題畫」者書於畫上，稱作「詠畫」者則泛指一切與繪畫有關之文字，揆諸文獻，其實不然。現存最早的一首題畫詩，一般認為是東晉支遁(314-366)的〈詠禪思道人詩〉，其詩序云：

> 孫長樂作道士坐禪之像，并而讚之。可謂因俯對以寄誠心，求參焉於衡軛。圖巖林之絕勢，想伊人之在茲。余精其制作，美其嘉文，不能默已，聊著詩一首，以繼於左。②

---

① 衣若芬：《鄭板橋題畫文學研究》（臺北：臺灣大學中文研究所碩士論文，1990年），頁1-8。
② 遼欽立輯：《先秦漢魏晉南北朝詩》（北京：中華書局，1998年），〈晉詩〉，卷20，頁1083。

所謂「聊著詩一首，以繼於左」，可知這首詩是與畫者孫綽(字長樂，320-377)所自題的讚辭並置於同一幅畫上③。因此，不能僅從作品題目判斷是否題寫於畫上，也不能以是否題寫於畫上作為區分「題畫」與「詠畫」的標準。又如南齊丘巨源(?-485?)有〈詠七寶扇〉、南朝梁鮑子卿有〈詠畫扇〉④、北周庾信(513-581)的〈詠畫屏風詩二十五首〉等，作者詠屏扇兼及屏扇上的繪畫；唐代上官儀(?-664)作〈詠畫障〉、張九齡(678-740)有〈題畫山水障〉，都是混用「題畫」與「詠畫」的例子。

　　唐代以降，作者使用「題畫」一詞較使用「詠畫」的情形普遍，甚至單獨以「題畫」作為作品之標題。例如晚唐五代的呂從慶⑤、唐希雅⑥的〈題畫〉詩，顯示「題畫」作為專有名詞的現象。宋人的同題之作亦屢見不鮮，李甲⑦、華鎮(1051- ？)⑧、張耒(1054-1114)⑨、徐俯(1075-1141)⑩，皆有名為〈題畫〉之作。又如宋人的文集中別立「題跋」一項⑪，其中包含題畫之

③ 詳參高文、齊文榜：〈現存最早的一首題畫詩〉，《文學遺產》1992年第2期，頁93-94。

④ 此詩一作南朝梁高爽所作，見逯欽立輯：《先秦漢魏晉南北朝詩》，〈梁詩〉，卷2，頁1542及卷28，頁2117。

⑤ 陳尚君輯校：《全唐詩補編》（北京：中華書局，1992年），《全唐詩補逸》，卷15，頁258。

⑥ 陳尚君輯校：《全唐詩補編》，《全唐詩續補遺》，卷11，頁474。

⑦ 北京大學古文獻研究所編：《全宋詩》（北京：北京大學出版社，1991年），冊14，卷839，頁9723。

⑧ 《全宋詩》，冊18，卷1090，頁12362。

⑨ 《全宋詩》，冊20，卷1176，頁 13276。

⑩ 《全宋詩》，冊24，卷1380，頁 15836。

⑪ 如〔宋〕黃庭堅：《豫章黃先生文集》（臺北：臺灣商務印書館，1965年《四部叢刊初編》本，據上海商務印書館縮印嘉興沈氏藏宋本影印），卷25。〔宋〕張孝祥：《于湖居士文集》（臺北：臺灣商務印書館，1965年《四部叢刊初編》本，據上海商務印書館縮印慈谿李氏藏宋本影印），卷28。又參許海欽：《中國藝術文化史——題跋學》（臺北：豪峰出版社，1985年）。

作，顯示宋人視「題跋」爲獨立的文體。此後中國文人的文集裏特列「題跋」專目者儼然蔚爲傳統，明代毛晉 (1598-1659) 編選《津逮祕書》，便將此類作品單獨成册，爲歐陽脩 (1007-1072) 輯《六一題跋》、蘇軾 (1037-1101) 有《東坡題跋》、黃庭堅 (1045-1105) 有《山谷題跋》等等。在題畫詩的專書方面，南宋孫紹遠編選了八卷唐宋題畫詩，名爲《聲畫集》，這是中國第一部題畫詩選集。清聖祖康熙四十六年 (1707) 陳邦彥等人奉敕編訂一二〇卷《御定歷代題畫詩類》，其序云：「夫圖繪，藝事也，而近於道；題畫，詩之一類也，而通於治。」⑫可謂將「題畫」一詞定於一尊。

　　再者，以「詠畫詩」爲例，「詠畫詩」猶如「詠物詩」之支脈，是將繪畫作爲一種物質來看待，與「詠花詩」、「詠茶詩」等量齊觀。「詠畫」之「詠」字儘管也指「敍寫」，例如「詠史詩」，不過「詠」字的「歌頌」、「讚揚」之意更常被注意，以繪畫爲題材的文學作品未必皆以稱美繪畫爲寫作目的，名爲「詠畫」，在相當程度上限制了對於作品的理解。總之，筆者雖然能夠接受「詠畫詩」的概念，但是在個人的研究過程和論述中還是採取「題畫詩」的名稱。

　　關於題畫文學的發展⑬，早在先秦的出土文獻中已經得見「畫贊」或「圖詩」之類屬於題畫文學的作品。除了「題畫詩」之外，散文形式的「題畫記」，乃至於詞、賦、曲，無不有題畫之作，如此歷史悠久的書寫形態，構成了中國繪畫與文學的密切

---

⑫〔清〕陳邦彥等奉敕編：《御定歷代題畫詩類》（臺北：臺灣商務印書館，1983年《文淵閣四庫全書》本），〈御製序〉，頁 2a。

⑬詳參衣若芬：《蘇軾題畫文學研究》（臺北：文津出版社有限公司，1999年），頁 13-33。

結合，甚至於視「畫上有詩」爲民族藝術的顯著特色⑭。然而，題畫文學並未因其源遠流長而受到重視，直到一九三七年，才有日本學者青木正兒(1887-1964)教授開始關注題畫文學的研究。

　　發表於《支那學》第九卷第一號上的〈題畫文學の發展〉多次被翻譯爲中文，不僅是題畫文學研究開山之筆，青木教授的見解也往往被學者奉爲圭臬⑮，不過題畫文學的整體研究並未由此展開。二十世紀六十、七十年代有零星的研究論文，八十年代起，中國大陸的學者陸續蒐集整理編纂題畫詩鑑賞辭典，提供了基礎的資料；臺灣的學者則從研讀題畫文學文本著手，從事斷代或專題的探析。關於題畫文學的研究情況回顧及其未來願景，筆者已有專文討論⑯，可以說，晚近二十餘年來，題畫文學才逐漸進入學術研究的領域，二十餘年來累積的成果雖然未必盡善盡美，但已經顯現蒸蒸日上之趨勢⑰。

　　筆者研究題畫文學多年，不敢說已經建立完整妥善的理論方法，本文僅就個人的心得與經驗，略述建構中國題畫文學的研究方法論之淺見，以就教於方家。

二、學術「越界」與「整合」

⑭ 受到中華文化影響的「漢字文化圈」國家，例如韓國和日本，也有題畫文學作品。參看鈴木健一：〈近世初期の題画文学〉，《国語と国文学》72卷10期（1995年10月），頁41-53。
　崔敬桓：《韓國題畫詩의陳述樣相研究》（서울：西江大學校大學院博士論文，1992年）。
⑮ 關於青木教授〈題畫文學の發展〉一文之補充與修訂意見，詳參本書〈題畫文學研究概述〉。
⑯ 衣若芬：〈題畫文學研究概述〉。
⑰ 詳參本書附錄〈題畫文學論著知見錄(1911-2005)〉。

　　相較於其他古典文學課題，題畫文學的研究起步較晚，究其原因，筆者以為，學術觀念和研究方法是其關鍵。

　　「什麼樣的議題是值得研究的呢？」這個疑惑可能令學術研究者躊躇思量，也可能有些學者完全不考慮。學術研究性向的選擇自然受內在、外在、主觀、客觀條件的影響，其基本原則，應該都是從「發現問題」開始，不認為題畫文學的存在是個問題，也就不會進一步關心其內涵；理所當然地以為「中國繪畫上本來就應該寫詩」，就不會去追索其「本來面目」。當問題被發現之後，我們需要認識問題的本質與意義，這時，我們會自問：「這是個什麼問題？我有沒有能力去解決它？如果解決了，對它的本質與意義有何作用？」其中的取捨判斷，左右我們對此問題的看法，假使我們知道題畫文學的大致情況，但是只注意題寫活動的應酬目的，以偏概全，輕視其研究價值，題畫文學變成狹隘而單薄，將會阻隔我們對此議題的深入探討。

　　題畫文學的研究價值可以概括為以下幾個方面：

1.文學：

　　題畫文學書寫欣賞繪畫的視覺經驗，性質雖接近詠物文學，但是所歌詠的對象並非實存的物體本身，而是其複製的內容。例如「詠花」與「詠畫花」，由於繪畫的物質特性——諸如筆墨（色）紙絹，會影響物體的圖象表現，因此便與單純的「詠物」有所不同。肯定題畫文學為獨立的文類，不但能夠增進吾人對於文學類型的認識，也對於現今通行的文學史有所補充。

2.美學：

　　題畫文學的內容涉及觀者的審美判斷與藝術見解，有時透過題寫表達的繪畫觀點可與文學批評互通，呈現觀者個別或同時代的美學思想。

3.美術史：

　　題畫文學保留了較現存繪畫作品更多的文字史料，即使畫跡已經亡佚，或者雖然傳世，但是漫漶不清，文字史料可以幫助復元該畫作的基本樣貌。並且，利用題畫文學作品還能夠幫助解決圖象所難以定論的問題，例如畫作的鑑別、流傳的經過、收藏者的背景、畫跡本身的形製變化等等。

4.文化史：

　　文人經常於雅集聚會或詩社活動中共同觀賞繪畫，聯章唱和題畫作品，經由題畫文學的記錄，得以知曉文人集團、文人與畫家之交誼、藝術贊助者與繪畫創作之關係、文物收藏與交易市場、藝術主張與權力運作等等文化史之論題[18]。

5.比較文學：

　　題畫文學提供比較文學的研究主要有三個方向，一是比較同一主題或同一畫科在不同國家民族的題畫文學創作之異同，例如成熟於北宋的「瀟湘八景圖」在南宋傳布至高麗和日本，韓日兩國的「瀟湘八景圖」題畫詩與中國作品便值得作一比較[19]。二是同樣書寫視覺藝術，西方的「讀畫詩」(ekphrasis)[20]與中國題

[18] 衣若芬：〈一樁歷史的公案──「西園雅集」〉，《赤壁漫游與西園雅集──蘇軾研究論集》（北京：線裝書局，2001年），頁49-95。

[19] 筆者已有系列論文探討此議題，可參看衣若芬：〈高麗文人李仁老、陳澕與中國瀟湘八景詩畫之東傳〉，《中國學術》第16輯(2003年冬)，頁158-176。

[20] 「ekphrasis」的定義，依其辭源及指涉對象而略有不同，就修辭學而言，「ekphrasis」是指「生動逼真的描述，欲使聽者如親眼目睹」。Oxford Classical Dictionary對「ekphrasis」的解釋是：「對於任何客體、真象或想像的擴充和詳細的文學形容」。與中國的「題畫詩」相近的意涵是：「與視覺藝術有關之詩作」，劉紀蕙教授譯之為「讀畫詩」，參劉紀蕙：〈故宮博物院 vs. 超現實拼貼：臺灣現代讀畫詩中兩種文化認同之建構模式〉，《中外文學》第25卷第7期(1996年12月)，頁66-96。W. J. Thomas Mitchell, "Ekphrasis and the other", *Picture Theory: Essays on Verbal and Visual Representation* (Chicago: University of Chicago Press, 1994), pp.151-182. 相關論述可參看匯文網：http://hermes.hrc.ntu.edu.tw/lctd/genre/ekphrasis/index.html。

畫詩之異同。此外,「文學」與「繪畫」分屬兩種藝術形式,題
畫文學結合二者,以題畫文學為討論文本,亦可嘗試作「文學」
與「繪畫」關係之比較[21]。

　　接受題畫文學為價值多元、具有潛力的研究議題之後,研究
者面臨最大的挑戰,即是研究方法的問題。

　　十九世紀以來,強調專業分工的知識體系,是研究題畫文學
必須力求突破的一大障礙。題畫文學既是為繪畫而寫作,可以說
是依附繪畫而出現的文字生產,即使同屬於人文學科,「文學」
與「繪畫」已經是兩種不同的藝術類型,「文學」與「繪畫」又
分別帶有「理論研究」與「技術實踐」的雙重層面。筆者研究題
畫文學,經常被問到:「會不會畫畫?」這樣的問題,表示人們
依然相信「技術實踐」是「理論研究」的基礎,懂得畫圖,才能
理解繪畫;理解繪畫,才能研究繪畫的附產品題畫文學。這種邏
輯推論固然不能完全否定,但是混淆及忽略了題畫文學「理論研
究」所對應的對象,與其說是「畫畫」行為本身,毋寧說是對
「繪畫」的理論知識。對繪畫的理論知識,在學科的分域系統
中,是被歸入美術史學門,也就是說,我們要嘗試「越位」的,
不是「作家」與「畫家」的界限,而是「文學家」與「美術史
家」的專業訓練和訴求。

　　二十世紀八十年代末期到九十年代,意識到學科分野造成的
知識斷裂與支解,於是有「跨學科」或「學際整合」研究的呼
聲,題畫文學的研究正好在此潮流之下實踐「學際整合」的工

---

[21] 相關研究可參看臺灣輔仁大學比較文學研究所(http://www.complit.fju.edu.tw/),
文學與藝術研究室:http://www.complit.fju.edu.tw/main.htm。跨藝術研究網
站:http://www.srcs.nctu.edu.tw/joyceliu/Interart/InterartHomepage.htm。
交通大學新興文化研究中心:http://www.srcs.nctu.edu.tw/cecs/ 等。

作。不過，在「術業有專攻」的學術界，「學際整合」的理想並不如預期順利，學者即使致力於學習「文學家」與「美術史家」的研究途徑與精神，希望以題畫文學爲聯絡文學與美術的橋樑，仍然免不了受到讀者的質疑，尤其是身爲「文學家」與「美術史家」的讀者，一方面認爲題畫文學屬於對方的領域，不予重視；另一方面則關心題畫文學的研究者自我定位的問題——「題畫文學的研究成果，究竟要讓誰分享？」

　　如果學術研究得不到認同，是否表示應該放棄？筆者的困惑，雖然至今尚未消釋，但本著「創業唯艱」的信念，從碩士論文、博士論文，以至於今，堅持不懈，並且從而思索所謂「古之學者爲己；今之學者爲人」的眞諦。筆者以爲：學科分域儘管讓題畫文學的歸屬問題左右爲難，追根結底，倘若必得置於某一框架裏，題畫文學的文學性格還是高於美術史。因此，筆者並不反對大部分的題畫文學研究者採取文學研究的角度分析或欣賞題畫文學作品，前述題畫文學的研究價值以文學爲首，題畫文學爲古典文學的研究注入新契機，相信也是學術界樂於見到的前景，這是徘徊於學術「越界」與「整合」之後的立場。

　　話又說回來，意欲充分闡釋題畫文學的內涵，最好還是具備美術史的知識，才能將題畫文學作品置於寫作時代的藝術氛圍中作整體而多元的觀察。所以，對於題畫文學的後起研究者，筆者的建議是：當遇到學際整合困難時，寧可多維護題畫文學作品的文學成份，行有餘力，則嘗試吸收美術史研究所長，回溯書寫作品時的文藝環境，臆想作者的視覺經驗，賦予作品全面的意義。

　　接下來，筆者想脫離題畫文學的學科定位以及學際整合的迷思，避免膠柱鼓瑟，換一種態度和眼光，以個人的研究爲例，談一談筆者所體會的題畫文學研究視角。

三、觀看、敘述、審美

　　睜開眼睛，只要是視力正常的人，觀看的行為無所不在。朱光潛(1897-1986)在其《文藝心理學》裏指出人們觀看一棵樹時，基本上有三種態度：「實用的」、「科學的」與「審美的」㉒。受到康德(Immanuel Kant, 1724-1804)的影響，朱光潛特別強調審美的愉悅，無關利害與道德，也就是康德在其「判斷力批判」(Critique of Judgement)中，認為審美的內在準則之一──「無關心（無利害）的滿足」(disinterested satisfaction)，不在乎觀看的那棵樹對我們是否有實際的用途，而純粹欣賞其形態所予人的視覺享受。面對自然界的景物如此，觀看人為的圖象製品亦然，民間年畫的納福消災喻義，往往是購買者先於藝術技巧所考慮的功能；美術史家對於鑑定繪畫作品的執著與興趣，理應也當高於一般的博物館觀眾。題畫文學的作者，固然也會留意所欣賞繪畫的實用性、市場價格、在畫史上的地位等等，作品的視覺美感還是題畫文學寫作的核心，因此，「觀看」的行為、「敘述」的筆法，以及「審美」的意識，便構成理解題畫文學的三重面向。

　　欣賞繪畫，是一種有意識的觀看行為，視線時而流動，時而靜止，瀏覽與凝視的交替，與畫幅的形式與內容有關，以下從「繪畫形製與視覺思維」和「圖象文本與觀看機制」試論之。

㉒ 朱光潛：《文藝心理學》（臺北：臺灣開明書店，1958年）。

（一）繪畫形製與視覺思維

　　當我們欣賞繪畫時，長幅的掛軸或壁畫使人的目光上下逡巡；橫條的手卷，則依畫卷的開合收舒由右而左遊移；還有小型的冊頁和扇面，由於篇幅較小，更容易仔細觀賞畫面的細節，且看三首分別描述三種形製的題畫詩作品：

　　杜甫 (712-770)〈奉先劉少府新畫山水障歌〉：

> 堂上不合生楓樹，怪底江山起煙霧。聞君掃卻赤縣圖，乘興
> 遣畫滄洲趣。畫師亦無數，好手不可遇。對此融心神，知君
> 重毫素。豈但祁岳與鄭虔，筆迹遠過楊契丹。得非懸圃裂，
> 無乃瀟湘翻。悄然坐我天姥下，耳邊已似聞清猿。反思前夜
> 風雨急，乃是蒲城鬼神入。元氣淋漓障猶溼，眞宰上訴天應
> 泣。〔……〕㉓

劉少府的山水畫在障子上，障子猶如屏風，至今日本建築中仍稱落地紙門爲「障子」。直立的障子置於堂上，水墨淋漓，畫幅中的江山栩栩如生，使人恍若坐於天姥山下，聽得見清朗的猿聲，這幅山水畫懾人的氣勢，令人油然而生雄偉、崇高 (sublime) 之感。

　　蘇軾〈書王定國所藏煙江疊嶂圖〉詩云：

> 江上愁心千疊山，浮空積翠如雲烟。山耶雲耶遠莫知，烟空
> 雲散山依然。但見兩崖蒼蒼暗絕谷，中有百道飛來泉。縈林

㉓ 杜甫：〈奉先劉少府新畫山水障歌〉，〔清〕彭定求等編：《全唐詩》（北京：中華書局，1992年），冊7，卷216，頁2266。

絡石隱復見，下赴谷口爲奔川。川平山開林麓斷，小橋野店
依山前。行人稍度喬木外，漁舟一葉江吞天。使君何從得此
本，點綴毫末分清妍。不知人間何處有此境，徑欲往買二頃
田。君不見武昌樊口幽絕處，東坡先生留五年。春風搖江天
漠漠，暮雲卷雨山娟娟。丹楓翻鴉伴水宿，長松落雪驚畫
眠。桃花流水在人世，武陵豈必皆神仙。江山清空我塵土，
雖有去路尋無緣。還君此畫三歎息，山中故人應有招我歸來
篇。㉔

現藏上海博物館，傳爲王詵（約1048-1104年後）所繪的「煙江
疊嶂圖」有青綠與水墨兩本㉕，其中水墨本後附有東坡此詩。姑
且先不論兩本「煙江疊嶂圖」之真偽，即使非王詵之真蹟，也必
然前有所據，可以肯定「煙江疊嶂圖」爲一橫卷。東坡的題詩先
從雲煙瀰漫的江上隱約浮現似雲如山的景象，寫到山崖絕谷，谷
中飛泉，奔流入川；順著平緩的江水，引出岸邊村落的小橋野店
與往來行人，然後視線又回到江心的一葉漁舟，我們可以想見東
坡觀畫的視線轉換過程，並且由傳世的「煙江疊嶂圖」，尤其是
水墨本，呼應東坡的詩作。水墨本的「煙江疊嶂圖」雖然不像青
綠本，著力於氤氳氣氛以及山泉瀑布的描繪，但是圖象的元素，
諸如林木、小橋、行人、扁舟等等都十分完整，而且符合由右至
左的觀看順序，這是嘗試以題畫詩還原觀畫情形的一個例子。

㉔《全宋詩》，冊14，卷813，頁9411。
㉕ 徐邦達：〈王詵水墨《煙江疊嶂圖》卷真偽考辨〉，《中國畫研究》第2期(1982
　年)，頁296-303。竹浪遠：〈王詵「煙江疊嶂圖」について——上海博物館所
　藏‧著色本、水墨本を中心に——〉，《澄懷堂美術館研究紀要》第2號(2001
　年)，頁11-34。廖堯震：《王詵青綠本《煙江疊嶂圖》和《漁村小雪圖》研
　究》（臺北：臺灣大學藝術史研究所碩士論文，2002年）。

　　此外，自「使君何從得此本」以下，至全詩結束，東坡有感而發，聯想到五年的黃州貶謫生涯。東坡寫作此詩，時爲元祐三年(1088)，身在京師，官拜翰林院學士，離開黃州已經五年，儘管貴居朝廷要職，政事並不順心如意，又被指責爲「蜀黨」，政爭不斷，故而再三告疾乞郡，第二年(1089)，東坡終於除龍圖閣學士知杭州㉖。

　　即使沒有實際的政治背景，吾人欣賞橫卷，特別是「平遠」㉗構圖的山水畫，也往往因其水平視域的觀看角度，暗示退隱江湖的願望㉘，所以東坡云：「山中故人應有招我歸來篇」。筆者曾經在談宋代「瀟湘」山水畫的視覺心理時，以「秀美」、「優美」(grace)比擬「平遠」的視覺感受㉙，相對於掛軸予人的壯美印象，秀美的橫幅使人精神放鬆，假使是更爲小巧的册頁或扇面，則審美情趣又增添了細緻的成份，宋孝宗趙昚(1127-1194)〈題刁光胤畫册〉之〈江南風景圖〉云：

> 秋雨池塘透晚凉，蜻蜓飛處白蘋香。江南風景堪圖畫，怪得先生一□長。㉚

刁光胤爲晚唐五代畫家，這一幅「江南風景圖」畫的是雨後的秋日傍晚，作者的視線集中在飛繞池塘的蜻蜓和漂浮水面的白蘋，

㉖ 詳參衣若芬：《蘇軾題畫文學研究》，頁202-203。

㉗ 「自近山而至遠山，謂之平遠。」〔宋〕郭熙撰，〔宋〕郭思編：《林泉高致集》（臺北：臺灣商務印書館，1983年《文淵閣四庫全書》本），頁11。

㉘ Alfreda Murck, *Poetry and Painting in Song China: The Subtle Art of Dissent* (Cambridge: Harvard University Press, 2000) , pp.121-123.

㉙ 衣若芬：〈宋代題「瀟湘」山水畫詩的地理概念、空間表述與心理意識〉，李豐楙、劉苑如主編：《空間、地域與文化——中國文化空間的書寫與闡釋》（臺北：中央研究院中國文哲研究所，2002年），頁325-372。

㉚ 《全宋詩》，册43，卷2337，頁26870。

流露悠然閒適的韻致。

　　以上談的是繪畫形製對視覺印象、審美心態以及題畫詩敘寫的影響，必須指出的是，大部分的題畫文學作品由於所題詠的畫作不存於世，僅從作品題目和詩文內容很難判斷畫作的樣貌。況且，繪畫形製有時會隨重新裝裱而有所調整，最常發生的情形是割裂一幅手卷爲兩幅或多幅；甚至變手卷爲册頁，所以繪畫題材會是更直接有助於我們解讀題畫作品意涵的依據。

（二）圖象文本與觀看機制

　　近年來，圖象成爲歷史研究與文化研究新興的文本材料，學者指出：視覺圖象有如「伴隨著正統歷史文獻而平行延伸的檔案系統，使我們得以一窺整體心態史與生活史的旁枝細節。」[31]然而，需要注意的，是視覺圖象所呈現的某種預設的觀看框架與觀看位置，以及當時歷史文化脈絡之下，特定的論述位置[32]。這提醒我們觀看行爲本身便具有不同的層次、不同的權力結構，以及隨觀看對象而產生不同的表現方式；隨價值評斷而建立不同的認知體系。

　　如果我們將觀畫者稱爲「觀察主體」（observing subject），所觀賞的圖象稱爲「審美客體」（aesthetic object）[33]，當「觀察主體」觀看自己的肖像畫時，主、客體之間便呈現有趣的對照現

---

[31] 劉紀蕙：〈文化研究的視覺系統〉，《中外文學》30卷12期（2002年5月），頁12-23。劉教授討論的視覺圖象包括〔繪畫〕藝術、電影、電視、攝影、記錄片、廣告和漫畫等等，本文則僅就繪畫藝術立論。

[32] 同上註。

[33] 關於「觀察主體」及「審美客體」，詳參 Virgil C. Aldrich, *Philosophy of Art* (N.J.: Prentice-HallInc., 1963), pp.16-27。

象──「觀察主體」是存有於物理時空中的「我」；「審美客體」則是被人為創製出，凝滯於藝術世界的「我」，二者有如互相觀看，介於其間的，是逝者如斯的流金歲月，箇中滋味，白居易 (772-846) 深有體會。

元和五年，時年三十九歲的白居易「奉詔寫眞於集賢殿御書院」；七十一歲時，「又寫眞於香山寺藏經堂」，不禁感喟：「前後相望，殆將三紀，觀今照昔，愾然自歎者久之。形容非一，世事幾變。」[34]集賢殿御書院和香山寺藏經堂的兩幅肖像是相隔三十餘年的白居易形貌。白居易還有幾首自題像詩，題的都是畫家李放爲其所繪的肖像，〈自題寫眞〉云：

> 我貌不自識，李放寫我眞。靜觀神與骨，合是山中人。
> 蒲柳質易朽，麋鹿心難馴。何事赤墀上，五年爲侍臣。
> 況多剛狷性，難與世同塵。不惟非貴相，但恐生禍因。
> 宜當早罷去，收取雲泉身。[35]

〈題舊寫眞圖〉云：

> 我昔三十六，寫貌在丹青。我今四十六，衰顇臥江城。
> 豈比十年老，曾與眾苦幷。一照舊圖畫，無復昔儀形。
> 形影默相顧，如弟對老兄。況使他人見，能不昧平生。
> 羲和鞭日走，不爲我少停。形骸屬日月，老去何足驚。
> 所恨凌煙閣，不得畫功名。[36]

---

[34] 〈香山居士寫眞詩幷序〉，《全唐詩》，冊14，卷459，頁5222。
[35] 〈自題寫眞〉，《全唐詩》，冊13，卷429，頁4726。
[36] 〈題舊寫眞圖〉，《全唐詩》，冊13，卷430，頁4751。

〈感舊寫眞〉云：

> 李放寫我眞，寫來二十載。莫問眞何如，畫亦銷光彩。
> 朱顏與玄鬢，日夜改復改。無嗟貌遽非，且喜身猶在。[37]

這三首題畫詩正好顯示大約每過十年，詩人藉著觀看自己的肖像畫所表達的自我認知與期許，從三十六歲時希冀罷官歸鄉，到四十六歲時憾恨未能功成名就，以致邁入五十多歲時，珍視生命重於嗟嘆衰老，三首題畫詩，如同白居易的人生縮影。

　　換一個側面來談，我們還可以注意到白居易的自我形象是被畫家塑造出來的──「我貌不自識，李放寫我眞。靜觀神與骨，合是山中人」。不只白居易，司馬光(1019-1086)在其〈自題寫眞〉詩中也說道：

> 黃面霜鬚細瘦身，從來未識漫相親。居然不可市朝住，
> 骨相天生林野人。[38]

白居易和司馬光都是透過自己的肖像畫認識自己的外在容貌，並且藉著認可被畫家描摹出的外在容貌，敘述個人的人生意向，也就是說，詩人是藉由畫像──「他者」(the other)而產生自我意識，這近乎法國精神分析家拉康(或譯拉岡，Jacques Lacan, 1901-1981)所謂的「鏡像階段」(mirror stage)。

　　拉康認為：在建構主體性的過程中，個體會經過一種鏡像階段，就像出生六個月到十八個月的嬰孩，從鏡子反映的影像(拉康稱之為「假自我」)，發現自我(ego)的完形(gestalt)，而得到初步的自我認知。然而，左右錯置的鏡中之像其實是幻覺，是

---

[37]〈感舊寫眞〉，《全唐詩》，冊13，卷445，頁4990。
[38]《全宋詩》，冊9，卷510，頁6198。

想像，甚至是異化或誤認的自我㊴。對於這種看似眞實，幫助人們認識自我，又從而使人心生迷惘的幻像，宋人在題畫詩裏，通過觀看自己的肖像畫，開啓了思辨「眞」與「幻」的理路，詳細的論述，請參看本書〈北宋題人像畫詩析論〉一文。

　　仔細區分，「觀看」的行爲依場域、對象和意圖，除了前述的「瀏覽」和「凝視」之外，還包括「瞥見」、「窺探」、「側目」、「視而不見」等等，尤其在觀察主體和審美客體的性別相對時，各種因時因地置宜的觀看行爲便與權力結合，形成視覺文化中的視覺政治㊵。學者最常討論的，是女性的「被觀看」與男性的「凝視」和「偷窺」女性，本書〈北宋題仕女畫詩析論〉一文將有深入的探討。本文要強調的，是男性對女性的觀看立場，不盡然如西方學者，例如傅柯 (Michel Foucault, 1926-1984) 和拉康所認爲的，是權力的施放，帶有褻玩的意味㊶，男性觀看的是現實生活中的女性，抑或是女性畫像，所抱持的態度並不一致，不妨以秦觀 (1049-1100) 的詞和喻汝礪（？-1143）的題仕女

㊴ Jacques Lacan 著，李家沂譯：〈精神分析經驗所揭示形塑「我」之功能的鏡像階段〉，《中外文學》27 卷 2 期 (1998 年 7 月)，頁 34-42。Darian Leader 著，龔卓軍譯：《拉岡》（臺北：立緒出版公司，1998 年）。方漢文：《後現代主義文化心理：拉康研究》（上海：上海三聯書店，2000 年）。拉康著，褚孝泉譯：《拉康選集》（上海：上海三聯書店，2001 年）。

㊵ 劉雪珍著、葉心怡譯：〈喬叟「騎士的故事」中的視覺政治〉，《中外文學》30 卷 5 期 (2001 年 10 月)，頁 60-78。

㊶ 其中關於「凝視」(gaze) 的性別、權力或暴力性問題，學者討論得最多，可參看 Norman Bryson, "The Gaze and the Glance" in *Vision and Painting: The Logic of the Gaze* (New Haven: Yale University Press, 1983), pp.88-131. Lynette Finch, *The Classing Gaze: Sexuality, Class and Surveillance* (Australia: Allen & Unwin, 1993). Norman Bryson, Michael Ann Holly, and Keith Moxey ed., *Visual Culture: Images and Interpretations* (Hanover, NH: Published by University Press of New England [for] Wesleyan University Press, 1994).

畫詩作一對照。

　　秦觀〈點絳唇〉云：

　　　　月轉烏啼，畫堂宮徵生離恨。美人愁悶。不管羅衣褪。清淚
　　　　斑斑，揮斷柔腸寸。嗔人問。背燈偷搵。拭盡殘妝粉。㊷

　　喻汝礪〈題周昉美人拜月圖〉云：

　　　　東風原自無消息，獨捲珠簾望春色。風驚紅葉墮珊珊，
　　　　夢斷行雲泣殘月。挹挹柔情不自持，此心端被月先知。
　　　　窺窗入戶如相伴，應是嬌娥慣別離。㊸

秦觀敘寫月夜美人的離愁別恨，她和衣而臥，黯然淚下，又恐爲
人所見，偷偷拭淚時，連臉上的脂粉也殘脫了，「嗔人問」一
句，由外在而轉入內心，「拭盡殘妝粉」一句則體貼入微，惹人
憐愛。同樣的心情，喻汝礪藉著「東風」、「紅葉」暗示春光已
老，涼秋已至，獨守空閨的美人，相思之情唯有明月獨知，月進
窗來，相依相伴，似在撫慰美人之孑然。兩首作品的主題並無二
致，秦觀直述；喻汝礪則重在烘托。弔詭的是，秦觀筆下的美
人，應該是瞥見、窺看或想像而來，卻如此生動逼真，宛若在
目；喻汝礪所寫的畫中佳麗，既已定格於畫面，可以盡情端詳和
凝視，卻如此形象朦朧，視線失焦。

　　大體而言，宋詞裏還保有六朝宮體詩歌詠美女，屈盡嬌嬈婉
約、綺豔抒情的寫作傳統；相反地，在題仕女畫詩裏，作者卻極
欲排除「以色貌人」的作法，轉而崇尚其德行，哀憫其幽怨寂

㊷ 秦觀：〈點絳唇〉，唐圭璋編纂，王仲聞參訂，孔凡禮補輯：《全宋詞》（北
　京：中華書局，1999年），冊1，頁467。
㊸ 喻汝礪：〈題周昉美人拜月圖〉，《全宋詩》，冊27，卷1575，頁17877。

寬,以概括的、類化的、帶著疏離感的心懷,客觀地欣賞。到了南宋,對於畫中佳人的審美內涵昇華至屈原以降,託喻「美人香草」以言志的文學典範,甚至將畫中孤絕的女子投射為男性「不遇伯樂」的自我憐惜,這時,性別與觀看的視角已非直線的指涉關係,而通過模擬或「代言」,創造新的觀看機制與話語結構。如此特殊的現象讓我們發覺兩點:

　　1.詩人「好德不好色」的觀畫心態與「以善為美」的審美判斷,促使題畫詩的敍述方式有別於一般的詠美人詩,藉此展示題畫詩的文類特質.。

　　2.文學傳統逐漸滲透入繪畫傳統,並且以文學的隱喻、象徵、用典、擬代等等策略,為繪畫建立更趨近文學的表達途徑。

　　文學與繪畫的合流或互相引述、彼此滋長,在文學方面,是題畫文學的書寫;在繪畫方面,則是以詩文為題材的「詩意圖」。觀賞「詩意圖」,不能僅以視覺愉悅為滿足,還要求具備相當的知識水平與文化素養,經由「辨識」圖象文本的文學主題,解析其文化符碼,賦予其深層的意義,以達到人生的體悟。換言之,「詩意圖」是文學作品的圖象展演,「詩意圖」題畫詩則是在欣賞畫家的展演技藝之後,回溯畫家所依據的「文學文本」與畫家所創造「圖象文本」,經過雙重體認,進行的文化反芻和再詮釋。

　　筆者曾經借用圖象學學者 Erwin Panofsky (1892-1968) 關於研究藝術品的意義所要經過的三個步驟,來解釋「詩意圖」題畫詩的書寫過程[44]。Panofsky 認為:我們對於圖象的理解通常有三個

---

⑭ 詳參本書〈宋代題「詩意圖」詩析論──以題「歸去來圖」、「憩寂圖」、「陽關圖」為例〉。

層次，首先是觀察組合藝術素材最初的或原始的主題，其中又可分為「事實」的認知和「表現」的形式；接著辨識從屬的或約定俗成的題材所形成的意象、故事或寓意；然後再從而深入作品的內在意義──亦即構成作品的象徵價值 (symbolical values)[45]。這個方式適用於深受文學影響，以文學意象定義圖象內涵的中國繪畫，例如懷抱琵琶的女子──王昭君；拈菊輕嗅的詩人──陶淵明；月夜乘舟觀瀑的情景──東坡〈赤壁賦〉[46]；春日曲水流觴的文人聚會──王羲之〈蘭亭集序〉等等，許多年代久遠，畫題失傳，或未加題簽的畫作，如果不能知曉圖象的文化本源，辨識其構成元素，將是一大缺失。

四、題畫詩所拼貼出的唐宋審美景觀

回到前述白居易和司馬光的個人肖像畫來說，兩人顯然都接受被畫家描繪成「山中人」、「林野人」的形象，都不去評價畫家的寫實功夫，而允許畫家出於一己之意。更為奇特的是，這種山林鄉野人的形象還在宋代頗受歡迎，許多題自己肖像畫的詩篇裏，都提到類似的表現：

　　黃冠野服山家容，意欲置我山巖中。[47]

---

[45] Erwin Panofsky, *Meaning in the Visual Arts* (Chicago: University of Chicago Press, 1982), pp.28-54.

[46] 衣若芬：〈戰火與清遊：赤壁圖題詠論析〉，《故宮學術季刊》18卷4期 (2001年夏)，頁63-102。

[47] 蘇軾：〈贈寫真何充秀才〉，《全宋詩》，卷795，頁9205。

如何畫作白衣老，置之茅屋全吾眞。㊽
丹青如模我，道貌似山人。㊾
早須置我山巖裏，不是麒麟閣上人。㊿

文人對於自我形象的選擇和塑造，如果從文化的脈絡設想，可以追溯到顧愷之(約345-406)畫謝鯤（字幼輿）於巖石裏的故事。《世說新語》記載：

顧長康畫謝幼輿在巖石裏，人問其所以？顧曰：「謝云：『一丘一壑，自謂過之。』此子宜置丘壑中。」(51)

謝鯤爲東晉名士，性好談玄，崇尚自然，「一丘一壑」的典故亦見於《世說新語》：

明帝問謝鯤：「君自謂何如庾亮？」答曰：「端委廟堂，使百僚準則，臣不如亮。一丘一壑，自謂過之。」(52)

謝鯤自認在治理國家大事，使群臣奉公循法方面，能力不及庾亮(289-340)(53)，但是淡泊名利，縱情山水方面則勝過庾亮。顧愷之順著謝鯤對自己的理解，將他畫於巖石裏，既符合他「一丘一壑，自謂過之」的說法，也巧妙地設計了暗喻畫中人物性格的物象背景。

㊽ 蘇轍：〈贈寫眞李道士〉，《全宋詩》，卷863，頁10032。
㊾ 黃裳：〈贈傳神師〉，《全宋詩》，卷941，頁11062。
㊿ 陳師道：〈贈寫眞禧道人〉，《全宋詩》，卷1115，頁12666。
(51) 〔南朝宋〕劉義慶著，〔南朝梁〕劉孝標注，余嘉錫箋疏：《世說新語箋疏》（臺北：華正書局，1984年），《巧藝》第二十一，頁722。
(52) 《世說新語箋疏》，《品藻》第九，頁513。
(53) 庾亮，東晉名將，晉明帝太寧二年(324)參與討平王敦之亂，其後又與王導共同輔立成帝，善理朝政，行事嚴正不阿，有《庾亮集》，今不傳。

　　仿傚謝鯤寄意山水的曠達自適，文人也希望畫家把自己畫成和謝鯤一樣的山巖中人。畫家和文人處於相同文化情境，具有一致的文化認同，因此把「黃冠野服山家容」視爲理想的文人形象，而支持「黃冠野服山家容」的表象的，除了文人文化傳統，還有當時的時代審美共識。

　　可以想見，並不是所有文人都天生是一付「黃冠野服山家容」的模樣，無論是畫家自由造就還是來自文人的請託，雙方都在繪製肖像畫的過程裏協力「扮演」出一個合於審美準則的「畫中人」，這個「畫中人」並非「被畫人」的複製，而是其「表現」，也就是「寫眞」裏還有「寫意」的概念。「寫眞」與「寫意」的審美意識，有其歷史的成因，從唐宋題畫文學的寫作演進軌跡，以及對於唐宋之際審美文化變革的研究，得以一窺其貌。

　　學者咸知所謂「唐型文化」重在雕金鏤彩，「宋型文化」宛如出水芙蓉，是兩種截然不同的美感形態，然而，這兩種美感形態的精神意涵爲何？二者如何轉化演變？處於二者之間的五代文化又該屬於何種類型？唐宋題畫詩呈現的答案是：唐宋審美文化變革的關鍵在於安史之亂後的中晚唐，彼時文人參與繪事，於雅集高會中賞畫題詠，並且自畫自題，甚而題寫於畫上，奠定了題畫詩的基本性質與寫作風貌。晚唐五代的水墨逸品畫風結合隱逸的文化傳統，突破了具現實相的色彩觀念，也確立了中國繪畫以筆墨寄託思想情感的特色㊺。

　　再從審美判斷的標準來看，唐人觀畫傾向「寫眞」，宋人則推重「寫意」，「寫眞」與「寫意」恰可以代表「唐型文化」與

㊺ 詳參本書〈晚唐五代題畫詩的審美特質〉。

「宋型文化」的審美意識。繪畫作為模擬物象的視覺藝術，其基本課題即在表現「寫真」功夫，初盛唐的題畫詩作者往往以「作畫如真」稱美畫家。到了中晚唐，繪畫的價值與作用有所改變，文人轉而向內心探求，賦予並且期許畫家具有更高的自主性與創發性。北宋時期，詩學上的「尚意」思想及「平淡」的審美原則由文學擴及繪畫美學，文人非僅重視畫家的「意氣」與創作的「立意」，還欣賞作品中的「生意」、「意思」與「意象」，更要「忘形得意」，尋求「意外之趣」，進而開展出「蕭條淡泊」，「清新簡遠」的審美風格㊺。

　　因此，在繪畫以「寫意」為高的前提之下，發展形成不拘於「再現」的中國視覺文化，而題畫詩所拼貼出的唐宋審美景觀，遂成為影響千年的中國藝術座標。

五、結　　語

　　　人唯有用心靈才看得真；最重要的東西眼睛是看不見的。
　　　　　　——聖修伯理 (Antoine de Saint-Exupery, 1900-1944?)
　　　《小王子》

　　本文歸納闡述了筆者多年研究題畫文學的心得與經驗，期望提供學者建構題畫文學研究方法論之思考方向。為界定「題畫文學」的詞義，說明「題畫文學」的研究範圍，從歷史材料、語詞

㊺ 詳參本書〈寫真與寫意：從唐至北宋題畫詩的發展論宋人審美意識的形成〉。

的涵義，以及歷來的使用習慣等，本文比較了「題畫」與「詠畫」之異同，確立「題畫文學」一詞的合宜性。

　　晚近二十餘年來，題畫文學才算進入學術研究的領域，本文概述了題畫文學在文學、美學、美術史、文化史、比較文學等方面的研究價值，並且探討學術「越界」與「整合」的理想及迷思，嘗試爲題畫文學研究尋求突破學科畛域的新途徑。

　　筆者以爲：「觀看」的行爲、「敘述」的筆法，以及「審美」的意識，是構成理解題畫文學的三重面向。本文舉肖像畫、仕女畫和「詩意圖」爲例，論述了觀看圖象的機制中自我的主體性、性別視域、源典辨識的特殊情形，從而指出題畫文學的獨立文類意義，證實中國文學傳統對於繪畫創作的滲透與主導作用。再從題畫詩的發展，宏觀唐宋審美文化之變異，藉此展示題畫文學研究對於吾人「觀看」文化、「敘述」歷史，所提供的「審美」眼光。

　　然而，在本文結束之前，筆者爲呈顯題畫文學的多元性，不惜爲本文作自我「解構」，提醒讀者「文字」與「圖象」之間無法完全直譯的「斷裂」、「失語」現象。除了「觀看」與「敘述」，還有「看不見」和「沒說出」，就像比利時超現實主義畫家馬格列特(Rene Magritte, 1898-1967)於一九二九年所繪的作品「圖象的叛逆」(圖1)一樣，畫中是一根煙斗，畫家卻在煙斗下方寫著：「這不是一根煙斗」，文字不是圖象的解說，而是其翻轉，或者說，文字解說其被翻轉的「畫意」。聖修伯理的《小王子》告訴我們，「最重要的東西眼睛是看不見的」，我們不能只用眼睛觀看，不能只相信自己的眼睛，我們看見的，很可能只是表層的符號，而非其精義。

圖 1　Rene Magritte「圖象的叛逆」

筆者想到北宋晁補之(1053-1110) 的一首題畫詩：

> 畫寫物外形，要物形不改。詩傳畫外意，貴有畫中態。
> 我今豈見畫，觀詩雁真在。尚想高郵間，湖寒沙璀璀。
> 冰霜已凌厲，藻荇良瑣碎。衡陽渺何處，中沚若煙海。㊶

先看「我今豈見畫，觀詩雁真在」兩句，晁補之認為李甲畫的雁
不是圖繪，而是真雁，而指出「這真的是雁」的，憑藉的不是圖
繪，而是題畫詩的文字，套用馬格列特的方式，猶如一幅雁圖上
寫著：「這真的是雁」。我們可以解釋馬格列特說「圖象的叛
逆」裏「這不是一根煙斗」的邏輯，意味著「這是一幅煙斗的圖
畫(image)，這不是一根真的煙斗 (object)」，煙斗的名稱 (能
指，signifier) 與其指涉的對象 (所指，signified) 之間，並無一
對一緊密結合的關係，那麼，晁補之的意思，是否在說：「這不
是一幅雁的圖畫，這是真的雁」，合不合理呢？

　　晁補之的邏輯依據，就是本詩的前四句：「畫寫物外形，要

㊶ 晁補之：〈和蘇翰林題李甲畫雁二首〉之一，《全宋詩》，冊 19，卷 1126，頁
12787。

物形不改。詩傳畫外意，貴有畫中態」，晚唐五代文學理論中關
於「味外之味」、「象外之象」的追求，直接影響了繪畫的品
鑑，晁補之期許畫家能傳達物象之外的美感，保持畫作與摹寫對
象粗具形似的要求。題畫詩的寫作亦然，觀者須立言於畫面，又
要能於圖象之外發揮畫作的意趣。在文字與圖象看似矛盾，糾葛
於「眞物」與「製品」、「指稱」與「否定」的言語符號互爲表
裏的推衍系統中，等於是爲觀看行爲預設了許許多多認知判斷上
的變數，而且因爲這許許多多的變數，使得敘述言語歧異而殘
碎，沒有穩定的觀看視點與完整的敘述條理，審美意識也就變得
複雜而失序。

　　筆者發現：宋代的文人是以想像力平衡觀看行爲的落差，彌
補圖象與文字的空隙，當個人不能自足於鋪陳所「看見」的圖象
內容時，無窮的想像力便會迸發「天外飛來一筆」的煙花，晁補
之詩「尙想高郵間，湖寒沙璀璨」句以下，便是圖上「看不見」
的風景。南宋袁說友(1140-1204)題米友仁(1069-1151)的「太湖
圖卷」也想遨遊想像之河：

> 水際天低岸遠，山腰霧捲雲鋪。擬喚松江小艇，歸來好趁尊
> 鱸。[57]

　　「看見」那「看不見」的，「說出」那「沒說出」的，便是
題畫文學研究的智性之樂。

---

[57] 袁說友：〈題米元暉太湖圖卷〉，《全宋詩》，冊48，卷2579，頁29970。

觀看、敘述、審美
——中國題畫文學研究方法論之建構

提　要

　　本文從「觀看」、「敘述」與「審美」三個方面著眼，提出作者研究中國題畫文學的心得，嘗試建構研究中國題畫文學之方法論。

　　全文首先爲「題畫文學」界定意涵與範圍，分析「題畫」與「詠畫」之異同，以確立使用「題畫文學」一詞之合理性。接著宏觀中國題畫文學的發展過程以及研究趨勢，指出研究題畫文學的跨學科特質在文學、美學、美術史、文化史、比較文學等學門的重要價值。

　　作者認爲：「觀看」的行爲、「敘述」的筆法，以及「審美」的意識，是構成理解題畫文學的三重面向，文中藉著「繪畫形製與視覺思維」和「圖象文本與觀看機制」兩個命題，分別討論掛軸、手卷、冊頁等畫作形製與視覺審美之關係。並舉肖像畫、仕女畫、詩意圖爲例，論述了觀看圖象的機制中自我的主體性、性別視域、源典辨識的特殊情形，強調題畫文學的獨立文類意義，證實中國文學傳統對於繪畫創作的滲透與主導作用。再從題畫詩的發展，宏觀唐宋審美文化之變異，藉此展示題畫文學研究對於吾人「觀看」文化、「敘述」歷史，所提供的「審美」眼光。

關鍵詞：題畫文學　題畫詩　觀看　審美意識　學科整合

題畫文學研究概述

一、前　　言

　　一九三七年七月，日本學者青木正兒 (1887-1964) 先生於《支那學》第九卷第一號上發表了一篇論文──〈題畫文學の發展〉，這篇論文當時似乎未曾引發學界的回響。熟悉中國現代史的人都知道，一九三七年並不是一個適合閒下來思考學術界未曾關注的領域的時期，青木先生這一篇概論式的著作或許對於當時的中國學者而言只是老生常談，因爲爲繪畫題寫的詩文，諸如「題畫詩」、「題款」、「題跋」，自唐宋以來便迭出於中國文人的寫作之中。一九三七年的中國，雖然已經進入白話文學的時代，但是所謂的傳統國畫還是保留了題寫文言詩文的習慣，關於「畫上爲何要書寫文字」、「題寫文字與畫作的交互融會」、「題寫文字與畫幅空間配置的關係」等等問題，儘管在詩話和筆記叢談裏往往得見浮光掠影的討論，畫論、畫評之類的作品亦粗略觸及，置身於「畫上有詩」的文化情境中的中國學者還是習焉而不察，並未加以深入探究。

　　直到一九六〇年代，題畫文學的研究才稍見起色，至八〇、九〇年代而趨於繁興。然而，研究起步較晚的題畫文學，對於學界而言，畢竟還是較爲陌生，筆者致力於題畫文學研究多年，支持鼓勵與質疑反對的聲音間或聽聞，究竟「題畫文學」是什麼？有沒有研究價值？以及一個以中國文學爲學術根柢的研究者如何「可以」與「可能」處理一般認爲理當屬於美術史範疇的議題？本文之寫作固然無法清楚解釋及交代個人的研究興趣，但希望至少可以爲學界介紹題畫文學之研究情況與學者努力之成果，並提

供個人的研究心得，以與關心此議題的學者分享。

　　八〇年代末期，筆者首次注意到「題畫文學」之時，由於海峽兩岸隔絕，大陸學者的研究著作雖以窺閱，臺灣及海外的研究成果又有限，因此難以滿足鳥瞰題畫文學研究概況的渴望。筆者以爲：欲理解題畫文學之研究情形，瞻望未來的發展方向，必須從建立基本的論著目錄做起，近年來資料蒐集較多，便整理出〈題畫文學論著知見錄 (1911-2005) 〉，本文便依據此目錄立說，並將之附錄於本書之後，以免有興趣一同開拓此研究領域之學者再受大海撈針之苦。

　　此外，由於「題畫文學」的提出始於青木正兒先生，研究題畫文學，必先宏觀其發展脈絡，青木先生的大作遂成爲學者經常引述的經典。六十餘年來，尚無人仔細檢證〈題畫文學の發展〉一文，本文既概述題畫文學研究之情況，便自此開山鼻祖始，重新審視青木先生之說。再者，題畫文學既以繪畫爲歌詠題寫對象，便涉及「詩（文學）」與「畫」「藝術換位」之問題，但是詩畫關係之問題牽涉極廣，不宜於本文中旁枝，固而本文及所附研究目錄只好暫且擱置。

二、青木正兒〈題畫文學の發展〉再議

　　發表於一九三七年的〈題畫文學の發展〉，先有馬導源在一九五一年，後有魏仲佑在一九七〇年譯成中文。一九八四年，中國大陸的曹鐵珊、羅義俊二位合作〈中國題畫文學的發展〉，大抵亦即爲青木先生論文之內容。

　　青木先生認爲：中國題畫文學自其演變之過程來看，大致可

分爲「畫讚」、「題畫詩」、「題畫記」與「畫跋」四類。該文
前四個小節便依序介紹此四種題畫文學作品，第五節標題爲「宋
以後題畫文學之興起」，討論北宋中期至末期之間蘇軾、黃庭堅
等文人「詩畫一律」之觀念促進題畫文學風氣之大開。再從題畫
文學就畫者與題者的關係來看，可分爲「自題」與「他題」二
種，青木先生認爲：畫讚與題畫詩，是「自題」與「他題」二者
並行；而題記僅限於「自題」，畫跋卻唯有「他題」一種，因此
該文的最後二節便討論「自題」與「他題」的實例。

　　〈題畫文學の發展〉既然爲題畫文學研究之濫觴，難免因資
料之取得以及史實之判斷困難而有所疏漏，近年來考古出土資料
及學者之研究日益充實，有助於重新檢視與補充該文之內容，筆
者不敢對前輩前者求全責備，實乃因〈題畫文學の發展〉不斷被
徵引，部份學者對於其中錯誤之處亦不加考慮地一再襲用，深感
必須釐清，以免以訛傳訛，誤導其他研究者。以下便根據該文之
標題順序逐一思索，略敘淺見。

1.畫讚

　　先秦的題畫文學作品，青木先生舉了《晉書・束晳傳》和
《楚辭・天問》爲例，前者是從魏襄王墓挖掘出的「圖詩」，根
據《晉書》的記載：「圖詩一篇，畫讚之屬也」，推測「圖詩」
即爲「畫讚」，此說已受學者認同①；後者則由於以《楚辭・天
問》爲畫讚一類的作品，採取的是東漢王逸的說法，王逸與屈原
(343B.C.-?)年代相距四百年，所說未必可信，故而應當存疑。

　　至於現存最早的畫讚，由文字資料來看，固然如青木先生所

----

① 如饒宗頤：〈圖詩與辭賦——馬王堆新出《大一出行圖》私見〉，收於湖南博物
　館主編：《湖南博物館四十周年紀念論文集》（長沙：湖南教育出版社，1996
　年），頁79-82。

云可能為曹植(192-232)的〈畫讚〉，不過考古出土的文物將逐漸取代文字資料的時間限制，例如山東嘉祥的東漢武氏祠石室畫像旁便有題讚，其四言韻文的形式，符合《文心雕龍》所謂：「結言於四字之句，盤桓乎數韻之辭」②。再者，誠如《文心雕龍》指出的，「讚（讚）」者乃「頌家之細條」，是「頌」的旁支，因此，考察早期的題畫文學亦須將「頌」一類的作品納入，例如揚雄(53 B.C.- 18)有〈趙充國頌〉，便是頌揚名將趙充國畫像的題畫作品③。

又如漢代盛行的賦裏也有題畫之作，如王逸之子王延壽〈魯靈光殿賦〉即賦詠了景帝之子恭王所立之靈光殿壁畫。因此，「畫讚」雖用以泛稱早期的題畫文學作品，但其文體形製卻不僅限於「讚」，「頌」與「賦」等皆宜一併考慮。

2.題畫詩

以畫讚的形式為主軸，晉以後的題畫文學作品朝散文發展則為題畫記；朝韻文發展則為題畫詩。不過，值得注意的是，頌讚之類的文字題寫並未消失，而且有題寫於人物、神佛圖像的趨勢，這是青木先生未曾提及的。

在討論何者為最早的題畫詩時，因為對於「題畫詩」的定義未加指明，而且無法斷定文字是否果真題寫於畫面，青木先生從畫讚向後延伸，處理詠物詩與題畫詩之區隔時有些夾纏。雖然說：「題畫詩是畫讚與詠物詩二者會合的結果」，不過又強調「而其中畫讚還是演變的主幹」，到底「詠畫詩」與「題畫詩」有何異同？是否可以僅憑書寫位置來斷定？

---

② 《文心雕龍・頌讚》。
③ 文見《文選》卷47，《漢書》曰：「成帝時，西羌常有警，上思將帥之臣，追美充國，乃召黃門郎揚雄，即充國圖畫而頌之。」

　　筆者以爲：齊梁間流行的詠物對象包羅山川自然與人爲製造，繪畫爲藝術創作的物品之一，「詠畫詩」在詠物風氣中應運而生。其實「詠畫詩」即爲廣義的「題畫詩」，二者並無二致。畫蹟之保存難於文字之翻印，現今所見明白指出題某人某畫的作品亦未必實際寫於畫面，甚至有未睹畫作即作詩歌詠的例子，詩題作「題某畫」，實則爲「詠」，古人用字有時並未嚴加區分，因此囿於詩題是「詠某畫」或「題某畫」以別「詠畫詩」和「題畫詩」意義不大，不如從題畫詩的書寫特性觀察其與一般詠物詩的差別。筆者曾經比較齊梁「宮體詩」與「題仕女畫詩」，「宮體詩」以摹寫女性形象爲主，是將女性的樣貌視爲客體來觀看，亦即將女性物化。然而詩人觀看的畢竟是活生生的美人兒，難免心生綺念，流露個人的情慾幻想。「題仕女畫詩」則不然，同樣是欣賞女性，畫中美人儘管傳神肖似，還是畫家模擬出的藝術產品，詩人著重的是畫家的藝術表現技巧，卻不易與畫中人有情感的互動交流④。可見繪畫的物質性和人爲模塑的製作方式是會影響詩人的品賞眼光，所以筆者寧願將「詠畫詩」等同於「題畫詩」，並且認爲它雖然也屬「詠物詩」之一，卻與實際歌詠自然物象的詠物作品不同。

　　如此一來，方可順帶解決青木先生惑於「題畫詩」、「畫贊」、「詠物詩」本質之困境。青木先生引述沈德潛(1673-1769)分析杜甫的題畫詩所云：「其法全不粘畫上發論。如題畫馬畫鷹，必說至眞馬眞鷹，復從眞馬眞鷹開出議論，後人可以爲式。」指出魏晉間的畫贊，人物贊以敘事爲主，物品贊則爲詠物，其寫法皆爲客觀描述。題畫詩則「不僅有說明文字，更加進了議論，

---

④ 詳參本書〈北宋題仕女畫詩析論〉。

又往往讚美或評論畫者的藝術成就」，故而與客觀敘述的畫贊不同。筆者以為：創作的主客觀方式並不足以構成「題畫詩」、「畫贊」及「詠物詩」本質之差異，畫贊亦不避主觀的抒發，題畫詩亦有「全粘畫上」者，要在於詩人之妙筆慧心。

　　至於唐代題畫詩最早的作品，青木先生認為是盧鴻的「草堂十志圖」的自詠，關於「草堂十志圖」，已有學者詳加討論⑤，此不贅述，且依題畫詩的界義，初唐詩人上官儀(約608-664)的〈詠畫幛〉則是早於「草堂十志圖」自詠，不必晚至盛唐的盧鴻。

3. 題畫記

　　最早的題畫記也未必晚至顧愷之(約345-406)〈畫雲台山記〉。晉王廙為其姪羲之(321-379)畫「孔子十弟子圖」以示作畫之法，並有書贊，其文雖題為「贊」，實乃散文體之序，可知「題畫記」的寫作可以是「記」，也能是「序」⑥。

　　青木先生談到王維(699-759)的題記，舉了葛立方(?-1164)《韻語陽秋》記載王維畫孟浩然(689-740)馬上吟詩圖的例子，《韻語陽秋》只是敘述王維畫孟浩然詩意圖，並非題記。又如《歷代名畫記》記吳道子作畫「並自題」，以為即「題畫記」，其實吳道子也可能作的是「題畫詩」而非「記」。倒是韓愈(768-824)的〈畫記〉，白居易(772-846)的〈記畫〉才是值得一提而被忽略的題畫記。

---

⑤ 莊申：〈唐盧鴻草堂十志圖卷考〉，收於氏著：《中國畫史研究續集》（臺北：正中書局，1972年），頁111-212。徐復觀：〈故宮盧鴻草堂十志圖的根本問題〉，收於氏著：《中國藝術精神》（臺北：學生書局，1984年，8版），頁485-514。

⑥ 參〔唐〕張彥遠：《歷代名畫記》（臺北：臺灣商務印書館，1983年《文淵閣四庫全書》本），卷5，頁3b-4a，總頁318-319。

4.畫跋

　　明代徐師曾《文體明辨》云：「按題跋者，簡編之後語也，凡經、傳、子、史、詩、文、圖、書（徐註：字也）之類，前有序引，後有序詞，可謂盡矣。其後覽者，或因人之請求；或因感而有得，則復撰詞以綴於末簡，而總謂之題跋。」⑦可知題跋通常書寫於書籍文章或圖畫之後，寫於圖畫之後的，即爲「畫跋」。「畫跋」與其他題畫作品的差異僅止於題寫位置的強調。「畫跋」大多爲散文，而且是隨筆式的，記錄作者觀畫或收藏畫作的心得，因此往往著重於鑑識或考證，文學性較弱。由於畫蹟的保存及流傳有其時間及物理的限制，中國何時開始有書寫「畫跋」的習慣倒是一個不易解決的問題，青木先生認爲較早的例子是晚唐段文昌父子所收藏的盧鴻「草堂圖」跋，跋文見於葉夢得(1077-1148)《避暑錄話》，但是假如不限於存世畫蹟，「畫跋」當有更早的例子。

5.宋以後題畫文學之興起

　　在談到中國題畫文學風氣之大開，青木先生明確指出是北宋中期到末期之間，以蘇軾、黃庭堅爲首的文人集團所鼓吹，並提到南宋中葉以後出現的題畫詩專集──孫紹遠所編的《聲畫集》，及清康熙四十六年(1707)陳邦彥奉敕編的《御定歷代題畫詩類》，這兩部題畫詩集均爲重要的研究典籍。

　　宋代題畫文學之興盛又與文人喜愛收藏及鑑賞繪畫有關，除了題寫詩文，亦善作跋語，故而出現了《廣川畫跋》與《雲煙過眼錄》之類的題跋合集和書畫錄。不過，即如青木先生所述，此等題跋和書畫錄由於考據價值和「個人備忘錄」的作用高於觀畫

---

⑦〔明〕徐師曾：《文體明辨》（臺南：莊嚴文化事業有限公司，1997年《四庫全書存目叢書》本）。

興懷的文學意義，是否可以視爲「題畫文學」作品是很可議的。

6. 自題

　　由於題畫文學的作者與所題畫作的畫家可能爲同一人，青木先生依其發展時序敘述過畫讚、題畫詩、題畫記、畫跋等之後，又釐分「自題」與「他題」二端。所謂「自題」，即爲自己的畫作題寫，青木先生認爲最早題寫自己畫作的記錄是蔡邕(133-192)，根據的是《歷代名畫記》卷四的記載：「邕書畫與讚，皆擅名於代，時稱三美。」蔡邕固然善作贊頌，但未詳其所贊者是否即自畫。其實在唐代張彥遠的《歷代名畫記》之前，范曄 (398-445) 的《後漢書》卷六十四已經記載趙岐「圖季札、子產、晏嬰、叔向四像居賓位，又自畫其像居主位，皆爲贊頌」，明確顯示趙岐是自畫自題，因此筆者以爲與其將蔡邕視爲最早的自畫自題作者，不如以趙岐更爲合宜。

7. 他題

　　「自畫自題」與「自畫他題」、「他畫他題」應該都是在相同的題畫風氣之下產生的，關鍵在於畫家是否能寫詩以及詩人是否能作畫。「他題」與「自題」所異者，除作者與畫作的關係之外，「他題」必然是先有畫，作者觀畫後題詩；「自題」則未必，有時畫家會圖繪自己的詩文，然後再將文字寫於畫上，文字與繪畫的生發順序不一，這是青木先生未曾注意的現象，也是研究題畫文學可以再深入思索的問題。

　　至於「他題」的情形，青木先生區分爲「畫者的好友所題」和「藏畫者所題」二種，筆者以爲如此分類意義不大，因爲「畫者的好友」可能即是「藏畫者」，除非可以判別「畫者的好友」與「藏畫者」在題寫內容上有突出的不同。青木先生指出：「畫者的好友」題寫可能因「詩畫合作，以達到文人遊戲三昧之境

界」，又說：「不過這種合作的風氣，南宋以後因著自題風氣之興起而相對的減退。」筆者卻不以爲然，元明文人題寫畫家友人的畫作的風氣不但並未稍衰，反而由於詩人與畫家的交誼更爲熱切。

以上簡單扼要地提出個人閱讀青木正兒先生〈題畫文學の發展〉一文的心得，並依所見所知修訂文中訛誤或疏漏之處，誠如前文所云，〈題畫文學の發展〉已是研究題畫文學學者必讀之經典，自有其不可動搖之學術地位，筆者既感佩青木先生開創之功，謹書管見，以爲續貂。

三、題畫文學研究概況

近二十年來，題畫文學的研究逐漸崛起，究其原因，筆者以爲可概分爲三點來說明：一是古典文學研究期待推陳出新；二是學術界跨學門、跨領域的研究趨勢；三爲題畫文學工具書之輔助。

中國古典文學的研究，是二十世紀才開始個別發展的學門，在此之前，由於還是處於「創作」及「使用」古典詩詞和文言文的階段，注重的是「文學批評」和「文學賞鑑」，以幫助書寫、增進智識，少見具有理論架構和完整體系的研究。白話文學普及之後，改變了閱讀古典文學的態度和方法，於是古典文學的文本成爲一種研究的「客體」，中西學術的交流，則促進文學研究的思辨性質，並且肯定其價值。以古典詩歌研究爲例，數十年來，研究的要點約略可分爲以下幾個方向：

*1.*名家名作之個別討論：如李白詩、杜甫詩、白居易詩等。

*2.*文學史流變之問題：如近體詩的形成、詩與詞之關係、各文學流派之建立與影響等。

*3.*文學觀念與風格之評析：如「神韻」、「性靈」論述及其作品表現等。

*4.*個別類型的詩歌研究：如「詠史詩」、「山水詩」等。

*5.*詩歌的形式與格律：如平仄、押韻、對仗等問題。

這些方向皆已各具規模，吾人今日除了錦上添花或是塡補隙縫，更有必要從文本與理論方法上另闢蹊徑，別開天地，題畫文學的研究即爲其中之一。

二十世紀後期，不僅中國古典文學研究面臨各種人文學論述的衝擊，原本的學科分類也因爲文化研究的旁徵博引而形成邊境模糊的現象，「現象學」、「詮釋學」、「結構主義」、「解構主義」、「讀者反應理論」、「接受美學」等論述之廣泛應用，不僅衆聲喧嘩，百家齊鳴，也拓展了研究的視野。文字資料之外，圖象文本也是重要的研究素材，題畫文學正是一種解讀圖象的結果。從題畫文學引申出的文人文藝生活、視覺書寫方式、圖象形構思想，在在提供學者觀察文化，觀照人生的新途徑。

工具書是學術研究之利器，以往題畫文學研究乏人問津，除了不清楚其研究價值，題畫文學文本之駁雜散佚，研究困難也是窒礙之一。八〇年代開始，中國大陸的學者陸續蒐羅整理的題畫詩選集，是繼清代陳邦彥之後的基礎工作，精選集中的賞析注解雖然簡要，但已經爲題畫文學研究開啓了方便之門。

八〇年代之前的題畫詩選集，如陳丕華編《題畫寶笈》⑧，目的是幫助題詩，不在賞析和研究，類似的書籍還有曾維綱、胡

---

⑧ 詳參本書附錄〈題畫文學論著知見錄(1911-2005)〉，該書於1985年由陳丕華、
　余毅增訂再版。以下除不在目錄中之資料，均不另作註解。

錫龍編《書畫用題詞擷英》⑨等，所收錄的多爲名家名句，不限
於題畫詩。一九八三年洪丕謨編的《歷代題畫詩選注》是較早的
選集，和一九八五年丁炳啓所編《題畫詩絕句百首賞析》、周積
寅、史金城合編《中國歷代題畫詩選注》等書，名爲「歷代」，
份量卻不重。一九八七年李德壎編的《歷代題畫詩類編》才見較
有系統的分類編注，書末並附作家小傳，一些名不見於文學史的
作家，經由題畫詩得到了學者的關注。類似的選集或辭典，有的
旁及書法題詩，有的涵括題畫詞，各具編輯取向與閱讀要旨，其
中較爲出色的，如張晨所編《中國題畫詩分類鑑賞辭典》，作者
依畫科分類，並概述此畫科的文化意涵，所作注解亦深入文學品
賞之精髓，時見作者之藝術造詣。孔壽山的《中國題畫詩大觀》
是繼《唐朝題畫詩注》之後又一力作，作者以十餘年之精力完成
此一鉅著，較諸以四唐分論的《唐朝題畫詩注》更上層樓，宛若
一部題畫詩史，頗爲可觀。由於傳世的題畫詩未必直接書寫於畫
上，或者詩存而畫已佚，因此所謂「詩畫合璧」的審美趣味便稍
嫌缺憾，趙蘇娜編注的《故宮博物院歷代繪畫題詩存》，選錄收
藏於北京故宮博物院的畫作及其題詩，詩畫並美，則或可彌補此
不足。

　　在斷代的題畫詩選輯方面，唐代的題畫詩共二百餘首，所以
前述孔壽山的《唐朝題畫詩注》可以較爲全面而少遺珠。其他時
代的題畫詩選注由於作品浩繁，擇摘不易而較爲遜色，其中值得
一提的是戴麗珠編的《明清文人題畫詩輯》，作者並曾整理〈唐
宋元文人題畫詩輯〉，爲八○年代以後唯一發表的臺灣學者題畫
詩選，可惜注解不夠詳盡，倘能仔細作注，則更具閱讀及參考價

---

⑨ 長沙湖南美術出版社出版，1990年第1版，1997年第7刷。

值。

　　綜論性質的著述方面，許海欽的碩士論文《論題跋》，從「題跋」的字義、類型、題寫於畫上的形式等等各個層面詳加討論，豐富而紮實，其後出版爲《中國藝術文化史──題跋學》一書，有意建立題跋研究的學術系統。虞君質、張德文和鄭騫的論文是早期不拾青木正兒之牙慧，提舉題畫文學研究之精義的作品。大體說來，大陸學者較善於宏觀概論，熱衷於掘發「最早的題畫詩」；臺灣學者則集中明確的議題，如李栖評析《聲畫集》、高木森關心題畫詩之英譯、廖炳惠的著作 *Words and Pictures: On Lyric Inscriptions in Chinese Painting* 則是唯一的一部英文論著。

　　題畫文學的斷代研究以臺灣學者較爲突出，唐、宋、明以至盛清均有學位論文深入探討，元代題畫詩也有單篇論文。除了概觀整個時代的題畫作品，如許麗玲、廖慧美研究唐代；李栖、張高評研究宋代；鄭文惠研究明代。學者在研究個別朝代時亦各有側重，或依畫科分論，如衣若芬談北宋題人像畫詩、鄭文惠談元代題花木蔬果畫詩及明代園林山水題畫詩；或依作者之性別，如戴麗珠談清代婦女題畫詩、黃儀冠的碩士論文討論晚明至盛清的女性題畫詩；或分析美學課題與題畫詩之關係，如林翠華研究形神理論與北宋題畫詩等。

　　至於作家作品的析論，由論文的數量可知集中於名家名作，尤其是杜甫與蘇軾。特別是杜甫，沈德潛所謂的「唐以前未見題畫詩，開此體者老杜也」，後世學者雖然早已推翻杜甫爲題畫詩最早創作者的說法，不過杜甫的十八題二十首題畫詩⑩，卻從觀

----

⑩ 另有記敘畫人的〈能畫〉與〈畫馬贊〉一篇。

畫抒懷的題寫方式、審美判準的建立，乃至於個別畫家（如論韓幹「幹唯畫肉不畫骨」）的藝術成就之批評，在在顯示其影響力，是題畫文學史上的重要作家。如果說杜甫影響了後人的題畫詩寫作，蘇軾則跨越文學而涉足繪畫藝術觀、文人畫風、美學理論之形成，舉凡「論畫以形似，見與兒童鄰」、「古來畫師非俗士，摹寫物象略與詩人同」等見解，推動了繪畫的抒情寫志功能以及畫家的社會地位，對於中國繪畫創作的影響更為深遠。

除了杜甫與蘇軾，題畫文學研究者關注的詩人還有黃庭堅與鄭燮(1693-1765)。黃庭堅的題畫詩將繪畫從造型藝術的範疇導向文學傳統；「揚州八怪」之一的鄭燮則是上承蘇軾，下啟文人兼職業畫家的新面向，鄭燮不但自畫自題，題詩的文字、書法，以及題寫的位置經營都具體呈現中國題畫藝術的成熟風貌。

整體而言，題畫文學的研究仍以詩為主，題畫詩的研究並須具備繪畫藝術史的知識，因此儘管此一範疇是由日本學者提出，臺灣與中國大陸的學者的研究成果還是較為豐碩⑪。

---

⑪ 國外的學者較少直接討論題畫文學的作品，而是圍繞於中國詩與中國畫之關係的問題。美國紐約大都會博物館曾於1985年舉辦「文字與意象：中國詩書畫」國際研討會，其中有多篇論文以現存的畫作為依據，討論中國繪畫的抒情表現及其文化意涵，如 Jonathan Chaves 教授以「畫外之意」(' "Meaning Beyond the Painting": The Chinese Painter as Poet') 為題，討論了有關畫家自題詩的問題，Richard Edwards 教授的〈晚宋之畫與詩〉('Painting and Poetry in the Late Sung') ，針對「詩畫一律」的理想提出高見，見 Alfreda Murck , Wen C. Fong eds., *Words and Images: Chinese Poetry, Calligraphy, and Painting* (New York: The Metropolitan Museum of Art, 1991). 。日本學者如淺見洋二教授近來注重「詩中有畫」課題之探討，著有〈中晚唐詩における風景と繪畫〉《日本中國學會報》第 44 集 (1992 年)。〈閨房のなかの山水、あるいは瀟湘について─晚唐五代における風景と繪畫〉《東洋學》67 集 (1992 年)。〈「詩中有畫」をめぐって─中國における詩と繪畫〉《東洋學》78 集 (1997 年)。〈「詩中有畫」と「著壁成繪」─中國における詩と繪畫〉《日本中國學會報》第 50 集 (1998 年) 等。

四、題畫文學研究的未來前景

題畫文學的研究值得開發的空間十分遼闊，本文既概述其研究情況，再就所知，展望其未來值得關注的研究方向，期待與學者共同努力。

*1.*題畫文學的文本在大陸學者的整理選析之下，已經略具規模，不過重點仍在題畫詩，其他文類諸如題畫記、題畫詞、乃至於題畫曲等都還須蒐羅爬梳。

*2.*目前對於個別作家題畫作品的研究雖然逐漸展開，但仍集中於幾位作者。宋代以降，幾乎每一位作家均有題畫作品，其文集並將題畫作品獨立分卷，可惜乏人深入解讀。

*3.*在題畫文學的研究策略方面，以臺灣學者爲例，戴麗珠與李栖善於文學內容的解析；鄭文惠與衣若芬嘗試配合圖象闡述其文化精義，題畫文學的研究方法尙須學者集思廣益，共同建構。

*4.*題畫文學史的建立，可從題畫詩開始著手，孔壽山的《中國題畫詩大觀》可謂具體而微，不妨以此爲基礎，再加補充。

*5.*關於題畫文學的思想內涵研究方面，例如與文學觀念之互通，文學批評理論之借用，審美判斷之形成，目前的成果尙嫌不足。

*6.*題畫文學的外緣研究方面，可再探究文人社交圈的組合、文化菁英的題詠唱和活動、文人因藝術活動而凝聚的地域文化等。

*7.*題畫文學的形式表現可與美術史配合互爲表裏，以補充繪畫藝術的歷史素材，並增加解讀圖象的文獻依據，例如圖象的隱喻與其文化象徵意義之聯繫，畫幅中文字與繪畫透過書法筆墨形

成之美感觀照等。

　　8.題畫文學與性別研究，繪畫創作有以女性爲主體的仕女畫，明清的題畫文學作者亦不乏才情俱足的女性，男性圖繪女性與女性圖繪女性是否會因性別而導致作品的差異？同樣的，男性題寫仕女畫與女性題寫仕女畫乃至自畫像，是否也存在書寫的距離？

　　9.題畫文學的文類特色與其獨立性質，誠如前文所述，題畫詩雖爲詠物詩之一，卻與歌詠自然實存物象的作品不同，如果可以再針對「山水詩」與「題山水畫詩」、「詠花詩」與「題花鳥畫詩」等議題再作闡析，則題畫文學的文學面貌將會更清楚，也就不必再有定義與範圍界定的疑慮。

　　10.儘管本文所討論以及所附的論著目錄以古典題畫作品爲主，筆者仍必須指出：除了將文字直接書寫於畫面的方式有別之外，賞畫題詠的藝術創作並無中西古今之隔。

　　11.此外，本文爲避免旁生枝節所沒有討論的「文學（詩）」與「繪畫」的關係、視覺藝術的詮釋角度、圖象符號的解讀方式等問題均可從題畫文學裏探求，也是跨藝術研究中值得關注的課題⑫。

---

⑫ 可參看鄧喬彬：《有聲畫與無聲詩》（上海：上海社會科學院出版社，1993年）。陳華昌：《唐代詩與畫的相關性研究》（西安：陝西人民出版社，1993年）。張高評：〈宋代「詩中有畫」之傳統與創格〉，收於《宋詩之傳承與開拓——以翻案詩、禽言詩、詩中有畫爲例》（臺北：文史哲出版社，1990年）。曹愉生：《唐代詩論與畫論之關係研究》（臺北：文史哲出版社，1997年）等。輔仁大學比較文學研究所歷年來皆有相關課程研析跨藝術研究之問題，並曾於1997年5月以「跨越疆界：文學‧藝術‧媒介」爲主題，舉辦「第22屆全國比較文學會議」，詳參輔仁大學比較文學研究所策畫，劉紀蕙主編：《框架內外：藝術、文類與符號疆界》（臺北：立緒文化公司，1999年）。2001年4月1日至6月25日，臺北國立故宮博物院舉辦「文學名著與美術」特展，並於5月18日舉行學術研討會，相關展品可參看國立故宮博物院編輯委員會編：《文學名著與美術特展》（臺北：國立故宮博物院，2001年）。又如國立故宮博物院網頁：「文學名著與書畫」（http://tech2.npm.gov.tw/literature/）亦有詳盡的介紹。

晚唐五代題畫詩的審美特質

一、前　言

　　以「初、盛、中、晚」「四唐」分期說理解唐代的文學發
展，勾勒其個別文學特色，至今已成為文學史常識。文學史上的
「晚唐五代」給人的印象是：當時縱使有李商隱(813-858)、杜
牧(803-852?)、溫庭筠(812-870?)、李後主（李煜，937-978)等
名家撐起一片穠麗華美的天空，整體的文學成就均不敵燦爛輝煌
的盛唐與力圖振作的中唐，基本受到的評價也都較為片面及負
面，誠如韓琦(1008-1075)所云：「自唐室之衰，文體隳而不
振，陵夷至于五代，氣益卑弱。」①失意落寞的文人，氣數將盡
的江山，晚唐五代除了戰亂，就是愁雲慘霧，偶見西蜀與南唐的
旖旎風光，只不過是苟延殘喘的小格局。

　　帶著這樣先入為主的觀念神遊晚唐五代，百餘年的歷史文
化似乎沒有太多精采曲折的故事可以搬弄，於是被說書人輕輕
帶過。晚唐五代的存在，幾乎只是為了接續中唐，過渡至北宋
而生，是奔騰時光裏的片刻喘息。正因為我們對它的關注太
少，對它的瞭解也就有限。其實，站在歷史的轉折點，可能可
以有更多的選擇，晚唐五代，究竟是即將甦醒的漫漫長夜，還
是夜未央裏熱鬧上演的重重夢境？捧讀晚唐五代的文學作品，
在無限好的夕陽底下默想：日暮西山之後，人們是倦鳥知返？
還是秉燭夜遊？

---

① 〔宋〕韓琦：〈歐陽少師墓誌〉，《安陽集》（臺北：臺灣商務印書館，1983年
　《文淵閣四庫全書》本），卷50，頁8b，總頁540。

　　任何一種類型的文學作品應該都能夠幫助我們進入晚唐五代的文化氛圍，「題畫詩」只是取徑之一。但是由於「題畫詩」涉及繪畫藝術的場域，作者賞畫題詠所呈顯的審美取向，以及文學史與繪畫史視角的相乘相助，使得可資參酌的材料增多，適足以開拓我們對整體文化趨勢的認知，因此筆者願取之爲討論文本，而將晚唐五代的題畫詩置於中國題畫文學發展的過程中觀察，解析其審美特質，以作爲關照其時代精神之依據。此外，文化思想與審美判斷並非朝夕促成，晚唐五代題畫詩的書寫情況往往接續中唐而來，筆者於本文部份論述之中不得不間或溯及中唐，旣體察其承接之現象，亦闡釋其變古開新之風貌。

二、晚唐五代題畫詩概說

　　晚唐五代題畫詩共約一百題一〇八首②，作者五十七位，依其主要題詠的畫作科目及其作品數量統計得出下表：

---

② 晚唐五代題畫詩數量的統計根據以下諸書：〔清〕彭定求等編：《全唐詩》（北京：中華書局，1992年）。陳尚君輯校：《全唐詩補編》（北京：中華書局，1992年）。〔宋〕孫紹遠編：《聲畫集》（臺北：臺灣商務印書館，1983年《文淵閣四庫全書》本）。〔清〕陳邦彥等奉敕編：《御定歷代題畫詩類》（臺北：臺灣商務印書館，1983年《文淵閣四庫全書》本）。〔清〕李調元編，何光清點校：《全五代詩》（成都：巴蜀書社，1991年）。孔壽山編著：《唐朝題畫詩注》（成都：四川美術出版社，1988年）。又參廖慧美：《唐代題畫詩研究》（臺中：東海大學中文研究所碩士論文，1991年）、李栖：〈唐題畫詩專集評析〉，《國立編譯館館刊》第25卷第2期(1996年12月)，頁85-101。

題詠畫科	作品數量	備　　　　註
人物畫	8題9首	
仕女畫	4首	
神仙釋道畫	11題12首	
歷史故實畫	3首	
松石（樹石）畫	10首	
山水畫	33題35首	含確有地名之地理畫，去一重出③
畫花	7首	去一重出④
畫竹	3首	
畫鳥	5首	鶴2鷺鷥3
畫馬	3首	
畫龍	3首	

　　題寫數量的多寡雖然取決於作者，但驗諸畫史，依然與繪畫
風尚之嬗變合轍，例如題山水畫詩，占了晚唐五代全部題畫詩三
分之一左右，顯見文人對山水畫的喜愛。事實上，當時也正是山
水畫逐漸興起之際，自中唐以來興盛的松石畫，到了宋代，或被
融於山水畫，成為山水畫的重要母題；或與本屬花鳥畫一支的竹
畫結合，成為竹石畫，晚唐五代是松石畫分流前的高峰。又如以
裝飾趣味見長的花鳥畫，由於被文人賦予了道德上的深義，頗有
與人物畫（含仕女畫）分庭抗禮之勢，墨梅與竹畫則為日後典型
的四君子畫埋下了種子。至於神仙釋道的題材，在武宗滅佛之後

---

③ 其中《全唐詩》收章孝標〈破山水屏風〉詩，與《御定歷代題畫詩類》中姚合
〈詠破屏風〉詩內容相同。
④ 其中《全五代詩》收裴諧〈觀修處士桃園圖歌〉詩，與《御定歷代題畫詩類》中
崔庸〈觀修處士桃花圖歌〉詩內容相同。

受到極大的斲傷⑤，影響創作大型壁畫的傳統和製造技術的承續。

　　繪畫的形製方面，以屏風（障子）爲多，卷軸次之，精緻謹細的「小筆」⑥於此時開始萌生。創作技法上，「水墨」的運用及其背後隱含的色彩觀念的革命，結合表演性質的「潑墨」墨法和「逸品」畫格的提出，更使得晚唐五代的繪畫審美觀攸關整部中國繪畫史未來主體風格的走向。

　　晚唐五代題畫詩也透露了文人和僧侶對繪畫藝術的浸染，不但「好之」、「樂之」，並且「能之」，在將近四十位畫作被題詠，有資料可尋的畫家當中，除了顧愷之(約345-406)、張僧繇之外，都是唐朝人，其中大約有十七位是「處士」、「山人」和「上人」，如隱居於太行山的荊浩、被封爲「禪月大師」的貫休(832-913)、蜀地隱者孫位（又名孫遇）、自號「衡岳沙門」的詩僧齊己(863?-937?，一作861-940)，其他近二十位都是詩畫兼通的文人，包括：王維、張璪、司空圖(837-908)、于興宗、唐希雅、胡擢等，此外，還有兩位女畫家：薛媛和童氏。這些新崛起的繪畫愛好者，有別於朝廷御用畫師和民間畫工，在當時或許是微不足道的一群，然而，經由題畫詩作者的題詠和往來唱和，使得他們的畫作概況得以傳諸於世。

　　再者，題畫作品和畫論、畫評等同樣通過文字書寫的渠道操

---

⑤ 會昌法難共毀佛寺四萬四千六百所，迫僧尼二十餘萬人還俗，關於會昌法難對繪畫的影響，詳參鈴木敬著，魏美月譯：《中國繪畫史（上）》（臺北：國立故宮博物院，1987年），頁108。

⑥ 晚唐五代提到「小筆」的題畫詩如鄭谷：〈西蜀淨眾寺松溪八韻兼寄小筆崔處士〉、鄭谷：〈予嘗有雪景一絕爲人所諷吟段贊善小筆精微忽爲圖畫以詩謝之〉。又如齊己：〈謝徽上人見惠二龍障子以短歌酬之〉詩云：「閒工小筆得意新」等。

控繪畫審美的發言權，爲中國繪畫注入文人的思考模式，把繪畫
從實際用途帶領向精神層次，加上沈醉於這種文藝氛圍的王朝統
治者，如南唐二主的推波助瀾⑦，北宋文人「反客爲主」，取得
繪畫史上的主流地位並非偶然。因此，就畫史的角度而言，晚唐
五代絕非大唐盛世的迴光返照，而是等待另一道黎明曙光的縷縷
朝嵐⑧。

　　從題畫文學的演進歷程來看，晚唐五代的關鍵性意義乃在於
承繼中唐以降如元稹(779-831)、白居易等人賞畫題詠，唱和贈
答之習尙；擴展將詩文實際題寫於畫上、畫家自畫自題、以詩意
作畫等現象，開啓北宋興盛的題畫風氣，影響宋人的審美判斷。
以下列舉其要，一一申述。

　　文人雅士的高會雅集往往正是題畫詩創作的機緣，武宗會昌
五年(845)，白居易的九老之會有「九老圖」爲誌，〈九老圖詩
序〉及白居易的相關詩作⑨詳細記載註解了九位耆宿的姓名年齡
與官爵，宋人「香山九老」（圖1）即爲圖繪「九老會」之作，
北宋杜衍(978-1057)「睢陽五老會」、司馬光(1019-1086)「洛
陽耆英會」即仿傚樂天而行。

---

⑦ 參陳葆眞：〈南唐中主的政績與文化建設〉，《國立臺灣大學美術史研究集刊》
　　第3期(1996年3月)，頁41-93。陳葆眞：〈藝術帝王李後主（一）〉，《國立
　　臺灣大學美術史研究集刊》第4期(1997年3月)，頁43-58；〈藝術帝王李後主
　　（二）〉，《國立臺灣大學美術史研究集刊》第5期(1998年3月)，頁41-76；
　　〈藝術帝王李後主（三）〉，《國立臺灣大學美術史研究集刊》第6期(1999年3
　　月)，頁71-130。
⑧ 又參莊申：〈五代十國的繪畫〉，《東吳大學中國藝術史集刊》第3卷(1974年8
　　月)，頁51-65。
⑨ 如〈胡吉鄭劉盧張等六賢皆多年壽予亦次焉偶遇於敝居合成尙齒之會七老相顧旣
　　醉且歡靜而思之此會稀有因成七言六韻以紀之傳好事者〉，見〔唐〕白居易著，
　　顧學頡點校：《白居易集》（北京：中華書局，1985年），卷37，頁850。

圖1 宋人「香山九老」册頁（局部） 臺北故宮博物院藏

又如南唐中主於保大五年(947)元日大雪，與諸弟及大臣賞雪賦詩，曾命高沖古等畫家紀其勝：

> 保大五年元日大雪，上詔弟以下登樓展宴，咸命賦詩。命中使就私第賜進士李建勳，建勳方會中書舍人徐鉉，勤政殿學士張義方於溪亭，即時和進，元宗乃召建勳、鉉、義方同入，夜分方散，侍臣皆有興詠，徐鉉爲前後序，太弟合爲一圖，集名公圖繪，曲盡一時之妙。御容，高沖古主之；太弟以下侍臣法部絲竹，周文矩主之；樓閣宮殿，朱澄主之；雪竹寒林，董元主之；池沼禽魚，徐崇嗣主之，圖成，無非絕筆。⑩

---

⑩ 〔宋〕鄭文寶：《江表志》（北京：中華書局，1991年《叢書集成初編》本），卷中，頁7。此段文字《文淵閣四庫全書》本略有出入，其中較大差異者：《四庫全書》本云：「侍臣皆有圖有詠。」（見卷2，頁138），按二本皆據《學海類編》本，筆者以爲《叢書集成》本較可取，故從之。

如果以上所列的畫家名單完全屬實，這一幅「賞雪圖」的確是一時絕筆，除了宴席上的賦詩歌詠，不知是否還有題畫詩，可惜史無記載。

　　我們在宋人「消夏圖」（圖2）之類的畫作中可以想見文人以畫會友，珠聯唱和的情景，唐代雖無類似的相關畫作傳世，在題畫文字裏仍然可以找到資料，段成式(?-863)、張希復、鄭符等人就曾經以聯句的方式題詠南朝杭州名妓蘇小小的畫像，有〈小小寫真聯句〉詩：

圖2　宋人「消夏圖」　蘇州文物保管委員會藏

　　如生小小眞，猶自未棲塵符。揄袂將離座，斜柯欲近人成式。
昔時知出眾，情寵占橫陳希復。不遺遊張巷，豈教窺宋鄰符。
庾樓吹笛裂，弘閣賞歌新。蟬怯纖腰步，蛾驚半額顰希復。
圖形誰有術，買笑詎辭貧成式。複隴迷村徑，重泉隔漢津符。
同心知作羽，比目定爲鱗希復。殘月巫山夕，餘霞洛浦晨成
式。⑪

段成式等三人又嘗於資聖寺同觀吳道子、盧稜伽、李眞、周昉、
邊鸞、韓幹諸人的畫作，聯詠題詩：

　　吳生畫勇正戟攢成式，出變奇勢千萬端希復。蒼蒼鬼怪層壁寬
符，睹之忽忽毛髮寒。稜伽之力所疲殫成式，李眞周昉優劣難
符。活禽生卉推邊鸞成式，花房嫩彩猶未乾希復。韓幹變態如
激湍符，昔哉壁畫勢未殫，後人新畫何汗漫希復。⑫

　　即使沒有會面，文人也可以藉著贈答題畫詩交換彼此的訊息
和觀畫感懷，白居易有〈江樓晚眺景物鮮奇吟玩成篇寄水部張籍
員外〉，張籍(766-829)則報以〈答白杭州郡樓登望畫圖見寄〉。
白居易和元稹均有〈八駿圖〉詩，陸龜蒙(?-881) 和皮日休(?-
880)均作〈鶴屛〉詩，陸詩云：

　　時人重花屛，獨印胎化狀。叢毛練分彩，疏節筇相望。
曾無觥觵態，頗得連軒樣。勢擬搶高尋，身猶在函丈。
如憂雛鷟門，似憶煙霞向。塵世任縱橫，霜襟自開放。
空資明遠思，不待浮丘相。何由振玉衣，一舉棲瀛閬。⑬

---

⑪〈小小寫眞聯句〉，《御定歷代題畫詩類》，卷54，頁22a，總頁679。
⑫〈資聖寺諸畫做柏梁體〉，《御定歷代題畫詩類》，卷119，頁2a，總頁701。
⑬〈奉和襲美公齋四詠次韻〉之〈鶴屛〉，《全唐詩》，冊18，卷618，頁7118。

皮日休則題曰：

> 三幅吹空縠，孰寫仙禽狀？鼍耳側以聽，赤睛曠如望，
> 引吭看雲勢，翹足臨池樣。頗似近蓐席，還如入方丈。
> 盡日空不鳴，窮年但相向。未許子晉乘，難教道林放。
> 貌既合羽儀，骨亦符法相。願升君子堂，不必思崑閬。⑭

由皮日休的描述得知這是三幅畫鶴聯屏，皮詩形容鶴的行止，陸
詩則重鶴的神采，二人均由鶴的逸態高蹈而思遠躅之意。

　　題畫詩有時還可兼作書信，作者或向畫家乞求畫作；或答謝
贈畫；或對畫家表達思慕之情，如鄭谷〈溫處士能畫鷺鷥以四韻
換之〉云：

> 昔年吟醉繞江蘺，愛把漁竿伴鷺鷥。聞說小毫能縱逸，
> 敢憑輕素寫幽奇。涓涓浪濺殘菱蔓，戛戛風搜折葦枝。
> 得向曉窗閒挂玩，雪蓑煙艇恨無遺。⑮

鄭谷因為畫家溫處士所擅長的鷺鷥畫能興發個人「雪蓑煙艇」之
遙想，故而作詩向畫家求畫，詩中「涓涓浪濺殘菱蔓，戛戛風搜
折葦枝」句，一派秋意盎然，引人日暮天涼之感。

　　五代僧人淨顯作〈乞荊浩畫〉：

> 六幅故牢健，知君恣筆蹤。不求千澗水，只要兩株松。
> 樹下留盤石，天邊蹤遠峰。近巖幽濕處，惟藉墨煙濃。⑯

淨顯又名大愚，為鄴都青蓮寺沙門。荊浩字浩然，隱居太行山之洪

---

⑭ 〈鶴屏〉，《御定歷代題畫詩類》，卷93，頁8a，總頁405。
⑮ 《全唐詩》，冊20，卷676，頁7750。
⑯ 〈乞荊浩畫〉，《御定歷代題畫詩類》，卷72，頁17b-18a，總頁141-142。

谷,因號洪谷子,是唐末五代有名的山水畫家,尤以筆墨並重著
稱。淨顯詩雖云「不求千澗水,只要兩株松」,愛的是荊浩的水墨
筆蹤,荊浩仍畫了一幅山水畫贈之,並作〈畫山水圖答大愚〉詩:

> 恣意縱橫掃,峰巒次第成。筆尖寒樹瘦,墨澹野雲輕。
> 巖石噴泉窄,山根到水平。禪房時一展,兼稱苦空情。⑰

畫家自道作畫的隨興與落筆自成天然的功力,「筆尖寒樹瘦,墨
澹野雲輕」,可知以濃墨畫樹,淡墨染雲,泉水從狹窄的石澗縫
中噴注到水平面,構成畫幅的立體感,詩末回到「答大愚」的主
題,以畫中山水陪伴苦修的禪僧。

李朋〈奉酬綿州中丞以江山小圖遠垂賜及兼寄詩〉云:

> 巴山與雪山,井邑共迴環。圖寫丹青內,分明煙靄間。
> 移君名郡興,助我小齋閒。日想登臨處,高蹤不可攀。⑱

綿州中丞即于興宗,宣宗大中年間守綿州,曾作畫寄詩予朝中友
人,李朋便是其中之一。綿州在今四川,李詩以同在蜀境的巴山
和雪山敬佩于興宗公幹之餘登臨名山大川之高情,以答謝于作畫
贈友之美意。

又如齊己有〈謝興公上人寄山水簇子〉、〈謝徽上人見惠二
龍障子以短歌酬之〉等詩答謝興公上人和徽上人的山水畫和龍
圖,又有〈謝人惠十才子圖〉:

> 丹青妙寫十才人,玉峭冰稜姑射神。醉舞披離真鸑鷟,
> 狂吟崩倒瑞麒麟。翻騰造化山曾竭,採摭珠璣海幾貧。

---

⑰ 《全唐詩》,冊21,卷727,頁8335。
⑱ 《全唐詩》,冊17,卷564,頁6541。

　　　　猶得知音與圖畫。草堂閒挂似相親。⑲

由齊己的詩可見當時已經有「大曆十才子圖」傳於世。齊己盛讚十
才子玉潔冰清,不拘時俗,作詩苦吟覓句,字字珠璣,引為知音。
　　　題畫詩還曾為省試試帖詩之一。貞元年間柳宗元(773-819)、
李程(767?-841)、李行敏均作〈省試觀慶雲圖〉,武宗會昌年
間,馬戴作〈府試觀開元皇帝東封圖〉:

　　　儼若翠華舉,登封圖乍開。晃旒明主立,冠劍侍臣陪。
　　　跡類飛仙去,光同拜日來。粉痕疑檢玉,黛色訝生苔。
　　　挂壁雲將起,陵風仗若迴。何年復東幸?魯叟望悠哉。⑳

玄宗曾於開元十三年(725)封禪泰山,命張說(667-730)撰〈封禪
壇頌〉,刻之泰山,又令畫東封圖,以夸成功。封禪儀仗之壯
盛,圖繪形容之華麗,自不待言,馬戴由觀東封圖引發東幸無
期,開元盛世不再的感慨。
　　　宣宗大中年間,李頻(818?-876)作〈府試觀蘭亭圖〉

　　　往會何人處,遺蹤事可觀。林亭今日在,草木古春殘。
　　　筆想吟中駐,杯疑飲後乾。向青穿峻嶺,當白認迴湍。
　　　月影窗間夜,湖光枕上寒。不知詩酒客,誰更慕前歡。㉑

王羲之(321-379)與謝安(320-385)、孫綽(320-377)等四十餘人
於東晉穆帝永和九年(353)的蘭亭雅集早在六朝即有圖繪,李頻
所觀的這一幅「蘭亭圖」不知出於何人之筆,昔日「群賢畢至,
少長咸集」的景象躍然紙上,後人雖亦賦詩飲酒,已難踵繼。

────────────────

⑲ 《全唐詩》,冊24,卷844,頁9547。
⑳ 《全唐詩》,冊17,卷556,頁6445。
㉑ 《全唐詩》,冊18,卷589,頁6841。

　　以上所舉的題畫詩未必皆與所詠的畫幅並置，晚唐五代題寫文字與繪畫合璧的例子，首推南唐李後主爲內供奉畫家衛賢所繪「春江釣叟圖」題詞，據《五代名畫補遺》記載：

> 衛賢，京兆人，仕南唐爲內供奉。〔……〕長于樓觀殿宇盤車水磨，于時見稱。〔……〕故大丞相文懿張公第有「春江釣叟圖」，上有南唐李煜金索書漁父詞二首，其一曰：「閬苑有情千重雪，桃李無言一隊春。一壺酒，一竿身，快活如儂有幾人。」其二曰：「一棹春風一葉舟，一綸繭縷一輕鈞。花滿渚，酒盈甌，萬頃波中得自由。」㉒

　　擅於繪事的文人有時即爲自己所作的畫題詩，這種現象已見於中唐詩人劉商㉓。晚唐五代也有不少自畫自題的作品，如貫休〈上馮使君山水障子〉：

> 憶山歸未得，畫出亦堪憐。崩岸全隳路，荒村半有煙。
> 筆勾岡勢轉，墨搶燒痕顛。遠浦深通海，孤峰冷倚天。
> 柴棚坐逸士，露茗煮紅泉。繡與蓮峰競，威如劍閣牽。
> 石門關麈鹿，氣候有神仙。茅屋書窗小，苔階滴瀑圓。
> 松根擎石朽，桂葉蝕霜鮮。畫出欺王墨，擎將獻惠連。
> 新詩寧妄説，舊隱實如然。願似窗中列，時聞大雅篇。㉔

㉒ 〔宋〕劉道醇：《五代名畫補遺》（臺北：臺灣商務印書館，1983年《文淵閣四庫全書》本），〈屋木門第五‧神品〉，頁11，總頁441；又見〔宋〕郭若虛：《圖畫見聞誌》（臺北：臺灣商務印書館，1983年《文淵閣四庫全書》本），卷2，頁22，總頁529。其中「閬苑有情」，《圖畫見聞誌》作「有意」；「一竿身」，《圖畫見聞誌》作「一竿鱗」。

㉓ 劉商曾作〈山翁持酒相持相訪以畫松酬之〉、〈袁德師求畫松〉、〈畫樹後呈濬師〉等詩題詠個人畫作。

㉔ 《全唐詩》，冊23，卷831，頁9376。

馮使君為貫休的友人馮少常，貫休曾作多首詩贈予馮少常，兩人
交誼匪淺，這首詩題的是貫休自己畫的山水障子，詩謂歸山終未
能成行，於是畫出理想中隱遁生活的景象，以寄友人，聊慰鄉
情。

　　齊己也有多首自畫自題的作品，如〈謝重緣舊山水障子〉：

> 敢望重緣飾，微茫洞壑春。坐看終未是，歸臥始應真。
> 已覺心中朽，猶憐四面新。不因公子鑒，零落幾成塵。㉕

這首詩寫的是自己從前的一幅山水舊作，被收藏者重加裝裱，煥
然一新，幾乎難以辨識，作者感念對方惜畫之情，作詩紀之。

　　在司空圖〈新歲對寫真〉裏，與自己的畫作相對又是另一番
滋味，詩云：

> 得見明時下壽身，須甘歲酒更移巡。生情暗結千重恨，
> 寒勢常欺一半春。文武輕銷丹竈火，市朝偏貴黑頭人。
> 自傷衰颯慵開鏡，擬與兒童別寫真。㉖

司空圖時年高六十，對鏡寫真，不免慨嘆歲月飛逝，傷老嗟衰。

　　再如薛媛的自題像詩，更是一字一淚，〈寫真寄夫〉云：

> 欲下丹青筆，先拈寶鏡寒。已經顏索寞，漸覺鬢凋殘。
> 淚眼描將易，愁腸寫出難。恐君渾忘卻，時展畫圖看。㉗

薛媛自畫寫真，原是為挽回另結新歡的丈夫，《全唐詩》於此詩

㉕《全唐詩》，冊24，卷841，頁9499。
㉖《全唐詩》，冊19，卷632，頁7250。
㉗《全唐詩》，冊23，卷799，頁8991。

之前收錄了相關的故事：

> 南楚材旅遊陳，受潁牧之眷，欲以女妻之，楚材許諾，因託
> 言有訪道行，不復返舊。薛媛善畫，妙屬文，微知其意，對
> 鏡圖形，爲詩寄之。楚材大慚，遂歸偕老。里人爲語稱之。

薛媛以詩畫代言，淚眼婆娑，愁腸千結，以「恐君渾忘卻，時展
畫圖看」，委曲婉轉的語氣道盡了心中的憾恨與無奈。

　　題畫詩的作者各有不同的觀賞繪畫的機緣，如前所述，有的
畫作是作者自畫；有的是畫家相贈；有的是以詩求得，鄭谷的一
首贈謝畫家的詩作題的則是自己詠雪詩的「詩意圖」：

> （鄭）谷詠雪詩云：「亂飄僧舍茶煙濕，密灑高樓酒力微。江
> 上晚來堪畫處，漁翁披得一蓑歸。」有段贊善者善畫，因采其
> 詩意，寫之成圖，曲盡瀟灑之意，持以贈谷，谷爲詩寄謝云：
> 「贊善賢相後，家藏名畫多。留心於繪素，得意在煙波。屬興
> 同吟詠，成功更琢磨。愛予風雪句，幽絕寫漁蓑。」㉘

據學者孔壽山先生考證，段贊善即段成式之子段安節，段家收藏
名畫頗多，成式有《酉陽雜俎》記載不少畫藝事蹟，成式之父段
文昌曾任元和、長慶間宰相，符合鄭谷詩句所述㉙。

　　這種以文學作品爲繪畫素材的「詩意圖」或「詩畫」早在東

㉘〔宋〕計有功撰，王仲鏞校箋：《唐詩紀事校箋》（成都：巴蜀書社，1989年），
　卷70，頁1865；又見《圖畫見聞誌》，卷5〈雪詩圖〉，頁14，總頁559。鄭
　谷詩《全唐詩》作〈予嘗有雪景一絕爲人所諷吟段贊善小筆精微忽爲圖畫以詩謝
　之〉，見冊20，卷675，頁7725。
㉙見孔壽山編著：《唐朝題畫詩注》，頁373。

漢時已見於記載㉚。晚唐五代時的詩意圖形態，在傳爲周文矩畫的「重屏會棋圖」（圖3）上可以得見。「重屏會棋圖」畫的是南唐中主及其兄弟四人聚坐下棋，畫面正中的人物即主角李璟(916-961)。李璟身後有一座屏風（圖4），屏風上畫了一位倚榻的文人，站在文人身後的女子可能是他的妻子，文人右側的兩位婢女正拉展著氈毯，她們的旁邊還有一座山水畫屏風，形成整幅圖畫向畫面內部延伸的兩重景身，故稱「重屏」，第一座屏風畫的即爲白居易〈偶眠〉詩詩意：

圖3 （傳）〔五代〕周文矩「重屏會棋圖」 北京故宮博物院藏

㉚ 有關詩意圖的研究詳參本書〈宋代題「詩意圖」詩析論——以題「歸去來圖」、「憩寂圖」、「陽關圖」爲例」〉。詩意圖的發展及其演變情形，詳參Shin Shou-chian, *Eremitism in Landscape Paintings by Ch'ien Hsuan (CA. 1235—Before 1307)*, (Ph.D. diss., Princeton University, 1984), pp.239-244. 鄭文惠：《明代詩畫對應關係之探討——以詩意圖、題畫詩爲主》（臺北：政治大學中文研究所博士論文，1992年）。

圖4 （傳）〔五代〕周文矩「重屏會棋圖」（局部）北京故宮博物院藏

放盃書案上，枕臂火爐前。老愛尋思事，慵多取次眠。妻敎
卸烏帽，婢與展青氈。便是屏風樣，何勞畫古賢。[31]

「詩意圖」的創作在北宋徽宗畫學發揚光大，以詩題爲畫題
考選畫學學生，如「野水無人渡，孤舟盡日橫」、「嫩綠枝頭紅
一點，動人春色不須多」、「蝴蝶夢中家萬里」、「踏花歸去馬
蹄香」[32]等，考察畫家通解詩意的程度，以及傳達詩境的功力，

[31] 詩見《白居易集》，卷25，頁562。關於「重屏會棋圖」的考證，詳參徐邦達：
　　《古書畫僞訛考辨》（江蘇：江蘇古籍出版社，1984年），上卷，頁148-150。
　　又，巫鴻敎授對於中國屏風繪畫，特別是「重屏會棋圖」有精闢的研究，詳參
　　Wu Hung, *The Double Screen: Medium and Representation in Chinese
　　Painting* (Chicago: University of Chicago Press, 1996), pp.72-133。
[32] 參〔宋〕鄧椿《畫繼》、〔宋〕俞成《螢雪叢說》、〔宋〕陳善《捫蝨新話》
　　等，又參李慧淑：〈宋代畫風轉變之契機——徽宗美術敎育成功的實例（上）〉，
　　《故宮學術季刊》第1卷第4期(1984年)，頁71-91。

加深了中國繪畫的文學意涵。

　　因此，晚唐五代的題畫詩無論在題詠風尚、書寫習慣、創作旨趣等方面，均具有承先啓後之意義㉝。

三、晚唐五代題畫詩的審美特質

（一）方寸巧心通萬造

　　從六朝至晚唐五代，關於繪畫創作的探討，依其關注的焦點，可以粗略地分爲三個階段，即「筆」與「物」的關係、「人」與「物」的關係、「人」與「自然」的關係。從「筆」與「物」到「人」與「自然」，舊有的命題並未被捨棄，而是演化積累，形成新的闡釋論述，創造新的審美價值。晚唐五代的題畫詩儘管不是最精優的文學作品，但是統合畫史與畫論中的藝術理念，卻可以相互印證，建構出繪畫美學的演進思路。

　　繪畫是透過筆墨描述世界，詠歎人生，畫家的寫實功夫一直是基本的訓諫，也是成就畫作的基礎，東晉畫家顧愷之曾經指出：「凡生人亡有手揖眼視而前無所對者，以形寫神而空其實對，荃生之用乖，傳神之趣失矣。」㉞南齊謝赫也以「應物象形」爲達到「氣韻生動」的方式，創作者及其所觀照的審美客體

㉝ 關於唐代題畫詩之研究，尚可參考許麗玲：《唐人題畫詩研究》（臺北：東吳大學中文研究所碩士論文，1991年）。陳華昌：〈唐代題畫詩的美學意義〉，收於中國唐代文學學會、西北大學中文系、廣西師範大學主編：《唐代文學研究》（桂林：廣西師範大學出版社，1988年），頁41-58。李栖：〈唐題畫詩初探〉，《高雄師大學報》第5期(1994年3月)，頁21-35。

㉞ 〔唐〕張彥遠：《歷代名畫記》，卷5，頁10a，總頁322。

其實存在著既「對立」又「協調」的關係。所謂「對立」，是因為審美經驗中有一段審慎客觀，窮盡物理的過程；而所謂「協調」，則是創作時尋求媒介物──「筆」與審美客體──「物」的一致。對於繪畫之美的比較簡單的觀念，就是強化這一致性的絕對必然，甚至神化這一致性會導致的奇異效果，例如畫龍點睛飛去的神蹟，或是受畫感召的故事，畫家高超的寫實技巧是達到此境地的唯一途徑，故而「傳神」要通過「形似」的努力，不能「空其實對」。

　　繪畫如此，文學亦然。劉勰 (465-520)《文心雕龍・物色》云：「自近代以來，文貴形似，窺情風景之上，鑽貌草木之中。」鍾嶸 (469-518) 的《詩品》則以「巧構形似」或「尚巧似」來形容張協、謝靈運、顏延之和鮑照詩的特色，可知在「尚巧似」的審美風氣中，創作者摹寫事物的能力是非常重要的。

　　到了唐代，「形似」的指涉概念日益狹隘，初唐的崔融 (?-706)《唐朝新定詩體》列出了十種作詩的體格，其中之一為「形似體」，崔融解說道：「形似體者，謂貌得其形而得其似，可以妙求，難以粗測者是。」[35] 雖然崔融以「形似體」為十體之冠，但是從「可以妙求，難以粗測」的文句語氣看來，他顯然已經不滿於僅僅純粹模寫物象的創作形態。

　　繪畫方面，崇尚「形似」之風未衰，唐代的題畫詩作者往往以「真」字概括及讚賞畫家的藝術技巧，如：

---

[35] 崔融此語見於〔日〕弘法大師（遍照金剛）撰，王利器校注：《文鏡祕府論校注》（臺北：貫雅文化事業有限公司，1991 年），地卷，頁 165。又，根據王夢鷗先生考訂，《文鏡祕府論》所錄崔氏《新定詩體》即崔融所著《唐朝新定詩體》，見〈有關唐代新體詩成立之兩種殘書〉，收於氏著：《古典文學論探索》（臺北：正中書局，1984 年），頁 242-250。

國初已來畫鞍馬，神妙獨屬江都王。將軍得名三十載，
人間又見真乘黃。㊱
畫松一似真松樹，且待尋思記得無。㊲
滄洲誤是真，蓁蓁忽盈視。㊳

晚唐五代，強調畫家擬真的實力，使觀者真假難辨，藉以稱
美其畫藝的寫作手法仍然可見，如：

李涉〈寄荊娘寫真〉：

〔……〕召得丹青絕世工，寫真與身真相同。忽然相對兩不
語，疑是妝成來鏡中。㊴〔……〕

裴諧〈觀修處士桃園圖歌〉：

一從天寶王維死，于今始遇修夫子。能向鮫綃四幅中，
丹青暗與春爭工。勾芒若見應羞殺，暈綠勻紅漸分別。
堪憐彩筆似東風，一朵一枝隨手發。燕支乍溼如含露，
引得嬌鶯癡不去。多少遊蜂盡日飛，看遍花心求入處。
工夫妙麗實奇絕，似對韶光好時節。偏宜留著待深冬，
鋪向樓前殛霜雪。㊵

方干(?-888)〈水墨松石〉：

三世精能舉世無，筆端狼籍見功夫。添來勢逸陰崖黑，

㊱ 杜甫：〈韋諷錄事宅觀曹將軍畫馬圖〉，《全唐詩》，冊7，卷220，頁2321。
㊲ 景雲：〈畫松〉，《全唐詩》，冊23，卷808，頁9321。
㊳ 皎然：〈觀王右丞維滄洲圖歌〉，《全唐詩》，冊23，卷821，頁9263。
㊴ 《全唐詩》，冊14，卷477，頁5424。
㊵ 《全五代詩》，下冊，卷64，頁1289。本詩作者一作崔庸，見《御定歷代題畫
詩類》，卷87，頁15a，頁334。《全唐詩》作〈觀修處士桃花圖歌〉。

潑處痕輕灌木枯。垂地寒雲吞大漠，過江春雨入全吳。
蘭堂坐久心彌惑，不道山川是畫圖。④

李涉形容眞正的荆娘與畫上的荆娘宛如對鏡自照；裴諧所欣賞的修處士所畫的桃花引來嬌鶯與遊蜂；方干則神遊於重墨與淡墨交織成的山川松石，這些畫作都展現了畫家「模擬」、「複製」審美客體的技藝。

大約在安史之亂後，參與繪事的文人逐漸增多，影響了繪畫思想和繪畫的藝術功能，論畫文字出現對繪畫的藝術要求不只停留於「再現」物象的想法，從而省思「逼眞」與「肖似」的精諦，並且將對繪畫的注意力由畫面轉向畫家本身，由追索創作的源頭，檢討如何才能產生一幅好作品，鑑賞者又該如何辨識作品的藝術水準。

對於「形似」的質疑，可以分爲兩個層面，一是「寫實」之目的爲何？二爲「寫」何者之「實」？先說前者：以人物畫來說，畫人物重在「傳神」已是無庸置疑，傳所繪對象之風神，使人觀其像如睹其人，可以成敎化，助人倫，亦不待言，可是，舉一個最極端的例子：如果畫的是神仙鬼怪，吾人如何檢證其「形似」之程度？

《歷代名畫記》的作者張彥遠認爲：鬼神畫要在虛靈奇詭，使人敬之懼之，因此「形似」的問題不是唯一考慮的重點，他說：「若氣韻不周，空陳形似，筆力未遒，空善賦彩，謂非妙也。」④無論是人物畫或者鬼神畫，首在「氣韻」，也就是說，寫實的目的是爲了傳達「氣韻」，所謂：「以氣韻求其畫，則形似在其間矣。」④

---

④ 《全唐詩》，冊19，卷652，頁7488。
④ 《歷代名畫記》，卷1〈論畫六法〉，頁22b，總頁289。
④ 同上註。

　　張彥遠提出的理想在題鬼神畫的詩作裏未見其附和，他們或
如韓愈 (768-824) 題〈桃源圖〉所謂：「神仙有無何渺茫，桃源
之說誠荒唐」[44]，不信神仙之說，把人間世俗的想法和慾望加諸
神話故事；或是冷眼旁觀，感嘆果報無驗，地獄無畏，鮑溶〈蕭
史圖歌〉和貫休的〈觀地獄圖〉可以分別代表這兩種心態。〈蕭
史圖歌〉云：

> 霜綃數幅八月天，綵龍引鳳堂堂然。小載蕭仙穆公女，
> 隨仙上歸玉京去。仙路迢遙煙幾重，女衣清淨雲三素。
> 胡髯毷珊雲髻光，翠蕤皎潔瓊華涼。露痕煙跡漬紅貌，
> 疑別秦宮初斷腸。此去每在西北上，紫霄洞客曉煙望。[45]

蕭史與弄玉乘龍引鳳化仙飛去的逍遙，到了鮑溶筆下，變成依戀
人間，思念家鄉的凡俗情感。
　　貫休〈觀地獄圖〉則云：

> 峨峨非劍閣，有樹不堪攀。佛手遮不得，人心似等閒。
> 周王應未雪，白起作何顏。盡日空彈指，茫茫塵世間。[46]

畫家圖繪種種地獄變相本是為了警惕人們諸惡莫作，既然圖象不
足以令人戒慎恐懼，遑論教義清規。信仰的動搖與宗教本身的轉
變互為因果，儒、釋、道三家在晚唐五代彼此影響，「復性說」
的提出，糅合儒家「三省吾身」與禪宗直指本心的探索；道教以
「靜心養氣」取代服食煉丹，回歸避世全真的老莊精神；「凝神
定思」、「治心安心」的禪定功夫吸收道家「虛靜無為」的思

---

[44]《全唐詩》，冊10，卷338，頁3787。
[45]《全唐詩》，冊15，卷485，頁5502。
[46]《全唐詩》，冊23，卷837，頁9436。

想，都是重視個體的自我觀照，向個人的內心和本性探求，以期解悟生命存在的意義㊼。

這種超脫宗教執迷的理性思考與直觀本心的內化趨勢反映在審美心理上，便是對創作者創作原動力以及創作狀態的關心，也就是把六朝人重視的「筆」與「物」的關係延伸至用筆的「人」與所繪的「物」的關係，「人」的文化質素與思想情感是決定「筆」的關鍵，論者關心的是「人」的「意氣」、落筆前的「立意」、畫面呈現的「畫意」如何左右「物象」的表達。

杜甫云：「詔謂將軍拂絹素，意匠慘憺經營中。斯須九重眞龍出，一洗萬古凡馬空。」㊽白居易說蕭悅畫竹：「不根而生從意生，不筍而成由筆成」㊾，方干云：「險峭雖從筆下成，精能皆自意中生」㊿，又云：「立意雪髯出，支頤煙汗乾」(51)，都是關注畫家之「意」。張彥遠《歷代名畫記》中敘述吳道子觀裴旻舞劍而畫益進、張旭看公孫大娘舞劍器而爲狂草後道：「是知書畫之藝，皆須意氣而成」(52)，所謂「意氣」，包括人格氣質、情感思想，以及創作時的意趣靈感，「意」的概念與書法上「意在筆先」的理論相通，張彥遠曾多次提到「意存筆先，畫盡意在」的問題，如：

> 顧愷之之跡，緊勁聯綿，循環超忽，格調逸易，風趨電疾，意存筆先，畫盡意在，所以全神氣也。(53)

㊼ 參袁文麗：〈晚唐詩人內向心理探因〉，《山西大學學報》1997年第4期，頁50-54。

㊽〈丹青引贈曹將軍霸〉，《全唐詩》，册7，卷220，頁2322。

㊾〈畫竹歌幷引〉，《全唐詩》，册13，卷435，頁4815。

㊿〈觀項信水墨〉，《全唐詩》，册19，卷649，頁7453。

(51)〈陳式水墨山水〉，《全唐詩》，册19，卷649，頁7452。

(52)《歷代名畫記》，卷9，頁9b，總頁345。

(53)《歷代名畫記》，卷2〈論顧陸張吳用筆〉，頁5a，總頁293。

要達到「意存筆先，畫盡意在」，張彥遠以吳道子作畫爲例云：「守其神，專其一，合造化之功，假吳生之筆，向所謂意存筆先，畫盡意在也。」(54)

因此，畫家本人的「意氣」是畫作「立意」之根源，落筆之前先存有「畫意」，虛靜專一，得心應手，方能冥契造化。觀賞繪畫則是由畫面呈現的「畫意」推想畫家之「立意」，亦即畫家之心。韋莊(836-910)〈金陵圖〉云：「誰謂傷心畫不成，畫人心逐世人情」(55)，伍喬〈觀華夷圖〉云：「別手應難及此精，須知攢簇自心靈」(56)，都是肯定作品是畫家用心蘊釀的結晶，也就是將以筆墨技巧爲主要價値判準的繪畫創作活動提高至精神心靈的層次。張彥遠又云：「夫物象必在於形似，形似須全其骨氣；骨氣形似，皆本於立意，而歸於用筆。」(57)落實於用筆，骨氣形似之說方不至流於空談。

至於畫家創作是「寫」何者之「實」，朱景玄《唐朝名畫錄・序》說道：「伏聞古人云：畫者，聖也。蓋以窮天地之不至，顯日月之不照。揮纖毫之筆，則萬類由心；展方寸之能，而千里在掌。」(58)「天地之不至」、「日月之不照」要由繪畫來窮究，可見繪畫是立足於萬象而又超乎其表象的。張璪嘗自敘其作畫乃：「外師造化，中得心源」(59)，齊己云：「李瓊奪得造化本，都盧縮在秋毫端」(60)，施肩吾題曰：「君有絕藝終身寶，方

(54) 同上註。

(55)《全唐詩》，册24，卷847，頁9587。

(56)《全唐詩》，册15，卷494，頁5593。

(57)《歷代名畫記》，卷1〈論畫六法〉，頁22b，總頁289。

(58)〔唐〕朱景玄：《唐朝名畫錄・序》（臺北：臺灣商務印書館，1983年《文淵閣四庫全書》本），頁1b-2a，總頁363。

(59)《歷代名畫記》，卷10，頁6b，總頁353。

(60)〈觀李瓊處士畫海濤〉，《全唐詩》，册24，卷847，頁9587。

寸巧心通萬造」(61)，荊浩《筆法記》也說作畫要「度物象而取其眞」，「師造化」、「奪造化」、「通萬造」、「度物象」意味體認創生萬物之本源，亦即關心「人」（心）與「自然」(造化)的關係。荊浩並且剖析「似」與「眞」的差異：「似者得其形而遺其氣，眞者氣質俱盛。」(62)相較於白居易「畫無常工，以似爲工；學無常師，以眞爲師」(63)的說法，以及前述「以眞喻畫」的書寫習慣，經過了晚唐五代對於「形似」的思考，繪畫創作的自覺意識顯然更深。

在題畫詩方面，有謂：「丹艧傳眞未得眞，那知筋骨與精神」(64)，審美客體的意態不是憑藉色相，而是畫家對其存在本質的理解。又如：「曾向滄江看不眞，卻因圖畫見精神」(65)、「由來畫看勝栽看，免見朝開暮落時」(66)，繪畫可以留住創作當時的時空狀態，甚至比所繪對象更能表現其眞正的精神內涵。《筆法記》論畫之「六要」中有謂：「景者，制度時因，搜妙創眞」(67)，「眞」既可「創」，畫家巧奪天工的自主性增強，於是畫家有時就如造物主，可以用畫筆創造生機勃發的世界——「堪憐彩筆似東風，一朵一枝隨手發」(68)；或是無須行旅，便可畫出夢遊山水之情，如齊己〈寄上荊渚因夢廬岳乃圖壁賦詩〉：

夢繞嵯峨裏，神疏骨亦寒。覺來誰共説，壁上自圖看。

---

(61) 〈觀吳偃畫松〉，《全唐詩》，冊15，卷494，頁5593。
(62) 〔後梁〕荊浩：《筆法記》（臺北：臺灣商務印書館，1983年《文淵閣四庫全書》本），頁2a，總頁424。
(63) 〈記畫〉，《白居易集》，卷43，頁397。
(64) 杜荀鶴：〈八駿圖〉，《全唐詩》，冊20，卷693，頁7978。
(65) 齊己：〈題畫鷺鷥兼簡孫郎中〉，《全唐詩》，冊24，卷844，頁9542。
(66) 杜荀鶴：〈題花木障〉，《全唐詩》，冊20，卷693，頁7980。
(67) 《筆法記》，頁1a，總頁424。
(68) 裴諧：〈觀修處士桃園圖歌〉，《全五代詩》，下冊，卷64，頁1289。

古翠松藏寺，春紅杏溼壇。歸心幾時逐，日向漸衰殘。(69)

如果繪畫拘於再現存有世界的物象，那麼圖畫夢境的種種便違反了這個規則；如果畫家所繪的主題都必須符合寫實的條件，而且限定只有寫實才會感人，像貫休畫「應夢羅漢」便很難被接受，且看歐陽炯(896-971)洋洋灑灑的〈貫休應夢羅漢畫歌〉：

西嶽高僧名貫休，孤情峭拔凌清秋。天教水墨畫羅漢，
魁岸古容生筆頭。時捎大絹泥高壁，閉目焚香坐禪室。
忽然夢裏見眞儀，脫下袈裟點神筆。高握節腕當空擲，
窸窣毫端任狂逸。逡巡便是兩三軀，不似畫工虛費日。
怪石安拂嵌復枯，眞僧列坐連跏趺。形如瘦鶴精神健，
頂似伏犀頭骨麤。倚松根，傍巖縫，曲錄腰身長欲動。
看經弟子擬聞聲，瞌睡山童疑有夢。不知夏臘幾多年，
一手搘頤偏袒肩。口開或若共人語，身定復疑初坐禪。
案前臥象低垂鼻，崖畔戲猿斜展臂。芭蕉花裏刷輕紅，
苔蘚文中暈深翠。硬筇杖，矮松床，雪色眉毛一寸長。
繩開梵夾兩三片，線補衲衣千萬行。林間亂葉紛紛墮，
一印殘香斷煙火。皮穿木屐不曾拖，笥織蒲團鎭長坐。
休公休公逸藝無人加，聲譽喧喧遍海涯。五七字句一千首，
大小篆書三十家。唐朝歷歷多名士，蕭子雲兼吳道子。若將
書畫比休公，只恐當時浪生死。休公休公始自江南來入秦，
於今到蜀無交親。詩名畫手皆奇絕，覷你凡人爭是人。瓦棺
寺裏維摩詰，舍衛城中辟支佛。若將此畫比量看，總在人間
爲第一。(70)

---

(69)《全唐詩》，冊24，卷839，頁9466。

(70)《全唐詩》，冊22，卷761，頁8638。

再觀傳爲貫休的羅漢畫（圖5及6），變形扭曲又怪異的人物，即使沒有宗教上的感應，也讓我們領受到了畫家「創眞」的氣息。

又如折枝花卉畫和小筆小品畫在晚唐五代興起，詩人題曰：「不是從來本無根，畫工取勢教摧折」(71)，基於寓「巧心」於「方寸」以「通萬造」之共識，使得觀賞者認同「小中可以見大」、「片斷可以隱喻全景」，可謂宋代以後實踐「師心自任」的前導。

圖5 （傳）〔五代〕貫休「十六羅漢像」之一 日本宮內廳藏

(71) 吳融：〈壁畫折竹雜言〉，《全唐詩》，冊20，卷687，頁7901。

圖6 （傳）〔五代〕貫休「十六羅漢像」之二　日本宮內廳藏

（二）緣象生情，象外求象

　　晚唐五代的繪畫審美觀雖然不盡是圍繞著繪畫的「寫實」議題打轉，但是只要觸及繪畫本質的思索，就很難避免其呈現方法的問題，如前所述，當時的文人一方面釐清「形似」的層次，詮解「似」與「真」的區別，嘗試為「繪畫無可擺脫形似」尋求合宜的出路；另一方面則透露出企圖超越「形似」束縛，嚮往更高境界的訊息，其實這兩個方向具有同樣的意識形態，就是關心

「繪畫不只是視覺所見的表象」。

如果「畫不只是畫」，除了眼見所及，它還可能蘊藏什麼深義？如果圖象背後還有更宏鉅的語彙待解讀，我們怎樣抽絲剝繭，在形相之外獲得觀賞的樂趣？

題畫詩作爲一種廣義的「詠物」書寫，文化上知識份子的道德教養與文學上的比興感物傳統很容易便結合起來，把賞畫題寫當成寄託情志，抒發身世感懷的管道，尤其是松石圖之類具有明顯象徵意義的畫作，更容易引發詩人的共鳴，例如吳融〈題畫柏〉：

> 不得月中桂，轉思陵上柏。閒取畫圖看，煩紆果冰釋。
> 桂生在青冥，萬古煙霧隔。下蔭玄兔窟，上映嫦娥魄。
> 圓缺且不常，高低固難測。若非假羽翰，折攀何由得。
> 天遠眼虛穿，夜闌頭自白。未知陵上柏，一定不移易。
> 有意兼松茂，無情從麝食。不在是非間，與人爲憤激。
> 他年上縑素，今日懸屋壁。靈怪不可知，風雨疑來逼。
> 明朝歸故園，唯此同所適。回首寄團枝，無勞惠消息。(72)

詩中以「月中桂」與「陵上柏」對舉，古人以月中折桂比喻登第，作者科場失意，自認因乏羽翰之助，以故折攀無緣，又以堅貞之柏樹自許，觀圖明志。

在李商隱〈李肱所遺畫松詩書兩紙得四十一韻〉詩中，作者巧用各種形容，描寫李肱所畫松樹之逼眞，再由喻松爲龍，引申個人學仙的經過，最後歸結於事君之心。

晚唐五代山水畫家常畫嚴子陵「釣臺」故事，詩人題寫時也

(72) 《全唐詩》，冊20，卷687，頁7902。

喜愛徵引或聯想嚴子陵[73]的事蹟，如李頻〈題釣臺障子〉：

> 君家盡是我家山，嚴子前臺枕古灣。卻把釣竿終不可，
> 幾時入海得魚還。[74]

方干〈項洙處士畫水墨釣臺〉：

> 畫石畫松無兩般，猶嫌瀑布畫聲難。雖云智惠生靈府，
> 要且功夫在筆端。潑處便連陰洞黑，添來先向朽枝乾。
> 我家曾寄雙臺下，往往開圖盡日看。[75]

以嚴子陵為理想的隱者典型，晚唐五代文化思維裏對於「隱逸」的想像遊走在「入世」與「出世」之間，「致君堯舜」、「為王者師」的心理已經淡去，就像嚴光，具有帝王賞識的尊榮，可以出任高官、享有富貴而不受，維持超然的立場和身份，泰然自得。

　　傾慕嚴光之餘，晚唐五代詩人還美化了隱逸生活，如徐鉉(916-991)〈題畫石山〉，就把隱者所居的山林刻畫得如洞天福地，色彩斑斕奪目：

> 彼美巉巖石，誰施黻藻功。回巖明照地，絕壁爛臨空。
> 錦段鮮須濯，羅屏展易窮。不因秋蘚綠，非假晚霞紅。
> 羽客藏書洞，樵人取箭風。靈蹤理難問，仙路去何通。
> 返駕歸塵裏，留情向此中。迴瞻畫圖畔，遙羨面山翁。[76]

---

[73] 嚴光，東漢人，字子陵，少曾與光武帝劉秀同游學，有高名。後光武登基，光變姓易名隱遁山林，劉秀派人覓訪，徵召到京，光不受，退居富春山，後人稱其所居游之地為「嚴陵山」、「嚴陵釣臺」。

[74] 《全唐詩》，冊18，卷587，頁6813。

[75] 《全唐詩》，冊19，卷651，頁7482。

[76] 《全唐詩》，冊22，卷752，頁8562。

這樣的人間仙境，詩人卻只「遙羨」而不投入，終究還是選擇了塵世，可見在當時現實條件不允許的情況下，歸隱山林畢竟不是單純的事。

圖象的象徵意義通常取決於主題，例如藉畫馬以期求伯樂識才，或是抒發懷才不遇之慨，顧雲 (?-894)〈蘇君廳觀韓幹馬障歌〉云：「當時若遇燕昭王，肯把千金買枯骨」(77)；羅隱 (833-909)〈八駿圖〉則曰：

> 穆滿當年物外程，電腰風腳一何輕。如今縱有驊騮在，
> 不得長鞭不肯行。(78)

同樣圖寫鳥類，盛唐詩人偏好畫鷹，晚唐五代則愛野逸的鷺鷥和鶴，如張喬〈鷺鷥障子〉：

> 剪得機中如雪素，畫爲江上帶絲禽。閒來相對茅堂下，
> 引出煙波萬里心。(79)

齊己〈題畫鷺鷥兼簡孫郎中〉：

> 曾向滄江看不真，卻因圖畫見精神。何妨金粉資高格，
> 不用丹青點此身。蒲葉岸長堪映帶，荻花叢晚好相親。
> 思量畫得勝籠得，野性由來不戀人。(80)

至於題寫歷史題材的作品，則往往假詠史以諷世，如溫庭筠〈龍尾驛婦人圖〉：

---

(77)《全唐詩》，冊 19，卷 637，頁 7303。
(78)《全唐詩》，冊 19，卷 665，頁 7617。
(79)《全唐詩》，冊 19，卷 639，頁 7330。
(80)《全唐詩》，冊 24，卷 844，頁 9542。

慢笑開元有倖臣，直教天子到蒙塵。今來看畫猶如此，
何況親逢絕世人。(81)

羅隱〈題磻溪垂釣圖〉：

呂望當年展廟謨，直鉤釣國更誰如。若教生在西湖上，
也是須供使宅魚。(82)

齊己〈看金陵圖〉：

六朝圖畫戰爭多，最是陳宮計數訛。若愛蒼生似歌舞，
隋皇自合恥干戈。(83)

這些依畫而生的情懷未必即爲畫家的初衷，題畫詩的作者顯然有意在圖象的形貌之外，追求更多的義涵，因此有「無間已得象，象外更生意」(84)、「得茲象外趣」(85)、「象外逐幽好」(86)、以至司空圖「韻外之致」、「味外之旨」、「象外之象」、「景外之景」(87)諸說。

要超軼象外，必得反求諸己，詩人注意到了繪畫的物質特性，希望在視覺的審美體悟中融入聽覺與嗅覺等平面空間所欠缺的感官經驗，例如：

---

(81) 《全唐詩》，冊17，卷583，頁6761。
(82) 《全唐詩》，冊19，卷665，頁7623。
(83) 《全唐詩》，冊24，卷846，頁9580。
(84) 劉長卿：〈觀李湊所畫美人障子〉，《全唐詩》，冊5，卷149，頁1532。
(85) 錢起：〈過瑞龍觀道士〉，《全唐詩》，冊8，卷238，頁2660。
(86) 韓愈：〈薦士〉，《全唐詩》，冊10，卷337，頁3780。
(87) 見〔唐〕司空圖：《司空表聖文集》（臺北：臺灣商務印書館，1967年《四部叢刊初編》本），〈與李生論詩書〉，卷2，頁1，及〈與極浦書〉，卷3，頁3。

　　畫石畫松無兩般，猶嫌瀑布畫聲難。[88]

　　向月本無影，臨風疑有聲。[89]

　　分明記得曾行處，只欠猿聲與鳥啼。[90]

　　帶梵侵雲響，和鐘擊石鳴。[91]

　　靜閉綠堂深夜後，曉來簾幕似聞腥。[92]

　　對於繪畫本質的了解，以及尋求超越其物質特性的期望，促成了日後北宋「詩是無形畫，畫是有形詩」、「詩是有聲畫，畫是無聲詩」的概念，以「畫外之意」為賞畫活動中審美愉悅之所繫，既體認繪畫之「能」與「不能」，又力圖於「不能」的境況創發新機。

（三）水墨的興味

　　繪畫為了具現世間萬象，以接近眼見的色彩模擬景物本屬必然。中唐以降，由於文房四寶的改良，尤其是造紙和製墨技術的進步，再加上追求寫實之餘的反省，「象外求象」的探尋，使得繪畫創作產生技法上和思想上的革命，水墨畫以及與水墨畫有關的「逸品」畫格於焉出現。

　　由於史料所限，「水墨」、「逸品」、「潑墨」三者的關聯有些夾纏，為了呈現晚唐五代題畫詩中關於「水墨」的賞鑑旨趣，必須重新探討，筆者擬從「逸品」畫格的形成脈絡裏分析「水墨」的

[88] 方干：〈項洙處士畫水墨釣臺〉，《全唐詩》，冊19，卷651，頁7482。

[89] 方干：〈方著作畫竹〉，《全唐詩》，冊19，卷649，頁7453。

[90] 方干：〈題畫建溪圖〉，《全唐詩》，冊19，卷653，頁7504。

[91] 鄭谷：〈西蜀淨眾寺松溪八韻兼寄小筆崔處士〉，《全唐詩》，冊20，卷675，頁7724。

[92] 蔣貽恭：〈題張道隱太山祠畫龍〉，《全五代詩》，下冊，卷57，頁1163。

創作初衷，再從「潑墨」畫法裏找尋「水墨」的審美因子。

　　水墨畫突破了色彩形相，以無彩度的黑白色調及其暈染效果，取代對自然原色的模擬，創造新的繪畫表達方式，這不僅是畫家個人創作意識的挑戰，也是對觀賞者審美觀念的新刺激和再教育。

　　新技法和新觀念的建立並非一蹴可幾，盛唐畫家吳道子和中唐畫家張璪等人獨特的性格和創作習慣，可以視爲水墨逸品的前驅。我們不能肯定吳道子只畫水墨，但是從朱景玄《唐朝名畫錄》的記載可知：吳畫筆勢快速飛動，曾經僅以「墨蹤」作畫，《唐朝名畫錄》云：

> 明皇天寶中忽思蜀道嘉陵江水，遂假吳生驛駟，令往寫貌。及回日，帝問其狀，奏曰：「臣無粉本，并記在心。」後宣令於大同殿圖之，嘉陵江三百餘里山水，一日而畢。時有李思訓將軍，山水擅名，帝亦宣於大同殿圖，累月方畢。明皇云：「李思訓數月之功，吳道子一日之跡，皆極妙也。」[93]景玄每觀吳畫，不以裝背爲妙，但施筆絕蹤，皆磊落逸勢。又數處圖壁，只以墨蹤爲之，近代莫能加其彩繪。[94]

　　張彥遠《歷代名畫記》則記敘吳道子「好酒使氣，每欲揮毫，必須酣飲。」吳道子畫嘉陵江一日而成的快筆，以及無須粉本，三百餘里山水銘記在心的創作方式，張彥遠認爲是「始創山水之體，自爲一家」[95]。而吳道子下筆有神的原動力更與其個人意氣有關，張璪作畫也是如此，符載曾經記敘張璪在陸深源府宴

---

[93] 《唐朝名畫錄》，頁2b，總頁363。
[94] 同上註。
[95] 《歷代名畫記》，卷9，頁9a，總頁345。

集時作畫的情景：

> 員外居中，箕坐鼓氣，神機始發，其駭人也，若流電激空，
> 驚飆戾天，摧挫斡掣，撝霍瞥列，毫飛墨噴，捽掌如裂，離
> 合惝恍，忽生怪狀，及其終也，則松鱗皴，石巉岩，水湛
> 湛，雲窈眇，投筆而起，為之四顧，若雷雨之澄霽，見萬物
> 之情性。⑯

這一段猶如《莊子》庖丁解牛故事的描寫，生動而傳神，張璪的
畫法，張彥遠說是「破墨」，又說「其唯用禿筆，或以手摸素
絹」，朱景玄則云：「能用筆法，嘗以手握雙管，一時齊下，一
為生枝，一為枯枝。氣傲煙霞，勢凌風雨。槎枒之形，鱗皴之
狀，隨意縱橫，應手間出。」⑰

　　張璪之後，張彥遠以劉商為其傳人。《歷代名畫記》云劉
商：「少年有篇詠高情，工畫山水樹石，初師張璪，後自造真為
意。自張貶竄後，嘗惆悵賦詩曰：『苔石蒼蒼臨澗水，溪風裊裊
動松枝。世間惟有張通會，流向衡陽那得知。』」⑱劉商是否親
師張璪我們不得而知，但從其緬懷張璪的詩句看來，劉商頗為敬
重張璪。雖然畫史並未對劉商的作品多作敘述，不過因其善於自
畫自題，在題畫文學史上卻不可忽視，例如他曾自題畫松圖：
「水墨乍成岩下樹，摧殘半隱洞中天。獻公曾住天台寺，陰雨猿
聲何處聞？」⑲這首詩也是「水墨」一詞專指「水墨畫」的較早

---

⑯ 符載：〈江陵陸侍御宅讌集觀張員外畫松石圖序〉，收於〔宋〕姚鉉編：《唐文
　　粹》（臺北：世界書局，1988 年景印《摛藻堂四庫全書薈要》本），卷 97，頁
　　502。
⑰ 《唐朝名畫錄》，頁 8b，總頁 366。書中「張璪」作「張藻」。
⑱ 《歷代名畫記》，卷 10，頁 7b，總頁 353。
⑲ 〈與湛上人院畫松〉，《全唐詩》，冊 10，卷 304，頁 3462。

例子。到了晚唐五代，許渾、張碧、鄭谷、歐陽炯等人的詩作中關於「水墨」的描寫逐漸增多，如許渾：「水墨蒼蒼半壁陰」⑩、鄭谷：「水墨畫松清睡眼」⑩、歐陽炯：「天敎水墨畫羅漢」⑩，可知以「水墨」形容某一種繪畫的說法已經成立。

　　大約就在「水墨」作畫出現之時，朱景玄《唐朝名畫錄》所舉出的「逸品」畫家也登上了畫壇。《唐朝名畫錄》將唐朝的畫家分爲「神、妙、能」三品，三品之外，又將王墨、李靈省、張志和三位畫家歸爲「逸品」，關於王墨，《唐朝名畫錄》云：

> 王墨者，不知何許人，亦不知其名，善潑墨畫山水，故時人謂之王墨。〔……〕好酒，凡欲畫圖幛，先飲。醺酣之後，即以墨潑，或笑或吟，腳蹙手抹。或揮或掃，或淡或濃，隨其形狀，爲山爲石，爲雲爲水。應手隨意，倏若造化，圖出雲霞，染成風雨，宛若神巧。俯觀不見其墨汙之跡，皆謂奇異也。⑩

　　貫休〈上馮使君山水障子〉云：「筆勾岡勢轉，墨搶燒煙痕。〔……〕畫出欺王墨，擎將獻惠連。」⑩王墨在當時可能略有名氣，是潑墨山水畫家的代表。《歷代名畫記》裏記載的「王默」，學者咸以爲即「王墨」，張彥遠云：

> 王默〔……〕風顛酒狂。畫松石山水，雖乏高奇，流俗亦好。〔……〕余不甚覺默畫有奇。⑩

⑩　許渾：〈贈李伊闕〉，《全唐詩》，冊16，卷534，頁3462。
⑩　鄭谷：〈寄獻狄右丞〉，《全唐詩》，冊20，卷676，頁7744。
⑩　歐陽炯：〈貫休應夢羅漢畫歌〉，《全唐詩》，冊22，卷761，頁8638。
⑩　《唐朝名畫錄》，頁20b，總頁372。
⑩　《全唐詩》，冊23，卷831，頁9375。
⑩　《歷代名畫記》，卷10，頁10b-11a，總頁355。

即使「王默」與「王墨」並非同一人，應該也屬同一畫風，而王默和傳爲王默弟子的顧生、項容等人似乎形成一派潑墨畫法[106]，有的學者就認爲無拘無束、任意揮灑、強調創作的偶然性和未知性的繪畫，像「潑墨」一類的水墨作品就是「逸品」[107]。但是僅僅以王墨的例子並不足以確定「逸品」畫風的實際內涵，《唐朝名畫錄》裏另外的逸品畫家李靈省和張志和就不一定是潑墨畫家，至少史料上並未得見，《唐朝名畫錄》記載李靈省：

> 〔……〕但以酒生思，傲然自得。〔……〕若畫山水、竹樹，皆一點一抹，便得其象，物勢皆出自然，或爲峰嶺雲際，或爲島嶼江邊，得非常之體，符造化之功，不拘於品格，自得其趣爾。[108]

張志和：

> 〔……〕隨句賦象，人物、舟船、鳥獸、煙波、風月，皆依其文，曲盡其妙，爲世之雅律，深得其態。[109]

張志和曾與顏眞卿 (709-785) 交往，顏眞卿記其作畫情景云：

> 〔……〕性好畫山水，皆因酒酣乘興擊鼓吹笛，或閉目，或背面，舞筆飛墨，應節而成。[110]

---

[106] 同上註。

[107] 如鈴木敬著，魏美月譯：《中國繪畫史（上）》，頁 98-102。島田修二郎著，林保堯譯：〈逸品畫風〉，《藝術學》第 5 期(1991 年 3 月)，頁 249-275。但二人對於「逸品」畫格的代表畫科及其技法內容見解又有不同。

[108] 《唐朝名畫錄》，頁 21a，總頁 373。

[109] 同上註。

[110] 〔唐〕顏眞卿：《文忠集》（北京：中華書局，1985 年《叢書集成初編》本），卷 9〈浪跡先生玄眞子張志和碑銘〉，頁 71-72。

　　因此，「逸品」未必限於潑墨畫，《唐朝名畫錄》裏三位逸品畫家：王墨「倏若造化」；李靈省「符造化之功」；張志和「曲盡其妙」、「深得其態」的創作也不像學者以爲的「筆法粗放，造形簡略，違反對應物象的原則」⑪，甚至早期的逸品可否視爲一種「畫風」都還要存疑，至少當初朱景玄列出「逸品」的目的只是因爲「此三人非畫之本法，故目之爲逸品，蓋前古未之有也，故書之」⑫，不像後來北宋黃休復《益州名畫錄》將「逸格」置於「神」、「妙」、「能」三格之首。若要歸納唐朝五代「逸品」的共同精神，管見以爲：從吳道子、張璪乃至張志和，都是酣飮醺然，興發繪畫靈感，出之於個人意氣而隨性創作，是畫家解除了對於「筆」的拘束，轉而觀照自然造化，自由自主的結果。唯其如此，我們也才能理解北宋文人畫家如東坡等人爲何乘醉揮毫，遊戲筆墨，又要形理俱足的創作用心。

　　回到「潑墨」畫，如果依照張彥遠「王默卒於貞元末」的記載，潑墨畫法大約興起於中唐，而在晚唐受到矚目。唐詩中提到「潑墨」畫的有陸龜蒙：「拄訪譚玄客，持看潑墨圖」⑬、貫休：「無限松如潑墨爲，雲塹含香啼鳥細」⑭、唐希雅：「誰潑煙雲六尺綃」⑮。方干所交往的潑墨畫家有項洙、項信、項容等人，如題〈項洙處士畫水墨釣臺〉：「潑處便連陰洞黑」⑯、〈水墨松石〉：「潑處痕輕灌木枯」⑰，〈觀項信水墨〉：

---

⑪ 如島田修二郎：〈逸品畫風〉。

⑫ 《唐朝名畫錄》，頁21b，總頁373。

⑬ 陸龜蒙：〈奉和襲美贈魏處士五貺詩・華頂杖〉，《全唐詩》，冊18，卷622，頁7159。

⑭ 貫休：〈春遊涼泉寺〉，《全唐詩》，冊23，卷837，頁9433。

⑮ 唐希雅：〈題畫〉，《全五代詩》，上冊，頁770。

⑯ 《全唐詩》，冊19，卷651，頁7482。

⑰ 《全唐詩》，冊19，卷651，頁7488。

險峭雖從筆下成，精能皆自意中生。倚雲孤檜知無朽，
挂壁高泉似有聲。轉扇驚波連岸動，迴燈落日向山明。
小年師祖過今祖，異域應傳項信名。⑱

〈送水墨項處士歸天臺〉：

仙嶠倍分元化功，揉藍翠色一重重。還家莫更尋山水，
自有雲山在筆峰。⑲

天臺項處士即是項容，學者認為項容、項信、項洙為同一家族⑳，
筆者以為：即使不同家族，從方干的詩句觀察，他們的創作理念應
該是很接近的。《歷代名畫記》說王默師項容，但是從時代判斷，
項容應該在後，《宣和畫譜》就說是項容師王默，無論如何，王默
之類的畫風在當時是受到歡迎的，所以張碧詩云：「我聞吳中項容
水墨有高價」㉑，張彥遠也說王默「雖乏高奇，流俗亦好」。不過
筆者懷疑對於「潑墨」畫的接受很大部份是基於獵奇的心態，那種
帶著濃厚表演性質，以手、以墨代替正統的畫筆，率性而潑灑，即
席而點染，將形狀不定的墨暈收拾成山水松石的特殊技術的確令人
驚嘆，套用中國「書畫如其人」的一慣想法，畫家的性格想必也是
超異尋常，對於畫家的關心和好奇此時發揮了作用，或許連帶地牽
動了欣賞色相刪落的審美心靈。

　　朱景玄嘖嘖稱奇的潑墨畫法，張彥遠卻不以為然，他說：
「〔……〕如山水家有潑墨，亦不謂之畫，不堪傚效。」㉒潑墨

---

⑱　《全唐詩》，冊19，卷651，頁7466。
⑲　《全唐詩》，冊19，卷651，頁7502。
⑳　見島田修二郎：〈逸品畫風〉。
㉑　張碧：〈題祖山人池上怪石〉，《全唐詩》，冊14，卷469，頁5339。
㉒　《歷代名畫記》，卷2〈論畫體工用搨寫〉，頁6a，總頁294。

不合乎正統的「骨法用筆」，帶有取巧的成份，所以不能算是繪
畫，藝評家冷靜的批判顯示對流俗的不屑。在張彥遠的觀念裏，
繪畫的筆法非常重要，所以他才會認為「骨氣形似皆本於立意，
而歸於用筆」。以墨水渲染為主的潑墨畫，用筆只是為了具現形
象，不似傳統的畫法，以線描勾勒景物完整的輪廓，再施皴擦，
只有遠景才用墨染，二者的「筆」與「墨」的主從關係相反，到
了荊浩的《筆法記》裏，「筆」與「墨」並重的處理方式才解決
了其間孰輕孰重的難題。荊浩云：「項容山人，〔……〕用墨獨
得玄門，用筆全無其骨。〔……〕吳道子筆勝於象，〔……〕亦
恨無墨。」[123]荊浩採二子之所長，補其所短，而成一家之體，如
圖7傳為荊浩所繪的「匡廬圖」，便是一幅皴染兼備，筆墨並重
的水墨山水名作。

　　張彥遠雖然不欣賞潑墨畫，但是他並不排斥不加丹青的水墨
畫，《歷代名畫記》云：

> 夫陰陽陶蒸，萬象錯布。玄化無言，神工獨運。草木敷榮，
> 不待丹碌之采；雲雪飄颻，不待鉛粉而白。山不待空青而
> 翠，鳳不待五色而綷。是故運墨而五色具，謂之得意。意在
> 五色，則物乖矣。[124]

荊浩《筆法記》亦謂：

> 夫隨類賦彩，自古有能。如水墨暈章，興吾唐代。故張璪員
> 外，樹石氣韻俱盛，筆墨積微，眞思卓然，不貴五彩。曠古
> 絕今，未之有也。[125]

---

[123] 《筆法記》，頁4b，總頁425。
[124] 《歷代名畫記》，卷2〈論畫體工用搨寫〉，頁7a，總頁294。
[125] 《筆法記》，頁4a，總頁425。

圖7　（傳）〔五代〕荊浩「匡廬圖」　　臺北故宮博物院藏

　　本來居於陪襯地位，用來表現遠景，或是做爲底稿的墨畫在晚唐五代潑墨奇風的助長之下，引發了對繪畫藝術「色彩」的省思。「不待五色」、「不貴五彩」，或「運墨而五色具」，不僅在工具上突破顏料的使用，更在概念上接受繪畫可以看似「未完成」，「墨即是色」，「墨中有五色」，水墨審美價值的建立，與前述「由技術層面的要求轉向個人思想與精神層面的探究」、

「心師造化」、「繪畫不單是線條色彩的組合」等等都相關。此外，畫家「情生筆端」、詩人「緣象生情」、「象外求象」的互動也讓水墨畫因為抽離了色彩而有更大的想像空間。

　　唐人把書法中「人格」與「筆勢」相聯繫的想法引申至繪畫，而有「書畫同體」之說。基於近似的工具和筆法，書法遣興抒懷的精神內涵在中唐以來文人參與繪藝益增之後滲入了繪畫，筆墨的抒情性質得以超越「傳移模寫」過程中色彩的擬真目的，「水」與「墨」的聚散變化，配合「筆」的使轉，自由揮灑，突顯畫家的意氣和意念思想，於是山水樹石、羅漢⑫⑥、梅竹⑫⑦，無不可由水墨展現。

四、結　語

　　以上分別從創作論、鑑賞觀、創作與鑑賞互相激盪興起的新畫風三個方面析論晚唐五代題畫詩的審美特質，我們在詩中雖然見不到奇崛瑰麗的幻彩，卻仍令人迷眩，驚訝於以往咸知的藝術江河竟然源出於如此淺淡的水灘，這五十七位作者未必皆見諸於文學典籍，但是以他們觀賞繪畫的眼睛，看見了二度空間裏新的視野。無論他們是否具有足夠的代表性，他們留下的題詠繪畫的文字，其中蘊含的審美意識暗示著另一股強大的美學思潮即將襲捲整個中國，乃至覆蓋及沈澱於文人文化的土壤，化生千萬──歷史的舞臺固然以著名的人物為要角，聚光燈之外，默默地翩然生姿的舞者何嘗不在準備獻藝？沒有人想到，百餘年的演練終於在新的世紀裏被推上了主線，只不過，屬於他們的時代已經落幕。

---

⑫⑥ 如歐陽炯：〈貫休應夢羅漢畫歌〉，《全唐詩》，冊22，卷761，頁8638。
⑫⑦ 如詹敦仁有〈介庵贈古墨梅酬以一篇〉詩。

晚唐五代題畫詩的審美特質

提　　要

　　本文蒐集整理《全唐詩》、《全五代詩》、《聲畫集》、《御定歷代題畫詩類》等書中晚唐五代題畫詩作品，計得約一百題一〇八首，作者五十七位。由詩作內容得知晚唐五代在繪畫史的發展中居於「釋道告退，山水花鳥方滋」的關鍵地位，再從題畫文學的演進歷程來看，晚唐五代題畫詩的意義乃在於接續中唐以降文人賞畫題詠，唱和贈答之習尚；擴展將詩文實際題寫於畫上、畫家自畫自題、以詩意作畫等現象，開啓北宋興盛的題畫風氣，影響宋人的審美判斷。

　　作者以「方寸巧心通萬造」、「緣象生情，象外求象」、「水墨的興味」等三個主題，分別從創作論、鑑賞觀、創作與鑑賞互相激盪興起的新畫風三個方面，析論晚唐五代題畫詩中所呈現的審美特質。

　　作者以為：晚唐五代是繪畫美學創作論自六朝關心「筆」與「物」的關係，過渡到注意「人」與「物」、乃至「人」與「自然」的關係的時期，亦即繪畫「形似」觀念逐漸轉向「形理」並舉的前驅。題畫詩作者結合了繪畫題材的文化象徵意義與文學比興傳統，賞畫題詠時往往借此抒發個人情志，並希冀追求圖象之外的品鑑樂趣，為了追求象外之象，而更具體認知繪畫的物質特

性，引發日後「詩是無形畫，畫是有形詩」的思考。至於水墨畫的興味，在潑墨奇風和「逸品」畫格的助長之下，既突破了具現實相的色彩觀念，也確立了中國繪畫以筆墨寄託抒情意蘊的特色，促進北宋文人畫的崛起。

關鍵詞：題畫詩　晚唐　五代　審美　逸品　水墨畫

寫真與寫意：

從唐至北宋題畫詩的發展論宋人審美意識
的形成

一、前　　言

> 中國所以成爲今日現象者，爲善爲惡，姑不具論，而爲宋人
> 之所造就，什八九可斷言也。①
>
> 　　　　　　　　　　　　　　　　　　　　──嚴復

　　在邁向西元紀年的第三個千年，在喧嘩擾攘著「世紀末」與
「世紀初」的聲浪裏，近百年前嚴復(1853-1921)的這一番話彷
彿提醒了我們，如果我們回首望去，上一個跨越人間千年的時
代，虛掩的歷史厚門仍然透露著宋代文明的輝光，迤邐著幽微的
陰影，交疊在千年以來華夏子民的臉上，沈積於心靈的底層。

　　翻動心靈底層的土壤，宋代文化的氣息隱隱飄散──對於文
章道統的崇敬與偏執；對於民族大義的忠誠與拘囿；對於祖宗家
法的奉守與堅持。一千年來，宋代的靈魂非但沒有死去，反而轉
化複製，盤根錯節，於是研究宋代的歷史文化也就不免帶有鑑古
照今的意味。

　　無論是從政治、經濟、社會還是典章制度方面著眼，視宋代
爲中國近世之肇始②；或是對比於前朝的文學藝術，論述「唐型

---

① 〈致熊純如函〉，嚴復著，王栻主編：《嚴復集》（北京：中華書局，1986年），
　頁668。
② 內藤湖南：〈概括的唐宋時代觀〉，《日本學者研究中國史論著選譯》（北京：
　中華書局，1992年），頁10-18。宮崎市定：〈東洋的近世〉，《日本學者研究
　中國史論著選譯》，頁153-242。邱添生：《唐宋變革期的政經與社會》（臺
　北：文津出版社，1999年）。

文化」與「宋型文化」的異同③，學者往往發現：從「中世」到「近世」，從「積極進取」到「含蓄內斂」，欲認識偏於「直覺──表現──意象──感情」的唐詩，和以「邏輯──思考──概念──理智」爲基本風貌的宋詩④，必須追溯其間衍化的過程才能呈現其內涵，突顯其意義⑤。本文的寫作也是秉持著相同的立場，筆者以爲：思想導致行爲，群體的行爲形成文化現象，「宋型文化」的產生必然與其時代的共同思想有關，藝術創作正是集中體現時代共同思想的具體結晶。因此，從藝術風格、美感類型的轉變來理解唐宋文化的本質，應該是一個合理的方向⑥。激發美感特徵的內在因素，本文以「審美意識」概括之，至於表述審美意識的載體，選擇的是題畫詩。

　　繪畫是藝術家對於現實世界的人爲創造，繪畫本身即是審美經驗的產物，蘊含了作者觀看世界、認識世界，處理「物」、「我」關係的內容，通過筆墨線條所敘述的心智景觀，經由題畫

③ 「所謂『唐型文化』，是一種相對開放、相對外傾、色調熱烈的文化類型。〔……〕所謂『宋型文化』，則是一種相對封閉、相對內傾、色調淡雅的文化類型。」見馮天瑜、何曉明、周積明：《中華文化史》（上海：上海人民出版社，1990 年），頁 634。又參傅樂成：〈唐型文化與宋型文化〉，收於氏著：《漢唐史論集》（臺北：聯經出版事業公司，1977 年），頁 339-382。羅聯添：〈從兩個觀點試釋唐宋文化精神的差異〉，收於氏著：《唐代文學論集》（臺北：臺灣學生書局，1989 年），頁 231-250。吉川幸次郎著，鄭清茂譯：《宋詩概說》（臺北：聯經出版事業公司，1977 年）。王水照主編：《宋代文學通論》（開封：河南大學出版社，1997 年），〈宋型文化與宋代詩學〉，頁 1-42。

④ 龔鵬程：〈知性的反省──宋詩的基本風貌〉，收於蔡英俊主編：《意象的流變》（臺北：聯經出版事業公司，1987 年），頁 261-316。

⑤ 參王毅：〈中唐至兩宋士大夫生活藝術──兼論中國傳統文化的衰變〉，《中國人民大學學報》1989 年第 2 期，頁 89-97。陳植鍔：《北宋文化史論述》（北京：中國社會科學出版社，1992 年）。

⑥ 關於以美感類型作爲一個時代的成就與代表，詳參柯慶明：〈試論漢詩、唐詩、宋詩的美感特質〉，收於氏著：《中國文學的美感》（臺北：麥田出版股份有限公司，2000 年），頁 193-274。

詩的作者解讀，不僅玩味圖象，也再創了作品的意趣。題畫詩以
文字再現畫面，表現觀者的審美眼光，寄寓了作者的審美理想。
題畫詩以詩的形式書寫，其文類具有傳統的制約規範，以及在此
制約規範之下建構的審美要求。題畫詩記錄觀賞繪畫的視覺經
驗，或抒發情懷，近乎詩的感物吟志；或論述畫理，融攝藝術觀
念與審美議題。誠如高友工先生所說的：中國的「抒情美典」，
先秦兩漢以音樂美典爲中心，六朝以文學理論爲中心，隋唐以詩
論及書法理論爲主，宋元則綜合於畫論中⑦。從唐朝至北宋，恰
好是「抒情美典」從「詩論」過渡到「畫論」的時期，題畫詩的
性質與內容，庶幾可以視爲其間的橋樑。

　　宋代是史上創作題畫詩的第一個高峰期，根據筆者統計，唐
五代 (618-959) 三四二年間約有題畫詩二五二題二六四首，作者
一二一位；北宋 (960-1126) 一六七年間卻約有一〇五七題一三六
八首，作者一八九位⑧，數量之遽增令人矚目⑨。筆者在研讀這

---

⑦ Yu-kung Kao, "Chinese Lyric Aesthetics," in Alfreda Murck, Wen C. Fong
eds., *Words and Images: Chinese Poetry, Calligraphy, and Painting* (New
York: The Metropolitan Museum of Art, 1991), pp.47-90. 高友工：〈試論中
國藝術精神〉,《九州學刊》2 卷 2 期及 3 期 (1988 年 1 月及 3 月)，頁 1-12、1-12。
⑧ 唐宋題畫詩數量的統計根據以下諸書：〔清〕彭定求等編：《全唐詩》（北京：
中華書局，1992 年）。陳尚君輯校：《全唐詩補編》（北京：中華書局，1992
年）。〔清〕李調元編，何光清點校：《全五代詩》（成都：巴蜀書社，1991
年）。北京大學古文獻研究所編：《全宋詩》（北京：北京大學出版社，1991
年）。〔宋〕孫紹遠編：《聲畫集》（臺北：臺灣商務印書館，1983 年《文淵閣
四庫全書》本）。〔清〕陳邦彥等奉敕編：《御定歷代題畫詩類》（臺北：臺灣
商務印書館，1983 年《文淵閣四庫全書》本）。孔壽山編著：《唐朝題畫詩注》
（成都：四川美術出版社，1988 年）。又參廖慧美：《唐代題畫詩研究》（臺
中：東海大學中文研究所碩士論文，1991 年）、李栖：〈唐題畫詩專集評析〉,
《國立編譯館館刊》第 25 卷第 2 期 (1996 年 12 月)，頁 85-101。本文討論的題
畫詩北宋部份至徽宗朝止，至於具有韻文性質的「題畫贊」，由於各書收錄標準
不一，姑先擱置。唐宋題畫詩的作者中，徐鉉、伍喬二人均曾仕宋，雖亦見諸
《全唐詩》及《全五代詩》，本文歸為宋代作家。此外，爲行文引述之便，本文
所探討的文本皆標注《全唐詩》、《全五代詩》及《全宋詩》之卷頁。

些作品時，發現唐人題畫重視「寫眞」，即以畫家創作的寫實技巧爲評賞原則；宋人則好品味「畫意」，強調畫家的個人「意氣」，崇尚「忘形得意」，因此分別以「寫眞」與「寫意」涵括唐人與宋人的審美意識，本文關於唐至北宋題畫詩的探討便以此二者爲主軸，從題畫詩的發展觀察「重寫眞」到「尚寫意」的變化軌跡，以及由此興生的審美風格。

　　在論述方式方面，題畫詩是本文討論的核心與主要的依據，筆者注意的是語彙的使用和指涉意涵的新變。爲了加強闡釋，適時環繞同一主題，徵引相關的文獻資料爲輔，並儘量選擇同一作者或同時代的其他文本，稍有溢出其時代範圍者，亦取其思想之近似性。「重寫眞」與「尚寫意」雖然有歷史演進的趨向，但並不表示後者在北宋即完全取代前者，只能說此二者較具時代的代表性，因此在引述題畫詩時會關照同一主題，臚列其歷時作品，以見其延續情形。此外，「寫意」的美學思潮於北宋大盛，形成了公認的宋詩特色，是宋代詩學的重要課題，更遍及於書法與繪畫，可謂宋人藝術創作的圭臬，尤其值得深入探討⑩，但是爲了

---

⑨ 關於唐代題畫詩的興起，參看李栖：〈唐題畫詩初探〉，《高雄師大學報》第5期(1994年3月)，頁21-35。關於宋代題畫詩興盛的原因，參看祝振玉：〈略論宋代題畫詩興盛的幾個原因〉，《文學遺產》1988年第2期，頁91-98。衣若芬：〈也談宋代題畫詩興盛的幾個原因〉，《宋代文學研究叢刊》第2期（1996年9月），頁55-70。

⑩ 黃景進教授認爲：「『以意爲主』的理論影響宋詩甚深。後人評宋詩較爲理性，喜歡議論，意思較爲顯露，都與這理論有關。」見〈從宋人論「意」與「語」看宋詩特色之形成——以梅堯臣、蘇軾、黃庭堅爲中心〉，國立成功大學中文系所主編：《第一屆宋代文學研討會論文集》（高雄：麗文文化事業股份有限公司，1995年），頁63-90。繆鉞云：「唐詩以韻勝，故渾雅而貴醞藉空靈；宋詩以意勝，故精能而貴深折透闢。」《詩詞散論》（臺北：臺灣開明書店，1953年），頁17。其餘相關論述，參見胡曉明：〈尚意與宋代人文精神〉，《中國詩學之精神》（南昌：江西人民出版社，1991年），頁147-182。謝佩芬：《北宋詩學中「寫意」課題研究》（臺北：臺大出版委員會，1998年）。

保持理路的清晰，本文僅就題畫詩立論，避免過度的引申而影響
全文之閎旨。再者，本文談的「寫意」並非後世畫家所謂「逸筆
草草」、「不求形似」，與「寫實」相對的「寫意畫」，所以題
目並置「寫眞」與「寫意」亦無反襯之意。

二、以畫爲眞，感神通靈

　　繪畫作爲以筆墨爲工具的造型藝術，唐代題畫詩的作者極爲
關心畫家具現物象的模擬能力，並以之爲衡量其藝術水準的依
據，往往以「作畫如眞」讚譽畫家，例如：

> 薛公十一鶴，皆寫青田眞。⑪
> 居然畫中見眞態，若務除惡不顧私。⑫
> 誰工此松唯拂墨，巧思丹青營不得。初寫松梢風正生，
> 此中勢與眞松爭。⑬

　　詩中的「眞」字或作名詞，或作形容詞，皆十分直接地表達
了作者以眞爲尙的藝術觀。除了拈出「眞」字直指畫中物象與現
實景致之符合，題畫詩的作者還以自身的感官經驗爲例，描述畫
家高超的形似技巧使觀者產生眞僞難辨、誤假爲眞的錯覺：

> 疑是天邊十二峰，飛入君家彩屏裏。寒松蕭瑟如有聲，
> 陽臺微茫如有情。⑭

---

⑪ 杜甫：〈通泉縣署屋壁後薛少保畫鶴〉，《全唐詩》，冊7，卷220，頁2318。
⑫ 獨孤及：〈和李尚書畫射虎圖歌〉，《全唐詩》，冊8，卷247，頁2770。
⑬ 皎然：〈觀裴秀才松石障歌〉，《全唐詩》，冊23，卷821，頁9264。
⑭ 李白：〈觀元丹丘坐巫山屏風〉，《全唐詩》，冊6，卷183，頁1870。

坐久神迷不能決，卻疑身在小蓬瀛。⑮
舉頭忽看不似畫，低耳靜聽疑有聲。⑯
山崢嶸，水泓澄。漫漫汗汗一筆耕，一草一木棲神明。
忽如空中有物，物中有聲。⑰
召得丹青絕世工，寫眞與身眞相同。忽然相對兩不語，
疑是妝成來鏡中。⑱

　　觀者之「疑」與「迷」皆由於畫之逼眞肖似，看來不似人爲
複製，其肖似的程度甚而可以聞之有聲，畫上人物也宛如眞人對
鏡。再如岑參〈題李士曹廳壁畫度雨雲歌〉：

似出棟梁裏，如和風雨飛。掾曹有時不敢歸，謂言雨過霑人
衣。⑲

王季友〈觀于舍人壁畫山水〉云：

野人宿在人家少，朝見此山謂山曉。半壁仍棲嶺上雲，
開簾欲放湖中鳥。獨坐長松是阿誰，再三招手起來遲。
于公大笑向予說，小弟丹青能爾爲。⑳

高適〈同鮮于洛陽於畢員外宅觀畫馬歌〉云：

知君愛鳴琴，仍好千里馬。永日恆思單父中，有時心到宛城
下。遇客丹青天下才，白生胡雛控龍媒。主人娛賓畫障開，

---

⑮　方干：〈盧卓山人畫水〉，《全唐詩》，冊 19，卷 651，頁 7477。
⑯　白居易：〈畫竹歌幷引〉，《全唐詩》，冊 13，卷 435，頁 4815。
⑰　顧況：〈范山人畫山水歌〉，《全唐詩》，冊 8，卷 265，頁 2945。
⑱　李涉：〈寄荆娘寫眞〉，《全唐詩》，冊 14，卷 477，頁 5424。
⑲　岑參：〈題李士曹廳壁畫度雨雲歌〉，《全唐詩》，冊 6，卷 199，頁 2063。
⑳　王季友：〈觀于舍人壁畫山水〉，《全唐詩》，冊 8，卷 259，頁 2890。

只言騄驥西極來。半壁逶趨勢不住，滿堂風飄颯然度。家僮
愕視欲先鞭，櫪馬驚嘶還屢顧。始知物妙皆可憐，燕昭市駿
豈徒然。縱令剪拂無所用，猶勝駑駘在眼前。㉑

　　岑參以誇張的筆法描寫士曹參軍李翥廳堂壁畫上興起的風雨
彷彿能淋濕人的衣裳；王季友向畫中松下人物招手，待于舍人提
醒才知原來是畫。高適形容畢員外家僮欲調馴畫上駿馬，連廄中
的馬也驚爲眞馬而嘶鳴屢顧，形象生動地傳達了畫家幾可亂眞的
寫實功夫。

　　唐代的題畫詩作者一方面強調這種寫實功夫之神奇，同時也
思索畫家所「寫」之「實」的潛在祕密，杜甫〈奉先劉少府新畫
山水障歌〉云：

堂上不合生楓樹，怪底江山起煙霧。聞君掃卻赤縣圖，乘興
遣畫滄洲趣。畫師亦無數，好手不可遇。對此融心神，知君
重毫素。豈但祁岳與鄭虔，筆迹遠過楊契丹。得非懸圃裂，
無乃瀟湘翻。悄然坐我天姥下，耳邊已似聞清猿。反思前夜
風雨急，乃是蒲城鬼神入。元氣淋漓障猶溼，眞宰上訴天應
泣。〔……〕㉒

　　通篇首先以畫爲眞，畫幅中的楓樹彷彿長在屋堂裏，然後敘
述此山水畫障的來由，盛讚畫家超越前輩之筆法，使人融會心
神，有如身在畫圖之中，聽見猿聲歷歷，接著翻空出奇，臆想畫
家絕妙之技藝似乎鬼神之助，得以上通天理，於是「造化不能藏

㉑ 高適：〈同鮮于洛陽於畢員外宅觀畫馬歌〉，《全唐詩》，冊6，卷213，頁
　　2222。
㉒ 杜甫：〈奉先劉少府新畫山水障歌〉，《全唐詩》，冊7，卷216，頁2266。

其祕，故天雨粟；靈怪不能遁其形，故鬼夜哭」㉓，言下之意，
劉少府技法之獨出乃因神明，寫實之極致則可以通天。

　杜甫將繪畫的精要訴諸鬼神的比擬並非全然天馬行空，回顧
畫史，許多畫家都不乏類似的「感神通靈」事蹟，例如：

> 曹不興〔……〕孫權使畫屏風，誤落筆點素，因就成蠅狀，
> 權疑其眞，以手彈之。〔……〕吳赤烏中，不興之青溪，見
> 赤龍出水上，寫獻孫皓，皓送祕府。至宋朝陸探微見畫歎其
> 妙，因取不興龍置水上，應時蓄水成霧，累日霑霈。㉔

　又如顧愷之「常悅一鄰女，乃畫女於壁，當心釘之，女患心
痛，告於長康，拔去釘乃愈。」㉕南朝張僧繇於金陵安樂寺畫龍
點睛飛去㉖。北齊楊子華「嘗畫馬於壁，夜聽蹄齧長鳴，如索水
草。」㉗這些故事中的靈異現象透露了藝術作品可因「同類相
感」而與天地萬物互動的神祕力量㉘，畫家創造的「第二自然」
與現實世界的「第一自然」間產生了某種聯繫，使得圖象或化假
爲眞，如美人下牆；或以假亂眞，如畫鷂逐雀㉙。倘若畫的是非
現實的物象，例如畫龍，儘管沒有「第一自然」可以應照，張僧
繇畫龍點睛和曹不興龍生水霧的故事仍舊不脫以上兩種模式，人

㉓〔唐〕張彥遠：《歷代名畫記》，卷1〈敍畫之源流〉，頁1b，總頁279。
㉔《歷代名畫記》，卷4，頁5a-b，總頁316。
㉕《歷代名畫記》，卷5，頁5a-b，總頁319。
㉖《歷代名畫記》，卷7，頁7b，總頁334。
㉗《歷代名畫記》，卷8，頁3a，總頁337。
㉘ Munakata Kiyohiko, "Concepts of *Lei* and *Kan-lei* in Early Chinese Art Theory", in Susan Bush and Christian Murck eds., *Theories of the Arts in China* (Princeton: Princeton University Press, 1983), pp.105-131.
㉙〔宋〕郭若虛：《圖畫見聞誌》（臺北：臺灣商務印書館，1983年《文淵閣四庫全書》本），卷2：「道士厲歸眞，〔……〕嘗遊南昌信果觀，有三官殿夾紵塑像，乃唐明皇時所作，體製妙絕，常患雀鴿糞穢其上。歸眞乃畫一鷂於壁間，自是雀鴿無復栖止。」頁11b-12a，總頁524。

們相信龍能夠興風作雨，畫的龍依然具有同樣的本領。由於曾經
出現奇特神蹟的幾乎都是名手大家，「感神通靈」不僅是聊助談
興的異聞故事，也隱約暗示了畫家的藝術造詣。

　　「感神通靈」雖然並不一定源於極端的寫實，但是在推重形
似的藝術思潮裏，形似是基本的準則，畫史往往將畫家的「形
似」技藝與「感神通靈」軼事相繼。比如前文曹不興的例子，曹
能巧化誤筆為蠅，使觀者疑其為真而以手彈之，其後陸探微取曹
畫之龍於水上，竟有蓄水成霧之奇力，可見「感神通靈」必然與
「形似」有關，卻又較「形似」更難掌控，那是天所示現的，對
於某些畫家的獨厚，因此，當杜甫使用了「感神通靈」的形容於
劉少府的作品，也就表示劉少府的繪畫不僅具備使得視覺淆亂，
誤以為真的形似功力，更令人油然而生無可名狀的神妙之感。

　　杜甫雖然承襲了繪畫可能感神通靈的思想，或是借助感神通靈
之說為喻，在〈丹青引贈曹將軍霸〉中，以「忍使驊騮氣凋喪」解
釋韓幹「畫肉不畫骨」，唯恐奪其精魄的用心[30]，杜甫本人並不沈
迷於此。統觀杜甫題畫詩中的藝術理念可知，與其依靠風雨鬼神不
可思議的魔幻，杜甫更為欣賞「十日畫一水，五日畫一石」[31]的精
細態度，並且十分重視畫家苦心孤詣的構思，所謂「更覺良工心獨
苦」[32]、「意匠慘澹經營中」[33]，慘澹經營之後完成的作品即使未
必驚天地，泣鬼神，卻自有其值得敬重的藝術價值。

　　「神力」與「人力」在杜甫的題畫詩中並不存在著孰強孰弱
的矛盾與競爭，因為當時「感神通靈」觀念尚未完全動搖，詩人

---

[30] 石守謙：〈「幹惟畫肉不畫骨」別解〉，收於氏著：《風格與世變》（臺北：允
　　晨文化股份有限公司，1996年），頁55-85。
[31] 杜甫：〈戲題王宰畫山水圖歌〉，《全唐詩》，冊7，卷219，頁2305。
[32] 杜甫：〈題李尊師松樹障子歌〉，《全唐詩》，冊7，卷219，頁2305。
[33] 杜甫：〈丹青引贈曹將軍霸〉，《全唐詩》，冊7，卷220，頁2322。

即使不相信，仍然可以運用「感神通靈」作為文學的誇飾筆法，況且，一味「以眞贊畫」的書寫習慣已然顯露其狹隘與封閉，杜甫自覺必須另開新路，由於唐代畫家的通感事例已經減少，杜甫使用「感神通靈」便帶有復古的意味，這種逆勢操作的復古，從另一層面來講，其實也別有新趣。然而，「感神通靈」畢竟只是突破陳腔濫調的途徑之一，更具積極意義的是為繪畫之求眞找到實踐的方式，即「筆侔造化」的問題。

三、筆侔造化，心生萬象

繪畫重視「使筆」，注意「筆侔造化」不是杜甫的創見，但是將杜甫的題畫詩放在安史之亂後，畫壇版圖重整，繪畫性質改變的過程中觀察，可以得見新的審美態度隨著「感神通靈」觀沒落而興起的現象。

杜甫之後，「具有感神通靈能力的作品才是好作品」的想法在畫史以及題畫詩中逐漸消褪，晚唐的兩部重要的畫史著作——張彥遠的《歷代名畫記》（約成書於847）以及朱景玄的《唐朝名畫錄》（約成書於840），站在保存史料的立場，記錄了吳道子和韓幹等畫家的「感神通靈」故事，不過已經半信半疑。一直到北宋結束，除了筆記叢談中關於李公麟㉞ (1049-1106) 畫馬保留了

㉞ 李公麟，字伯時，舒城（今安徽舒城）人，熙寧三年 (1070) 登進士第，後隱居龍眠山，自號龍眠山人。元豐二年 (1079) 在京師任中書門下后省刪定官，六年至八年 (1083-1085) 於江西、河南一帶任地方官，八年末返京，與蘇軾及其友人門生往來頻繁。元符三年 (1100)，李公麟因右手病痹而致仕返鄉，六年後卒，官至朝奉郎。關於李公麟之生平及其藝術成就，詳參曹樹銘，〈李龍眠之研究〉，《大陸雜誌》40 卷第 7、8 期合刊 (1970 年 4 月)，頁 1-53。唐蘭，〈論李公麟〉，《朵雲》第 6 期 (1984 年 5 月)，頁 165-181。衣若芬：《蘇軾題畫文學研究》，頁 207-208。

特異事件的記載㉟，詩人罕見以鬼神風雨之類的文字渲染畫家的超現實本領。「感神通靈」成為一種敘述性質或沿用舊說的描寫，缺乏強烈的神秘色彩，偶有神化圖繪的詩句，語氣也不似杜甫肯定，例如：

> 世人空解競丹青，惟子通元得墨靈。應有鬼神看下筆，豈無風雨助成形。㊱
> 幾人曾得道，是草即通靈。㊲
> 淹留祇覺歲月老，復恐異物潛通神。㊳
> 神物恐化去，立召風雨怪。㊴

「感神通靈」的力道減弱了，宋人甚至指責「繪畫可能感神通靈」為掉弄玄虛，荒誕迷信，不足為取，其中表達得最為明確的是郭若虛的《圖畫見聞誌》（序曰成書於1074）㊵：

> 藝必以妙悟精能，取重於世，然後可著於文，可實於笥；惡夫眩惑以沽名者，則不免鑒士之棄。昔者孟蜀有一術士稱善畫，蜀主遂令於庭之東隅畫野鵲一隻，俄有眾禽集而噪之。次令黃筌於庭之西隅畫野鵲一隻，則無有集禽之噪。蜀主以故問筌，對曰：「臣所畫者，藝畫也；彼所畫者，術畫也，

㉟ 事見《宣和畫譜》（臺北：臺灣商務印書館，1983年《文淵閣四庫全書》本，卷7，頁8a-b，總頁109。〔宋〕周密：《浩然齋雅談》（北京：中華書局，1985年《叢書集成初編》本），卷上，頁7。又參衣若芬：〈蘇轍〈韓幹三馬〉及其次韻詩〉，《宋代文學研究叢刊》第3期(1997年9月)，頁315-329。

㊱ 蔣貽恭：〈題張道隱太山祠畫龍〉，《全五代詩》，下冊，卷57，頁1163。

㊲ 張詠：〈依韻答人九華山圖〉，《全宋詩》，冊1，卷50，頁539。

㊳ 劉敞：〈同鄰幾觀中道家書畫〉，《全宋詩》，冊9，卷477，頁5777。

㊴ 司馬光：〈謝胡文學九齡惠水牛圖二卷〉，《全宋詩》，冊9，卷499，頁6035。

㊵ 又據李裕民考證，《圖畫見聞誌》當成書於元豐元年(1078)，見氏著：〈郭若虛的家世與生平〉，《美術史論》1994年第1期，頁63-68。

是乃有噪禽之異。」蜀主然之。國初有道士陸希眞者，每畫
花一枝，張於壁間，則遊蜂立至，向使邊、黃、徐、趙輩措
筆，定無來蜂之驗，此抑非眩惑取功，沽名亂藝者乎？至於
野人騰壁，美女下牆，映五彩於水中，起雙龍於霧外，皆出
方術怪誕，推之畫法，闕如也，故不錄。④

　　五代畫家黃筌對於「術畫」與「藝畫」的區分，以及郭若虛
視陸希眞畫花吸引遊蜂故事爲無稽，駁斥了「感神通靈」之說，
黃筌自認的「藝畫」，以及郭若虛所要求的藝術成就，都建立在
可實踐與可驗證的合理畫法。用唐代張彥遠的意見來說，就是
「用筆」，爲繪畫的形似理想找到了立論的支點，勤於練筆便可
以達到形似，不必冀望無可掌握，無可企及的天地鬼神，一幅優
秀的作品要在感動人而非感動神。

　　感神通靈觀的沒落也與參與繪事的文人增多，畫家身份背景結
構上的改變有關。以杜甫題畫詩中提及的畫家爲例，劉少府爲奉先
尉、曹霸官至左武衛將軍、姜皎封楚國公、薛稷歷太子少保，皆不
是一般的職業畫工，他們的藝術創作亦非以求得利益爲目的，而是
作爲抒情言志的藝術表現方式。安史之亂以後，文人涉足繪畫的數
量更爲可觀④，這些文人一方面不相信「感神通靈」；另一方面也
不需要「感神通靈」來肯定自己的作品。杜甫云：「乃知畫師妙，
功刮造化窟。寫此神俊姿，充君眼中物」④，指出畫家所面臨的審

----

④ 郭若虛：《圖畫見聞誌》，卷6，頁17b-18a，總頁570。
④ 石守謙教授曾經指出：安史之亂後的大曆貞元間(766-804)的半個世紀是值得注意的
　轉捩點，在唐代張彥遠《歷代名畫記》登載的二○七位畫家，其中有七十四人爲知
　識份子，而在這七十四位當中，大曆貞元以前者四十四人，占此段時期畫家總數的
　21％；大曆貞元以後則有三十人，占其時畫家總人數的63％，從21％提昇至63
　％，可見其成長情形。見石守謙：〈「幹惟畫肉不畫骨」別解〉，頁78。
④ 杜甫：〈畫鶻行〉，《全唐詩》，冊7，卷217，頁2282。

美對象不僅是單一的個體，而是創生萬物的造化自然，高明的畫家
能參造化之精要，所以運筆可傳審美對象之神，杜甫的見解可以從
兩個層面闡釋其意義，一是「傳神」指涉範圍的擴充；二是提出
「筆俸造化」的藝術進程。

　　顧愷之嘗以「傳神寫照，正在阿堵之中」回答旁人對於他畫
人數年不點目睛之疑惑，又強調要「以形寫神」，將先秦以來關於
「形」「神」關係的思辨落實於繪畫，「傳神」用以指稱人物
肖像畫，也是繪畫的終極理想。繼顧愷之之後，六朝的宗炳(375-
443)和王微(415-443)將「傳神」的觀念推移至山水畫，認爲
「〔……〕山水，質有而趣靈」⑷。「本乎形者融靈，而動者變
心」⑸，「靈」即「神」之意，如慧遠(334-416)云：「夫神者
何邪？精極而爲靈者也。」⑹隨著繪畫的發展，科目增多，「傳
神」也適用於其他方面，這在杜甫的題畫詩中處處可見，例如
「別養驥子憐神俊」⑺、「國初已來畫鞍馬，神妙獨數江都王」
⑻指畫馬；「天寒大羽獵，此物神俱王」⑼指畫鷹；「萬里不以
力，群遊森會神」⑽指畫鶴；「絕筆長風起纖末，滿堂動色嗟神
妙」⑾指畫松，則圖繪飛禽、走獸、樹木皆以傳神爲尙，至元稹

⑷　〔南朝宋〕宗炳：〈畫山水序〉，《歷代名畫記》，卷6，頁3b，總頁327。
⑸　〔南朝宋〕王微：〈敘畫〉，《歷代名畫記》，卷6，頁5b，總頁328。
⑹　〈形盡神不滅五〉，《全晉文》，卷161，收入〔清〕嚴可均校輯：《全上古三
　　代秦漢三國六朝文》（北京：中華書局，1991年），頁11a，總頁2395。
⑺　杜甫：〈天育驃騎歌〉，《全唐詩》，冊7，卷216，頁2255。
⑻　杜甫：〈韋諷錄事宅觀曹將軍畫馬圖〉，《全唐詩》，冊7，卷220，頁2321。
⑼　杜甫：〈楊監又出畫鷹十二扇〉，《全唐詩》，冊7，卷221，頁2340。
⑽　杜甫：〈通泉縣署屋壁後薛少保畫鶴〉，《全唐詩》，冊7，卷220，頁2318。
⑾　杜甫：〈戲爲雙松圖歌韋偃畫〉，《全唐詩》，冊7，卷219，頁2305。關於唐
　　代題畫詩擴大了形神論的應用範圍，參陳華昌：〈唐代題畫詩的美學意義〉，收
　　於中國唐代文學學會，西北大學中文系，廣西師範大學主編：《唐代文學研究》
　　（桂林：廣西師範大學出版社，1990年），頁41-58。

云：「張璪畫古松，往往得神骨」[52]、東坡題曰：「邊鸞雀寫生，趙昌花傳神」[53]、「老可能為竹寫眞，小坡今與石傳神」[54]，「傳神」的範圍已經無所不包括了。

　　六朝以來玄妙的傳神思想經過杜甫等人的增衍，無論是動物、植物，乃至於石頭，萬物皆有神，畫家皆宜傳其神，則「傳神」的主張不再要眇而獨特，變成通俗化的概念，與此同時，展開了關於「神」之所由的思考——旣然萬物皆有神，「神」的根源是什麼？吾人如何體認「神」之存在？畫家又依據什麼來傳神？

　　在杜甫之前，已有姚最評梁元帝「學窮性表，心師造化」[55]，岑參詩：「相府徵墨妙，揮毫天地窮。始知丹青筆，能奪造化功。」[56]以「造化」為畫家涵融的審美客體。也就是說，除了物象各自生具的「神」之外，還有一個化育萬物，賦予「神」的本體，畫家不是個別地傳所繪物象之「神」，而是去感知「神」之所從出，回到杜甫〈畫鶻行〉的詩句，畫家之妙是「功刮造化窟」，唯其如此，方能寫出鶻之神俊。岑參等人雖然也說筆能奪造化，但還是不如杜甫直接，杜甫稱道韓幹畫馬「毫端有神」[57]，認為「神」自「毫端」出，鍛鍊用筆則可能傳神，正如同作詩「讀書破萬卷，下筆如有神」，靠的是紮實的養成訓練。

---

[52] 元稹：〈畫松〉，《全唐詩》，册12，卷398，頁4467。

[53] 蘇軾：〈書鄢陵王主簿所畫折枝二首〉之一，《全宋詩》，册14，卷812，頁9395。

[54] 蘇軾：〈題過所畫枯木竹石三首〉，《全宋詩》，册14，卷826，頁9563。

[55] 〔南朝陳〕姚最：《續畫品》（臺北：臺灣商務印書館，1983年《文淵閣四庫全書》本），頁3a，總頁14。

[56] 岑參：〈劉相公中書江山畫障〉，《全唐詩》，册6，卷198，頁2048。

[57] 〈畫馬讚〉，〔唐〕杜甫著，〔清〕仇兆鰲注：《杜詩詳注》（臺北：里仁書局，1980年），卷24，頁2191。

　　大約自中唐開始，一直到北宋末，題畫詩的作者除了繼續「誤畫爲眞」[58]，保持摹寫物象外形的藝術傳統之外，以筆墨傳神，參悟造化的描述源源不絕：

> 精微入神在毫末，作繢造物可同功。[59]
> 李瓊奪得造化本，都盧縮在秋毫端。[60]
> 造化有功力，平分在筆端。[61]
> 誰奪造化功，生成歸筆力。[62]
> 江都能事妙入神，落筆奪得造化眞。[63]

　　這些描述有的形容畫家筆墨之妙有如巧奪天工，形象生動逼眞；有的讚美畫家能於尺幅間顯現與造化相通的精微；有的則隱含了更爲積極的訴求，即畫家可以自爲造化，於筆端生成萬物。這種創作的自主意識與寫作相通，而在繪畫上實現，如孟郊(751-814)詩：「天地入胸臆，吁嗟生風雷。文章得其微，物象由我裁」[64]，「燕僧擺造化，萬有隨手奔」[65]；李賀 (790-816)〈高軒過〉：「筆補造化天無功」[66]，晚唐裴諧〈觀修處士桃園圖歌〉云：

---

[58] 如梅堯臣：〈薛九宅觀雕狐圖〉：「入君此室見此圖，如在原野從馳驅。」《全宋詩》，冊5，卷245，頁2851。司馬光：〈觀僧室畫山水〉：「坐久清風至，疑從翠澗來。」《全宋詩》，冊9，卷602，頁6082。

[59] 獨孤及：〈和李尚書畫射虎圖歌〉，《全唐詩》，冊8，卷247，頁2770。

[60] 齊己：〈觀李瓊處士畫海濤〉，《全唐詩》，冊24，卷847，頁9587。

[61] 方干：〈陳式水墨山水〉，《全唐詩》，冊19，卷649，頁7452。

[62] 強至：〈畫蟹〉，《全宋詩》，冊10，卷588，頁6916。

[63] 韋驤：〈觀江都王畫拳毛騧〉，《全宋詩》，冊13，卷727，頁8420。

[64] 孟郊：〈贈鄭夫子魴〉，《全唐詩》，冊12，卷377，頁4234。

[65] 孟郊：〈戲贈無本〉，《全唐詩》，冊12，卷377，頁4235。

[66] 李賀：〈高軒過〉，《全唐詩》，冊12，卷393，頁4430。

一從天寶王維死，于今始見修夫子。能向鮫綃四幅中，丹青暗與春爭工。勾芒若見應羞殺，暈綠勻紅漸分別。堪憐彩筆似東風，一朵一枝隨手發。燕支乍濕如含露，引得嬌鶯癡不去。多少遊蜂盡日飛，看遍花心求入處。工夫妙麗實奇絕，似對韶光好時節。偏宜留著待深冬，鋪向樓前殿霜雪。⑥⑦

修處士和前文所引述《圖畫見聞誌》記載的道士陸希真一樣畫桃花吸引來遊蜂，然而裴諧並不視之爲靈通，而是看重畫家筆似東風，隨手生發，使得丹青可以逾越四季，永留春色於人間的貢獻。杜荀鶴(846-907)〈題花木障〉也有同樣的看法：

不假東風次第吹，筆勻春色一枝枝。由來畫看勝栽看，免見朝開暮落時。⑥⑧

筆端構設的藝術天地在師法自然之後，經過畫家的經營剪裁，呈現了迥異其趣的風格圖象，其過程取決於「心」的作用，所謂「外師造化，中得心源」⑥⑨，「方寸巧心通萬造」⑦⑩，「誰謂傷心畫不成，畫人心逐世人情」⑦①，「別手應難及此精，須知攢簇自心靈」⑦②，「包含萬象藏心裏，變現百般生眼前」⑦③，「高節自緣心匠出，野叢還擁筆端來」⑦④，心靈高度自由的超越

---

⑥⑦ 《全五代詩》，下冊，卷64，頁1289。本詩作者一作崔庸，見《御定歷代題畫詩類》，卷87，頁15a，總頁334。

⑥⑧ 杜荀鶴：〈題花木障〉，《全唐詩》，冊20，卷693，頁7980。

⑥⑨ 《歷代名畫記》，卷10，頁6b，總頁353。

⑦⑩ 施肩吾：〈觀吳偃畫松〉，《全唐詩》，冊15，卷494，頁5593。

⑦① 韋莊：〈金陵圖〉，《全唐詩》，冊24，卷847，頁9587。

⑦② 伍喬〈觀華夷圖〉，《全宋詩》，冊1，卷14，頁195。

⑦③ 歐景炯：〈題煥畫應天寺壁天王歌〉，《全唐詩》，冊22，卷761，頁8639。

⑦④ 宋庠：〈致政張郎中惠觀畫墨竹二幛以詩爲報〉，《全宋詩》，冊4，卷197，頁2257。

性在詩僧皎然 (730-799) 的題畫詩中表露無遺，如〈周長史昉畫毗沙門天王歌〉云：

> 長史畫神獨感神，高步區中無兩人。雅而逸，高且眞，形生虛無忽可親。降魔大戰縮在手，倚天長劍橫諸紳。慈威示物雖凜凜，在德無秋唯有春。吾知眞象本非色，此中妙用君心得。茍能下筆合神造，誤點一點亦爲道。寫出霜縑可舒卷，何人應識此情遠。秋齋清寂無外物，盥手焚香聊自展。憶昔胡兵圍未解，感得此神天上下。至今雲旗圖我形，爲君一顧煙塵清。⑦

　　詩人欣賞周昉畫的毗沙門天王臻於感神，這起首「畫神感神」的形容便頗堪玩味，它帶出了「感神通靈」觀所未嘗處理的課題，暴露了「感神通靈」的拘限。過去「感神通靈」故事談的都是畫家作品達到某一種狀態的頂峰，而與實存的物象或天地鬼神產生神秘的互動，即使是畫龍，還是適用「感神通靈」的對應模式，然而，當作畫的題材已經是神靈，情況便複雜得多，畫神如何「感神」？我們是否要視鬼神畫爲「感神通靈」的例外？

　　皎然的想法很簡單，顯然他並未意識到「感神通靈」應該被質疑的程度，他相信畫神還是可能「感神」，不過他不能交代「感神」的細節，只能以「形生虛無」，「吾知眞象本非色，此中妙用君心得。茍能下筆合神造，誤點一點亦爲道」解釋如何畫，認爲鬼神本無實存的色相，故而是從畫家心眼中出，只要合乎基本的精神原則，即使筆墨稍有失誤也無所謂。

　　皎然的講法看似合理，其實還是有不能完全自圓其說之處，

---

⑦ 皎然：〈周長史昉畫毗沙門天王歌〉，《全唐詩》，冊23，卷821，頁9258。

如果我們追問：「畫天王的基本精神原則何在？」這就掉進了無法實證的漩渦。以周昉的畫法爲例，手持降魔大戟，腰佩倚天長劍的天王形象「雅逸」「慈威」，據《唐朝名畫錄》記載，周昉「於禪定寺畫北方天王，嘗於夢中見其形象」⑦⑥，北方天王即毗沙門天王，即使不是皎然所觀看的同一作品，風格應該還是接近的，周昉夢中所見，增加了畫天王的神奇體驗，同時也使得繪畫創作更趨於自我任心，皎然詩云：「憶昔胡兵圍未解，感得此神天上下」，結果「畫神感神」終究還是人所感，繪畫所達到的效果還是本諸人心。

再看另一首皎然的題畫詩：

> 道流跡異人共驚，寄向畫中觀道情。如何萬象自心出，
> 而心澹然無所營。手援毫，足蹈節，披縑灑墨稱麗絕。
> 石文亂點急管催，雲態徐揮慢歌發。樂縱酒酣狂更好，
> 攢峰若雨縱橫掃。尺波澶漫意無涯，片嶺峻嶒勢將倒。
> 盼睞方知造境難，象忘神遇非筆端。昨日幽奇湖上見，
> 今朝舒卷手中看。興餘輕拂遠天色，曾向峰東海邊識。
> 秋空暮景颯颯容，翻疑是眞畫不得。顏公素高山水意，
> 常恨三山不可至。賞君狂畫忘遠遊，不出軒墀坐蒼翠。⑦⑦

這首詩是奉應顏眞卿 (709-785) 觀張志和酒酣起舞，揮畫洞庭而作。張志和在《唐朝名畫錄》被歸爲「逸品」，皎然對於張志和「手援毫，足蹈節，披縑灑墨稱麗絕」的描述與符載記敘張

---

⑦⑥ 〔唐〕朱景玄：《唐朝名畫錄》，頁 5a，總頁 365。
⑦⑦ 皎然：〈奉應顏尚書眞卿觀玄眞子置酒張樂舞破陣畫洞庭三山歌〉，《全唐詩》，冊 23，卷 821，頁 9255。

璪在陸深源家作畫的情景⑱有異曲同工之妙，可知中唐以來水墨逸品畫家意氣風發，醺然狂畫的自由與隨性。和周昉畫天王一樣，張志和創作是自心而出，心卻無所經營，忘象神遇，彷彿不是筆端所爲，瀟灑須臾間，作品卻能移象奪眞，令人觀畫神遊。

　　我們從以上兩首皎然的題畫詩可以發現：皎然正處於維持舊傳統和開創新詮釋的臨界點，雖然並未離開「以眞贊畫」的寫作習慣，相信「感神通靈」，但是此二者都已面臨因應時代思潮轉向與繪畫風格新變，必須重新認識和理解的問題。同樣的「以眞贊畫」，中唐開始興起的水墨畫本身在色相上便已失眞，如何使觀者信服其中有眞，或是另創一套審美意識，便考驗著文人的智慧⑲。皎然的作法是：固守「擬眞」爲作畫的基準，即使是水墨畫也要「翻疑是眞」，至於無法判定是否「擬眞」的鬼神畫，允許「誤點一點」，不過還要「合乎神造」，爲了彌補其中的邏輯縫隙，皎然以「心」的主導性爲前提，和中晚唐詩人「中得心源」的見解一樣，將杜甫「筆俸造化」的看法朝向關心筆的執用者──畫家，皎然旣讚許周昉雅逸慈威的天王畫，也欣賞縱酒狂掃的張志和山水，因爲萬象皆藏於畫家之心，畫家的精神氣質決定藝術的表現，顯示美的多重向度。

四、形意俱足，生意盎然

　　中晚唐以降的詩人將繪畫的原創力歸諸畫家的心靈，這樣的

---

⑱ 見符載：〈江陵陸侍御宅讌集觀張員外畫松石圖序〉，收於〔宋〕姚鉉編：《唐文粹》（臺北：世界書局，1988年《摛藻堂四庫全書薈要》本），卷97，頁502。

⑲ 參看本書：〈晚唐五代題畫詩的審美特質〉。

理解固然可以爲愈來愈趨於個人化的作品找到創作的本源，「心」的獨特與主觀性卻未必能夠涵蓋所有的藝術需求，因而在唯心是論之餘，範圍更廣，定義較含糊的尙「意」⑧⓪觀念也隨之展開。

　　從哲學上的「言意之辨」到文學創作上「物」（象）、「文」（言）、「意」的關係，關於「意」的探討在六朝時逐漸由形上的思維進入實踐與審美的範疇⑧①，例如陸機〈文賦〉云：「恆患意不稱物，文不逮意」⑧②，劉勰云：「意翻空而易奇，言徵實而難巧」⑧③，鍾嶸主張「文約意廣」，范曄認爲文章應當「以意爲主，以文傳意」⑧④。到了唐代，重「意」的思想勃興，收錄於《文鏡祕府論》中的〈論文意〉據考即爲舊題王昌齡（約698-757)《詩格》和皎然《詩議》⑧⑤，皎然《詩式》並有〈重意

⑧⓪ 關於「意」的涵義，《説文解字》云：「意，志也。」注曰：「志」即「識」，心所識也。學者指出：「在古典文藝美學中『意』這一概念具有多重涵義，最重要的涵義有二：一是指作品所蘊含的思想、觀點、義旨、哲理，一是指創作構思過程中所形成的尚未物化的意象。」見蔡鍾翔、曹順慶：《自然・雄渾》（北京：中國人民大學出版社，1996年），頁100-101。又有謂：「『意』主要包含這樣幾層意思：對道的直覺；無言的洞察力；不可名狀的直覺；基本的情感；返回內心；以及所有組成精神生活的東西。」見劉墨：《中國藝術美學》（南京：江蘇教育出版社，1993年），頁389，由於唐宋題畫詩中提到的「意」隨機而多義，故本文僅臚列學者之見解爲參酌，並不加以界定。
⑧① 參曾祖蔭：《中國古代文藝美學範疇》（臺北：文津出版社，1987年），頁71-134。
⑧② 〔南朝梁〕蕭統編，〔唐〕李善注：《文選》（臺北：華正書局，1984年），卷17，頁239。
⑧③ 〔南朝梁〕劉勰著，周振甫注：《文心雕龍》（臺北：里仁書局，1984年），〈神思〉，頁515。
⑧④ 范曄：〈獄中與諸甥姪書〉，見〔南朝梁〕沈約：《宋書》（臺北：鼎文書局，1990年），卷69，頁1830。
⑧⑤ 羅根澤：《中國文學批評史》（臺北：鳴宇出版社，1979年），頁352。〔日〕弘法大師（遍照金剛）撰，王利器校注：《文鏡祕府論校注》（臺北：貫雅文化事業有限公司，1991年），南卷，頁278-330。

詩例〉，列舉前人「二重意」、「三重意」、「四重意」的例子⑧。
宋代是尚意之風極盛的時期，梅堯臣(1002-1060)的「意新語
工」、歐陽脩的「心得意會」、蘇軾所謂「出新意於法度之中」、
黃庭堅(1045-1105)提出「立意曲折」的法門，「意」不僅關涉
創作，也用以評價，是爲文學理論的核心。

　　唐宋的尚意風氣也反映在題畫詩的寫作方面，從「意」字出
現的頻率觀察，中唐開始增多，至北宋而大量使用，成爲北宋題
畫詩的顯著特色。宋人審美活動中對於「意」的重視與其「詩畫
一律」的觀念有關，亦即將品評文學作品的標準加諸繪畫，而北
宋題畫詩作者對於「意」字的廣泛使用，使得與「意」字相連結
的語彙擴增，「意」的內涵亦隨之繁複而多變。以下分別從三個
方面舉例析論，一是畫家的「意氣」與創作的「立意」；二是作
品的「生意」、「意思」與「意象」；三是觀者的「忘形得意」、
「意外之趣」以及尚意思想所開展出的「蕭條淡泊」，「清新簡
遠」審美風格。

　　張彥遠在評論了吳道子的繪畫和張旭的狂草後總結道：「是
故書畫之藝，皆須意氣而成」⑧，我們也在前述皎然寫張志和作
畫的情景中看到畫家的狂放不羈，書畫家個人意氣的提舉，基本
上是從認識其異於常人的特殊精神氣質而來的，韓愈(768-824)
〈送高閑上人序〉說張旭寫草書是：「天地萬物之變，可喜可
愕，一寓於書。故旭之書，變動猶鬼神，不可端倪。」⑧當鬼神
之說和「感神通靈」一樣已經不能滿足評論者，隨著對於畫家心

---

⑧　〔唐〕皎然：《詩式》（臺南：莊嚴文化事業有限公司，1997年《四庫全書存目
　　叢書》本），頁20。

⑧　《歷代名畫記》，卷9b，頁345。

⑧　〔唐〕韓愈著，〔宋〕朱熹考異：《朱文公校昌黎先生集》（臺北：臺灣商務印書
　　館，1979年《四部叢刊正編》本），卷21〈送高閑上人序〉，頁2b，總頁159。

靈的探求，「意氣」可以較爲令人信服地解釋以往訴諸鬼神使然的創作現象，並且爲無法歸類的水墨逸品找到合宜的品鑑原則，觀者可以不必再如皎然強言水墨如眞，如眞與否已非唯一判準，要在懂得欣賞畫家天生之意氣，以及從個人意氣中流露的藝術特質，黃庭堅觀賞許道寧的作品即是如此：

> 往逢醉許在長安，蠻溪大硯磨松煙。忽呼絹素翻硯水，
> 久不下筆或經年。異時踏門闖白首，巾冠攲斜更索酒。
> 舉杯意氣欲翻盆，倒臥虛樽將八九。醉拈枯筆墨淋浪，
> 勢若山崩不停手。數尺江山萬里遙，滿堂風物冷蕭蕭。
> 〔……〕⑧⑨

蘇軾的酣醉墨戲——「空腸得酒芒角出，肝肺槎牙生竹石。森然欲作不可回，吐向君家雪色壁」⑨⓪，也和許道寧相同，是抒發自我意氣的直接展現。

蘇軾並將「意氣」當作欣賞「士人畫」，區分「畫工畫」的要項：

> 觀士人畫，如閱天下馬，取其意氣所到。乃若畫工，往往只取鞭策皮毛槽櫪芻秣，無一點俊發，看數尺許便倦，漢傑眞士人畫也。⑨①

從畫家的「意氣所到」來談兩種繪畫類型，其中便有辨別雅

---

⑧⑨ 黃庭堅：〈答王道濟寺丞觀許道寧山水圖〉，《全宋詩》，冊17，卷1013，頁11571。

⑨⓪ 蘇軾：〈郭祥正家醉畫竹石壁上郭作詩爲謝且遺二古銅劍〉，《全宋詩》，冊14，卷806，頁9342。

⑨① 〈又跋漢傑畫山二首〉之二，〔宋〕蘇軾著，孔凡禮點校：《蘇軾文集》（北京：中華書局，1990年），卷70，頁2216。

俗之意，就像郭若虛說「氣韻生知」，「自古奇蹟，多是軒冕才賢，巖穴上士，依仁游藝，探賾鉤深，高雅之情，一寄於畫」⑫，人人皆有個性氣質，所異者在於人格修養與文化薰陶，沈括(1029-1093)說：「書畫之妙，當以神會，難可以形器求也。」又云：「此乃得心應手，意到便成，故造理入神，迴得天機，此難與俗人論也。」⑬對於畫家「意氣」的進一步體認，顯示了宋人旗幟鮮明的反俗心態。

　　畫家的天生「意氣」影響了作品的形式表現，在創作過程中，還有一項重要的元素，即是靈感構思，稱為「立意」或「用意」。張彥遠在談論謝赫的繪畫六法時指出：「以氣韻求其畫，則形似在其間矣。」又說：「夫物象必在於形似，形似須全其骨氣，骨氣形似，皆本於立意，而歸於用筆」⑭，可知畫家欲以筆合天，創生藝術世界，便須先有一番構想安排，也就是王羲之所謂的「意在筆先」。晚唐詩人開始強調作畫「立意」，並將畫家的情志思想和孕育作品的理念統合稱為「意」，如方干云：「立意雪髯出，支頤煙汗乾」⑮、「險峭雖從筆下成，精能皆自意中生」⑯。宋人對於形構作品的本體和內在規律特別有興趣，故而深入畫家之「意」，除了推想其「用意」，認為創作是「寫意」，再從作者經營的程度著眼而有「縱意」、「刻意」之別；從「意」內涵的文化深度和開創性來看，有「古意」、「新意」之不同；其審美品格又有「清意」與「遠意」等，例如：

---

⑫ 郭若虛：《圖畫見聞誌》，卷1〈論氣韻非師〉，頁11a，總頁514。
⑬ 〔宋〕沈括著，胡道靜校注：《新校正夢溪筆談》（香港：中華書局，1987年），卷17〈書畫〉，頁169。
⑭ 《歷代名畫記》，卷1〈論畫六法〉，頁22b，總頁289。
⑮ 方干：〈陳式水墨山水〉，《全唐詩》，冊19，卷649，頁7452。
⑯ 方干：〈觀項信水墨〉，《全唐詩》，冊19，卷650，頁7466。

窮奇極怪千萬端，特出一時之用意。[97]

憐君用意常勤劬，揮毫灑墨填空虛。[98]

只畫山禽依雪竹，斯人用意復誰知。[99]

江翁得之尤愛憐，作詩寫意酬雙軸。[100]

三歎繪毫精寫意，慕冥傷涸兩踟躕。[101]

作詩寫意如捕景，況有三絕窮天機。[102]

請君放筆開高臆，縱意雲龍五色章。[103]

筆端刻意寫遺民，要似留侯赤松子。[104]

採摭諸家百餘狀，毫端古意多含蓄。[105]

羨君筆端有新意，倏忽萬狀成一揮。[106]

餘光耀衾幬，清意凝慢褕。[107]

塵心洗長松，遠意發孤鶴。[108]

　　對待審美客體時，宋人提出觀其「生意」的主張，題畫詩中每每以「生意」為賞鑑角度，如：

[97] 蘇頌：〈和諸君觀畫鬼拔河〉，《全宋詩》，冊10，卷521，頁6325。

[98] 陳師道：〈石氏畫苑〉，《全宋詩》，冊19，卷1115，頁12667。

[99] 韓駒：〈題畫雪雀〉，《全宋詩》，冊25，卷1441，頁16610。

[100] 梅堯臣：〈和江鄰幾學士得雷殿直墨竹二軸〉，《全宋詩》，冊5，卷259，頁3269。

[101] 晏幾道：〈觀畫目送飛雁手提白魚〉，《全宋詩》，冊12，卷685，頁8000。

[102] 程俱：〈題蔣永仲蜀道圖〉，《全宋詩》，冊25，卷1414，頁16288。

[103] 李復：〈王穀節推畫草蟲花竹求詩〉，《全宋詩》，冊19，卷1100，頁12473。

[104] 李彭：〈賦張邈所畫山水圖〉，《全宋詩》，冊24，卷1386，頁15907。

[105] 韓琦：〈觀胡九齡員外畫牛〉，《全宋詩》，冊6，卷319，頁3978。

[106] 蘇洵：〈與可許惠所畫舒景以詩督之〉，《全宋詩》，冊7，卷352，頁4371。

[107] 曾鞏：〈山水屏〉，《全宋詩》，冊8，卷457，頁5545。

[108] 蘇軾：〈生日蒙劉景文以古畫松鶴為壽且貺佳篇次韻為謝〉，《全宋詩》，冊14，卷817，頁9459。

人間今復見丹青，生意初侵造物靈。⑩

生意雖休根柢在，崛強杈牙倚天黑。⑪

蟹性最難圖，生意在螯跪。⑪

葉斜枝亞寒聲盡，節老根獰生意足。⑫

　　宋代繪畫專著亦以「有生意」讚揚畫家，如郭若虛稱施璘：「工畫竹，有生意。」⑬劉道醇稱徐熙：「意出古人之外，自造乎妙。尤能設色，絕有生意。」⑭《宣和畫譜》更多處談及「生意」⑮，「生意」一詞一再被使用，日漸形成審美的術語，其涵義，據南北宋之際的董逌（約1120前後）解釋，蓋爲「自然」之意⑯。

　　「自然」是〈詩品廿四則〉的品目之一，也是晚唐繪畫審美的極致，張彥遠云：「夫失於自然而後神，〔……〕自然者爲上品之上」⑰，將「自然」推崇備至，甚而超越了「神」。宋初黃休復《益州名畫錄》（序於1005）置「逸格」於「神」、「妙」、「能」

───────────────

⑩ 李之儀：〈畫鵝〉，《全宋詩》，冊17，卷959，頁11205。

⑩ 畢仲游：〈觀文與可學士畫枯木〉，《全宋詩》，冊18，卷1040，頁11903。

⑪ 文同：〈寇君玉郎中大蟹〉，《全宋詩》，冊8，卷449，頁5450。

⑫ 梅堯臣：〈和和之南齋畫壁歌〉，《全宋詩》，冊5，卷254，頁3069。

⑬ 《圖畫見聞誌》，卷2，頁23b，總頁530。

⑭ 〔宋〕劉道醇：《宋朝名畫評》（臺北：臺灣商務印書館，1983年《文淵閣四庫全書》本），卷3，頁1a，總頁469。

⑮ 如稱蕭悅「畫竹深得竹之生意」，見《宣和畫譜》，卷15，頁6a，總頁159；謂滕昌祐「隨類賦色，宛有生意」，見卷16，頁14a，總頁168。

⑯ 「世之評畫者曰：『妙於生意能不失眞，如此矣，是能盡其技。』嘗問如何當是處生意，曰：『殆謂自然』。」〔宋〕董逌：《廣川畫跋》（臺北：臺灣商務印書館，1983年《文淵閣四庫全書》本），卷3〈書徐熙畫牡丹圖〉，頁16b，總頁473。又參林柏亭：〈論宋人寫生〉，林柏亭主編：《千禧年宋代文物大展》（臺北：國立故宮博物院，2000年），頁363-375。

⑰ 《歷代名畫記》，卷2〈論畫體工用搨寫〉，頁7b，總頁294。

格之首，並云：「畫之逸格，最難其儔。拙規矩於方圓，鄙精妍於彩繪。筆簡形具，得之自然。莫可楷模，出於意表。」[118]可知「自然」不違「應物象形」又須「觀象忘象」[119]，超出形式規矩。「自然」乃就其審美而言，就畫面物象的表現而言，則是張顯萬物天機活潑的「生意」。「生意」和宋儒觀物體仁的思想相通[120]，並且爲衰頹的「寫眞」和通俗化的「傳神」理論提供了新的繪畫詮釋策略。

　　誠如前文所云，六朝時玄虛的形神觀念和適用於人物畫的「傳神」、「寫眞」語詞到了中唐以後日益擴大其指涉範圍，山水、花鳥、走獸皆自俱「神」，晚唐的文藝評論甚至黜降了「神」的審美層級，「感神通靈」也失去了效能，再加上水墨畫的興起，需要尋求新的品評準則，於是不妄談「眞」的結果，「意」便脫穎而出，比「寫眞」籠統的「寫意」可以迴避或轉化對於「眞」的執著，要求寫出物象活力的「生意」觀點把複製形相的「擬眞」帶入了「合於天造」，窮究生命要義的層次，缺乏「生意」的作品淪爲「死畫」[121]，不屑一顧。畫家爲了表現作品中的「生意」，往往親身經歷，長久體察，而出之以「寫生」，

---

[118] 〔宋〕黃休復：《益州名畫錄》（臺北：臺灣商務印書館，1983年《文淵閣四庫全書》本），頁1a，總頁480。
[119] 黃休復：〈益州名畫錄序〉，《益州名畫錄》，頁2a，總頁479。又參徐復觀：〈逸格地位的奠定——益州名畫錄的一研究〉，《中國藝術精神》（臺北：臺灣學生書局，1984年，8版），頁301-323。
[120] 參錢穆：〈理學與藝術〉，收於《中國學術思想史論叢》（六）（臺北：東大圖書公司，1982年）。梁濟海：〈關於宋人論畫中的「道」與「理」和「形」與「意」〉，《美術史論》1985年第3期，頁63-71。韓經太：《理學文化與文學思潮》（北京：中華書局，1997年），頁60-77。
[121] 如蘇軾論畫水有「活水」與「死水」之別，見〈畫水記〉，《蘇軾文集》，卷12，頁409。

郭若虛《圖畫見聞誌》記畫家易元吉（約活動於 1050-1067）：

> 嘗游荊湖間，入萬守山百餘里，以覘猿狖獐鹿之屬，逮諸林
> 石景物，一一心傳足記，得天性野逸之姿。〔……〕又嘗於
> 長沙所居舍後疏鑿池沼，間以亂石叢花，疏篁折葦，其間多
> 蓄諸水禽，每穴窗伺其動靜遊息之態，以資畫筆之妙。⑫

在「猴貓圖」（圖1）中，挾貓而玩的猴子一派天真驕傲，被
抱住的小貓驚懼掙扎，旁邊一隻聳身回顧的貓也露出既害怕又憤
怒的表情，形成了畫面上的戲劇張力，這是易元吉寫生功夫發揮
得淋漓盡致的名作，可以驗證《圖畫見聞誌》所言不虛。

《圖畫見聞誌》所說的「動靜游息之態」在題畫詩中又稱
「意態」，如：

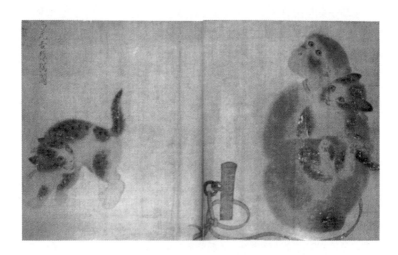

圖1 〔宋〕易元吉「猴貓圖」　臺北故宮博物院藏

---

⑫《圖畫見聞誌》，卷4，頁11b-12a，總頁 547-548。

貴賤小大指五百，執作意態皆不同。⑫

一朝羽群空，誰識真意態。⑭

　　觀察物象的「意態」變化才能傳達出靈動之美，這是繪畫創作的一大進展，試比較五代末北宋初畫家黃居寀 (933-993 以後) 的「山鷓棘雀圖」(圖2) 和北宋仁宗神宗朝崔白的「雙喜圖」(圖3)，

圖2 〔宋〕黃居寀「山鷓棘雀圖」　臺北故宮博物院藏

---

⑫ 梅堯臣：〈元忠示胡人下程圖〉，《全宋詩》，冊 5，卷 257，頁 3206。

⑭ 劉弇：〈次韻和毛正仲胡潛畫鶴歌〉，《全宋詩》，冊 18，卷 1045，頁 11971。

圖3 〔宋〕崔白「雙喜圖」　臺北故宮博物院藏

前者可謂「寫眞」，後者則爲「寫生」。「山鷓棘雀圖」的主體角
色山鷓立於畫幅的左前方，麻雀、荊棘、叢竹、坡石分佈周圍，像
是一個刻意安排的構圖，或飛或棲的麻雀雖然姿態各異，詳盡眞
實，卻與前景的山鷓互不相干，整幅作品呈現一種早期花鳥畫的圖
案性裝飾趣味。「雙喜圖」的主體角色同樣位於畫面的左前方，是
一隻黃褐色的兔子，觀者順著兔子的視線向右上方，沿著土坡、樹

幹望去，發現兔子正看著一對山喜鵲，似乎是兔子誤入了山喜鵲的地盤，引來枝上山喜鵲護衛的鳴叫；另一隻則作勢俯衝，看兔子提起右前足，彷彿剛剛止步又將前行（圖4），仰天回首，和山喜鵲遙遙呼應，這天地間刹那的情景被畫家巧妙地捕捉，栩栩如生。「雙喜圖」的畫面如同暫時的停格，物象並不凝滯，山喜鵲、樹幹、土坡，以及坡下的葦草等植物形成一個「S」形的脈絡，兔子的身軀恰好也是「S」形，這兩個「S」延續了動態，由畫幅左方向右吹拂的秋風又將這兩個「S」的穩定結構推翻，使得整幅作品如同一個進行中未完成的故事，饒有餘意㉕。

　　由「山鷓棘雀圖」和「雙喜圖」的實例可知，宋人的「寫生」強調的是天生自然的生動靈活，並且因為尚意觀念的普遍流

圖4　〔宋〕崔白「雙喜圖」（局部）

㉕ 高木森：《五代北宋的繪畫》（臺北：文史哲出版社，1982年），頁104。

行，「生意」可以涵括「傳神」⑫，過去「形」「神」對舉的命題在宋代轉爲「形」「意」並論，如梅堯臣的題畫詩〈觀居寧畫草蟲〉：

> 古人畫虎鵠，尚類狗與鶩。今看畫羽蟲，形意兩俱足。行者勢若去，飛者翻若逐。拒者如舉臂，鳴者如動腹。躍者趯其股，顧者注其目。乃知造物靈，未抵毫端速。毘陵多畫工，圖寫空盈幅。寧公實神授，坐使群筆伏。草根有纖意，醉墨得已熟。權豪不可致，節行今仍獨。⑫

〈薛九宅觀雕狐圖〉：

> 蜀中處士李懷袞，手畫皁雕擒赤狐。猛爪入頰眥逆血，短尾僵俟窮蹄鋪。雕爭怒力狐爭死，二物形意無纖殊。一禽一獸固已別，硬羽軟毛非筆模。入君此室見此圖，如在原野從馳驅。⑫

　　兩首作品皆以白描的筆法敘述了畫面的景致，草蟲的「行者」、「飛者」、「拒者」、「鳴者」、「躍者」、「顧者」，以及爭鬥的雕與狐都生意盎然，令人讀詩如見畫。類似的寫法也見於司馬光的題畫詩中，〈謝興宗惠草蟲扇〉詩云：

> 吳僧畫團扇，點綴成微蟲。秋毫宛皆具，獨竊天地功。
> 細者及蛛螯，大者繞阜螽。枯枝擁寒蜩，黃蕊黏飛蜂。

---

⑫ 參看林翠華：《形神理論與北宋題畫詩》（臺南：成功大學中文研究所碩士論文，1997年）。王興華：《中國美學論稿》（天津：南開大學出版社，1993年），頁385-405。
⑫ 梅堯臣：〈觀居寧畫草蟲〉，《全宋詩》，冊5，卷245，頁2835。
⑫ 梅堯臣：〈薛九宅觀雕狐圖〉，《全宋詩》，冊5，卷245，頁2851。

　　翩然得生意，上下相追從。徒觀飛動姿，莫睹筆墨蹤。
兒曹取眞物，細校無不同。恐其遂躍去，亟取藏箱中。
乃知藝無小，意精神可通。不與誤圖蠅，能惑紫髯翁。
子猷狀彈雀，藏寶傳江東。不知古何如，此畫今爲雄。
人墓木已拱，其徒頗能工。舊法存百一，要足超凡庸。
友人幸爲賜，物薄意何隆。玩之不替手，愛重心無窮。
常如對君子，穆穆來清風。⑫

　　「感神通靈」在宋代已經不興盛，詩中舉的「感神通靈」前例其實只是畫物肖似逼眞產生的錯覺，曹不興「誤落筆點素，因就成蠅狀，權疑其眞，以手彈之」⑬。至於「彈雀」之事，主角並非子猷，而是北齊畫家劉殺鬼，劉嘗「畫鬥雀於壁間，帝見之爲生，拂之方覺。」⑭司馬光說「不知古何如」，一方面承認自己對於「感神通靈」歷史的不熟悉，另一方面也顯示他並不認眞看待「感神通靈」這回事。說「意精神可通」，將「生意」當作達到「感神通靈」的法門，重點不在重彈舊調，乃是爲新的「生意」觀追溯古老的傳統。

　　重視表現物象的「生意」以及動靜變化的「意態」之外，宋人還注意到融入畫家主觀情思的畫面「意象」和傳達物象基本特徵與個性的「意思」，有謂：

　　六詩形似到作者，三馬意象能言之。⑫
　　洞房豈識江湖趣，意象冥將造化同。⑬

⑫　司馬光：〈謝興宗惠草蟲扇〉，《全宋詩》，冊9，卷498，頁6022-6023。
⑬　《歷代名畫記》，卷4，頁5a，總頁316。
⑭　《歷代名畫記》，卷8，頁3b，總頁337。
⑫　蘇頌：〈次韻蘇子瞻題李公麟畫馬圖〉，《全宋詩》，冊10，卷523，頁6339。
⑬　釋道潛：〈觀宗室曹夫人畫〉，《全宋詩》，冊16，卷920，頁10794。

或牽或立或仰視，閑暇意思如鳴嘶。⑭

而況畫手妙，意思能餘閑。遠出物象外，不在粉墨間。⑮

關於「意思」，蘇軾〈傳神記〉曰：

> 傳神之難在目，顧虎頭云：「傳形寫影，都在阿睹中。」其次
> 在顴頰。吾嘗於燈下顧自見頰影，使人就壁模之，不作眉目，
> 見者皆失笑，知其為吾也。目與顴頰似，餘無不似者。眉與鼻
> 口，可以增減取似也。〔……〕凡人意思各有所在，或在眉
> 目，或在鼻口。虎頭云：「頰上加三毛，覺精采殊勝。」則此
> 人意思蓋在鬚頰間也。優孟學孫叔敖抵掌談笑，至使人謂死者
> 復生。此豈舉體皆似，亦得其意思所在而已。⑯

　　六朝的顧愷之認為眼睛是表現人物精神情感之核心，蘇軾則指
出每一個人獨特之處不盡皆在眉目，只要把握住其「意思」所在，
其餘部份不完全相似亦無妨。為了體現審美客體的「意思」，蘇軾
主張平時暗中觀察：「傳神與相一道，欲得其人之天，法當於眾中
陰察之。今乃使人具衣冠坐，注視一物，彼方斂容自持，豈復見其
天乎。」⑰這和易元吉的作法相同，都在得物象之天然生意。

　　蘇軾以「意思」補充了「傳神」的內涵，結合「寫其生意」
和「傳其神采」的美學理念，是審美意識的一大突破⑱，賦予了
「傳神」理論新的時代意義。

---

⑭ 梅堯臣：〈觀史氏畫馬圖〉，《全宋詩》，冊5，卷253，頁3036。

⑮ 郭祥正：〈李公擇學士出示胡九齡歸牧圖〉，《全宋詩》，冊13，卷760，頁
　8836。

⑯ 蘇軾：〈傳神記〉，《蘇軾文集》，卷12，頁401。

⑰ 同上註。

⑱ 李欣復：〈傳神寫意說的源流演變及美學意義〉，《浙江師範大學學報》1987年
　第1期，頁37-41。

五、忘形得意，意外之趣

　　除了理解畫家如何觀物有得，於創作過程中融入個人情性意氣，表達物象的天然生意，北宋題畫詩作者還從畫家、作品反諸己身，意識到欣賞繪畫的終極旨趣，比唐人還關心個人作爲審美主體的建設性與開創性，提出觀畫要「忘形得意」，覓求「意外之趣」的主張。

　　北宋題畫詩所說的「得意」，就畫家一方而言，指得物象之「生意」與創作的「意念」，如：「戲拈禿筆掃成圖，濃淡遭迴眞得意」[139]、「畫行書空夜畫被，方其得意尤若癡」[140]、「張顚草書要劍舞，得意可無山水助」。[141]就觀者而言，則在得畫家之「寓意」、畫作之「意境」與自己觀畫之「意趣」，例如歐陽脩的〈盤車圖〉：

　　淺山嶙嶙，亂石矗矗，山石硝聲車碌碌。山勢盤斜隨澗谷，側轍傾轅如欲覆。出乎兩崖之隘口，忽見百里之平陸。坡長坂峻牛力疲，天寒日暮人心速。楊褒忍飢官太學，得錢買此縈盈幅。愛其樹老石硬，山回路轉，高下曲直，橫斜隱見，妍媸嚮背各有態，遠近分毫皆可辨。自言昔有數家筆，畫古傳多名姓失。後來見者知謂誰，乞詩梅老聊稱述。古畫畫意不畫形，梅詩詠物無隱情。忘形得意知者寡，不若見詩如見

---

[139] 孔平仲：〈題清溪圖〉，《全宋詩》，冊16，卷925，頁10876。
[140] 蘇洵：〈與可許惠所畫舒景以詩督之〉，《全宋詩》，冊7，卷532，頁4371。
[141] 晁補之：〈酬李唐臣贈山水短軸李爲刑曹杜君章知賞〉，《全宋詩》，冊19，卷1127，頁12799。

畫。乃知楊生眞好奇，此畫此詩兼有之。樂能自足乃爲富，豈必金玉名高賞。朝看畫，暮讀詩，楊生得此可不飢。[142]

　　此詩題寫的是楊褒（字之美）所收藏的「盤車圖」，在歐陽脩之前，梅堯臣已作〈觀楊之美盤車圖〉詩，其言曰：

谷口長松葉老瘦，澗畔古樹身枯高。土山慘憺遠復遠，坡路曲折盤車勞。二車迴正轅接軫，繼下三車來嶾嶙。過橋已有一乘歇，解牛離軛童可吶。黄衫烏巾驅舉鞭，經險就易將及前。轂輪傍側輻可數，蹄角攙錯捲箱聯。古絲昏晦三尺絹，畫此當是展子虔。坐中識別有公子，意思往往疑魏賢。子虔與賢皆妙筆，觀玩磨滅窮歲年。塗丹抹青尚欺俗，旱龍雨日猶賣錢。是亦可以秘，疑亦不可捐。爲君題卷尾，願君世世傳。[143]

　　梅堯臣以文字再現了畫面的景象，引領讀者從谷口的老松看到曲折的土坡上行旅的情形，細數「二車」、「三車」和「一乘」的樣態，再從駄車的牛隻看到舉鞭的小童，觀察畫家精細的筆觸，此即歐陽脩「梅詩詠物無隱情」之意。接著判別畫家當爲隋代的展子虔，又或者是五代的魏（衛）賢，而無論是展子虔還是魏賢，今世的畫家都遠不能及，最後期望收藏者楊之美能妥爲珍藏，世代永留。

　　同樣的一幅畫，在歐陽脩筆下雖然不像梅堯臣寫得鉅細靡遺，卻另有一番震撼，他以萬鈞之勢放眼「淺山」、「亂石」，用「嶾嶙」、「轟轟」、「碌碌」等疊韻詞營造車行之節奏感。

---

[142] 歐陽脩：〈盤車圖〉，《全宋詩》，册6，卷287，頁3637。
[143] 梅堯臣：〈觀楊之美盤車圖〉，《全宋詩》，册5，卷257，頁3203。

然後描寫行路之艱險，接著話鋒一轉，朝向收藏者楊之美，一筆雙寫，既稱美楊愛畫之心，又回到畫面讚賞畫家精緻的筆法，認為畫家縱使畫得寫實，其要點在於「畫意不畫形」；再帶出梅堯臣的題畫詩，說楊之美坐擁梅詩與古畫，可以豐盈精神，樂而忘飢矣。

　　比較歐陽脩與梅堯臣的題畫詩，可以幫助我們了解歐陽脩〈盤車圖〉詩所提出的「忘形得意」之說。梅詩客觀地敘述了畫面的形貌，歐詩則重視畫作的氛圍。因此，所謂的「得意」，既指畫作的意象生動，也追溯畫家創作的用心，「牛力疲」與「人心速」可能是畫面表現出來的模樣，又可能只是觀者自己的設想。學者往往喜歡以「忘形得意」為歐陽脩的藝術理念，認為歐陽脩主張「不求形似」，並引申為蘇軾「論畫以形似，見與兒童鄰」[144]之前導，推衍出宋人「拋卻形似」的結論，筆者以為其實不然。宋人講「寫意」並不表示「形似」會妨礙「寫意」，「形」與「意」絕非相反的概念，誠如前文所云，好的作品必須「形意俱足」，歐陽脩談「忘形得意」重點不是先「忘形」而後方能「得意」，而是「倘若得意」，「形可以忘」，他曾自述學書經驗道：「余雖因邕書得筆法，然為字絕不相類，豈得意而忘其形邪？」[145]歐陽脩的筆法是從學李邕 (678-747) 而來，得邕之筆意而後忘其形，故自有姿態而絕不相類。

　　簡而言之，當觀者以「外物」觀畫，即使畫面生氣盎然，詩

---

[144] 蘇軾：〈書鄢陵王主簿所畫折枝二首〉之一，《全宋詩》，冊14，卷812，頁9395。

[145] 〔宋〕歐陽脩：《歐陽文忠公集》（臺北：臺灣商務印書館，1979年《四部叢刊正編》本），卷130〈李邕書〉，頁5a，總頁1007。

人「能狀難寫之景，如在目前」⑭，如果不能融攝個人情思於審
美客體，則文字所分享的審美經驗便僅能維持如表象所見的平淺
客觀，歐陽脩所提出的「忘形得意」，加強了觀者和畫家雙方的
主體性，畫家各秉其性創作，作品的藝術價值仰賴積極的審美活
動，即爲「得意」。歐陽脩曾云：「畫之爲物尤難識，其精粗眞
僞非一言可達。得者各以其意，披圖所賞，未必是秉筆人之意
也」⑭。雖則「作者未必然」，「讀者不必不然」，不是「秉筆
人之意」亦不害各以其意而得之。

蔡條《西清詩話》云：

> 丹青吟詠，妙處相資，昔人謂詩中有畫，畫中有詩者，蓋畫
> 手能狀，而詩人能言之。唐人有「盤車圖」，畫重岡複嶺，
> 一夫馳車山谷間。永叔賦詩：「坡長坂峻牛力疲，天寒日暮
> 人心速。」〔……〕畫工意初未必然，而詩人廣大之。乃知
> 作詩者徒言其景，不若盡其情，此題品之津梁也。⑭

由《西清詩話》的認同，可知歐陽脩所說的「忘形得意」已
經爲藝術鑑賞建立了主觀認定的合理性，蘇軾、黃庭堅等人更是
將之發揚光大，青出於藍，不僅「忘形得意」，還要意外生意，
可說是將中唐以來「象外逐幽好」⑭與司空圖的「韻外之致」、
「味外之旨」諸說聯繫於「意」的領會之中。晁補之提出「畫寫

---

⑭　〔宋〕歐陽脩：《六一詩話》，收於〔清〕何文煥編訂：《歷代詩話》（臺北：
　　藝文印書館，1983年），總頁158。
⑭　《歐陽文忠公集》，卷138〈唐薛稷書〉，頁13b，總頁1094。
⑭　〔宋〕胡仔：《苕溪漁隱叢話》（臺北：長安出版社，1978年），《前集》，卷
　　30，頁209。
⑭　韓愈：〈薦士〉，《全唐詩》，冊10，卷337，頁3780。

物外形，要物形不改。詩傳畫外意，貴有畫中態」⑩的見解，蘇軾和蘇轍 (1039-1112) 在題寫李公麟所繪的「陽關圖」時，都說李公麟畫出陽關送別之曲的意外之聲，東坡詩云：

> 不見何戡唱渭城，舊人空數米嘉榮。龍眠獨識殷勤處，畫出陽關意外聲。兩本新圖寶墨香，樽前獨唱小秦王。爲君翻作歸來引，不學陽關空斷腸。⑪

子由則題曰：

> 百年摩詰陽關語，三疊嘉榮意外聲。誰遣伯時開縞素，蕭條邊思坐中生。西出陽關萬里行，彎弓走馬自忘生。不堪未別一杯酒，長聽佳人泣渭城。⑫

「陽關圖」圖繪的是王維 (701-761)〈送元二使安西〉詩的內容，其畫面表現據《宣和畫譜》記載云：「公麟作陽關圖，以離別慘恨爲人之常情，而設釣者於水濱，忘形塊坐，哀樂不關其意。」⑬李公麟在「陽關圖」裏安插了河濱垂釣的漁翁等點景人物，以其「哀樂不關其意」，看盡人間離別的冷淡，對比圖中送行人馬的悲傷，李公麟的巧思已經翻於王維詩意之外。東坡和子由又再翻一層，由「陽關圖」回到其文學文本——王維詩，聯想善於歌唱渭城曲和涼州詞的唐人何戡與米嘉榮，然後再談到當時所唱的陽關曲「小秦王」，其間已然幾經「意外」，超出了李公

---

⑩ 晁補之：〈和蘇翰林題李甲畫雁二首〉，《全宋詩》，冊 19，卷 1126，頁 12787。

⑪ 蘇軾：〈書林次中所得李伯時歸去來陽關二圖後〉，《全宋詩》，冊 14，卷 813，頁 9409 。

⑫ 蘇轍：〈李公麟陽關圖二絕〉之一，《全宋詩》，冊 15，卷 864，頁 10053。

⑬ 《宣和畫譜》，卷 7，頁 7b，總頁 108。

麟的畫作,最後東坡將李公麟的另一作品「歸去來圖」與「陽關圖」並置,「歸來」與「離去」正是人生抉擇的難題。子由則扣住「陽關」的地理意義,心生邊思,唐代的陽關在北宋時已為外族所奪,李公麟畫「陽關圖」餽贈即將前往熙河任幕僚的安汾叟,而熙河正是當時宋廷與西夏戰事頻仍的邊防要塞[54],因此,一幅「陽關圖」的意外之聲便呈現截然的情味,宋人賞畫題詩的意外之趣也正在於此。

　　再看黃庭堅的〈用前韻謝子舟為予作風雨竹〉,不但意出象外,且有離開畫意,自出己見的趨向,其詩為:

> 子舟詩書客,畫手晚前輩。把袂拍其肩,餘力左右逮。自注:
> 郭璞詩云左挹浮丘袖,右拍洪崖肩。摩拂造化爐,經營鬼神會。
> 光燦疊亂葉,世與作者背。看君回腕筆,猶喜漢儀在。歲寒
> 十三本,與可可追配。小山蒼苔面,突兀謝憎愛。風斜兼雨
> 重,意出筆墨外。吾聞絕一源,戰勝自十倍。榮枯轉時機,
> 生死付交態。狙公倒七芧,勿用嗔喜對。此物當更工,請以
> 小喻大。[55]

　　這幅畫的作者黃子舟為北宋善於畫竹的畫家文同(1018-1079)妻姪[56],全詩首先讚譽黃子舟畫藝高妙,超越前人,其摹繪萬物之功力彷彿再造自然,其慘澹經營則如鬼神會合。子舟作畫可追文同,不像俗世畫家零亂而無章法,他畫的這一幅風雨竹卓然物

---

[54] 參看本書:〈宋代題「詩意圖」詩析論——以題「歸去來圖」、「憩寂圖」、「陽關圖」為例〉。

[55] 黃庭堅:〈用前韻謝子舟為予作風雨竹〉,《全宋詩》,冊17,卷990,頁11398。

[56] 黃彝,字子舟,其生平事蹟參看〔宋〕鄧椿:《畫繼》(臺北:臺灣商務印書館,1983年《文淵閣四庫全書》本),卷4,頁8b,總頁522。

外，使人得到了去絕愛憎嗔喜，掃除利慾薰心，安處死生窮達之變的啟示，其中「意出筆墨外」一句，既指畫家不拘泥於筆墨形式，以畫達意，也暗示了觀畫者於筆墨之外得其深意的意思。以往「感神通靈」、「筆侔造化」的審美課題，在山谷的題寫中成為大量的文化典故之一，題畫詩的視覺書寫導入了承繼文化傳統的脈絡裏，至此，畫不再僅止於畫，對形象美感的欣賞轉為思想深度的體察，內化為個人的文化格調與品味，山谷所謂「凡觀書畫當觀韻」⑮即由此來。

　　覓求「意外之趣」的想法是北宋中後期文人與畫家的共識，由郭熙《林泉高致》中談到的「景外意」與「意外妙」，可以進一步理解「得其畫意」與「意外生意」的眞諦：

> 春山煙雲連綿人欣欣，夏山嘉木繁陰人坦坦，秋山明淨搖落人肅肅，冬山昏霾翳塞人寂寂，看此畫令人生此意，如眞在此山中，此畫之景外意也。見青煙白道而思行，見平川落照而思望，見幽人山客而思居，見巖扃泉石而思遊，看此畫令人起此心，如將眞即其處，此畫之意外妙也。⑱

　　郭熙以觀覽山水畫為例，提到四時景致各有特色，觀者的感受因而亦不相同，見「春山」而「欣欣」，見「秋山」而「肅肅」，就是王微〈敍畫〉所說的「望秋雲，神飛揚。臨春風，思浩蕩」之意，也就是「得其畫意」。然而，作品的內在精義除了從表象去應對，反思作者的立意，郭熙認為，如果能夠興起「如

---

⑮　〔宋〕黃庭堅：《豫章黃先生文集》（臺北：臺灣商務印書館，1979年《四部叢刊正編》本），卷27〈題摹燕郭尚父圖〉，總頁304。

⑱　〔宋〕郭熙撰，〔宋〕郭思編：《林泉高致集》，頁6b，總頁576。

將眞即其處」的主動意識，化平面的圖象爲引人入勝的想像，則畫之「意外妙」當帶給觀者更多更深的審美樂趣。

從前述蘇軾兄弟與山谷的題畫詩得知：圖象的意外之趣須自胸中丘壑與腹笥學養裏洞見筆墨之外的隱語，這種遙想筆墨之外的見解，由觀者的鑑賞態度擴及對於畫家創作的品評，將「有意於筆墨之外」[159]視爲畫家之能事，如韓維 (1017-1098) 稱許道寧：「許翁寫生意，獨得毫墨外」[160]，毫墨之外也能傳達物象的生意，則形式之精良不是作品成功之關鍵因素，因爲觀者「得其畫意」，舒展個人主觀情思與意趣之後便可能「忘形」。因此北宋文人把唐人「從筆墨觀畫」的視角移向「以作品的風格特徵觀畫」的方向，崇尚「蕭條淡泊」、「清新簡遠」的美感。

歐陽脩嘗云：

> 善言畫者，多云：「鬼神易爲工」，以爲畫以形似爲難，鬼神人不見也。然至其陰威慘澹，變化超騰，而窮奇極怪，使人見輒驚絕；及徐而定視，則千狀萬態，筆簡而意足，是不亦爲難哉！[161]

將歐陽脩的意見與前文所述皎然的〈周長史昉畫毗沙門天王歌〉合觀，可以得見「尚意觀念」突破「以形寫眞」之處。自《韓非子》以降，關於鬼神畫與犬馬畫何者爲難、何者爲易的問題和爭辯，在歐陽脩看來，都能夠從是否傳達其「意」得到答案[162]。不僅

---

[159] 蘇軾：〈傳神記〉，《蘇軾文集》，卷12，頁401。

[160] 韓維：〈奉同原甫度支廳壁許道寧畫松依韻〉，《全宋詩》，冊8，卷420，頁5151。

[161]《歐陽文忠公集》，卷73〈題薛公期畫〉，頁11a，總547。

[162] 參衣若芬：〈談蘇軾繪畫思想中的「常形」與「常理」說〉，《宋代文學研究叢刊》創刊號（1995年3月），頁431-448。

如此，歐陽脩還說要「筆簡」，筆觸的簡約與繁複雖然不一定影響「意足」，但是假使能以簡御繁，則技藝顯然更高一籌。東坡〈跋趙雲子畫〉亦云：「趙雲子畫筆略到而意已具，工者不能。」[163]

「簡」之餘，還要「淡」，歐陽脩云：

> 蕭條淡泊，此難畫之意，畫者得之，覽者未必識也。故飛走遲速，意淺之物易見；而閑和嚴靜，趣遠之心難形。若乃高下向背，遠近重複，此畫工之藝耳，非精鑑者之事也。[164]

在這一則跋語中，歐陽脩指出觀畫的重點不在其形跡，而在其「蕭條淡泊」之意境。「蕭條淡泊」的美學觀，與當時文人反對「雕章麗句，鐫刻駢偶」，喜好「古淡」、「平淡」詩歌，以及禪悅之風有關[165]。如蘇舜欽 (1008-1049) 云：「不肯低心事鐫鑿，直欲淡泊趨杳冥」[166]，梅堯臣云：「因吟適情性，稍欲到平淡」[167]，「作詩無古今，唯造平淡難」[168]。宋人談「平淡」，一方面是一種由人格特質和生活態度而產生的審美觀照；一方面落實於創作的形式與內涵，繪畫美學上的「蕭條淡泊」亦有此傾向。歐陽脩認為：「蕭條淡泊」的「深意」出之於畫家「閑和嚴靜，趣遠之心」，而所謂「閑和嚴靜，趣遠之心」必然基於其情性修養，也就是「意氣」。誠如前文所云，宋人關於「意氣」的

163　〈跋趙雲子畫〉，《蘇軾文集》，卷70，頁2214。
164　《歐陽文忠公集》，卷130〈鑑畫〉，頁2a，總頁1006。
165　參李澤厚：《華夏美學》（香港：香港三聯書店，1988年），頁153-157。敏澤：《中國美學思想史》（濟南：齊魯書社，1989年），第二卷，頁316-320。張毅：《宋代文學思想史》（北京：中華書局，1995年）。
166　蘇舜欽：〈贈釋祕演〉，《全宋詩》，冊6，卷310，頁3900。
167　梅堯臣：〈依韻和晏相公〉，《全宋詩》，冊5，卷247，頁2902。
168　梅堯臣：〈讀邵不疑學士詩卷杜挺之忽來因出示之且伏高致輒書一時之語以奉呈〉，《全宋詩》，冊5，卷257，頁3171。

解釋較唐人的「天生而然」更近於「人文化成」的層面，因此在
談繪畫的審美品格時便將「作品的風格」聯繫於「作者的人格及
文化素質」，這一套準則因「文章書畫固一理」[169]而適用於所有
的文學與藝術，例如歐陽脩論書法時曾云：「愛其書者，兼取其
爲人」[170]。蘇軾也有類似的看法[171]，他並將歐陽脩「蕭條淡泊」
的思想擴及於書法，說鍾繇、王羲之書法「蕭散簡遠，妙在筆墨
之外」[172]；在談論「平淡」時，他認爲「平淡」是形式筆墨「精
能之至」，「絢爛之極」[173]的化境，欣賞「疏淡」中含有「精
勻」[174]的畫作。又如釋智圓(976-1022)云：「立意造平淡，冥搜
出衆情」[175]，平淡之美須由意造。葛立方《韻語陽秋》云：「大抵
欲造平淡，當自組麗中來，落其華芬，然後可造平淡之境。」[176]
亦即東坡之意。

　　《韻語陽秋》又云：「李白云：『清水出芙蓉，天然去雕
飾』，平淡而到天然處則善矣。」[177]米芾評董源的畫「平淡天

---

[169] 王欽臣：〈次韻蘇子由詠李伯時所藏韓幹馬〉，《全宋詩》，冊11，卷604，頁
7146。

[170] 《歐陽文忠公集》，卷129〈世人作肥字說〉，頁5a，總頁1004。

[171] 蘇軾云：「古之論書者，兼論其平生，苟非其人，雖工不貴也。」《蘇軾文集》，
卷69〈書唐氏六家書後〉，頁2206。

[172] 〈書黃子思詩集後〉，《蘇軾文集》，卷67，頁2124。

[173] 「永禪師書，骨氣深穩，體兼眾妙，精能之至，反造疏淡。」《蘇軾文集》，卷
69〈書唐氏六家書後〉，頁2206。「凡文字，少小時須令氣象崢嶸，五色絢爛，
漸老漸熟，乃造平淡，其實不是平淡，絢爛之極也。」〈與二郎姪書〉，《蘇軾
文集‧蘇軾佚文彙編》，卷4，頁2523。

[174] 蘇軾：〈書鄢陵王主簿所畫折枝二首〉之一，《全宋詩》，冊14，卷812，頁
9395。

[175] 釋智圓：〈讀清塞集〉，《全宋詩》，冊3，卷140，頁1563。

[176] 〔宋〕葛立方：《韻語陽秋》，卷1，頁2a，收於〔清〕何文煥編訂：《歷代詩
話》，總頁291。

[177] 同上註。

眞」⑰，「平淡」雖從精能絢爛中來，其最後要在歸於天然，也
就是東坡所謂：「詩畫本一律，天工與清新」⑲，「天工」即是
自然而不造作，合乎造化創生之道與人事之實際。宋人關於「清
新」的審美精神以東坡談得最深，他曾稱許文同的墨竹畫說：
「其身與竹化，無窮出清新」⑱，「清新」的「清」字是東坡審
美意識的核心⑱，旨在「不俗」。由王維的畫，東坡聯想到王維
的詩，認爲二者同樣「清且敦」⑱，他褒揚林逋「神清骨冷無由
俗」⑱。對於詩，蘇軾更是多次推崇這種風格，如稱張先 (990-
1078)：「清詩絕俗，甚典而麗」⑱，又有「遣子窮愁天有意，
吳中山水要清詩」⑱、「新詩如玉屑，出語便清警」⑱、「靈水
先除眼界花，清詩爲洗心源濁」⑱等詩句。「清新」的「新」也
是東坡所追求的目標，旨在「除舊」，他自稱書法「自出新意，
不踐古人，是一快也」⑱，讚賞吳道子「出新意於法度之中，寄
妙理於豪放之外。」⑱說燕肅的畫：「燕公之筆，渾然天成，粲
然日新，已離畫工之度數，而得詩人之清麗也。」⑲

---

⑰〔宋〕米芾：《畫史》（臺北：臺灣商務印書館，1983年《文淵閣四庫全書》本），頁7b，總頁6。

⑲蘇軾：〈書鄢陵王主簿所畫折枝二首〉之一，《全宋詩》，冊14，卷812，頁9395。

⑱〈書晁補之所藏與可畫竹三首〉之一，《全宋詩》，冊14，卷812，頁9394。

⑱參張海鷗：〈蘇軾文學觀念中的清美意識〉，收於王水照主編：《首屆宋代文學國際研討會論文集》（上海：復旦大學出版社，2001年），頁349-370。

⑱〈鳳翔八觀・王維吳道子畫〉，《全宋詩》，冊14，卷786，頁9106。

⑱〈書林逋詩後〉，《全宋詩》，冊14，卷808，頁9362。

⑱〈祭張子野文〉，《蘇軾文集》，卷63，頁1943。

⑱〈和晁同年九日見寄〉，《全宋詩》，冊14，卷797，頁9230。

⑱〈送參寥師〉，《全宋詩》，冊14，卷800，頁9273。

⑱〈再遊徑山〉，《全宋詩》，冊14，卷793，頁9186。

⑱〈評草書〉，《蘇軾文集》，卷69，頁2183。

⑱〈書吳道子畫後〉，《蘇軾文集》，卷70，頁2210-2211。

⑲〈跋蒲傳正燕公山水〉，《蘇軾文集》，卷70，頁2212。

　　綜上所述，可知宋人「蕭條淡泊」，「清新簡遠」的審美價值觀是從尚意的美學思維中形成，由「得意」而「忘形」，故「意足」則筆可以「簡」，觀者得於筆墨之外領略畫家「閑和嚴靜，趣遠之心」與「淡泊」之志；由立意造平淡，而於用心巧麗後脫落繁華，去俗除舊，以達「天工與清新」之境。

六、結　語

　　本文分別從「以畫爲眞，感神通靈」、「筆侔造化，心生萬象」、「形意俱足，生意盎然」、「忘形得意，意外之趣」四個子題爲主軸，探討了唐至北宋題畫詩發展所呈現的審美意識的轉向，梳理唐人「重寫眞」到宋人「尚寫意」的演變歷程。

　　筆者以爲：繪畫作爲模擬物象的視覺藝術，其基本課題即在表現「寫眞」功夫，初盛唐的題畫詩作者往往以「作畫如眞」稱美畫家，除了於詩中頻頻使用「眞」字，還出以誇飾之筆法，極力形容畫面之眞實所造成的「誤假爲眞」錯覺，甚而以爲畫家巧奪天工之技藝乃神鬼助之，故而畫作亦得以感動天地，與所繪物象之神靈相通。

　　安史之亂是扭轉「以眞贊畫」之題畫詩書寫模式，結束繪畫「感神通靈」崇拜的分水嶺，投身畫壇的文人改變了繪畫的意義與作用，題畫詩的作者也意識到繪畫創作對應的不僅是審美客體，重心不在如何具現單一的物象，而是創生萬物的造化自然。畫家以筆傳達造化之實然，其筆下的世界又是由其心源而來，故而能夠隨手生花，以畫留春，於是關於繪畫的審美判斷逐漸由追求眞實的物質面超升至探尋創作心靈的精神面。

　　中晚唐興起的水墨畫，衝擊了應物象形的色彩觀念，產生視覺美感的新價值取向，創作水墨畫的逸品畫家的舞筆弄墨，使得文人注意到其個人意氣與創作之「立意」，可視爲宋人尙意之先聲，晚唐五代的題畫詩圍繞著尋求新的因應與品賞之道的話題，其理念之完善則有待於宋人的文化素養來建構。

　　北宋仁宗朝左右，政治上的革新帶動了文化上的進展，詩學上的「尙意」及其「平淡」的審美風格由文學擴及繪畫美學，這股風潮一直延續至北宋結束。宋人論「意」較唐人更爲深刻細膩，詞彙內容亦繁瑣複雜。大體而言，唐人以客觀的描述談藝術創作中的「意」，「意」是被覺察的實然存在；宋人論「意」則帶有價值判斷的意味，「意」是藝術創作的必然，沒有「意」便沒有藝術價值，審美活動不是去發現「意」，而是去理解「意」的各種形態，領略「意」的美感特質，建構一套體會「意」、具現「意」的法則，然後再超越法則，追求「意」之外的智性思維與文化蘊涵。

　　關於宋人尙意的思想，本文分別從三個方面舉例析論，一是畫家的「意氣」與創作的「立意」；二是作品的「生意」、「意思」與「意象」；三是觀者的「忘形得意」、「意外之趣」以及尙意思想所開展出，以歐陽脩和蘇軾爲代表的「蕭條淡泊」，「清新簡遠」審美風格。

　　筆者發現：從唐人「重寫眞」到宋人「尙寫意」，其實是繪畫藝術逐步脫離其物質特性，向文學品鑑靠攏的過程，亦即拋卻純粹欣賞視覺美感，轉向人文思致與畫外意趣。題畫詩作者關心的不僅是作品一端，還注意到作者以及觀者，並且將專屬於繪畫的名詞和概念，例如「傳神」、「以形寫神」等，以文學寫作的「意」加以收編，即使宋代題畫詩中依舊有關於繪畫如眞的敘

述，其份量早已不敵「寫意」的「時代政治正確性」。

　　「寫意」的觀念發展到後來，由於對於「忘形得意」的曲解和文人畫「自我作意」的主張，變成「不求形似」之意，例如元代湯垕云：

> 畫梅謂之寫梅，畫竹謂之寫竹，畫蘭謂之寫蘭，何哉？蓋花之至清，畫者當以意寫之，不在形似耳。[191]

　　認為「畫」謂描畫物象之形狀，「寫」謂抒寫我之心意，繪畫既以「寫意」為尚，則形似可以不必講求，這種現象到了清代鄭燮(1693-1765)提出反省：

> 「寫意」二字誤多少事，欺人瞞自己，再不求進，皆坐此病。必極工而後能寫意，非不工而遂能寫意也。[192]

　　由湯垕和鄭燮關於「寫意」的認識，彷彿應證了本文初始所引述嚴復的那一段話，宋人高談闊論的「寫意」美學觀，歷經千年，已產生耐人尋繹其是非功過的歷史意義。

---

[191]〔元〕湯垕：《畫論》，收於黃賓虹、鄧實編：《美術叢書》（南京：江蘇古籍出版社，1997年），第2冊，頁1721。

[192]〔清〕鄭燮著，卞孝萱編：《鄭板橋全集》（濟南：齊魯書社，1985年），頁202-203。關於繪畫「寫意」觀念的演變，參衣若芬：《鄭板橋題畫文學研究》（臺北：臺灣大學中文研究所碩士論文，1990年），頁107-114。

寫眞與寫意：

從唐至北宋題畫詩的發展論宋人審美意識的形成

提　　要

　　「寫眞」與「寫意」是中國美學的兩個重要命題，筆者研究唐宋題畫詩，發現唐人強調「寫眞」，宋人推崇「寫意」，「寫眞」與「寫意」恰可以代表「唐型文化」與「宋型文化」的審美精神，筆者希望從時代審美精神爲理解唐宋文化的切入點，因此著力於二者之思想內涵，然而，欲論析「寫眞」與「寫意」，又必須釐清由「重寫眞」到「尙寫意」的歷史脈絡，於是以題畫詩爲文本，依其發展之進程分爲「以畫爲眞，感神通靈」、「筆侔造化，心生萬象」、「形意俱足，生意盎然」、「忘形得意，意外之趣」四個子題探討。

　　筆者以爲：安史之亂是扭轉「以眞贊畫」之題畫詩書寫模式，結束繪畫「感神通靈」崇拜的分水嶺，題畫詩的作者意識到繪畫創作對應的不僅是審美客體，重心不在如何具現單一的物象，而是創生萬物的造化自然，畫家以筆傳達造化之實然，其筆下的世界又是由其心源而來，故而可以隨手生花，以畫留春。

　　中晚唐興起的水墨畫，衝擊了應物象形的色彩觀念，產生視覺美感的新價值取向，創作水墨畫的逸品畫家的舞筆弄墨使得文人注意到其個人意氣與創作之「立意」，可視爲宋人尙意之先

聲，晚唐五代的題畫詩圍繞著尋求新的因應與品賞之道的話題，其理念之完善則有待於宋人的文化素養來建構。

北宋仁宗朝左右，政治上的革新帶動了文化上的進展，在審美思想方面，除了繼續晚唐知曉畫家意氣，體察作品用意的鑑賞方式，還注重觀賞畫作之「生意」，將複製形相的「擬真」帶入了「合於天造」，窮究生命要義的層次，過去「形」「神」對舉的命題在宋代轉為「形」「意」並論，歐陽修「忘形得意」的主張，以及蘇軾、蘇轍、黃庭堅等人尋求作品的意外之趣，共同開創了崇尚「蕭條淡泊」、「簡遠清新」的審美意識。

筆者發現：從唐人「重寫真」到宋人「尚寫意」，其實是繪畫藝術逐步脫離其物質特性，向文學品鑑靠攏，亦即拋卻純粹欣賞視覺美感，轉向人文思致與畫外意趣，以文學寫作的「意」統攝繪畫審美的過程。

關鍵詞：唐　北宋　題畫詩　寫真　寫意　審美

北宋題人像畫詩析論

一、前　　言

人好觀圖畫者，圖上所畫，古之列人也。見列人之面，孰與
觀其言行，置之空壁，形容具存，人不激勸者，不見言行
也。古賢之遺文，竹帛之所載粲然，豈徒牆壁之畫哉！①
觀畫者，見三皇五帝，莫不仰戴；見三季暴主，莫不悲惋；
見篡臣賊嗣，莫不切齒；見高節妙士，莫不忘食；見忠節死
難，莫不抗首；見忠臣孝子，莫不歎息；見淫夫妒婦，莫不
側目；見令妃順后，莫不嘉貴。是知存乎鑒者何如也。②

「人們為什麼要畫畫呢？從實用的角度來看，繪畫有什麼功
能呢？」如果我們要問這樣的問題，前引王充(27-?)與曹植(192-
232)的看法恰巧提供了兩個思考方向與解答。任何藝術形式的意
義與作用當然不是由某一單一的標準可以衡量，並置以上兩種意
見，正顯示了觀賞繪畫不僅是審美取向的選擇，還關係賞畫者對
圖像藝術的價值認定，而在曹植與王充之外，容或也有其他的立
場，以其他的書寫方式闡述繪畫之義，本文所討論的題畫詩便為
其一。

以往「正統」繪畫史的論述多集中於畫家生平、創作環境、
作品的筆墨線條、布局構圖以及風格傳承等問題；文學史則側重

---

① 〔漢〕王充撰，劉盼遂集解：《論衡集解》（臺北：世界書局，1962年），卷13
〈別通篇〉，頁275。
② 〔魏〕曹植撰，〔清〕丁晏編：《曹集銓評》（臺北：世界書局，1973年），卷
9〈畫說〉，頁172。

於繫聯名家名作，以鉤勒整體演進過程中的正聲與別調，於是既關涉繪畫與文學兩大領域，又非其主軸核心的題畫文學便被忽略。吾人如今探討題畫文學，不是為了彌補學術研究的縫隙，而是希望藉著視題畫文學為獨立的書寫文體，展開有系統的解讀，尋思文人觀覽圖像之「所看」及「所感」，擷取文字中的思想精華，覺察其審美態度與品鑑旨趣。

　　「人像畫」或謂「肖像畫」，然「肖像」一詞往往予人傳神寫真之感，以為是畫家與所繪對象相對而坐，即席寫生，未必全為宋代作畫之實際情況，故而本文題目以「人像畫」稱之。

　　北宋郭若虛《圖畫見聞誌》云：

> 或問近代至藝與古人何如？答曰：近方古多不及，而過亦有之。若論佛道人物、士女牛馬，則近不及古。若論山水林石、花竹禽魚，則古不及近。③

這一段文字常被徵引用來說明北宋繪畫題材之興替，特別是人物畫，有的學者認為這是郭若虛「對於前輩的人物畫，懷著極大的敬意，並深嘆不如」的謙詞④，藉此與當時正蓬勃發展的山水畫和花鳥畫相對照；而僅從肖像畫的演變情況觀察，李霖燦先生也認為宋元是中國肖像畫的衰落時期⑤。驗諸畫蹟著錄與傳世畫作，北宋的人物畫在天才縱橫的畫家方面，或許只有李公麟可以直敵唐代的吳道子、張萱、周昉等人，但是技法之創新、題材之

---

③〔宋〕郭若虛：《圖畫見聞誌》，卷1〈論古今優劣〉，頁18a。
④如桑雨生、倪衛國：〈宋代繪畫研究〉，《朵雲》第16集（1988年），頁51-67。
⑤李霖燦：〈論中國之肖像畫〉，《大陸雜誌》第6卷第10期（1953年6月），頁7-11。

增廣卻不容小覷⑥，由題畫詩豐富的內容即可反映畫家的優秀成果。

　　以宋代的人像畫為例，除了承續古來圖繪聖君賢哲，作為「成敎化，助人倫」之工具，摹寫的對象上至帝王權貴，下至販夫走卒，紀念、裝飾、思慕的目的皆有，尤其可堪玩味的，是文人對個人畫像的題寫，以現實世界之「我」觀看畫幅中的「我」，是怎樣的心緒？再如北宋被題詠得最頻繁的時人畫像──「睢陽五老圖」，五位耆老是以怎樣的形象受到崇敬？五老謝世之後，「睢陽五老圖」是否被賦予新的意義？又如題寫古人畫像，我們可以發現其中以文學家居多，北宋題畫詩的作者偏愛歌詠哪些作家？題寫者如何從圖像上認識這些作家？這些問題組合構成本文析論的重點，筆者以「自題像」、「題時人像」與「題古人像」三類分別論之，希望由此三種類型管窺北宋題人像畫詩的意涵。

二、自題像：「眞」與「幻」的迷思

　　中國早期的人像畫不脫為政敎服務或奉承上意的功能，如《漢書‧蘇武傳》云：「漢宣帝甘露三年，單于始入朝，上思股肱之美，迺圖畫於麒麟閣，法其形貌，署其官爵姓名。」描繪了

---

⑥ 詳參張蕾：〈宋人物畫管窺〉，《美術史論》1981年第1期，頁65-82。

　　余城：〈繁富之美──談宋代人物畫之欣賞〉，《故宮文物月刊》6卷12期(1989年3月)，頁14-35。

　　馬德富：〈宋代繪畫藝術的文化審視〉，收於孫欽善、曾棗莊等編：《國際宋代文化研討會論文集》(成都：四川大學出版社，1991年)，頁420-433。

　　劉芳如：〈論兩宋人物畫的形質之變(上)(下)〉，《故宮文物月刊》14卷1期-2期(1996年4月-5月)，頁26-41；頁69-83。

包括蘇武在內的十一位功臣名將，以供後世瞻仰。漢元帝令毛延壽畫後宮佳麗，「按圖召幸」的作法，是美女王嬙一生命運的關鍵。直到唐宋，此風不衰，貞觀十七年(643)，爲表彰長孫無忌等二十四功臣，閻立本奉帝命圖繪其像於凌煙閣，由唐代陳閎所繪的「八公圖」(圖1)可以概見功臣名將畫像的基本形製：人像

圖1 〔唐〕陳閎「八公圖」之一「長孫嵩」
美國 The William Rockhill Nelson Gallery of Art Atkins Museum 藏

上方或左右榜書畫中主人姓名，使觀者一覽即知，紀實之目的鮮明。又如詩人白居易於憲宗元和五年(810)「奉詔寫眞於集賢殿御書院」⑦；宋祁(998-1061)的畫像與呂端(935-1000)、雷有終(947-1005)、張詠(946-1015)等三十八人並置於思賢閣⑧，他雖自謙「瞻前謝前哲，垂後慚後人」⑨，榮耀之感其實不言可喻。

　　唐宋時期，文人畫像開始出現於寺宇或家宅中，例如白居易的肖像寄於香山寺藏經堂⑩；蘇軾的畫像見於金山寺⑪。現藏臺北故宮博物院的一幅宋代「著色人物圖」(圖2)畫一位文人閒坐榻上，右腳盤起，左手捧書，旁有小廝服侍，坐榻後的屏風上垂掛著一幅人像圖軸，我們可以注意到畫軸中的主人和榻上的文人儘管取景的角度不一，但是面貌神似，服飾雷同，幾乎是同一個人，李霖燦先生曾經根據《晉書》中記載王羲之「嘗臨鏡自寫眞」而認爲畫中主人即王羲之，屏風上的畫幅即其自畫像⑫。筆者不敢如此斷言，假使這一幅作品果眞如前人考查得知爲宋人之筆，則倒不失爲理解宋人將個人畫像作爲室內布置的一個實例，也可看出有別於朝廷公務，私人收藏個人畫像的情形。

---

⑦　〈香山居士寫眞詩幷序〉，〔唐〕白居易撰，顧學頡點校：《白居易集》（北京：中華書局，1985年），卷3，頁824。

⑧　據宋祁：〈思賢閣圖子眞愧而成詠〉詩作者自註，《全宋詩》，卷206，頁2349。又，宋祁及其所云畫上諸公均曾知益州，事見〔清〕吳廷燮：《北宋經撫年表》，收於開明書店二十五史刊行委員會編：《二十五史補編》（臺北：開明書店，1974年），卷5，頁1113-1115。

⑨　宋祁：〈思賢閣圖子眞愧而成詠〉。

⑩　白居易：〈香山居士寫眞詩幷序〉。

⑪　蘇軾：〈自題金山畫像〉，《全宋詩》，卷831，頁9624。

⑫　李霖燦：〈中國的肖像畫〉，收於李霖燦：《中國美術史稿》（臺北：雄獅圖書股份有限公司，1987年），頁169。

圖2　〔宋〕「著色人物圖」册頁（局部）　　臺北故宮博物院藏

　　於是我們接著要問：這些個人畫像是如何產生的？它們的作者是誰？和畫中主人的關係如何？畫作的擁有者又是如何欣賞畫中的自己？

　　大約自安史之亂以後，畫家在出身背景和體制結構方面產生了極大的轉變，其中最爲明顯的是官僚子弟或知識份子參與繪藝[13]，使得原本被視爲「衆工」之技的繪畫提昇至風流高尚之事。王維(699-759)所云：「傳神寫照，雖非巧心。審象求形，或皆暗識。妍蚩無枉，敢顧黃金。〔……〕乃無聲之箴頌，亦何賤于丹青。」[14]

[13] 見石守謙：〈「幹惟畫肉不畫骨」別解〉，收於《風格與世變》（臺北：允晨文化股份有限公司，1996年），頁78。

[14] 〔唐〕王維撰，〔清〕趙殿成箋注：《王右丞集箋注》（北京：中華書局，1962年），卷17〈爲畫人謝賜表〉，頁305。

已成爲後人的共識。郭若虛還指出：「竊觀自古奇跡，多是軒冕才賢，巖穴上士，依仁游藝，探蹟鉤深，高雅之情，一寄於畫。」⑮南齊謝赫所提示的繪畫六法首重「氣韻生動」，郭氏更以爲「氣韻生知」，非師而能，畫家自身的素質便已決定了作品的高卑。郭氏的看法雖說無形中爲繪畫設下了無可改變的界線，但也從而提昇了畫家在文人心目中的地位，文人與畫家的交往不再扞格難入，畫家贈畫，文人題詩成爲自然的組合，例如李放曾爲白居易畫像，白作詩答之，有〈自題寫眞〉、〈題舊寫眞圖〉、〈感舊寫眞〉等。

再以宋人爲例：有些畫家是受文人之託而寫像，如來嵩畫梅堯臣；有些是基於朋友的情誼，如李公麟畫李之儀、黃庭堅；有些則因仰慕文名而特爲文人留影，如何充、妙善畫蘇軾，李道士妙應畫蘇軾兄弟；還有的畫家爲求文人筆墨而作畫，如張大同、張子謙畫黃庭堅，以下分別細言之。

仁宗慶曆八年(1048)，歐陽脩曾經介紹畫家來嵩替梅堯臣寫眞，在此同年，梅堯臣曾作〈觀永叔畫眞〉⑯，因此梅堯臣所見的歐陽脩像可能即出於來嵩之筆，梅堯臣爲答謝來嵩，作詩贈之，詩曰：

> 廣陵太守歐陽公，令爾畫我憔悴容。便傳髮髯在縑素，只欠
> 勁直藏心胸。與我貨布不肯受，此之醫卜曾非庸。公今許爾
> 此一節，爾只丹青其亦逢。⑰

---

⑮　〔宋〕郭若虛：《圖畫見聞誌》，卷1〈論氣韻非師〉，頁11a。
⑯　《全宋詩》，冊5，卷249，頁2957。
⑰　梅堯臣：〈畫眞來嵩〉，《全宋詩》，冊5，卷249，頁2957。又，梅詩繫年參看朱東潤：《梅堯臣集編年校注》（上海：上海古籍出版社，1980年）及李栖：〈梅堯臣的題畫詩〉，收於《題畫詩散論》（臺北：華正書局，1993年），頁199-219。

七年後 (至和二年，1055)，梅堯臣又於揚州遇見來嵩，作〈遇畫工來嵩〉：

> 朝來又入楊〔按：當爲揚〕州郭，千萬中人識者誰。唯有來嵩曾畫我，依稀見似昔年時。⑱

神宗熙寧七年(1074)，秀才何充主動爲東坡畫像，東坡有〈贈寫眞何充秀才〉詩：

> 君不見潞州別駕眼如電，左手挂弓橫撚箭。又不見雪中騎驢孟浩然，皺眉吟詩肩聳山。飢寒富貴兩安在，空有遺像留人間。此身常擬同外物，浮雲變化無蹤跡。問君何苦寫我眞，君言好之聊自適。黃冠野服山家容，意欲置我山巖中。勳名將相今何限，往寫褒公與鄂公。⑲

唐玄宗未即位之前曾兼任潞州別駕，相傳他一目斜視，畫工以「橫撚箭」瞄射之狀來掩飾。孟浩然驢背尋詩的情景常出現於「七賢雪中過關圖」之類的作品中，飢寒與富貴的迥然人生境遇在煙消雲散之後都只留下了圖像。東坡雖自謙並非勳名將相，不必寫眞傳世，旣然畫家「好之聊自適」，只好任由他以「黃冠野服山家容」的形象見諸世人了。

何充的東坡畫像頗受好評，東坡後來致書何充云：

> 〔……〕寫眞奇絕，見者皆言十分形神，甚奪眞也。非故人倍常用意，何以及此？感服之至。〔……〕⑳

---

⑱ 《全宋詩》，冊5，卷255，頁3158。
⑲ 《全宋詩》，冊14，卷795，頁9205。
⑳ 〈與何浩然〉，〔宋〕蘇軾著，孔凡禮點校：《蘇軾文集》，卷59，頁1795。
　按：何充字浩然。

　　熙寧十年 (1077)，曾替皇帝作畫的妙善也畫了東坡像，東坡頗感榮幸，作〈贈寫御容妙善師〉：

> 憶昔射策干先皇，珠簾翠幄分兩廡。紫衣中使下傳詔，
> 跪奉冉冉聞天香。仰觀眩晃目生暈，但見曉色開扶桑。
> 迎陽晚出步就坐，絳紗玉斧光照廊。野人不識日月角，
> 彷彿尚記重瞳光。三年歸來真一夢，橋山松檜淒風霜。
> 天容玉色誰敢畫，老師古寺畫閒房。夢中神授心有得，
> 覺來信手筆已忘。幅巾常服儼不動，孤臣入門涕自滂。
> 元老侑坐鬚眉古，虎臣立侍冠劍長。平生慣寫龍鳳質，
> 肯顧草間猿與麞。都人踏破鐵門限，黃金白璧空堆床。
> 爾來摹寫亦到我，謂是先帝白髮郎。不須覽鏡坐自了，
> 明年乞身歸故鄉。㉑

　　而在東坡五十二歲那年，一位善畫的道士李得柔為蘇軾兄弟寫真，蘇軾於〈贈李道士〉詩前為李道士的前生今世作了詳盡的序文㉒，是題畫文字中罕見的奇作。蘇轍則有〈贈寫真李道士〉，詩中有云：「金章紫綬本非有，綠蓑黃篛甘長貧。如何畫作白衣老，置之茅屋全吾真。」㉓肯定畫家的布局安排。

　　畫史中名不見經傳的畫家往往由於畫了名人的肖像而留名後世，妙善、李道士如此，畫黃庭堅像的張大同、張子謙等亦然。黃庭堅的〈張大同寫予真請自贊〉與〈張子謙寫予真請自贊〉㉔雖是應酬之作，卻可得見畫家的用心。

㉑ 《全宋詩》，冊 14，卷 798，頁 9244-9245。
㉒ 〈贈李道士并敘〉，《全宋詩》，冊 14，卷 812，頁 9396。文長茲不贅錄。
㉓ 《全宋詩》，冊 15，卷 863，頁 10032。
㉔ 均見於《全宋詩》，冊 17，卷 1023，頁 11692。

　　哲宗元祐初年，蘇軾及其友人門生皆在朝，李公麟曾爲李之儀、黃庭堅等畫像，李、黃皆有自贊㉕，東坡亦書〈李端叔眞贊〉：

> 龍眠居士畫李端叔，東坡老人贊之曰：鬚髮之拳然，眉宇之淵然，披胸腹之掀然。以爲可得而見歟，則漠乎其無言；以爲不可得而見歟，則已見畫於龍眠矣。嗚呼，將爲既琢之玉，以役其天乎？其將爲不雨之雲，以抱其全乎？抑將游戲此世，而特出於兩者之間也。㉖

　　鬚髮眉宇等外在形象之逼眞，使人觀其像如見其人，這固然是人物畫的基本要求，也是畫家在養成過程中的基本訓練，尤其北宋崇尙寫實精神的傾向一直主導畫壇，在現存的宋人畫像中不難發現許多神態風采栩栩如生的例子，如《宋史》形容「孝友忠信，恭儉正直」的司馬光(1019-1086)，將宋人所繪的「司馬光像」(圖3)對照其〈自題寫眞〉詩：

> 黃面霜鬚細瘦身，從來未識漫相親。居然不可市朝住，骨相天生林野人。㉗

畫幅中的司馬光果眞是「黃面霜鬚細瘦身」，居止有禮，不苟言笑，以「林野人」之姿沈浮宦海，進退出處堅毅執著，非常具體地呈現了司馬光表裏如一的作風。

　　但是面對自己的畫像，文人們最爲關心的，還是畫家能否畫得肖似，如實傳達出自己風采的問題嗎？

㉕ 李之儀：〈自作傳神贊〉，《全宋詩》，冊17，卷961，頁11211。黃庭堅：〈寫眞自贊五首〉，《全宋詩》，冊17，卷1023，頁11691。
㉖ 〈李端叔眞贊〉，《蘇軾文集》，卷21，頁606。
㉗ 《全宋詩》，冊9，卷510，頁6198。

圖3 〔宋〕「司馬光像」　臺北故宮博物院藏

李之儀〈自作傳神贊〉說道：

> 似則似，是則不是。縱使擠之九泉下，也須出得一頭地。休
> 論捉月騎鯨，到了眾人皆醉。㉘

黃庭堅〈寫眞自贊五首〉之四云：

> 或問魯直似不似，似與不似，是何等語。前乎魯直，若甲若
> 乙，不可勝紀。後乎魯直，若甲若乙，不可勝紀。此一時
> 也，則魯直而已矣。一以我爲牛，予因以渡河而徹源底。一
> 以我爲馬，予因以日千里計。魯直之在萬化，何翅太倉之一
> 稊米。〔……〕㉙

「似則似，是則不是」，看似弔詭，實則正觸及了現實世界中主

㉘《全宋詩》，冊17，卷961，頁11211。
㉙《全宋詩》，冊17，卷1023，頁11692。

體的「我」與畫面中被觀看的客體「我」之間如何對映的課題。從第三者的眼睛望去，通常的即刻反應便是將平日熟悉的面孔與畫中人物相比較，尋求「似」或「是」與否的結果，藉以論斷畫家的模擬功力。前文引述過東坡致書何充云：「見者皆言十分形神，甚奪真也」，仔細玩味「見者皆言」四字，再思索東坡個人為何不言何充「奇絕」之作究竟畫出了幾分？是不是有時自己反而最難判定呢？司馬光所謂的「從來未識漫相親」，貼切地表達了對畫中的「我」所產生的疏離、陌生又疑惑的心情——如何方是「真我」？在許多自題像的詩中，都充滿了對主體「我」與客體「我」何者為「真」、何者為「幻」的迷思：

釋智圓(976-1022)〈嘲寫真〉：

泡幻吾身元是妄，丹青汝影豈為真。吾身汝影俱無實，相伴筇堂作兩人。㉚

王安石(1021-1086)〈傳神自讚〉：

我與丹青兩幻身，世間流轉會成塵。但知此物非他物，莫問今人猶昔人。㉛

蘇轍〈張秀才見寫陋容〉：

潦倒形骸山上檞，每經風雨輒凋疏。勞君為寫支離狀，異日長看老病初。落筆縱橫中自喜，賦形深穩妙無餘。偶然挂壁低頭笑，俱幻何妨彼亦如。㉜

㉚《全宋詩》，冊3，卷137，頁1542。
㉛《全宋詩》，冊10，卷566，頁6699。
㉜《全宋詩》，冊15，卷860，頁9984。

黃裳(1043-1129)〈貽傳神〉二首之二：

> 筆頭何處得天眞，幻化身中氣與神。傳取本來空是色，
> 莫將心印向他人。㉝

李之儀〈自作傳神贊李伯時畫〉：

> 時雌時雄，時白時黑。〔……〕浮沈於物，而不膠於物者
> 也。孰從而圖，孰從而狀。大千俱空，況爾幻妄。直須壁立
> 千仞，要且事無一向。雖然覿面相呈，便是本來形相。㉞

吾身本爲虛妄，畫影亦非眞形，多數的作者都會以「物我俱幻」作結，來處理主體「我」觀看客體「我」時的惘然，視畫中我爲身外之身，如慕容氏(1078-1142)〈喜神贊〉云：

> 丹青得意以爲眞，一筆掃成身外身。不二法中無這箇，
> 到頭那箇是眞形。㉟

黃庭堅〈寫眞自贊五首〉之五：

> 道是魯直亦得，道不是魯直亦得。是與不是，且置勿道。
> 〔……〕似僧有髮，似俗無塵。作夢中夢，見身外身。㊱

雖說「漫許丹青傳道貌，難將妙筆寫眞如」㊲然而這種一味的「色即是空」、「當下放下」的想法畢竟還只停留在排除對形似神肖的拘泥程度，並未能呈顯主體「我」與客體「我」相互

㉝《全宋詩》，冊16，卷945，頁11092。
㉞《全宋詩》，冊17，卷961，頁11211。
㉟《全宋詩》，冊24，卷1409，頁16233。
㊱《全宋詩》，冊17，卷1023，頁11691。
㊲劉卞功：〈自題寫眞〉，《全宋詩》，冊247，卷1394，頁16042。

「觀看」的意義，解析自我題像之妙。

　　逝者如斯，「青春永駐」的字眼絕對只能適用於畫幅中的「我」，在那凝滯的時間和空間裏，每一次的觀看都暗示著「歲月催人老」的無情，當現實生活中的「我」與畫中的自己重逢，其間滄海桑田的人世變遷剎時湧現，是坦然接受？抑或棄捐勿道？

　　蔡襄 (1012-1067)〈畫生李維寫予像今已十年對鑑觀之因題其側〉云：

> 清眸綠髮十年前，朴野風神不易傳。今日青銅莫相照，
> 白髭垂領面雙顴。㊳

朴野的風神本不易傳寫，更何況十年前清眸綠髮的我如今已不復得，衰老的容顏令人不忍照鏡，因為鏡中的「我」比畫中的「我」更清楚地揭露了韶華不再。

　　蘇轍有〈予昔在京師畫工韓容拙為予寫真今十三年矣容貌日衰展卷茫然葉縣楊生畫不減韓復令作以記其變偶作〉詩：

> 白髮蒼顏日日新，丹青猶是舊來身。百年迅速何曾住，
> 方寸空虛老更真。一幅蕭條寄衰朽，異時仿佛見精神。
> 近存八十一章注，從道老聃門下人。㊴

從詩的題目可以得知韓容拙的畫一直被蘇轍珍藏，蘇轍認為：與其唱嘆十三年來日益頹老的自己，不如令楊生摹寫白髮蒼顏的實景，從而開展人生的新境。

　　誠如東坡〈赤壁賦〉所言：「蓋將自其變者而觀之，則天地曾不能以一瞬。自其不變者而觀之，則物與我皆無盡也。」變異乃人生

㊳《全宋詩》，冊7，卷392，頁4826。
㊴《全宋詩》，冊15，卷868，頁10110。

之必然，參透物我之眞幻其實是期許自己能於萬化中安時處順，於
是黃庭堅「作夢中夢，見身外身」⑩理念方能於自省與想望中落實，
劉一止(1080-1161)的兩則自題寫眞贊便表述了觀畫後的省思：

> 枯木寒巖，形影相依。祿食而臞，孰與遯肥。四十九年，我
> 知其非，已往不諫，來者庶幾。⑪
>
> 居閑無所樂，從仕無所愧。忽作此兩言，自省過去事。害性
> 多矣晚乃安，苦心至矣晚乃甘。咄，我無初終得喪分，又何
> 乘除于其間。⑫

　　雖然題畫詩的作者不以畫家能否擬眞爲要務，但是卻也經由
肯定或期盼畫家的布局形式隱含自己內心對個人形象的構設，在
「燕居超然之態」和「官服整肅之容」之間做一取捨：

> 居然不可市朝住，骨相天生林野人。⑬
>
> 黃冠野服山家容，意欲置我山巖中。⑭
>
> 如何畫作白衣老，置之茅屋全吾眞。⑮
>
> 丹青如模我，道貌似山人。⑯
>
> 早須置我山巖裏，不是麒麟閣上人。⑰

　　至此，我們發現以繪畫記錄個人勳爵祿的習慣不盡然是每
一位畫中主角的初衷，一幅個人畫像，無論是自家典藏或是流傳

---

⑩ 黃庭堅：〈寫眞自贊五首〉之五，《全宋詩》，冊17，卷1023，頁11691。
⑪ 劉一止：〈自作眞贊〉，《全宋詩》，冊25，卷1451，頁16723。
⑫ 劉一止：〈又自贊〉，《全宋詩》，冊25，卷1451，頁16723。
⑬ 司馬光：〈自題寫眞〉，《全宋詩》，冊9，卷510，頁6198。
⑭ 蘇軾：〈贈寫眞何充秀才〉，《全宋詩》，冊14，卷795，頁9205。
⑮ 蘇轍：〈贈寫眞李道士〉，《全宋詩》，冊15，卷863，頁10032。
⑯ 黃裳：〈贈傳神師〉，《全宋詩》，冊16，卷941，頁11062。
⑰ 陳師道：〈贈寫眞禧道人〉，《全宋詩》，冊19，卷1115，頁12666。

於世，都顯示了畫中人一生某一階段的某一個模樣，要以何種形貌爲人所知，才是畫中人眞正在意的重點，我們往往正是從畫面所透露的訊息裏概括其整體，例如趙孟頫(1254-1322)所塑造的蘇軾形象(圖4)：頭戴時稱「子瞻樣」的高巾，臉龐瘦長，上揚

圖4 〔元〕趙孟頫「蘇軾像」　臺北故宮博物院藏

的雙眼凝視遠方，鬚髯飄然，手執竹杖，足登布履，坦著「一肚
皮不合時宜」，一派悠閒自得，令人聯想起東坡「歸去，也無風
雨也無晴」的達觀灑脫。相傳此圖是趙孟頫在寫了東坡的〈赤壁
賦〉之後，意猶未盡，於是信筆揮毫想像而成，畫面構圖清雅，
線條遒勁爽利，傾斜的竹杖乾細多節，將畫幅一分為二：隨意下
垂的左手衣袖顯得漫不經心，握住竹杖的右手由臂膀提起的高度
和衣紋的皺摺看來又見力道，一弛一張，對比鮮明，欲行又止的
腳步，暗示了東坡一生在出處進退之間的波折起伏。東坡當然無
緣見到趙孟頫的這一幅作品，他倒是曾經題寫過相傳為李公麟所
繪的個人肖像，〈自題金山畫像〉云：

> 心似已灰之木，身如不繫之舟。問汝平生功業，黃州惠州儋
> 州。[48]

這首詩作於建中靖國元年 (1101)，當時東坡自虔州北歸常州，
路經儀州，遊金山寺，見肖像而題詩以抒胸臆，年老的東坡自云
心已如死灰，羈旅無依，感懷傷世，對於詩中最後兩句，後人持
有不同的解釋，有的認為蘇軾乃反諷的語氣，因為「黃州惠州儋
州」都是最無用世機會的貶所，何來「功業」可言？意謂蘇軾對
「英雄無用武之地」十分遺憾，飄泊半生，竟無建樹。有的學者
則認為：對於興邦治國的「功業」而言，這固然是自嘲的反話，
然而在四十多年的創作生涯中，蘇軾貶居時期的十多年比其他任
職時期的三十多年無疑有更大的成就，所以「黃州惠州儋州」，
是對個人創立的文學業績的自豪總結[49]，也正是東坡凝煉一生，

---

[48]《全宋詩》，冊14，卷831，頁9624。
[49] 參王水照：〈論蘇軾創作的發展階段〉，《社會科學戰線》1984年第1期，頁
　　259-269。

希望自己爲後世所認識的面向。

　　讀了〈自題金山畫像〉，再回顧趙孟頫畫的東坡像，以及前文提到的宋人繪司馬光像，圖像上的兩人判然分明地呈現了迥異的人生價值與基本性格，而自題詩的反思況味更能在「眞相」與「幻影」的迷霧裏撥雲見日，觀照「本我」的最終面目。

三、題時人像：「睢陽五老」式的 福祿壽嚮往

　　爲自己的畫像題詩，在「我看我」的特殊經驗過程裏很難避免對個人形象的執著，至於爲他人的畫象題詩，則書寫的空間又是另一番天地，本節所要討論的，是題寫同時代人物畫的作品。

　　在北宋的題時人像詩中，我們發現至親故舊、長官僚屬、隱者豪傑等人的畫像，都是題寫的素材，其中數量最爲可觀的，便是對「睢陽五老圖」的觀感，而且在其分殊的書寫路取徑之後，還能指向相似的終點，因此特別標舉題詠「睢陽五老圖」的詩篇，作爲探析的代表。

　　「睢陽五老圖」畫的是杜衍(978-1057)、畢世長、馮平、朱貫、王渙等五人的肖像。仁宗慶曆末年，五位耆老致仕退居睢陽（即宋代南京，今河南商邱），爲五老會，畫像爲念，遂有「睢陽五老圖」。

　　吾人今日所見的「睢陽五老圖」是散頁的形式，分別收藏於美國耶魯大學藝術陳列館 (Yale University Art Gallery，杜衍像與朱貫像，圖5及6)、美國弗瑞爾藝術陳列館 (The Freer Gallery of Art，王渙像與馮平像，圖7及8)、美國紐約大都會博物館

(The Metropolitan Museum of Art，畢世長像，圖9），至於
「睢陽五老圖」當初是手卷或是冊頁的形式，學者的見解不一⑩，
我們也很難論斷美國所藏的「睢陽五老圖」是眞蹟或是摹本㊶，僅
能根據現存的文字與圖像資料嘗試重建當時的歷史現況。

圖5 〔宋〕「睢陽五老圖」之一「杜衍像」
美國 Yale University Art Gallery 藏

⑩ 李霖燦先生認爲「睢陽五老圖」本爲手卷，後於康熙四十六年改裝時變卷爲冊，
　再於抗戰勝利後流往美國時，由冊散而爲頁，見李霖燦：〈睢陽五老圖的復原〉，
　《中國名畫研究》（臺北：藝文印書館，1973年），頁67-84。莊申先生則認爲
　「睢陽五老圖」本爲冊本，南宋孝宗乾道三年(1167)，畢世長的後人爲此圖重加
　裝裱後改爲手卷，見莊申：〈睢陽五老圖補述〉，《大陸雜誌》第13卷第3期
　(1956年8月)，頁83-90。
　按：本文原發表於1998年9月，2000年8月，筆者親赴耶魯大學 Art Gallery，
　經該館東方部主任江文葦(David Sensaba)先生同意，將「朱貫」及「杜衍」兩
　畫像借出庫房，細細觀察，並與江先生交換意見，筆者從畫像上判斷，二圖現今
　雖重新裝幀，仍以李霖燦先生所認爲的：「本爲手卷形式，後改割爲冊頁」的見
　解較爲可信，在此謹向江先生致謝。
㊶ 關於「睢陽五老圖」的流傳情形詳參上註，及李霖燦：〈睢陽五老圖〉、〈睢陽
　五老圖後記〉，《中國名畫研究》，頁55-62及頁63-66。

圖6 〔宋〕「睢陽五老圖」之二「朱貫像」
美國 Yale University Art Gallery 藏

圖7 〔宋〕「睢陽五老圖」之三「王渙像」
美國 The Freer Gallery of Art 藏

圖8　〔宋〕「睢陽五老圖」之四「馮平像」
美國 The Freer Gallery of Art 藏

圖9　〔宋〕「睢陽五老圖」之五「畢世長像」
美國大都會博物館藏

　　清代厲鶚(1692-1752)《宋詩紀事》錄杜衍〈睢陽五老圖〉
詩前有錢明逸(1015-1071)序 (圖10)：

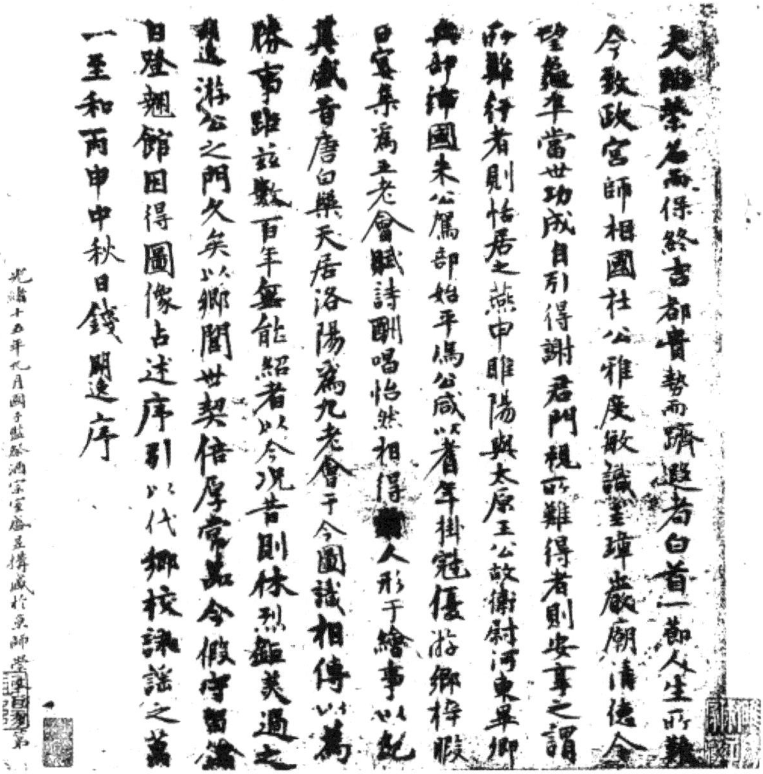

圖10　〔宋〕「睢陽五老圖」錢明逸序文　美國大都會博物館藏

夫蹈榮名而保終吉，都貴勢而躋邅者，白首一節，人生所
難。今致政宮師相國杜公，雅度敏識，主璋巖廟；清德令
望，龜準當世。功成自引，得謝君門。視所難得者則安享
之，謂所難行者則恬居之。燕申睢陽，與賓客太原王公、故
衛尉河東畢卿、兵部沛國朱公、駕部始平馮公，咸以耆年掛
冠，優遊鄉梓，暇日宴集，爲五老會，賦詩酬唱，怡然相
得，宋人形于繪事，以紀其盛。昔唐白樂天居洛陽，爲九老
會，于今圖識相傳，以爲勝事。距茲數百載，無能紹者。以
今況昔，則休烈鉅美過之。明逸遊公之門久矣，以鄉閭世
契，倍厚常品。今假守留鑰，日登翹館，因得圖像，占述序
引，以代鄉校詠謠之萬一。至和丙申中秋日錢明逸序。[52]

至和丙申即至和三年，同年九月改元嘉祐，由文中所記「故衛尉
河東畢卿」得知，當時畢世長已不在人間。

　　宋代王闢之《澠水燕談錄》云：

　　慶曆末，杜祁公告退，居南京，與太子賓客致仕王渙，光祿

---

[52] 〔清〕厲鶚：《宋詩紀事》（臺北：鼎文書局，1971年），卷8，頁468-470。本
文最早見於〔南宋〕劉應李：《新編事文類聚翰墨全書》（臺南：莊嚴文化事業有
限公司，1995年《四庫全書存目叢書》本），丙集卷4〈慶壽門〉，頁207，然劉
氏未錄全文，後明代趙琦美《鐵網珊瑚》、清代卞永譽《式古堂書畫彙考》等均收
有本文，文字略有不同。
又，這一條資料是否錢明逸所書，筆者以爲尚存疑點，因爲《東都事略》與《宋
史》等書均云錢氏以朋黨之論彈劾范仲淹、富弼，帝欲罷二人政事，獨杜衍力主
不可，後杜亦罷相，杜爲相僅百日，錢氏左右之也，序文自稱「明逸遊公之門久
矣」，又對杜衍褒譽有加，與史不合。
此外，《鐵網珊瑚》舊題朱存理(1444-1513)編，據莊申先生考查當爲趙琦美，
詳參莊申：〈睢陽五老圖補述〉，頁86，莊申先生據《鐵網珊瑚》卷末明神宗萬
曆二十八年(1600)趙琦美之跋語得知，此書誤植爲朱存理編，乃因朱氏著有
《珊瑚木難》，《鐵網珊瑚》與《珊瑚木難》同於清雍正六年(1728)刊行，時人
不察，故而有誤。

卿致仕畢世長，兵部郎中分司朱實（按當爲貫），尚書郎致
仕馮平爲五老會，吟醉相歡，士大夫高之，祁公以故相耆
德，尤爲天下傾慕，兵部詩云：九老且無元老貴，莫將西洛
一般看。五人年皆八十餘，康寧爽健，相得甚歡。故祁公詩
云：五人四百有餘歲，深稱分曹與挂冠。而畢年最高，時已
九十餘，故其詩云；非才最忝預高年。是時歐陽文忠公留守
睢陽，聞而歎慕，借其詩觀之，因次韻以謝，卒章云：聞説
優游多唱和，新詩何惜借傳看。㊼

五老的生平事蹟如下：

杜衍，字世昌，越州山陰人。眞宗大中符祥元年 (1008) 進
士。補揚州觀察推官，知平遙縣，通判晉州，歷知乾、揚、天
雄、永興、並諸州軍。仁宗初爲御史中丞兼判吏部流內銓，寶元
二年 (1039) 復知永興軍。慶曆三年 (1043) 任樞密使，主持新
政。次年九月拜同平章事兼樞密使，因新政裁抑僥倖，爲權貴嫉
視，爲相僅百日而罷，出知兗州。七年，以太子少師致仕，退居
南都凡十年。皇祐中加封祁國公。嘉祐二年 (1057) 卒，年八
十。諡正獻。《宋史》卷 310 有傳。

畢世長，鄭人。眞宗天禧二年 (1018) 爲虞部員外郎。仁宗
天聖五年 (1027) 知台州。慶曆二年 (1042) 任少府監。

馮平，郡望始平。仁宗時曾以比部員外郎知眉州。

朱貫，字貫道，應天府宋城人。仁宗朝，以兵部郎中分司南
京。

王渙，應天府宋城人。

㊼ 〔宋〕王闢之：《澠水燕談錄》（北京：中華書局，1985 年《叢書集成初編》
本），卷 4，頁 36。

除了杜衍曾經任相，正史有傳，畢世長因父親士安 (938-1005) 曾經參與澶淵之盟，以父蔭爲官之外，其餘三位均很簡略，可以說五老是因「睢陽五老」並稱，以及「睢陽五老圖」之題詠傳唱而留名於世。《澠水燕談錄》、錢明逸序文與傳世的「睢陽五老圖」三者，對於五老致仕官爵的記載略有出入(54)，試比較如下：

《澠水燕談錄》	錢明逸序文	傳世「睢陽五老圖」榜題
杜祁公	致政宮師相國杜公	致仕祁國公杜衍八十歲
光祿卿致仕畢世長	故衛尉河東畢卿	司農卿致仕畢世長九十四歲
尚書郎致仕馮平	駕部始平馮公	駕部郎中致仕馮平八十七歲
兵部郎中分司朱貫	兵部沛國朱公	兵部郎中致仕朱貫八十八歲
太子賓客致仕王渙	賓客太原王公	禮部侍郎致仕王渙九十歲

文字記錄的參差固然無礙於我們認識睢陽五老會，但是爲睢陽五老會畫出合理的時間座標仍有必要，由於五老會諸公只有杜衍的生卒年可以確定，故而以之爲追索五老會時間的依據。按杜衍於慶曆七年 (1047) 以太子少師致仕，時年七十，至嘉祐二年 (1057) 過世(55)，五老大約就在此十年期間聚會。又據王闢之云

(54) 又據〔宋〕張方平：《樂全集》（臺北：臺灣商務印書館，1983年《文淵閣四庫全書》本），卷30〈請應天府致仕官王渙朱貫給俸劄子〉，頁10-11：「尚書禮部侍郎王渙，年九十一歲。尚書兵部郎中朱貫，年八十七歲。〔……〕渙由太常少卿除祕書監致仕。〔……〕貫自兵部郎中，不曾改官致仕。」

(55) 歐陽脩〈祭杜祁公文〉云：「維嘉祐二年三月日〔……〕」知杜公卒於嘉祐二年，見《歐陽脩全集》（北京：中華書局，1986年），卷50，頁338。

「五人年皆八十餘」，屬鶉於杜衍〈睢陽五老圖〉詩下註「時祁公年八十」，杜衍像旁的榜題亦載「致仕祁國公杜衍八十」，似乎五老聚會的時間是在嘉祐二年，杜公八十歲時。然而，前引錢明逸文得知：嘉祐元年畢世長已經逝去，因此嘉祐元年甚或更早才是五老會的下限，那麼究竟五老之會當於何時？我們又該如何理解圖畫上「禮部侍郎致仕王渙九十歲」、「司農卿致仕畢世長九十四歲」等數字的涵意？

這一個疑惑，在蘇頌 (1020-1101) 的詩作裏找到了解答，詩的標題清楚記敘了五老會的時間：〈〔……〕某頃爲南都從事，值故相杜公與王賓客渙、畢大卿世長、朱兵部貫、馮郎中平同時退居府中，作五老會，一日大尹廬陵歐陽公作慶老公宴，而王畢二公以病不赴〔……〕自皇祐庚寅迄今元符己卯整五十年矣〔……〕〉[56]，皇祐庚寅即二年 (1050)，至哲宗元符二年 (1099) 正好五十年，所以五老會應該是在慶曆七年 (1047) 至皇祐二年 (1050) 之間舉行。而圖像旁題寫的年歲則是畫中主人的得壽，如杜衍得年八十，符合史傳；畢世長得年九十四，上溯其父畢士安的生卒年亦合宜，屬鶉《宋詩紀事》及其他諸記述誤將壽年置爲聚會之年，後人不察，以訛傳訛，以致錯亂。

或許有讀者會疑惑：「睢陽五老圖」既然是爲紀念五老之雅集而繪，爲何上書五老之壽年而不書聚會當時之高齡？「睢陽五老圖」的完成時間與「睢陽五老會」的聚會時間是否有落差？

關於「睢陽五老圖」的成圖年代，至今有三種說法，一是明人王遜於洪武二十一年 (1388) 的題記：「爲讀錢明逸之序，獨於畢曰故衛尉河東畢卿，與所書不同，以序爲至和三年，按是年九月改嘉

---

[56]〔宋〕蘇頌：《蘇魏公文集》（臺北：臺灣商務印書館，1983年《文淵閣四庫全書》本），卷12，頁12。

祐元年，其明年而杜薨。知圖像之作，在畢沒之後，諸老無恙之時明矣。」⑤⑦二是莊申先生認爲成於錢明逸作序之時⑤⑧，三是李霖燦先生認爲早於錢氏序文，即畢老無恙之時⑤⑨。

筆者由五老的詩作，尤其是畢世長和杜衍的文字中判斷，「睢陽五老圖」應該與五老之會時間相近。

畢世長〈睢陽五老圖詩〉云：

> 菲才最忝竊高年，分務由來近挂冠。敢造鉅賢論軌躅，
> 幸依都府得盤桓。篇章奉和慚風雅，眷待優隆荷歲寒。
> 儻許衰容參盛列，願憑繪事永傳看。⑥⓪

杜衍〈睢陽五老圖〉云：

> 五人四百有餘歲，俱稱分曹與掛冠。天地至仁難補報，
> 林泉幽致許盤桓。花朝月夕隨時樂，雪鬢霜髯滿座寒。
> 若也睢陽爲故事，何妨列向畫圖看。⑥①

由詩意可知五老聚會時已有作畫傳世之想。

又如王渙、朱貫、馮平的同題之作〈睢陽五老會詩〉，與畢

---

⑤⑦ 此題跋現藏美國大都會博物館，據李霖燦先生抄錄得知，見李著〈睢陽五老圖的復原〉，頁69，又載於卞永譽《式古堂書畫彙考》。

⑤⑧ 見莊申：〈睢陽五老圖補述〉，《大陸雜誌》第13卷第3期（1956年8月），頁83-90。

⑤⑨ 李霖燦：〈睢陽五老圖的復原〉，《中國名畫研究》，頁81-82。

⑥⓪ 〔宋〕陳思編，〔元〕陳世隆補：《兩宋名賢小集》（臺北：臺灣商務印書館，1983年《文淵閣四庫全書》本），卷69〈杜祁公摭稿〉附，頁2，又見於〔南宋〕劉應李：《新編事文類聚翰墨全書》，丙集卷4〈慶壽門〉，頁217、〔清〕厲鶚：《宋詩紀事》（臺北：鼎文書局，1971年），卷8，頁474，題作〈睢陽五老會詩〉。

⑥① 《兩宋名賢小集》，卷69，頁1-2。《宋詩紀事》，卷8，頁469。

世長、杜衍的〈睢陽五老圖〉詩押的是同一韻腳，且看馮平之詩：

> 詔恩分務許優閑，肯借留都獮豸冠。名宦儻來空擾攘，
> 丘園歸去好盤桓。醉遊春圃煙霞暖，吟聽秋潭水石寒。
> 退傅況兼爲隱伴，紅塵那復舉頭看。⑥

更足茲證明「睢陽五老會」與「睢陽五老圖」之關聯。

杜衍諸公的詩作雖無確切繫年可考，但是歐陽脩作於仁宗皇祐三年(1051)的〈借觀五老詩次韻爲謝一首〉詩給予了我們肯定的解答——皇祐二年至三年之間，歐陽脩在南京，常與杜衍往來，有十餘首唱和詩，〈借觀五老詩次韻爲謝一首〉爲其中之一，詩云：

> 脫遺軒冕就安閑，笑傲丘園縱倒冠。白髮憂民雖種種，
> 丹心許國尚桓桓。鴻冥得路高難慕，松老無風韻自寒。聞說優游
> 多唱和，新詩何惜爲傳看。⑥

詩是次杜衍等人韻，故而韻腳用字一一相符，詩末句或作「新篇何惜盡傳看」或「新篇何惜畫圖看」，前引詩句乃據北京圖書館藏紹興衢州刻本。元代虞集在泰定二年(1325)的「睢陽五老圖」題跋中引本詩作「新詩寧惜畫圖看」，文字之歧異雖無損於詩旨，但若果眞原作「畫圖」，則能夠佐證「五老會」詩作與「睢陽五老圖」關係密切，明代趙琦美《鐵網珊瑚》和清代卞永

---

⑥ 《全宋詩》，冊2，卷88，頁977。
⑥ 〔宋〕歐陽脩：《居士集》（臺南：莊嚴文化事業有限公司，1997年《四庫全書存目叢書》本），卷12，頁437。

譽《式古堂書畫彙考》所錄北宋諸文人題詠「睢陽五老圖」詩皆
可採信，按諸詩作中有范仲淹 (989-1052) 與晏殊 (991-1055) 二
人之筆，二人先於杜衍謝世，且與杜公相往來⑭，范詩有「懇誠
膺服拜瞻看」；晏詩有「儀像霜風偉後看」句⑮，明顯指出當時
已見「睢陽五老圖」。再合觀前引歐陽脩詩，則可以推想一〇五
一年已經有「睢陽五老圖」出現，亦即李霖燦先生所云早於錢明
逸作序的一〇五六年，並且與可能舉行「五老會」的一〇四七至
一〇五〇年相距不遠。

　　明代王遜的「睢陽五老圖」題記已經指出，圖上的諸公壽歲是
寫於錢明逸序文之後，也就是說，在五老故去以後才寫的。不過，
刻意仿傚或承襲白居易「香山九老會」而舉行的「睢陽五老會」，
何以不書宴集諸公當時的高齡，而在諸公故去之後才寫其得年，使
得後人因畫面數字之糾纏而無從判斷其聚會時間及成圖年代？

　　這一個問題不妨從觀察所有傳世的「睢陽五老圖」題語著
手，這些題字或記錄儘管溢出本文所要探討的「睢陽五老圖」北
宋題詩，不過經由全面比對相關文字，更適合我們明晰解讀北宋
題詠「睢陽五老圖」作者的思路。

　　北宋題詠「睢陽五老圖」的作者，除了參與五老會的五位，
以及前文所見的歐陽脩、晏殊、范仲淹之外，依其時代先後，尚
包括：胡瑗 (993-1059)、富弼 (1004-1083)、文彥博 (1006-1097)、
韓琦 (1008-1075)、邵雍 (1011-1077)、司馬光、張載 (1020-1078)、

---

⑭ 杜衍有〈遠蒙運使度支以資政范公所寄黃素小字韓文公伯夷頌許昌文公淮西富公
　　題詩於後才翁復綴雅什兼寄長安晏公公亦有作衍久茲休退人事僅廢不意雅故未遺
　　悉以副本爲貺俾愚繼之〔……〕〉詩，見《兩宋名賢小集》，卷69，頁4-5。
　　〈范文正公年譜〉繫此事於皇祐三年 (1051)，見〔宋〕范仲淹：《范文正公文
　　集》（北京：中華書局，1985年《叢書集成初編》本），卷6，頁87。
⑮〔明〕趙琦美：《鐵網珊瑚》（臺北：國立中央圖書館，1970年），〈畫品〉卷
　　3，頁1027-1028 。

蘇頌 (1020-1101)、范純仁 (1027-1101)、程顥 (1032-1085)、程頤 (1033-1107)、蘇軾、蘇轍、張商英 (1043-1121)、黃庭堅，不連五老本人，共計十八位，皆作次韻詩，可見「睢陽五老圖」既成，借觀品題之盛⑥⑥。這些文人或與杜衍有交情，或與畢世長之孫仲游 (1047-1121) 相往來，「睢陽五老圖」的收藏情況亦得以略見梗概：一○五六年錢明逸於翹材館見此圖之前，杜衍的友人曾經因杜之故而觀覽題詠，此後圖在錢家，杜衍姪孫杜綰於一一三六年的題記中有云：「頃嘗閱此圖於錢氏家〔……〕」⑥⑦。而後畢氏子孫再收此圖，一一三五年蔣璨的題記云：「〔……〕閥閱之光，畢氏有之。」和一一三八年錢端禮的跋語：「〔……〕太守畢少董，語次獲觀所謂睢陽五老圖者，先曾伯祖侍讀爲之序引，具載一時之盛。〔……〕」⑥⑧，都顯示圖在畢家，所以東坡等人很可能是因畢仲游之故而見到此圖。黃庭堅的題詩有「妖術圖奸梁木壞，黨碑雷震雹冰寒」⑥⑨之句，按《元祐黨籍碑考》，畢仲游及東坡諸人皆列名「元祐姦黨」，山谷之語，當是有感而發。

　　一一九○年，朱貫的曾孫子榮在畢家見到「睢陽五老圖」後，第二年「請以餘地易歸奉祀」，畢氏將舊本交予子榮，另摹新本藏於家⑦⑩，此後關於「睢陽五老圖」的題詠多是讚揚朱氏子孫，直到明清，幾次流入異姓又從中購回，最後在二次大戰後運往美國⑦①。

⑥⑥ 其中文彥博、司馬光和蘇頌各作二首。南宋則有朱熹、呂祖謙、張貴謨和歐陽謙之等人作「睢陽五老圖」題畫詩。
⑥⑦ 《鐵網珊瑚》，頁 1032。
⑥⑧ 同上註，頁 1031-1032。
⑥⑨ 《全宋詩》，冊 18，卷 1027，頁 11741。
⑦⑩ 《鐵網珊瑚》，頁 1040-1041，洪邁及朱子榮跋語。
⑦① 李霖燦：〈睢陽五老圖的復原〉，頁 78-80。

　　「睢陽五老圖」流傳的曲折經歷牽引出五老綿延的子孫譜系，以及其背後隱含的龐大歷史變遷故事，從一一三六年杜綰自云「伏瞻貌像，不覺涕泗之橫集也」，五老燕集的紀念意義已經被「日夕拜瞻祖像」⑫的供奉崇祀所取代，強調的是對「仁者壽，賢者必有後」⑬的贊許。五老的忠義道德名聲與時俱增，超出其在世之際，如胡安國 (1074-1138) 云：觀五老像「使人興仁據德立禮」，因為「斯諸大老，身雖去世而名聲道德昭昭列於世矣，使其子孫珍寶而藏之，與經史之鑑世，同孚天壤之不朽，永康其大道，以起忠臣烈士之心。」⑭朱熹 (1130-1200) 也認為五老圖「非獨表大宋隆德興盛之時，實起後世為人臣子孫亙古永錫無替之昭，鑑垂不朽云爾，以踵其祖韻而已矣。」⑮特別是一二〇五年朱子榮自述如何以地易圖，得畢氏以舊本致朱家的經過，更像是藉著「睢陽五老圖」為自己飄搖無依的生命找到了歸宿：

> 子榮六歲時，值金兵逐掠，附舟柁得渡江，養於姑蘇史氏家，常念父母日隔，痛不能自勝，一日，畢公孫示子榮曾祖兵部畫像，蓋睢陽五老人，天下共知其賢。〔……〕敢不夙夜祗懼，以承先誡，凡我宗人及其子孫，尚敬之哉！⑯

　　既然是祖宗遺像，上書其得壽較諸五老聚會之年更為直接，何況一一七七年洪邁 (1123-1202) 的題跋也指明：「大司農卿壽至九十有四，又于五公為最高〔……〕」⑰，所以很可能是先有圖像，

⑫ 洪邁跋語，《鐵網珊瑚》，頁 1039。
⑬ 錢端禮跋語，《鐵網珊瑚》，頁 1032。
⑭ 胡安國跋語，《鐵網珊瑚》，頁 1034。
⑮ 朱熹跋語，《鐵網珊瑚》，頁 1035。
⑯ 朱子榮跋語，《鐵網珊瑚》，頁 1041。
⑰ 洪邁跋語，《鐵網珊瑚》，頁 1038。

日後才題榜書，令子孫膜拜時知曉祖先致仕官爵與壽年⑦⑧。

　　至於北宋題寫「睢陽五老圖」的作者，由於與五老時代相近，考慮或關心的便不是其恩澤壽考是否餘蔭子息，而較著重五老建立的功業和榮歸鄉里的閒情，如富弼〈睢陽五老圖〉：

> 休官致政老年閒，廟堂嘗享著袍冠。調和鼎鼐施霖雨，
> 燮理陰陽佐武桓。念國不忘先世烈，歸鄉豈念舊廬寒。
> 我輩若從親炙授，儀容如在使人看。⑦⑨

文彥博〈睢陽五老圖〉：

> 輔政何時退省閒，清平告老謝簪冠。兩朝耆宿真英武，
> 一代謀謨實柱桓。太史尚瞻星有烈，小民猶念德無寒。
> 誰知我輩登樞要，嚴貌冰威祇肅看。⑧⓪

蘇頌〈睢陽五老圖〉

> 歸休謝事樂時閒，衣鉢承傳宰輔冠。感德舊曾親善政，
> 霑恩新賜立危桓。堂堂嚴貌依龍袞，粲粲文星荷月寒。
> 直筆當時修國史，英豪邁古後來看。⑧①

　　儘管為相不滿百日，杜衍還是在五老之中最受矚目，得墨最多，如「朝野已聞親相業，廟堂曾睹漆丹桓」⑧②，「百日秉樞登

---

⑦⑧ 2003 年 12 月 23 日至 2004 年 3 月 14 日，韓國漢城市立美術館舉辦「偉大的臉——國內最初韓・中・日肖像畫大展」，其中展出祖先畫像，上書畫主生卒年或壽年，可以得證，詳參《위대한 얼굴〔偉大的臉〕》（서울: 서울시립미술관，2003）。

⑦⑨ 《全宋詩》，冊 5，卷 265，頁 3367。

⑧⓪ 《全宋詩》，冊 6，卷 278，頁 3551。

⑧① 《全宋詩》，冊 10，卷 533，頁 6443。

⑧② 張載：〈睢陽五老圖〉，《全宋詩》，冊 10，卷 517，頁 6290。

相府，千年青史表旌桓」⑧，「羌夷誰敢窺中夏，朝士猜疑畏歲寒」⑭，「相君于理回天詔，輔國驅夷立塞桓」⑮，或許是因為大家對杜的勳蹟較為熟悉之故，但有趣的是：南宋以來的題寫者卻不作如此想，畫在畢氏則專美畢氏；藏於朱家則頌揚朱門。

　　照理說，北宋人與五老時代近，或認識五老，應該可以斷言畫家傳神寫照的功力，北宋的題詩卻全然不提畫面的樣貌，不像明代王遜鉅細靡遺地描述五老的個別樣貌特徵：

> 若杜之大耳魁頰，王之伏犀豐下，畢之長面升唇，朱之秀眉美髯，馮之廣額圓首，五老之中，峨冠圓領而束帶者，杜與王也，餘則角巾方袍也，服色皆玄也，履色皆素也，其皆生於文明之世，故其狀貌清古瓌奇而威儀偉重，使後世瞻拜者，莫不欲衽起敬，猗歟盛哉！⑯

　　為了遷就韻腳，北宋題詩都以「看」字作結，我們卻無以從詩句中「看」出作者究竟「看見」了什麼，也就是說，這十八首次韻詩將「睢陽五老」模塑成一種文人官僚的理想人生典範，作者在乎的不是畫得如何，也不討論畫像的本質與意義，而是由觀畫反躬自身，構築一條前途似錦的康莊大道：

　　人臣盡忠家國→功成身退→告老還鄉→安享天年

　　這是所有通過科舉晉登仕途者美好的人生藍圖，所以「清名邁古今人慕」⑰、「俾人敬慕肅容看」⑱的「慕」字正足以概括這些

---

⑧ 晏殊：〈次韻謝借觀五老圖〉，《全宋詩》，冊5，卷173，頁1962。
⑭ 胡瑗：〈睢陽五老圖〉，《全宋詩》，冊3，卷176，頁1992。
⑮ 黃庭堅：〈次韻謝借觀五老圖〉，《全宋詩》，冊17，卷1027，頁11741。
⑯ 《鐵網珊瑚》，頁1047。
⑰ 韓琦：〈睢陽五老圖〉，《全宋詩》，冊6，卷338，頁4123。
⑱ 蘇軾：〈次韻借觀睢陽五老圖〉，《全宋詩》，冊14，卷831，頁9627。

題詩的共同意念與精神。題畫詩作者不僅把五老（尤其是杜衍）的人生歷程簡約化（只強調禦敵、爲相），品德單一化（忠烈、忠厚、丹心耿耿），也美化了他們曾經徬徨顛躓的困頓磨難。杜衍爲相草草下臺，就是被「朝士猜疑」，小人當道，無人鳴鼓而攻之，反而陷君子於窮途，題畫詩的作者即使未能感同身受，至少也會心有戚戚，然則我們讀到的，都是面目模糊的影像，帶著福壽康寧的幸運光環，所謂「太平氣象養高閑，宴賞諸公老致冠」[89]、「治道剛明老始閑」[90]、「太平時節振儒冠」[91]，「天時」（太平）、「地利」（同在睢陽）、「人和」（五老榮退，同居高壽），營造出後人遙想「睢陽五老」的欽羨之情。或許我們可以這麼理解：反覆受制於韻腳的這些北宋「睢陽五老圖」題詩，所呈現的不是作者觀覽畫像的美感愉悅，不是憶古思今的沈重，而是福祿壽三喜並蒂的富麗繁花。

四、題古人像：文學典範的追慕

在題古人像方面，北宋文人以詠六朝人與唐人爲最多，且大多爲文學家，其中題六朝人像共二十一題，二十三首，文學家包括阮籍 (210-263)、嵇康 (223-262)、謝靈運 (385-433) 各一首，陶潛 (365-427) 八首[92]。題唐人像二十二題二十三首，孟浩然、

---

89 張載：〈睢陽五老圖〉，《全宋詩》，冊 10，卷 517，頁 6290。
90 韓琦：〈睢陽五老圖〉，《全宋詩》，冊 6，卷 338，頁 4123。。
91 黃庭堅：〈次韻謝借觀五老圖〉，《全宋詩》，冊 14，卷 831，頁 9627。
92 其中黃庭堅〈題伯時畫松下淵明〉與〈松下淵明〉雖爲二題，實爲同一首，因版本不同，文字略有出入。又，此處之統計不包括與文人作品相關的詩意圖，如淵明「歸去來圖」、王維「陽關圖」等。

顏眞卿(709-785)各一首，王維、韓愈各兩首，李賀(790-816)三首，杜甫、李白(701-762)各六首。題寫的篇目數量縱然取決於畫家描繪的畫幅多寡，但也是題畫詩作者主觀選擇的結果，不妨視之爲前輩作家在北宋受到尊崇的具體現象。

　　畫家圖繪前輩作家的風氣從中唐以降逐漸興起，以陶潛爲例，中唐以前未見有歌詠淵明畫像或相關題材的作品，至韓愈〈桃源圖〉詩，知有畫〈桃花源詩幷記〉者，然而韓愈詩云：「神仙有無何渺茫，桃源之說誠荒唐」，旨在破除神仙迷信。五代荊浩和關仝都曾以桃花源爲題作畫，北宋李公麟畫「淵明東籬圖」、「歸去來圖」，蘇軾、黃庭堅等人皆有題詩，至於元代以後由「桃源圖」母題衍生的「花谿漁隱」題材，便已經創化出新的藝術境界了。又如李白的畫像，在五代有貫休〈觀李翰林眞〉詩，杜甫的畫像則宋以前未見題寫，老杜文學地位之提昇，宋人厥功甚偉，觀其畫像題詩即可見諸一斑[93]。

　　宋人即使去唐未遠，卻也相距三百年，如何得知古人形貌？我們從張方平(1007-1091)〈蜀丞相諸葛武侯畫讚幷序〉可知，古人像有的是從臨摹前人畫跡得來，張文敘述畫家閻廷俊告訴他：「某之藝，於人物爲工。比內出古之名賢像於資善堂，嘗摸得之，唯肖。」[94]於是張請閻出示諸葛亮畫像以瞻仰，閻因張篤好其畫，故而遺之，張遂秉筆記之。不過，並非所有宋人描繪的古人像皆有所承，採諸文史記載以凝聚構設，便成爲圖寫的基

[93] 杜甫的文學地位在北宋驟昇，遠超過唐代，詳參陳文華：〈唐宋文化類型之變遷與杜甫歷史地位之完成〉，收於氏著：《杜甫傳記唐宋資料考辨》（臺北：國立臺灣師範大學國文研究所博士論文，1987年），頁263-284。
[94] 張方平：〈蜀丞相諸葛武侯畫讚幷序〉，四川大學古籍整理研究所；曾棗莊、劉琳主編：《全宋文》（成都：巴蜀書社，1991年），卷818，冊14，頁504。

礎，因此畫陶潛則「淵明東籬圖」、「采菊圖」；畫李賀則「高軒過圖」、「晚歸圖」；畫杜甫則「浣花谿圖」、「醉遊圖」，前輩作家筆下的文藝世界即爲其一生之表徵，容貌與外形是否肖似就不在話下了。

有時畫面的布景旁襯和文學氛圍，也是觀者辨識畫中人物的依據，如劉庭式〈題松下老人圖〉云：

> 古松蒼髯枝屈鐵，失笑相驚在巖穴。老翁手持綠玉杖，
> 獨立西風雙鬢雪。翛然野服山家容，平生我亦懷高風。
> 彭澤歸來入圖畫，眞有人間靖節翁。自注：李伯時亦曾畫松下淵
> 明圖

松下持杖的老人令人聯想淵明逸致，而李公麟正畫過「松下淵明」，黃庭堅有題詩曰：

> 南渡誠草草，長沙濟艱難。夜半舟移岸，今無晉衣冠。
> 松風自度曲，我絃不須彈。慧遠香火社，遺民文字禪。
> 雖非老翁事，幽尚亦可歡。客來欲開說，觴至不得言。[95]

畫家又常藉菊花的象徵意義隱喻淵明之高潔，韓駒 (1080-1135)〈題曾公卷采菊圖〉云：

> 九日東籬採落英，白衣遙見眼能明。向令自有杯中物，
> 一段風流可得成。[96]

---

[95] 〈松下淵明〉，《全宋詩》，冊 17，卷 1014，頁 11575。黃庭堅又有〈題伯時畫松下淵明〉與此詩文字略異，詳參《全宋詩》，冊 17，卷 987，頁 11377 及其附註。

[96] 《全宋詩》，冊 25，卷 1443，頁 16639。

現存世的南宋梁楷「東籬高士圖」（見圖 11）即是畫溪畔喬松，樹下一高士把菊曳杖，迎風徐行，頗爲悠然自得。

圖 11　（傳）〔宋〕梁楷「東籬高士圖」　臺北故宮博物院藏

自稱「五柳先生」的淵明也常於畫幅中徜徉柳樹旁，如圖12宋人「柳蔭高士圖」，畫一士人袒胸箕踞，書卷橫陳，有酒盈盞，醺然樂矣(97)。

圖12 〔宋〕「柳蔭高士圖」 臺北故宮博物院藏

(97) 此圖上有乾隆題詩云：「〔……〕設問伊人何姓氏，於唐為李晉為陶。」經李霖燦先生考訂當為淵明。見〈宋人柳蔭高士圖〉，收於《中國名畫研究》，頁85-87。

　　詩仙李白在梁楷淡墨減筆的揮灑下顯得傲然不屈，圖13著名的「李白行吟圖」，畫出李白「舉目一世空無人」⑱的「逸氣高懷」⑲，且看北宋關於李白畫像的題詩：

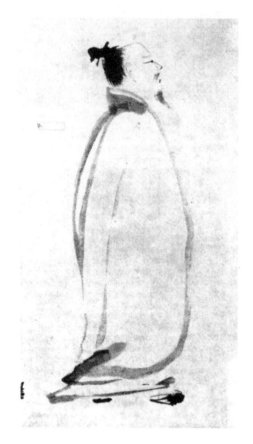

　　　　圖13　〔宋〕梁楷「李白行吟圖」　日本東京國立博物館藏

---

⑱ 李之儀：〈李太白畫像贊〉，《全宋詩》，冊17，卷961，頁11213。
⑲ 陳師道：〈題畫李白真〉，《全宋詩》，冊19，卷1119，頁12738。

〔……〕烏紗白紵真天人，不用更著山巖裏。平生潦倒飽丘
園，禁省不識將軍尊。袖手猶懷脫靴氣，豈是從來骨相屯。
仰視雲空鴻鵠舉，眼前紛紛那得顧。是非榮辱不到處，只恐
朝來有新句。〔……〕⑩

〔……〕烏紗之巾白紵袍，岸巾攘臂方出遨。神遊八極氣自
穩，冰壺玉斗霜風高。嗚呼先生泰絕倫，仙風道骨語甚真。
肅然可望不可親，懸知野鶴非雞群。〔……〕⑩

「烏紗白紵」、「袖手仰視」、「仙風道骨」、「行吟覓
句」，我們可以發現梁楷的筆法非常有趣的應合了詩人所見及所
體會的李白形象，看似隨興遊走的筆觸和墨色，正巧妙地流瀉了
李白的意氣風發。

題寫前輩文學家的畫像不僅是從審美的角度賞玩畫趣，表達
對文學典範的敬慕與追隨還佔有更多的成份：

假令九原今可作，舁公籃輿也不惡。⑩
所以見公像，再拜涕泗流。惟公之心古亦少，願起公死從之
游。⑩
作為文章文聖世，千秋萬古誦盛美。再拜先生淚如洗，振衣
濯足吾往矣。⑩

畫家截取的是主人翁畢生最具代表性的片段，詩人則往往在
題寫時綜觀其生平經歷與文學成就，如謝薖（1074-1116）〈陶淵

---

⑩ 同上註。
⑩ 饒節：〈李太白畫歌〉，《全宋詩》，冊22，卷1286，頁14539。
⑩ 謝薖：〈陶淵明寫真圖〉，《全宋詩》，冊24，卷1357，頁15783。
⑩ 王安石：〈杜甫畫像〉，《全宋詩》，冊10，卷546，頁6537。
⑩ 饒節：〈李太白畫歌〉，《全宋詩》，冊22，卷1286，頁14539。

明寫眞圖〉：

> 淵明歸去潯陽曲，杖黎蒲鞋巾一幅。陰陰老樹囀黃鶯，
> 艷艷東籬粲霜菊。世紛無盡過眼空，生事不豐隨意足。
> 廊廟之姿老蓬蓽，環堵蕭條僅容膝。大兒頑頓懶詩書，
> 小兒嬌癡愛梨栗。老妻日暮荷鋤歸，欣然一笑共蝸室。
> 哦詩未遣愁肝腎，醉裏呼兒供紙筆。時時得句輒寫之，
> 五言平淡用一律。田家酒熟夜打門，頭上自有漉酒巾。
> 老農時問桑麻長，提壺挈榼來相親。一尊徑醉北窗臥，
> 蕭然自謂羲皇人。此公聞道窮亦樂，容貌不枯似丹渥。
> 儒林紛紛隨涊濁，山林高義久寂寞。假令九原今可作，
> 舉公籃輿也不惡。⑩

黃庭堅〈老杜浣花谿圖引〉：

> 拾遺流落錦官城，故人作尹眼爲青。碧雞坊西結茅屋，
> 百花潭水濯冠纓。故衣未補新衣綻，空蟠胸中書萬卷。
> 探道欲度羲皇前，論詩未覺國風遠。干戈崢嶸暗宇縣，
> 杜陵韋曲無雞犬。老妻稚子且眼前，弟妹飄零不相見。
> 此公樂易眞可人，園翁溪友肯卜鄰。鄰家有酒邀皆去，
> 得意魚鳥來相親。浣花酒船散車騎，野牆無主看桃李。
> 宗文守家宗武扶，落日寒驢馱醉起。願聞解鞍脫兜鍪，　.
> 老儒不用千户侯。中原未得平安報，醉裏眉攢萬國愁。
> 生綃鋪牆粉墨落，平生忠義今寂寞。兒呼不蘇驢失腳，
> 猶恐醒來有新作。常使詩人拜畫圖，煎膠續弦千古無。⑩

---

⑩ 謝邁：〈陶淵明寫眞圖〉，《全宋詩》，冊24，卷1357，頁15783。
⑩ 《全宋詩》，冊17，卷1014，頁11575-11576。

釋道潛〈觀明發畫李賀高軒過圖〉：

唐年茂宗枝，時平多俊良。長吉尤震曜，春林擢孤芳。
退之於孔門，屹屹真棟梁。筆力障百川，風瀾息其狂。
破衣繫麻鞋，右顧生輝光。一朝與湜輩，命駕驚煌煌。
賀初為兒童，隨父事迎將。須臾命賦詩，英氣加激昂。
長安眾詞客，聲問爭推揚。風流垂異代，尚想古錦囊。
君今亦宗英，韻勝斯人方。少年肯事事，苦學志獨強。
風騷擬屈宋，妙處相頡頏。丹青出戲弄，配古猶擅場。
形容示往事，彷彿如在旁。一徑入幽遠，古垣繚林莊。
平橋跨淥水，叢薄含葱蒼。晴窗為披拂，佳興杳難忘。⑩⑦

　　為了更適切地由作家的作品映照其人生，題畫詩的作者以引
用或化用畫中主人詩句的方式，融鑄鍛鍊，達到以詩傳心的效
果，如「悠然見南山，意與秋氣高」⑩⑧，語出陶淵明〈飲酒詩〉：
「采菊東籬下，悠然見南山」。「門無車馬喧，逕有松菊陰」
⑩⑨，語出陶淵明〈飲酒詩〉：「結廬在人境，而無車馬喧」，及
〈歸去來辭〉：「三徑就荒，松菊猶存」。「寧令吾廬獨破受凍
死，不忍四海寒颼颼」⑩⑩，語出杜甫〈茅屋為秋風所破歌〉：
「吾廬獨破受凍死亦足」。「西望太白橫峨岷，眼高四海空無
人」⑩⑪，語出李白〈蜀道難〉：「西當太白有鳥道，可以橫絕峨
眉巔」。

⑩⑦ 《全宋詩》，冊16，卷920，頁10792。
⑩⑧ 蘇軾：〈題李伯時淵明東籬圖〉，《全宋詩》，卷830，頁9600。
⑩⑨ 王當：〈德清宰俞居安自畫淵明圖〉，《全宋詩》，卷1264，頁14247。
⑩⑩ 王安石：〈杜甫畫像〉，《全宋詩》，卷546，頁6537。
⑩⑪ 蘇軾：〈書丹元子所示李太白真〉，《全宋詩》，卷820，頁9489。

　　除了稱頌作家的文學成就，題畫詩作者有時不免借古諷今，託物詠史，以寄懷抱，如歐陽脩〈堂中畫像探題得杜子美〉：

> 風雅久寂寞，吾思見其人。杜君詩之豪，來者孰比倫。
> 生爲一身窮，死也萬世珍。言苟可垂後，士無羞賤貧。⑫

王安石〈杜甫畫像〉：

> 吾觀少陵詩，爲與元氣侔。力能排天斡九地，壯顏毅色不可求。浩蕩八極中，生物豈不稠。醜妍巨細千萬殊，竟莫見以何雕鎪。惜哉命之窮，顛倒不見收。青衫老更斥，餓走半九州。瘦妻僵前子仆後，攘攘盜賊森戈矛。吟哦當此時，不廢朝廷憂。常願天子聖，大臣各伊周。寧令吾廬獨破受凍死，不忍四海寒颼颼。傷屯悼屈止一身，嗟時之人我所羞。所以見公像，再拜涕泗流。惟公之心古亦少，願起公死從之游。⑬

胡仔《苕溪漁隱叢話》載：

> 自李、杜歿而詩律衰。唐末以及五季，雖有興、比自名者，然氣格下弱，無以議爲也。宋興，楊文公始以文章菹盟。然至于詩，專以李義山爲宗，以漁獵摭拾爲博，以儷花鬥葉爲工，號稱西崑體，嫣然華靡，而氣骨不存。嘉祐以來，歐陽公稱太白爲絕唱，王文公稱少陵爲高作，而詩格大變。高風之所扇，作者間出，班班可述矣。⑭

---

⑫ 《全宋詩》，冊6，卷299，頁3757。
⑬ 《全宋詩》，冊10，卷546，頁6537-6538。按：「爲與元氣侔」當作「謂與元氣侔」，見〔宋〕王安石撰，李璧注；《王荊公詩注》（臺北：臺灣商務印書館，《文淵閣四庫全書》本，1983年），卷13，頁1a。
⑭ 〔宋〕胡仔：《苕溪漁隱叢話》（臺北：長安出版社，1978年），卷8，頁58。

　　杜詩在唐末五代遺佚甚多，宋初孫僅(969-1017)整理杜詩，所得只有一卷⑮。仁宗景祐三年(1034)，蘇舜欽(1008-1048)編《老杜別集》，仍感嘆「亡去甚多」，希望「尋購僅足，當與舊本重編次之」⑯。一○三九年，王洙編《杜工部集》「蒐裒中外書九十九卷，除其重複，〔……〕合二十卷。」⑰但是王洙編定的杜集並未刊行，難怪一○四九年歐陽脩寫〈堂中畫像探題得杜子美〉時會慨然「風雅久寂寞」了。

　　一○五二年，王安石編成《杜工部詩後集》得杜詩二百餘篇，作序曰：「（杜詩）世所傳已多，計尚有遺落，思得其完而觀之」⑱，對杜詩有了更全面的認識。就在《杜工部詩後集》編成同年，王安石寫了〈杜甫畫像〉詩⑲，不僅如歐陽脩一般，讚賞杜詩磅礴之氣勢，敬佩老杜於困頓流離之際尚能「一飯不忘君，而志常在民」，並且還從杜詩的內涵技巧方面用功，探尋其「醜妍巨細千萬殊，竟莫見以何雕鎪」之奧祕。〈杜甫畫像〉全詩以五言、七言，乃至九言抑揚交錯，仿傚老杜筆法，上天入地，扭轉乾坤，一片剛毅悲壯之聲，結尾純以抒情收束，充分流露了作者對杜甫的愛慕之心與景仰之情，從而自我期勉，既寫老杜，亦述己懷。

　　中晚唐以來，韓愈的文學地位一直未嘗稍衰，北宋初期，對韓文的推崇更甚，尤其強調韓文公傳承儒家道統的卓越貢獻，柳開(948-1001)〈應責〉云：

---

⑮〈讀杜工部詩集序〉，《全宋文》，卷269，頁237-274。
⑯〈題杜子美別集後〉，《全宋文》，卷878，頁68-69。
⑰〈杜工部詩集序〉，《全宋文》，卷478，頁10-11。
⑱〈老杜詩後集序〉，《全宋文》，卷1398，頁609。
⑲參李德身：《王安石詩文繫年》（西安：陝西人民出版社，1987年），頁74。

吾之道，孔子、孟軻、揚雄、韓愈之道；吾之文，孔子、孟軻、揚雄、韓愈之文也。⑳

孫復(992-1057)〈上孔給事書〉云：

噫！自夫子沒，諸儒學其道，得其門而入者鮮矣，唯孟軻氏、荀卿氏、揚雄氏、王通氏、韓愈氏而已。㉑

石介(1005-1045)〈尊韓〉更奉韓愈爲聖人：

噫！孟軻氏、荀況氏、揚雄氏、王通氏、韓愈氏，五賢人，吏部爲賢人之卓。不知更幾千萬億年，復有孔子；不知更幾千百數年，復有吏部。㉒

題畫詩方面，同樣也是尊韓愈爲聖賢，如劉敞(1019-1068)〈韓文公畫像分題〉：

微言昔廢絕，大道隨荒榛。上下千歲間，天將復斯文。
若人實命世，述作參鬼神。橫制萬里波，不爲流俗珍。
大音破昏聾，有若雷霆震。惜乎世莫用，竟以奇怪聞。
哀哉揭陽貶，勢屈道則伸。孔子亦有言，求仁而得仁。
我昔讀其書，固常見其人。邇來觀遺像，忽若平生親。
輪扁不言巧，丹青豈復真。尚存高山意，俯仰冀日新。㉓

又如黃庶(1019-1058)〈賦得退之畫像〉：

---

⑳ 《全宋文》，卷122，頁662。
㉑ 《全宋文》，卷401，頁249。
㉒ 《全宋文》，卷627，頁292。
㉓ 《全宋詩》，冊9，卷473，頁5728。

功名已寫後世耳，身入人間圖畫看。嘆息浮圖滿天下，
猶疑怒髮尚衝冠。⑫

　　數百年後，韓愈的屍骨已寒，而佛老依舊盛行不衰，當時以
身家性命與個人前途換來的代價又是什麼呢？韓愈在世，怕也要
不能安息而怒髮衝冠吧？

　　藉畫言志之餘，題畫詩的作者也對畫中主人的行誼有所省
思，例如對於陶淵明的出仕與隱居便有不同的理解，以下的兩首
題畫詩正好代表兩種意見：

　　王當〈德清宰俞居安自畫淵明圖〉：

門無車馬喧，遶有松菊陰。前窗面清沚，後戶依嶺岑。
就使世俗工，猶足寫幽深。況今令尹賢，洞照先哲心。
出處異軌轍。丘壑同胸襟。予知淡筆墨，良似無弦琴。
先生如明月，瑩潔照古今。形模或能寫，光彩詎可臨。
寥寥千古意，當向筆下尋。人心去典午，朝柄歸卯金。
豈無康濟心，且賦歸來吟。天生卓犖姿，豈是甘山林。
當今急英賢，四海待商霖。勉哉就功名，枯槁不足欽。⑫

　　許景衡（1072-1128）〈李伯時畫陶淵明其猶子遺余作此謝
之〉：

斯人今何在，古冢號寒木。簡編漫遺言，風采不可復。
龍眠真偉人，千載識高躅。神交入心匠，醉墨爛盈幅。
蕭然出塵意，豈獨舊眉目。仲容還好事，收拾珍笥櫝。
世人渾未見，惠然投我欲。乘田元不恥，折腰亦何辱。

行藏固有在，今昔豈余獨。新詩第甲乙，三徑森松菊。
少陵曾未知，浪疑公避俗。我生癡鈍殺，野性等麋鹿。
長恐探道淺，輕比抵鵲玉。人生適意耳，何苦自羈束。
低頭拜公像，塵土方碌碌。⑫

　　王當採取的是自《宋書‧隱逸傳》的解釋：「潛弱年薄宦，
不潔去就之跡。自以曾祖晉室宰輔，恥復屈身異代，自高祖王業
漸隆，不肯復仕。」認爲陶潛隱跡山林是出於忠於晉室之心。王
當詩有謂：「人心去典午，朝柄歸卯金。豈無康濟心，且賦歸來
吟。天生卓犖姿，豈是甘山林」，「典午」暗喻「司馬」，「卯
金」則指「劉」姓，他認爲陶潛仍有濟世之志，只是江山易主，
不如歸去。這一派說法從南北朝至五代幾成定論，一直到北宋治
平年間(1064-1067)虎丘僧思悅才針對《宋書》的記載提出質
疑，因爲《宋書》所說的「所著文章，皆題其年月，義熙以前，
則書晉室年號；自永初以來，唯云甲子而己。」驗諸淵明詩文未
必完全符合，於是關於淵明詩文題甲子、年號之爭以及是否基於
恥事二姓之由而歸隱，千百年來，爭論不休⑫。

　　許景衡的詩道出了另一派看法，他反駁杜甫〈遣興〉詩所
云：「陶潛避俗翁，未必能達道」，認爲「乘田元不恥，折腰亦
何辱。行藏固有在，今昔豈余獨。」用行捨藏，古有明訓，隱居
田園非僅止於不願受禮俗約束，乃久居樊籠，欲返自然，是淵明

---

⑫ 《全宋詩》，冊23，卷1326，頁15516。
⑫ 詳參齊益壽：《陶淵明的政治立場與政治理想》（臺北：臺灣大學文學院，1968
　年）。
　　鍾優民：《陶學史話》（臺北：允晨文化股份有限公司，1991年）。
　　袁行霈：〈陶淵明與晉宋之際的政治風雲〉，收於《陶淵明研究》（北京：北京
　大學出版社，1997年），頁78-108。

「性本愛丘山」之眞情表露。相對於王當「勉哉就功名，枯槁不足欽」的積極入世，許景衡寧可以「人生適意耳，何苦自羈束」自期。同樣是面對陶淵明的畫像，兩位作者各自呈顯了迥異的人生觀。

　　《苕溪漁隱叢話》記載：

> 李、杜畫像，古今詩人題詠多矣。若杜子美，其詩高妙，固不待言，要當知其平生用心處，則半山老人之詩得之矣。若李太白，其高氣蓋世，千載之下，猶可歎想，則東坡居士之贊盡之矣。[128]

　　胡仔讚賞的王安石題杜甫畫像詩前已敘述，東坡題寫李白像的詩爲〈書丹元子所示李太白眞〉：

> 天人幾何同一漚，謫仙非謫乃其遊，麾斥八極隘九州。
> 化爲兩鳥鳴相酬，一鳴一止三千秋。開元有道爲少留，
> 縻之不可矧肯求。西望太白橫峨岷，眼高四海空無人。
> 大兒汾陽中令君，小兒天台坐忘身。平生不識高將軍，
> 手污吾足乃敢瞋。作詩一笑君應聞。[129]

　　這首詩寫來調笑不羈，卻寓有東坡對李白的深情厚意，東坡〈李太白碑陰記〉云：「士以氣爲主，方高力士用事，公卿大夫爭事之，太白使脫靴殿上，固已氣蓋天下矣，使之得志，必不肯附權倖以取容，其肯從君於昏乎？」[130]李白起初浩氣昂揚，慷慨

---

[128]《苕溪漁隱叢話》，前集，卷11，頁69。
[129]《全宋詩》，冊14，卷820，頁9489。
[130]《蘇軾文集》，卷11，頁348。

有天下志，願爲聖上之輔弼，無奈玄宗僅止以詞臣籠絡而已，他戲弄高力士的行爲挑戰了弄權者的狹隘恣肆，在不甘天子以俳優蓄之的遺憾心情籠罩中，毅然去朝。

　　從元稹、白居易以降，關於「李杜優劣說」的討論便已不絕如縷，北宋的題畫詩雖然未觸及這一層面，題畫詩的內容還是被視爲作者評價李白和杜甫的意見，進而闡析其高下。歐陽脩之愛李，王安石之擁杜，均能各開生面，成就一家之言；相反地，王安石對李白的批評若與東坡的見解並置，便難免遭到非難，《春渚紀聞》裏即可見這樣的例子：

> 士之所尚忠義氣節，不以摛詞摘句爲勝。唐室宦官用事，呼吸之間，殺生隨之。李太白以天挺之才，自結明主，意有所疾，殺身不顧。王舒公言：「太白人品汙下，詩中十句九句說婦人與酒。」至（東坡）先生作太白贊，則云「開元有道爲少留，廬之不可矧肯求」，又云「平生不識高將軍，手污吾足乃敢瞋」，二公立論，正似見二公胸次也。[131]

　　在觀畫思人，緬懷其文學風采之際，題畫詩的作者其實也樹立了一種文學寫作的典範，藉著文字「轉譯」圖像，又將圖像「文學化」，使得單純的人物畫像由於畫中主人被「偶像化」的結果，形成超越古今，惺惺相惜的抒情對象。

---

[131]〔宋〕何薳：《春渚紀聞》（上海：上海書店，1990 年），卷 6〈太白胸次〉條，頁 4-5。

五、結　語

　　以上分別以「自題像」、「題時人像」與「題古人像」作爲析論北宋題人像畫詩的三種類型，這三種題畫詩從「我」開始，向外緣的同時代文人和更外緣的古代文人幅射，形成「觀看」、「反應」、「解讀」、「回映」的反覆歷程。

　　在自題像詩方面，作者或基於和畫家的交誼；或感念畫家寫眞模形的用心；或藉畫抒發時不我予的悲慨，現實世界的「我」與時俱衰，畫面捕捉的瞬間容貌則凝滯不移，兩「我」相望，彼此既熟稔又疏離，畫中的「我」看似眞切，實爲幻影，況且人浮紅塵，滔滔濁濁，畢竟終歸虛妄，人身固然無法壽如金石，畫像卻也未必百世長存，不如順應萬化，象外觀象。

　　在題時人像方面，本文以題「睢陽五老圖」爲代表，考察出杜衍等五老聚會的時間約在一〇四七至一〇五〇年之間，一〇五一年已經有「睢陽五老圖」面世，與五老會相去不遠。北宋題「睢陽五老圖」詩乃次韻五老原詩而作，圍繞在韻腳的用字使得十八首和詩旨意十分近似，作者渲染五老享有富貴、爵祿與高壽的榮耀，也暗喻了心嚮往之的傾慕。

　　北宋題古人像詩以歌詠前輩文學家爲主，陶潛、李白和杜甫最受矚目，陶潛歸隱的動機、李白有志於世的器識、杜詩受到冷落的不平，都藉著題畫文字恣意舒展，一首題畫詩往往總結了前輩文學家的畢生成就，並且宣示了「哲人日已遠，典型在夙昔」的文學使命。

　　我們發現：儘管繪畫的主角是人，甚至是題畫詩作者認識或

熟悉的人，作者並不在意畫家畫得像不像，也罕見如實描述畫面的文字，畫筆塑造的人物形象才是作者心之所繫，當「本我」跨越時空，與畫上的「假我」、「故舊」、「前賢」相對，圖像的象徵意義往往高於質實的美觀裝飾作用，作者不高談畫理，也不舞弄畫史知識，他們看見的不僅是一幅畫，而是畫中人一生的吉光片羽，如真似幻，孺慕敬崇，可以說是既依附於畫而生情，又游離於畫而生意，誠如唐代張彥遠在《歷代名畫記》中引述唐憲宗所云：「因知丹青之妙，有合造化之功。欲觀象以省躬，豈好奇而玩物」[132]，賞畫之趣，或即在此。

　　至於題畫詩的研究，王維的詩：「空山不見人，但聞人語響。返景入深林，復照青苔上」正好可借用以傳述個中之妙。照理說，「題畫詩」的閱讀應該是「詩畫合璧」，相得益彰的審美經驗，然而，經過時間的長河淘洗過後，現存文字與圖像資料的諸多限制，使得「題畫詩」所關涉的「繪畫文本」猶如「空山不見人，但聞人語響」的臆想，即使找到了相同或相似主題的作品，也無從考証是否即為當時作者所見，題畫文字所散發的抒情寫意光影，在藝術的深林裏低訴衷懷，徘徊林間的讀者輕撫苔痕，順著百轉千迴的幽響尋思，彷彿聽見了畫中人的一聲唱嘆。

---

[132] 張彥遠：《歷代名畫記》，卷1〈敘畫之興廢〉，頁8b。

北宋題人像畫詩析論

提　要

　　本文以北宋題人像畫詩為討論範圍，旨在分析北宋文人題寫人像畫之創作旨趣及其義涵，依畫作性質與書寫內容釐為三部份：「自題像」、「題時人像——以睢陽五老圖為例」和「題古人像」。

　　筆者發現：北宋文人在題寫個人畫像時未必著眼於畫家傳神摹擬的工力，而是「我看我，我亦非我」，兩我相映，感嘆吾身本為須臾，畫像亦非金石，興起對畫中自我如真似幻的迷惘。

　　在題時人像部份，以當時題詠篇什最多的「睢陽五老圖」次韻詩組為例，考察出以杜衍為首的睢陽五老之會宴集的時間大約在一〇四七至一〇五〇年之間，一〇五一年已經有「睢陽五老圖」面世，與五老會相去不遠。題寫「睢陽五老圖」的作者群大多與五老或其後人有交情，五老致仕榮歸，福壽綿延，是作者所崇敬與歆羨之處，也是環繞「睢陽五老圖」的集體思維。

　　至於題古人像，以詠文學家畫像最多，陶淵明、李白、杜甫是其最愛。畫家善於採取富於象徵意義的圖像元素營造文學氛圍，作者則妙筆生花，將文學氛圍再以文字示現，凝煉畫中人畢生的文學成就，表達對前輩文人的仰慕與追隨。

關鍵詞：北宋　題畫詩　人像畫　自題像　睢陽五老圖

北宋題仕女畫詩析論

一、前　　言

　　「仕女畫」為人物畫之一，或稱「婦人」①、「綺羅」②、
「嬪嬙」③、「美人」④、「美女」⑤等，「仕（士）女」一詞
見於唐朱景玄《唐朝名畫錄》：

> 周昉，字仲朗〔……〕其畫佛像、真仙、人物、士女，皆神
> 品也。⑥
> 張萱，〔……〕嘗畫貴公子鞍馬屏障，宮苑士女，名冠於
> 時。⑦
> 陳閎，〔……〕人物士女可居妙品。⑧

　　此後約定俗成，成為圖繪女性形象，以婦女為繪畫題材的作
品的通稱，如北宋郭若虛《圖畫見聞誌》云：「王殷，工畫佛道

---

① 「劉瑱，用意綿密，畫體簡細，〔……〕其於所長，婦人為最。」〔南齊〕謝
　赫：《古畫錄》（臺北：臺灣商務印書館，1983 年《文淵閣四庫全書》），第
　五品，頁 5b，總頁 5 。
② 「沈粲：筆跡調媚，專工綺羅。」〔南朝陳〕姚最：《續畫品》（臺北：臺灣商
　務印書館，1983 年《文淵閣四庫全書》本），頁 4b，總頁 14。〔唐〕張彥遠：
　《歷代名畫記》，卷 7：「袁昂，〔……〕綺羅一絕，超彼常倫。」見頁 9b，總
　頁 335。卷 9：「李湊，〔……〕尤工綺羅人物。」頁 12b，總頁 346。
③ 〔唐〕張彥遠：《歷代名畫記》卷 7：「劉瑱，……畫嬪嬙，當代第一。」頁 4a，
　總頁 332。
④ 〔唐〕張彥遠：《歷代名畫記》卷 2〈敘師資傳授南北時代〉：「孫（尚子）則美
　人魑魅為勝。」頁 3b，總頁 292。
⑤ 《宣和畫譜》卷 5〈人物敘論〉：「至於論美女，則蛾眉皓齒如東鄰之女，〔……〕」
　（上海：上海人民美術出版社，1962 年《畫史叢書》本），頁 51。
⑥ 〔唐〕朱景玄：《唐朝名畫錄》，頁 5b，總頁 365。
⑦ 同上註，頁 14b，總頁 369。
⑧ 同上註，頁 14a，總頁 369。

士女」⑨、「杜霄，工畫士女」⑩。

繪畫藝術史學者對於仕女畫的研究，主要集中於通史性質的論述⑪，罕見對於個別時代及畫家的深入探討⑫，至於仕女畫的題寫，既非藝術史學者所關注，亦不見重於文學研究者⑬。為了幫助解讀詩意，感染其藝術情境，本文在深入剖析其內涵之前，先鳥瞰唐至宋仕女畫之轉變現象與宋代仕女畫之特點，以設想文

⑨ 〔宋〕郭若虛：《圖畫見聞誌》，卷2，頁11a。

⑩ 同上註。

⑪ 例如關於中國歷代仕女畫的發展，可參看以下論著：

國立故宮博物院編輯委員會編：《仕女畫之美》（臺北：國立故宮博物院，1996年）。

郭學是，張子康責任編輯：《中國歷代仕女畫集》（天津：天津人民美術出版社；石家莊市：河北教育出版社，1998年）。

陶咏白，李湜：《失落的歷史——中國女性繪畫史》（長沙：湖南美術出版社，2000年）。

劉芳如，張華芝執行編輯：《群芳譜——女性的形象與才藝》（臺北：國立故宮博物院，2003年）。

李渝：〈中國傳統繪畫中的女性形象〉，《雄獅美術》85期（1978年3月），頁9-43。

金炫辰：《中國仕女畫之研究》（臺北：文化大學藝術史研究所碩士論文，1983年）。

吳文彬：〈中國的仕女畫〉，《故宮文物月刊》1卷12期(1984年3月)，頁59-71。

〈畫家筆下的佳人美女——中國傳統仕女畫〉（未署作者），《藝術家》20卷4期（1985年3月），頁178-193。

劉芳如：〈中國仕女畫之美〉，《故宮文物月刊》6卷2期(1988年5月)，頁20-35。

李霖燦：〈中國的仕女畫〉，《中國美術史稿》（臺北：雄獅圖書股份有限公司，1992年），頁161-168。

⑫ 將時代、畫家、仕女畫、審美觀結合討論的有：何延喆〈從嘉道仕女畫看清後期審美心態文化觀念及畫家境遇之變〉，《藝術家》40卷3期(1995年3月)，頁327-339。

⑬ 就筆者所見，僅有田森襄：〈詞曲表現された女性の美しさ—特に仕女圖を媒體として〉專文提及仕女畫及其相關書寫文字，收於石川忠久編：《中國文學の女性像》（東京：汲古書院，1982年），頁243-286。

人題詠時所可能欣賞的繪畫景觀，文中引用的宋代圖版資料儘量取北宋的例子，少數南宋以及不能斷定南北宋的作品並不妨礙我們對整體藝術風尚之認識。

在解析北宋題仕女畫詩的內容方面，筆者依其寫作旨趣分為「好德與好色」、「得勢與失寵」、「美麗與哀愁」三個層次，並嘗試配合相關繪畫作品為佐，筆者必須先說明的是：文中所舉例的作品僅具參考價值，讀者無須膠柱鼓瑟，對號入座。筆者畢竟非藝術史專家，不敢隨意對畫史上作品真偽、作者歸屬等問題妄下判斷，本文所依據的皆為畫史專書的共識，除非必要，不特別註明出處，以免蕪亂。

由於唐宋仕女畫的作者和題寫者大部份為男性⑭，即使畫家創作時意在如實地傳神寫照，其選取的描繪對象、表達方式已經透露男性觀點下的理想女性美，或是男性所理解的女性生活樣態，這些畫裏的女性，無論是後宮佳麗、歷史人物，還是村婦民女，到了另一群男性的筆端，會是怎樣的面貌？這是筆者感興趣想要一探究竟的首要問題。在畫中主角為女性，而「創造者」和

----

⑭ 和所有的歷史記述一樣，以往藝術史對於畫家的記載都是以男性為主，隨著女性研究的興起，女性的藝術創作活動也受到學界重視，關於女畫家的研究，例如 *Views from Jade Terrace: Chinese Women Artist, 1300-1912* (Indianapolis and New York: Indianapolis Museum of Art and Rizzoli International Publications, Inc., 1988); Marsha Weidner, ed., *Flowering in the Shadows: Women in the History of Chinese and Japanese Painting* (Honolulu: University of Hawaii Press, 1990)。和文學書寫的情形相同，明清女畫家數量遠超前朝，然而限於圖象史料和文字記錄，學者研究範圍多為元及其以後的女畫家，至於唐宋部份，據清代閨秀湯漱玉編寫自晉至清中晚期歷代善畫女性的傳記──《玉臺畫史》（北京：人民文學出版社，1994年《香豔叢書》本），唐宋善畫仕女的女畫家有晚唐自畫寫真的薛媛、曾畫婦女肖像的五代童氏、畫列女圖的宋寧宗聖慈皇后氏等。又參黃光男、趙惠玲、賴瑛瑛合著：《婦女與藝術》（臺北：教育部編印，1995年），頁62-63。至於唐宋題仕女畫詩的作者，據筆者統計，除薛媛之外，全為男性。

「配音者」幾乎都是男性的情況下，男女兩性形成觀看／被觀看的對立關係，「看」與「被看」，「發聲」與「沈默」之間，是交流融合，還是錯落誤差？「題仕女畫詩」的書寫，是經過了男性模擬女性形象之後，再以文字敘述作第二層的表現，詩的內容，如果可以視爲作者對於女性的解讀結果，它和善於刻畫女性體態的豔情宮體詩、抒發幽微愁緒的思婦閨怨詩詞的文學傳統有何關聯？筆者將從「觀看與敘述」的角度，探討北宋題仕女畫詩所呈顯的「身體」、「情感」及其對於女性的「性別角色」的認知。

　　在本文的結論部份，筆者希望建構題仕女畫詩的基本寫作體系，並以之爲基礎，論說北宋文人在此寫作體系中所扮演的歷史角色以及定位。

二、北宋題仕女畫詩的藝術氛圍

　　從典籍文字及圖象資料可知，先秦已有以女性爲描繪主體的作品，如一九四九年長沙陳家大山出土的戰國「夔鳳仕女圖」帛畫（圖1），畫一寬袖長裙之女子側面而立，上有夔龍與鳳鳥各一[15]。漢代劉向(776B.C.)《說苑》記載敬君爲齊王畫臺，久不得歸，遂繪其妻像以解相思的故事[16]。中唐以降，「仕女」畫名

---

[15] 饒宗頤先生認爲「夔鳳仕女圖」乃畫屈原〈九歌・山鬼〉，參看《畫䫰：國畫史論集》（臺北：時報文化出版公司，1993年），頁27-30。

[16] 《藝文類聚》引《說苑》曰：「齊王起九重之臺，募國中能畫者，賜之錢。有敬君，居常飢寒，其妻妙色，敬君工畫臺，貪賜畫臺，去家日久，思憶其妻，像向之而笑。傍人見以白王，王召問之，對曰：『有妻如此，去家日久，心常念之，竊畫其像，以慰離心，不悟上聞。』」見〔唐〕歐陽詢撰，汪紹楹校：《藝文類聚》（上海：上海古籍出版社，1999年，新2版），卷32，頁561。

稱之確立與通行，顯示此類畫作成熟，名家輩出，已經儼然有突出於人物畫外之勢，前引朱景玄論周昉、陳閎等人之創作情形，特意分言「人物」與「士女」即可得知。中晚唐至五代仕女畫之興盛蓬勃，自有其時代社會之因素，宋代仕女畫在郭若虛的眼中被視爲「近不及古」，而其所謂之「古」，亦不過兩百多年前的張萱、周昉畫風⑰，其實驗諸傳世畫作，宋代仕女畫也有異乎前朝，甚或突破舊規之處，值得重視。

圖1　〔戰國〕「夔鳳仕女圖」　　*湖南省博物館藏*

---

⑰ 郭若虛：《圖畫見聞誌》，卷1〈論古今優劣〉：「若論佛道人物，士女牛馬，則近不及古。」，頁18a。

在造型風格方面，顯而易見地，宋代仕女畫中的女性形體由豐潤渾圓的體態轉爲秀雅清新。宋人對於女性的審美價值觀首先反映在對於張萱、周昉範式的不滿，《宣和畫譜》（約成書於1120）云：「世謂昉畫婦女，多爲豐厚態度者，亦是一蔽。」可見豐腴的女子未必爲宋人所喜，然而，周昉畢竟是仕女畫之名家，被譽爲「古今之冠」，因此《宣和畫譜》的作者解釋道：「此無他，昉貴游子弟，多見貴而美者，故以豐厚爲體，而又關中婦人，纖弱者爲少，至其意穠態遠，宜覽者得之也。」[18]爲了擺脫世人對周昉的刻板印象，《圖畫見聞誌》和《宣和畫譜》在提到學習周昉畫藝的五代畫家周文矩，便特別強調他仕女畫的「纖麗」特色[19]。至今可見的周文矩畫或摹本很難看出所謂「纖麗」的風格，圖2的「宮中圖」共描繪了八十一位婦女與小童，其中還有一位男畫家正在爲一位盛裝的貴婦畫像，「宮中圖」中的人物或對鏡挽髮、或修面梳妝、或撫琴撥阮，據南宋張澂一一四〇年的跋文云：「〔……〕婦

圖2 （傳）〔五代〕周文矩「宮中圖」（局部）　美國大都會博物館藏

---

[18] 《宣和畫譜》，卷6，頁60。
[19] 《圖畫見聞誌》云：「周文矩，〔……〕工畫人物車馬，屋木山川，尤精士女，大約體近周昉，而更增纖麗。」見卷3，頁12b。《宣和畫譜》云：「周文矩，〔……〕獨士女近類周昉，而纖麗過之。」見卷7，頁69。

人高髻，自唐以來如此，此卷豐肌長襦裙，周昉法也。〔……〕」⑳
和張萱、周昉所描寫的宮廷佳麗，如「搗練圖」（圖3）、「簪花仕
女圖」（圖4）相較，後二者除了設色濃豔之外，與墨線白描的「宮
中圖」的人物造型差異並不大，與其說周文矩變張萱、周昉仕女畫

圖3　（傳）〔宋〕徽宗摹〔唐〕張萱「搗練圖」（局部）
美國波士頓美術館藏

⑳ 參矢代幸雄：〈宋摹周文矩宮中圖〉，《美術研究》25期，1934年1月，頁1-
　13。該文頁5有此跋文圖版，跋文現藏美國賓西法尼亞大學。關於「宮中圖」，
　可參何惠鑑：〈澹巖居士張澂考略並論摹周文矩宮中圖卷跋後之軍司馬及其他偽
　印〉，《上海博物館集刊》第4期(1987年)，頁35-50。《中國名畫鑑賞辭典》
　（上海：上海辭書出版社，1996年），頁203-204。Wen C. Fong, *Beyond
　Representation* (New York: The Metropolitan Museum of Art, 1992), pp.34-
　39。

之「豐厚」爲「纖麗」，不如說是將故作姿態的圖象美人轉爲自然生動的人間女子吧。

　　一般以爲「纖麗」的周文矩式仕女證實只存在於畫史文字，要追究從周昉「內人雙陸圖」(圖5)的圓弧線條如何拉長爲長矩

圖4　（傳）〔唐〕周昉「簪花士女圖」　遼寧省博物館藏

圖5　（傳）〔唐〕周昉「內人雙陸圖」（局部）　臺北故宮博物院藏

形的「瑤臺步月圖」(圖6),甚至由於纏足的關係而使得人物整
體呈倒三角形,搖搖欲墜,我見猶憐,如「宋人雜劇打花鼓」
(圖7)之類,或許可以以五代阮郜的「閬苑女仙圖」(圖8)為其
過渡,《宣和畫譜》云阮郜:「工寫人物,特於士女得意,凡纖
穠淑婉之態,萃於筆端。」㉑

　　在題材內容方面,學者指出:「從宋以來的繪畫作品來看,
『仕女』一詞已是指佳人美女而言,而不是專指貴族婦女了。現

圖6 〔宋〕「瑤臺步月圖」　北京故宮博物院藏

㉑《宣和畫譜》,卷6,頁66。

圖7　〔宋〕「雜劇打花鼓圖」　北京故宮博物院藏

圖8　（傳）〔五代〕阮郜「閬苑女仙圖」　北京故宮博物院藏

今存世的古代仕女畫作品，描繪對象有女仙、列女、嬪妃、貴
婦、閨秀、村姑以至丫環、歌妓，和一些雖非美女但生動傳神的
婦女形象，題材內容也包括現實人物和歷史、傳說、傳奇、小說
以至詩詞、戲曲中的人物，範圍比較廣泛。」[22]例如畫善於織錦
的蘇蕙、刺繡神姑盧媚娘（何充有畫，見圖9）、女書法家吳彩鸞

圖9　〔宋〕何充摹唐盧媚娘像　美國 The Freer Gallery of Art 藏

[22] 單國強：〈中國歷代仕女畫〉，（北京）故宮博物院編：《歷代仕女畫選集》
　　（天津：天津人民美術出版社，1981年）。

等，又如雜劇「打花鼓」等演藝角色，增加仕女畫的世俗化趣味。圖繪文學作品內涵的詩意圖也有刻畫女性生活的情形，如描寫謝惠連(407-433)詩意的牟益(1178-1242)「擣衣圖」（圖10），將「擣衣圖」與「搗練圖」相比，前者深刻地塑造了詩中「紈素既已成，君子行未歸。裁用笥中刀，縫為萬里衣」的思婦哀怨。而同樣是工作中的女子，「紡車圖」（圖11）裏衣衫襤褸，在大樹下紡紗的農婦更具鄉野氣息。李嵩「市擔嬰戲圖」（圖12）中還出現了袒胸哺乳的母親，這種尋常人家的平凡生活皆可入畫的現象，與唐代截然不同。

圖10　〔宋〕牟益「擣衣圖」（局部）　臺北故宮博物院藏

圖11　（傳）〔宋〕王居正「紡車圖卷」　北京故宮博物院藏

圖12　〔宋〕李嵩「市擔嬰戲圖」　臺北故宮博物院藏

　　隨著題材內容的擴大，宋代仕女畫家為圖繪形形色色的女子，作品的寫實性和象徵性較諸唐代更為可觀，以往為突顯畫中人物的主從關係和強調主體人物，經常任意調整人物置於畫幅的大小位置，也就是主體人物比其他陪襯角色巨大（如「簪花仕女圖」）（圖4），畫面通常沒有背景，即使有，也是細微的點綴，宋代仕女畫則在透視法方面較為合理且具體，「宮樂圖」（圖13）裏稚拙的「三白」畫法逐漸消失。試比較傳為周昉和周文矩的「浴嬰圖」（圖14、15）和宋人「蕉蔭擊球圖」（圖16），同樣是

圖13 〔唐〕「宮樂圖」　臺北故宮博物院藏

圖14 （傳）〔唐〕周昉「浴嬰圖」（局部）　美國大都會博物館藏

圖15（傳）〔五代〕周文矩「浴嬰圖」美國 The Freer Gallery of Art 藏

圖16 〔宋〕「蕉蔭擊球圖」　北京故宮博物院藏

貴族婦女與嬰孩，宋代的作品較善於營造背景和人物間的空間關係。宋人又喜以月亮、鏡子、脩竹等暗示畫中主角的陰柔特質與修容要好、堅定貞潔的道德品格，如傳爲王詵的「繡櫳曉鏡」（圖17）、傳爲蘇漢臣的「妝靚仕女」（圖18）和前文所提過的「瑤臺步月」（圖6）、「仙女乘鸞」（圖19）等。

圖17　（傳）〔宋〕王詵「繡櫳曉鏡」　臺北故宮博物院藏

圖18 （傳）〔宋〕蘇漢臣「妝靚仕女」　美國波士頓美術館藏

圖19 〔宋〕「仙女乘鸞圖」　北京故宮博物院藏

　　除了延續唐代工整細緻的圖繪方式，宋代仕女畫在筆墨色彩
與線條的處理上受到文人畫的影響，嘗試以簡淡的白描勾畫女性
的形象，如李公麟「天女散花」、牟益「擣衣圖」等皆爲墨線白
描仕女圖之例，仕女畫不再以華美精巧，豔麗斑斕爲唯一表現。

　　因此，宋代仕女畫在人物造型、題材內容、寫實性與象徵
性，以及筆墨線條的處理各方面都較唐代有長足的發展，形成獨
具特色的時代風格。

三、北宋題仕女畫詩內容析論

（一）好德與好色

　　駿駒少馴良，美女少賢德。嘗聞敗君駕，亦以傾人國。因觀
壁間畫，筆妙仍奇色。持歸非奪好，來者恐爲惑。㉓

　　一〇四四年，四十三歲的梅堯臣得到一幅仕女畫，寫下了這
一首題畫詩。和以往我們所熟稔的題畫詩寫作著重賞畫讚畫的習
慣不同，梅堯臣的詩裏非但看不出畫面的布局形式，也無由得知
畫家的藝術巧思，只有「筆妙仍奇色」一句，籠統地概括了這一
幅設色仕女畫的精麗華美。至於詩人在審美過程中的視覺愉悅更
是付諸闕如，強烈的道德意識充盈於字裏行間，「美女少賢德」
的「反美色」傾向，使得讀者也感染了一股「反寫」或「否想」
仕女畫的肅然，爲之正襟斂容。這種書寫方式並非梅堯臣個人所

㉓ 梅堯臣：〈得孫仲方畫美人一軸〉，《全宋詩》，冊5，卷245，頁2833-2834。

獨具，在傳爲李元膺的〈觀前古美人圖〉也得以窺見類似的觀
點：

> 璧月塵昏瓊樹秋，無從百媚一回眸。荼蘼香度梅妝冷，鸚鵡
> 聲低玉笛幽。吐袖但能知禍水，逢春輒莫上迷樓。歸來安守
> 無鹽女，不寵無驚共白頭。㉔

　　詩謂紅顏禍水，姿色平庸的女子可能才安份守己，可以白頭偕
老。詩人對於女色的摒除與警惕聯繫著千年以來「尤物惑國敗家」㉕
的想法：如《趙飛燕外傳》斥受寵的飛燕姐妹爲「禍水」㉖；三國
魏程曉《女典篇》有云：

> 若夫麗色妖容，高才美辭，貌足傾城，言足亂國，此乃蘭形
> 棘心，玉曜瓦質，在邦必危，在家必亡。㉗

　　歐陽脩等人編纂的《新唐書》、《新五代史》亦申戒女色之
禍：

㉔ 《全宋詩》，冊18，卷1032，頁11795-11796。此詩亦見於〔宋〕孫紹遠編：
　《聲畫集》（臺北：臺灣商務印書館，1983年《文淵閣四庫全書》本），卷
　2，頁24b，總頁836。《全宋詩》收同名詩作，內容除「吐袖但能知禍水」句
　作「唾背但能知禍水」外，其餘全同，作者爲李新，見冊21，卷1260，頁
　14213。按李新(1062-?)，字元應，是否因「元應」與「元膺」音近而訛誤，
　待考。

㉕ 關於歷史上「女禍」觀念的形成與發展，可參看劉詠聰：〈漢代「婦人言色亡
　國」論之發展──「女禍」觀念形成的一個層面〉，《德‧才‧色‧權──論中
　國古代女性》（臺北：麥田出版股份有限公司，1998年），頁87-124。劉詠聰：
　〈中國古代的女禍史觀〉，《女性與歷史──中國傳統觀念新探》（臺北：臺灣
　商務印書館，1995年），頁3-12。〈唐宋以來「尤物惑國敗家」思想的發展〉，
　同前書，頁29-48。

㉖ （舊題）〔漢〕伶玄：《趙飛燕外傳》（臺北：新興書局，1974年《筆記小說大
　觀》本），3編，第8冊，總頁5494。

㉗ 〔唐〕歐陽詢撰，汪紹楹校：《藝文類聚》，卷23，頁419-420。

嗚呼，女子之禍於人者甚矣！自高祖至于中宗，數十年間，再罹女禍，唐祚既絕而復續，中宗不免其身，韋氏遂以滅族。玄宗親平其亂，可以鑑矣，而又敗以女子。方其勵精政事，開元之際，幾致太平，何其盛也！及佚心一動，窮天下之欲不足為其樂，而溺其所甚愛，忘其所可戒，至於竄身失國而不悔。考其始終之異，其性習之相遠也至於如此。可不慎哉！可不慎哉！㉘

乃知女色之能敗人矣！自古女禍，大者亡天下，其次亡家，其次亡身。身苟免矣，猶及其子孫，雖遲速不同，未有無禍者也。㉙

　　士大夫耳熟能詳的歷史殷鑑不僅適用於真實生活裏的美女，在此還擴及畫家所模繪的女性圖象。由對待「真女人」到觀看「仕女畫」，心態上的一致似乎無庸置疑，然而放諸仕女畫的題寫傳統觀察，北宋文人的書寫視角其實已經突出於前朝。在唐至五代大約二六○餘首題畫詩中，有六首題寫仕女畫㉚，詩人往往以憐香惜玉之情吟詠畫中佳麗，如上官儀（約608-664）〈詠畫幛〉：

　　芳晨麗日桃花浦，珠簾翠帳鳳凰樓。蔡女菱歌移錦纜，
　　燕姬春望上瓊鈎。新妝漏影浮輕扇，冶袖飄香入淺流。

㉘〔宋〕歐陽脩、〔宋〕宋祈撰：《新唐書》（臺北：鼎文書局，1989年），卷5〈玄宗本紀贊〉，頁154。

㉙〔宋〕歐陽脩撰，〔宋〕徐無黨注：《新五代史》（臺北：鼎文書局，1985年），卷13〈梁家人傳敘〉，頁127。

㉚根據〔清〕彭定求等編：《全唐詩》、陳尚君輯校：《全唐詩補編》（北京：中華書局，1992年）、〔宋〕孫紹遠編：《聲畫集》、〔清〕陳邦彥等奉敕編：《御定歷代題畫詩類》、〔清〕李調元編，何光清點校：《全五代詩》（成都：巴蜀書社，1991年）、孔壽山編著：《唐朝題畫詩注》（成都：四川美術出版社，1988年）等書統計。

未滅行雨荆臺下，自比凌波洛浦遊。㉛

劉長卿(709-780?)〈觀李湊所畫美人障子〉：

> 愛爾含天姿，丹青有殊智。無問已得象，象外更生意。
> 西子不可見，千載無重還。空令浣沙態，猶在含毫間。
> 一笑豈易得，雙蛾如有情。窗風不舉袖，但覺羅衣輕。
> 華堂翠幕春風來，內閣金屏曙色開。此中一見亂人目，
> 只疑行到雲陽臺。㉜

唯有溫庭筠(812-870?)的〈龍尾驛婦人圖〉，借著宮闈婦人的圖繪聯想玄宗蒙塵的歷史滄桑：

> 慢笑開元有倖臣，直教天子到蒙塵。今來看畫猶如此，
> 何況親逢絕世人。㉝

詩的最後二句正暗示了「看畫」與「親逢」所應秉持的相同態度，與晚唐之前「好美色」的仕女畫題寫相較，賦予了仕女畫明確的道德精神內涵，將唐代逐漸發展至感官之樂的美人圖畫創作趨勢，從文字闡釋的取徑，又拉回教化觀眾的「正途」，於是即使是褻玩女色的作品，也可以深沈莊重，委曲幽微，例如郭祥正(1035-1113)的〈明皇十眉圖〉：

> 明皇逸事傳十眉，正是唐家零落時。霓裳曲調雖依舊，
> 阿蠻終不似楊妃。畫工貌得非無意，欲使流傳警來世。
> 翠翹紅粉尚爭春，隱約香風起仙袂。六龍真馭竟何之，

㉛《全唐詩》，冊2，卷40，頁508。
㉜《全唐詩》，冊5，卷149，頁1532。
㉝《全唐詩》，冊17，卷583，頁6761-6762。

泰陵荒草長狐狸。空將妙筆勸樽酒，醉覺人間萬事非。㉞

「明皇幸蜀，令畫工作十眉圖」㉟，「十眉」指「蛾眉」、「遠山」、「橫雲」、「斜月」等十種眉形。詩人認爲畫家傳寫唐明皇 (685-762) 的十眉逸事，令人聯想起謝阿蠻㊱、楊貴妃等蠱惑君心的女子傾亡社稷的歷史悲劇，具有「警來世」的旨意。然而，弔詭的是：明皇當初令畫工作「十眉圖」時或許只是純粹爲了賞玩，「十眉」、「阿蠻」、「貴妃」等女性的符碼，經過時光的磨洗，容顏未衰，蘊義卻已改觀，明皇所衷情的佳人，已成爲後世的夜叉，詮解圖象的異質趣味判若雲泥。美善與醜惡、淫邪與莊嚴，往往存諸一心，特別是觀賞仕女畫，更容易因性別而勾起遐思，且看漢成帝 (52B.C.-7B.C.) 和光武帝 (6B.C.-57) 的迥然經驗：

《漢書》記載了班伯以屏風上的「紂醉踞妲己圖」諷諫漢成帝不要沈湎酒色的事蹟：

〔……〕時乘輿幄坐張畫屏風，畫紂醉踞妲己作長夜之樂。上以伯新起，數目禮之，因顧指畫而問伯：「紂爲無道，至於是虖？」伯對曰：「書云『乃用婦人之言』，何有踞肆於朝？所謂眾惡歸之，不如是之甚者也。」上曰：「苟不若此，此圖何戒？」伯曰：「『沈湎于酒』，微子所以告去也；『式號式呼』，大雅所以流連也。詩書淫亂之戒，其原

㉞ 郭祥正：〈明皇十眉圖〉，《全宋詩》，冊13，卷752，頁8767。

㉟ 〔後唐〕張泌：《妝樓記》（北京：中華書局，1985年《叢書集成初編》本），〈十眉圖〉，頁2。

㊱ 〔唐〕鄭處誨：《明皇雜錄補遺》（臺北：新興書局，1988年《筆記小說大觀》本），16編，第1冊，頁158載：「新豐市女伶謝阿蠻，善舞凌波曲，常入宮中，楊貴妃遇之甚厚，亦游於國忠及諸姨宅。」

皆在於酒。」上乃喟然歎曰：「吾久不見班生，今日復聞讜言！」㊲

成帝早年寵幸的班婕妤拒絕與帝同輦遊於後庭，並云：

> 觀古圖畫，聖賢之君皆有名臣在側，三代末主乃有嬖女，今欲同輦，得無近似之乎？㊳

後人往往喜歡引述這一則記錄以彰顯班婕妤人之賢良，故事的相關內容也見諸發掘於山西大同的北魏司馬金龍墓內漆屏風（圖20），曹植(192-232)、傅玄(217-278)等皆曾作班婕妤之畫贊㊴，可見其德行範示之目的。

光武帝觀賞仕女畫的反應和成帝是個鮮明的對比：

> 後漢光武明德馬皇后美於色，厚於德，帝用嘉之。嘗從觀畫虞舜，見娥皇女英，帝指之戲后曰：「恨不得如此為妃。」又前見陶唐之像，后指堯曰：「嗟乎！群臣百僚，恨不得為君如是。」帝顧而笑。㊵

帝后之間的談笑機鋒，透露了光武帝對於仕女畫的欣賞態度，「厚於德」的馬皇后委婉反諷光武帝的意淫舉止，大臣宋弘

㊲〔漢〕班固撰，〔唐〕顏師古注：《漢書》（臺北：鼎文書局，1986年），卷100上，〈敘傳〉第70上，頁4201。

㊳《漢書》卷97下，〈外戚傳〉第67下，頁3983-3984。

㊴如曹植〈班婕妤贊〉云：「有德有言，實惟班婕。盈沖其驕，窮其厭悅。在夷貞艱，在晉正接。臨飆端幹，衝霜振葉。」〔明〕張溥輯：《漢魏六朝百三名家集・陳思王集》（臺北：文津出版社，1979年），卷1，頁1111。傅玄：〈班婕妤畫贊〉云：「斌斌婕妤，履正修文；進辭同輦，以禮匡君。納侍顯德，讜對解紛；退身避害，志邈浮雲。」《漢魏六朝百三名家集・傅鶉觚集》，頁1540。

㊵〔宋〕郭若虛：《圖畫見聞誌》，卷1〈敘自古規鑑〉，頁4b。

圖20 〔北魏〕司馬金龍墓內漆屏風　山西省博物館藏

對於光武帝的「脫軌」行爲則是疾言厲色：

> 〔宋〕弘嘗燕見，御坐新施屛風，圖畫列女，帝數顧視之。
> 弘正容言曰：「未見好德如好色者。」上即爲撤之。㊶

　　以今日「讀者反應理論」的常識來看，漢光武帝的觀看方式無須苛責，可惜歷史並不給古人辯說的機會，光武帝的「政治錯誤」，是他違反了一貫的理解途徑，沒有遵守觀覽屛風圖繪列女應當接受的道德訓示，敏銳的宋弘發現光武帝「數顧視之」，顯然與別的君王「視而不見」或「假裝視而不見」的反應截然不同，知道「列女」在君王眼中已經是「劣女」，於是大膽出言諷諫。這一則資料最耐人尋味的是最後「上即爲撤之」的敘述，光武帝並沒有因宋弘的話語而「回歸正道」，他採取的是「眼不見爲淨」的手段，彷彿低調地拒絕了傳統的規定。

　　史家記錄光武帝的直率舉措，反映圖繪列女的人倫教化作用很可能流於空談，儘管圖繪女子的初始功能本就建立在見賢思齊，存乎鑑戒，後世畫劉向《列女傳》於屛風㊷；張華（232-300）作〈女史箴〉刺賈后之亂，顧愷之繪爲圖（圖21）；顧愷之又畫「列女仁智圖」（圖22）以爲女子楷模，女性題材的繪畫作品在「好德」的前提之下，幾乎是不容許「有色」眼光的，因此人物的容貌表情、體態姿儀都較具「敘述性」或「說明性」（telling）。

㊶　〔漢〕班固等撰：《東觀漢記》（北京：中華書局，1985年《叢書集成初編》本），卷13，頁105。

㊷　「劉向七略別傳〔按：當爲別錄〕曰：臣與黃門侍郎歆以列女傳重類相從爲七篇，以著禍福榮辱之效，是非得失之分，畫之於屛風四堵。」見〔宋〕李昉等撰：《太平御覽》（臺北：臺灣商務印書館，1968年），卷701，頁4。又參下見隆雄：《劉向列女傳の研究》（東京：東海大學出版會，1989年），頁11-12。

圖21 （傳）〔晉〕顧愷之「女史箴圖」（局部） 英國大英博物館藏

入唐以後，尤其是中晚唐時期，供作純欣賞的仕女繪畫出現突破
性的發展，如傳爲周昉的「內人雙陸圖」（圖5）之類的作品，色
彩穠麗華美，畫中女子的面容於平靜恬和中增添些許慵懶與落
寞，似乎對於悠閒的生活感到百無聊賴，畫家已經以「展示」
(showing) 的呈現方式，試圖進入女子的心靈世界，對於看畫的
觀眾而言，是否能坦然接受並且「享受」畫中佳人的美色便是一
大關鍵，北宋詩人的內省性格在題畫詩裏表露無遺，稍有「褻
玩」之思，即斷然醒悟，如孔平仲 (1041-1097)〈飮夢錫官舍出
文君西子小小畫眞〉：

圖22　（傳）〔晉〕顧愷之「列女仁智圖」　　北京故宮博物院藏

西施蘇小卓文君，畫筆相傳窈窕真。雖有金珠幷粉黛，
恨無笑語與精神。一樽美酒留連客，千載芳魂著莫人。
醉眼恍然迷不覺，自慚心地尚埃塵。㊸

　　因此，女子的「德」與「色」在北宋詩人的眼中是很難並存
的，與其「有色無德」，毋寧「有德無色」，歷史的教訓昭然若
揭，能不謹慎乎？

（二）得勢與失寵

　　孔子曰：「唯女子與小人為難養也，近之則不孫，遠之則
怨。」北宋詩人題寫最盛的歷史仕女畫恰是「不孫」與「怨」的
代表——楊妃諸姐及王昭君。
　　蘇軾〈虢國夫人夜游圖〉云：

佳人自鞚玉花驄，翩如驚燕蹋飛龍。金鞭爭道寶釵落，
何人先入明光宮。宮中羯鼓催花柳，玉奴弦索花奴手。
坐中八姨真貴人，走馬來看不動塵。明眸皓齒誰復見，
只有丹青餘淚痕。人間俯仰成今古，吳公臺下雷塘路。
當時亦笑張麗華，不知門外韓擒虎。㊹

　　《舊唐書》載：「太真姿質豐豔，善歌舞，通音律，智算過
人。每倩盼承迎，動移上意。宮中呼為『娘子』，禮數實同皇
后。有姊三人，皆有才貌，玄宗並封國夫人之號：長曰大姨，封
韓國。三姨，封虢國。八姨，封秦國。並承恩澤，出入宮掖，勢

<hr>

㊸ 《全宋詩》，冊16，卷927，頁10912-10913。
㊹ 《全宋詩》，冊14，卷810，頁9385。

傾天下。」又云：「〔天寶〕十載正月望夜，楊家五宅夜遊，與廣平公主騎從爭西市門。楊氏奴揮鞭及公主衣，公主墮馬。」㊺東坡從恃寵而驕的楊家姐妹事蹟，聯想到隋煬帝(569-618)曾經嘲笑陳後主(530-582)與其寵妃張麗華一味淫樂，不恤國事，不察隋將韓擒虎已然軍臨城下，隋煬帝的得意畢竟只是曇花一現，步其後塵的玄宗也成古人，歷史的教訓和不可臆測的輪迴使得「虢國夫人夜游圖」的情味興致備添酸楚。

李之儀次韻東坡詩曰：

> 天街雨過花滿窗，萬人壁立驚游龍。飄飄衣袂欲仙去，
> 寶鞭遙指蓬萊宮。真人睡起春縈柳，誰眷琵琶最先手。
> 合懽堂裏謝使人，暗香猶帶天階塵。宛然相對若可語，
> 筆墨頓失當時痕。開眼成今合眼古，回頭自有來時路。
> 長風破浪真快哉，快處須防倒騎虎。㊻

蘇轍(1039-1112)則有〈秦虢夫人走馬圖二絕〉：

> 秦虢風流本一家，豐枝穠葉映雙花。欲分妍醜都無處，
> 夾道遊人空嘆嗟。
> 朱幩玉勒控飛龍，笑語喧嘩步驟同。馳入九重人不見，
> 金鈿翠羽落泥中。㊼

蘇轍所見「秦虢夫人走馬圖」未詳是否即東坡所題「虢國夫人夜游圖」。「虢國夫人夜游圖」相傳為張萱所作，《宣和畫

㊺〔後晉〕劉昫撰：《舊唐書》（臺北：鼎文書局，1989年），卷51，頁2178。
㊻李之儀：〈內侍劉有方畜名畫乃內虢國夫人夜遊圖最為絕筆東坡館北客都亭駒有方敢跋其後既作詩以相示時欲和而偶未暇今閱集得詩遂次其韻以申前志〉，《全宋詩》，冊17，卷964，頁11228-11229。
㊼《全宋詩》，冊15，卷863，頁10037。

譜》有載，此圖今不存。《宣和畫譜》又載張萱繪有「虢國夫人
遊春圖」，現藏遼寧省博物館的「虢國夫人遊春圖」著錄爲宋徽
宗摹本(圖23)，與臺北故宮博物院藏傳爲李公麟筆「麗人行」
(圖24)，二圖基本形製與構圖雷同，細節略有出入，學者對於
二圖的興趣往往集中於指陳畫上人物何者爲主角虢國夫人，以及
與之比附杜甫〈麗人行〉詩⑱，筆者對於第一個問題沒有意見，

圖23　（傳）〔宋〕徽宗摹〔唐〕張萱「虢國夫人遊春圖」（局部）
遼寧省博物館藏

---

⑱ 許天治：〈感通乎變奏乎描摹乎——摭談「麗人行」與「虢國夫人遊春圖」〉，
《故宮文物月刊》第4卷第10期(1987年1月)，頁84-94。解耀華：〈析《虢國
夫人游春圖》——解一幅古畫之謎〉，《學術月刊》1994年第1期，頁22-25。

圖24 （傳）〔宋〕李公麟「麗人行」（局部） 臺北故宮博物院藏

倒是以為杜甫(712-770)〈麗人行〉、張萱「虢國夫人遊春圖」
和李公麟「麗人行」之間的關聯尚有商榷的餘地。

　　杜甫〈麗人行〉詩云：

　　三月三日天氣新，長安水邊多麗人。態濃意遠淑且眞，肌理
　　細膩骨肉勻。繡羅衣裳照暮春，蹙金孔雀銀麒麟。頭上何所
　　有？翠微匌葉垂鬢唇。背後何所見？珠腰壓衩穩稱身。就中
　　雲幕椒房親，賜名大國虢與秦。紫駝之峰出翠釜，水精之盤
　　行素鱗。犀箸厭飫久未下，鸞刀縷切空紛綸。黃門飛鞚不動
　　塵，御廚絡繹送八珍。簫管哀吟感鬼神，賓從雜遝實要津。
　　後來鞍馬何逡巡，當軒下馬入錦茵。楊花雪落覆白蘋，青鳥
　　飛去銜紅巾。炙手可熱勢絕倫，慎莫近前丞相嗔。⑭

───────────

⑭ 杜甫：〈麗人行〉，〔清〕仇兆鰲注：《杜詩詳注》（臺北：里仁書局，1980
　年），卷2，頁156-162。

　　楊家姐妹的豪奢排場和懾人氣勢在杜甫的筆下栩栩如生地呈現，假使與杜甫時代相近而稍晚的張萱果真畫了以虢國夫人為主題的「遊春圖」、「夜游圖」，是否可能援引杜甫詩意呢？張萱本為宮廷畫家，《宣和畫譜》說他「以『金井梧桐秋葉黃』之句畫『長門怨』」⑩，似乎是要為張萱所繪的宮廷仕女尋求文學典故的淵源。然而，《宣和畫譜》的敘述只能當作一種對於張萱作品的解讀，關於虢國夫人等的畫作亦然，都是後人的詮釋。且看「虢國夫人遊春圖」，雍容華貴，自信滿滿，騎乘驃壯的駿馬的唐代貴婦，要說內蘊諷諫意義未嘗勉強；要說「畫者無心，觀者有意」也不無可能。

　　至於傳為李公麟的「麗人行」，因為內容肖似，一般認為是摹傳張萱的「虢國夫人遊春圖」所作，後人諸如明代張文淵的引首「麗人行」題字，錢溥書杜甫〈麗人行〉詩句，更是落實了圖象與文學之間的直線關係，以致被解釋成「龍眠此畫以杜子美『麗人行』詩為題，畫楊家姐妹，春日出遊，極盡富麗豔媚之態」⑪，即使「麗人行」的畫題不見於宋人著錄，遑論託名李公麟⑫。筆者以為：「麗人行」畫的出現除了可能肇於〈麗人行〉詩的聯想，東坡為周昉畫背面欠伸內人題〈續麗人行〉（詩見後文），或許也牽引了仕女畫中「麗人行」主題的產生。

　　而無論是傳為張萱的「虢國夫人遊春圖」還是傳為李公麟的

---

⑩　《宣和畫譜》，卷5，頁55。

⑪　陳桂雲：〈宋李公麟麗人行卷〉，《故宮文物月刊》第3卷第12期（1986年3月），頁1。

⑫　「麗人行卷」收藏於養心殿，見〔清〕張照等纂修：《祕殿珠林石渠寶笈・續編》（臺北：國立故宮博物院，1971年），頁945。又參福開森編：《歷代著錄畫目》（臺北：臺灣中華書局，1983年），上冊，頁122。

「麗人行」，似乎均與東坡諸人的題寫無直接關聯，但是筆者也願意再強調，以此等畫作爲例，更能夠展示題畫詩創作對於繪畫的解說「權力」。如同前述「明皇十眉圖」的創作旨趣和宋人的截然賞析，以楊氏姐妹、明皇夜遊等爲題材的畫作在宋人的眼光中都別具深義⑤，「盡道蛾眉供一笑，安知傾國有胡雛」⑤之類的議論層出不窮，加重了歷史仕女畫的寓言作用。

　　與玄宗楊妃故事畫相輝映的，是昭君出塞的描寫。昭君故事以《漢書》、《後漢書》的記載爲基本原型，經過題爲蔡邕(133-192)的〈琴操〉和題爲葛洪(282-362)的《西京雜記》等緣飾附麗，以及六朝、唐代以來的文人歌詠，流傳至宋代，情節已大致底定⑤。學者研究昭君故事，或探討其演化歷程⑤；或論述其歷史價值⑤；或闡析昭君形象流變之時代特徵與相關

---

⑤ 如程俱有〈題蔣崇德葬所藏明皇夜游圖二首〉、徐俯有〈明皇夜游圖〉、李彭有〈唐明皇夜遊圖〉等。

⑤ 程俱：〈題蔣崇德葬所藏明皇夜游圖二首〉之二，《全宋詩》，冊25，卷1420，頁16359。

⑤ 曾永義教授對此有深入的研究，見〈從西施説到梁祝〉，《説俗文學》（臺北：聯經出版事業公司，1980年），頁159-172。魯歌、高峰、戴其芳、李世琦編注：《歷代歌詠昭君詩詞選注》（武漢：長江文藝出版社，1982年）。

⑤ 如張壽林：〈王昭君故事演變之點點滴滴〉，原載《文學年報》1932年第1期，後收入周紹良、白化文編：《敦煌變文論文錄》（臺北：明文書局，1985年），頁616。
鄔錫芬：《王昭君故事研究》（臺中：東海大學中文研究所碩士論文，1981年）。
黃綮琇：〈王昭君故事的演變〉，收於陳鵬翔主編：《主題學研究論文集》（臺北：東大圖書有限公司，1983年），頁69-96。
雪松：〈昭君出塞故事的演變〉，《綏遠文獻》第16期(1992年12月)，頁89-95。

⑤ 如王桐齡：〈漢唐之和親政策〉，收於鮑家麟編著：《中國婦女史論集》（臺北：稻鄉出版社，1993年），第3集，頁41-50。陳生璽：〈漢代的匈漢關係與昭君「和親」〉，《歷史月刊》第108期(1997年1月)，頁60-66。

文學創作⑱，成果斐然，本文援引題寫昭君畫的作品，以窺昭
君題材的繪畫在宋代的圖象表現，以及文人觀畫賦詩的思想情
感。

　　圖繪昭君故事自唐宋始盛⑲，關於昭君繪畫的題寫則首見於
北宋，韓駒(1080-1135)〈題李伯時畫昭君圖〉詩前序云：

　　《漢書》竟寧元年，呼韓邪來朝，言願婿漢氏。元帝以後宮
　　良家子王昭君字嬙配之，生一子。株累立，復妻之，生二
　　女。至范曄書始言入宮久不見御，積怨掖庭，因請行。單于
　　臨辭大會，昭君豐容靚飾，顧影徘徊，竦動左右。帝驚悔，
　　欲復留而重失信夷狄。然曄不言呼韓邪願婿而言賜五宮女，
　　又言字昭君，生二子，與前書皆不合。其言不願妻其子而詔
　　使從其俗，此自烏孫公主，非昭君也。《西京雜記》又言元
　　帝使畫工圖宮人，宮人皆賂畫工。而昭君獨不賂，乃惡圖

---

⑱ 如邱燮友：〈歷代王昭君詩歌在主題上的轉變〉，《主題學研究論文集》，頁
　　363-376。
　　内山精也：〈王安石「明妃曲」考──北宋中期の士大夫の意識形態をめぐっ
　　て〉，《橄欖》第5期(1993年3月)，頁151-190。
　　陳盈妃：《王昭君戲曲研究──以雜劇、傳奇為範圍》（臺北：輔仁大學中文研
　　究所碩士論文，1993年）。
　　魏光霞：〈試觀男性文化典律下昭君形象的扭曲〉，《國文天地》第10卷第1期
　　(1994年6月)，頁14-26。
　　劉滌凡：〈唐代詠昭君詩的研究──兼論唐宋詩氣象〉，《大陸雜誌》第92卷第
　　3期(1996年3月)，頁30-37。
　　張高評：〈王昭君形象之流變與唐宋詩之異同──北宋詩之傳承與開拓〉，收於
　　衣若芬，劉苑如主編：《世變與創化──漢唐、唐宋轉換期之文藝現象》（臺
　　北：中央研究院中國文哲研究所籌備處，2000年），頁487-526。
⑲ 〔明〕楊慎引劉子元曰唐代閻立本繪有「昭君圖」，見《畫品》（北京：中華書
　　局，1985年《叢書集成初編》本），卷1，頁9。〔宋〕王楙：《野客叢書》
　　（北京：中華書局，1985年《叢書集成初編》本），卷10〈明妃琵琶事〉：
　　「今人畫明妃出塞圖，作馬上愁容自彈琵琶。」頁99。

之。既行，遂按誅毛延壽。《琴操》又言本齊國王穰女，端正閑麗，未嘗窺看門戶。穰以其有異，人求之不與。年十七，進之帝，以地遠不幸。欲賜單于美人，嬙對使者，越席請往。後不願妻其子，吞藥而卒。蓋其事雜出，無所考正。自信史尚不同，況傳記乎！要之《琴操》最牴牾矣。按：昭君南郡人。今秭歸縣有昭君村，村人生女，必灼艾炙其面，慮以色選故也。昭君卒，葬匈奴，謂之青塚。晉以文王諱昭，號明妃云。

王昭君故事由於來源系統不同而呈現不同敘事內容，詩人各有取捨及關懷層面、借喻用心，韓駒詩云：

昭君十七進御時，舉步弄影颺蛾眉。自憐窈窕出絕域，八年未許承丹墀。在家不省闚門戶，豈知萬里從胡虜。豐容靚飾亦何心，尚欲君王一回顧。君不見班姬奉養長信宮，又不見昭儀舉袂前當熊。盛時寵幸只如此，分甘委棄匈奴中。春風漢殿彈絲手，持鞭卻趁奚鞍走。莫道單于無復情，一見纖腰為回首。含悲遠嫁來天涯，不知夔州處女鬐。寄語雙鬟負薪女，炙面慎勿輕離家。[60]

王庭珪(1080-1172)則有〈題羅疇老家明妃辭漢圖〉：

明妃辭漢出宮門，豐容靚飾朝至尊。至尊左右皆動色，明妃欲語咽復吞。三千娥眉塞天闉，帝獨不識王昭君。顧影徘徊復良久，尚冀君王一回首。當時自倚絕世姿，不將賂結毛延壽。可憐朱網畫香車，卻來遠嫁呼韓邪。

不如歸州舊村女，三幅羅裙兩鬢丫。陌上花開大隄暖，
細雨春風歸緩緩。寧從禁籞落胡沙，長路漫漫碧雲斷。
忽看漢月照甄裘，淚濕彈絲錦臂韝。龍眠會作無聲句，
寫得當時一段愁。[61]

　　兩首詩所題昭君畫均爲李公麟繪[62]，未詳是否即同一幅，詩
人皆謂李公麟所繪昭君如《後漢書》記載：「豐容靚飾」，昭君
嚴妝巧扮乃出於「尙冀君王一回首」的私衷，可惜最後還是踏上
了離鄉遠嫁的漫漫長路，王庭珪詩自註云畫上明妃作「欲去不忍
之狀」，可知畫家抓住了昭君故事裏頗具戲劇性的一幕來發揮，
捨棄《後漢書》與〈琴操〉「自請前行」的說法，爲昭君出塞和
親的旅途抹上悲涼憂傷的色彩。兩首詩又同樣設想昭君思鄉情
切，爲入宮見疏於君王，終至遠別故國而悔憾惆悵。

　　爲了想像李公麟的昭君圖及其所代表的北宋昭君圖形式，不
妨從現存較早的「明妃出塞圖」著眼（圖25）。「明妃出塞圖」
畫的正是與韓駒和王庭珪所見李公麟昭君圖相似的行旅畫面，畫
卷自右至左因隊伍拖拉的距離區分爲四組人物：第一組是兩位武
者前行導引，寒風撲面，旗幟倒偃，扛旗者瑟縮踟躕，開卷即展
現出塞的凜冽艱辛。第二組人物以王昭君爲主，她由兩位漢兵牽
轡護送，策馬搦口迎風而去，刻意編織的髮髻結帶飄飄，華麗的
衣著傳達了史家所謂「豐容靚飾」的心情，與昭君相伴的，是一
位懷抱琵琶的女侍，她禁不起疾風的臉龐向後扭轉，又似依依不
捨地回首故國（見圖26）。第三組人物共七位，他們是漢家官員
和匈奴使者。第四組是殿後的武士與弓背追趕的獵犬。畫家以細

---

[61]　《全宋詩》，冊25，卷1453，頁16734。
[62]　王庭珪詩自註云：「李伯時作，明妃豐容靚飾，欲去不忍之狀。」

圖25　（傳）〔金〕宮素然「明妃出塞圖」　日本大阪市立美術館藏

圖26　（傳）〔金〕宮素然「明妃出塞圖」（局部）
日本大阪市立美術館藏

膩的筆觸描繪了長途跋涉的勞頓，和昭君毅然決然又滿懷眷戀的
心緒。

關於題爲這一幅「明妃出塞圖」的作者宮素然，相關的記載
不多，或以爲是金朝的鎭陽女道士[63]，但也有學者考證本圖爲元
代的作品[64]。再如傳爲金代張某的「文姬歸漢圖」（圖27），我
們看到類似的布置和構圖，學者認爲此圖即爲「明妃出塞圖」所
參考的前身畫作[65]。「文」、「明」二圖之間的因緣關係尚待畫
史方家證實，筆者留意的是二圖的主角人物如何表白其身份，細
看其局部的描寫（圖28），「明」圖中的宮女琵琶顯然是指標。
關於昭君與琵琶的因緣，南宋王楙(1151-1213)云：

> 傅玄〈琵琶賦序〉曰：「故老言漢送烏孫公主嫁昆彌，念其
> 行道思慕，使知音者於馬上奏之。」石崇〈明君詞〉亦曰：
> 「匈奴請婚於漢，元帝以後宮良家子配焉，昔公主嫁烏孫，
> 令琵琶馬上作樂，以慰其道路之思。其送明君者，亦必爾

圖27 （傳）〔金〕張□「文姬歸漢圖」　吉林省博物館藏

[63] 田中豐藏：〈宮素然筆明妃出塞圖卷〉，《中國美術の研究》（東京：二玄社，
1964年），頁263-266。此畫舊藏者顏世清《寒木堂書畫目》記載作者爲金朝鎭
陽（今河北正定縣）女冠宮素然，圖存日本大阪市立美術館。
[64] 高木森：〈文姬歸漢圖的鑑賞〉，《宋畫思想探微》（臺北：臺北市立美術館，
1994年），頁180-191，認爲題爲宮素然的「明妃出塞圖」爲元代作品。
[65] 同上註。又參黃秀蘭：《宮素然《明妃出塞圖》與張瑀《文姬歸漢圖》析辨──
金元時期昭君故事畫研究》（臺北：臺灣大學藝術史研究所碩士論文，1999年）。

也。」則知彈琵琶者，乃從行人之人，非行者自彈也。今人
畫明妃出塞圖，作馬上愁容自彈琵琶。而賦詩詞者又述其自
鼓琵琶之意矣。⑯

　　無論是送行者彈或是昭君自彈，後人書昭君事多以琵琶爲昭君
無奈心情的背景襯托，如杜甫云：「群山萬壑赴荊門，生長明妃尙
有村。〔……〕千載琵琶作胡語，分明怨恨曲中論」⑰。李商隱

圖28　（傳）〔金〕張□「文姬歸漢圖」（局部）　吉林省博物館藏

---

⑯〔宋〕王楙：《野客叢書》，卷10〈明妃琵琶事〉，頁99。
⑰杜甫：〈詠懷古跡〉五首之三，《杜詩詳注》，卷17，頁1502-1503。

(812-858) 云：「馬上琵琶行萬里，漢宮長有隔生春」[68]、王安石 (1021-1086) 云：「含情欲語獨無處，傳與琵琶心自知」[69]，韓駒和王庭珪的詩裏則有「春風漢殿彈絲手」、「淚濕彈絲錦臂韝」。至於昭君圖詩的寫作，例如元代虞集 (1272-1348)〈題昭君出塞圖〉云：「如何一段琵琶月，青草離離詠未休。」[70]琵琶已於題詩中屢見不鮮，成為昭君身份的象徵。

再回顧韓駒題詩前的序文，有謂：「今秭歸縣有昭君村，村人生女，必灼艾炙其面，慮以色選故也。」邵博 (?-1158) 曰：「歸州有昭君村，村人生女無美惡，皆炙其面。」[71]王十朋 (1112-1171)〈昭君村〉詩亦云：「十二巫峰下，明妃生處村。至今粗醜女，灼面亦成痕。」[72]容華誤身，以至紅顏命舛，詩人每每援引為哀嘆昭君和自傷不遇的理由，昭君村民的激烈舉動正呼應前文不好好色的思想，美麗雖然不是錯誤，卻可能是人生錯誤的原由和悔恨的開始。

（三）美麗與哀愁

如果容貌的妍醜可能左右一個女子的命運，在詩人的眼中，美女似乎都是不幸的，得勢的楊貴妃（及其諸姐）、失寵的王昭君，各自有一段人生哀歌，更何況未能仰窺龍顏的三千宮嬪，眞

---

[68] 李商隱：〈王昭君〉，〔唐〕李商隱著，〔清〕馮浩箋注：《玉谿生詩集箋注》（臺北：里仁書局，1981年），卷3，頁734。

[69] 王安石：〈明妃曲二首〉之二，《全宋詩》，冊10，卷541，頁6503。

[70] 〔元〕虞集：《道園學古錄》（臺北：世界書局，1986年《景印摛藻堂四庫全書薈要》本，別集冊56），卷30，頁17，總頁449。

[71] 〔宋〕邵博：《邵氏聞見後錄》（北京：中華書局，1997年），卷26，頁208。

[72] 〔宋〕王十朋：《梅溪先生文集》（臺北：臺灣商務印書館，1967年《四部叢刊初編》本），後集，卷14，頁365。

個是「承恩不在貌，教妾若爲容」了。

李白〈怨情〉詩云：「美人捲珠簾，深坐顰蛾眉。但見淚痕
濕，不知心恨誰。」閨怨的情思也常縈繞在仕女畫中，如李行中
〈賦佳人嗅梅圖〉：

> 蠶眉鴉鬢縷金衣，折得梅花第幾枝。嗅盡餘香不回面，
> 思量何事立多時。⑬

黃庭堅〈題李亮功家周昉畫美人琴阮圖〉云：

> 周昉富貴女，衣飾新舊兼。髻重髮根急，妝薄無意添。
> 琴阮相與娛，聽絃不觀手。敷腴竹馬郎，跨馬欲折柳。⑭

高荷次韻山谷此詩自注云：「龍眠李亮功家藏周昉畫美人琴
阮圖，兼有宮禁氣象，旁有竹馬小兒欲折檻前柳者。」⑮想見畫
面上繪的是閑彈琴阮，旁觀小兒跨馬折柳的貴婦，安逸的氣氛
中，詩人注意到畫上的婦女雖是富貴出身，卻新舊衣飾兼俱，重
疊挽起的膨鬆髮髻和淡薄的胭脂，好像因爲失去了欣賞的人而無
意妝點。

蘇轍〈周昉畫美人歌〉：

> 深宮美人百不知，飲酒食肉事遊嬉。彈絲吹竹舞羅衣，
> 曲終對鏡理鬢眉。岌然高髻玉釵垂，雙鬟窈窕萼葉微。
> 宛轉蹀躞從嬰兒，倚檻俯檻皆有姿。擁扇執拂知從誰，
> 瘦者飛燕肥玉妃。俯仰向背樂且悲，九重深遠安得窺。

---

⑬ 《全宋詩》，冊14，卷839，頁9724。
⑭ 《全宋詩》，冊17，卷1017，頁11602。
⑮ 高荷：〈和山谷題李亮功家周昉畫美人琴阮圖〉，《全宋詩》，冊21，卷1264，
　 頁14243。

> 周生執筆心坐馳，流傳人間眩心脾。飛瓊小玉雲霧幃，
> 長風吹開忽見之。夢魂清夜那復追，老人衰朽百事非。
> 展卷一笑亦胡爲，持付少年良所宜。⑯

不知愁的深宮美人在享盡了酒肉歌舞之後，竟也樂極生悲，原來人生的喜樂不在衣食聲色，而是那不可企求的垂愛。

韓駒〈題伯時所畫宮女〉中的宮女則是背對著觀衆，留給人們想像的空間：

> 只道春風閉掖廷，朝來綰結髻鬟新。蛾眉不是專君寵，
> 試觸君衣鸚鵡嗔。
> 睡起昭陽暗淡粧，不知緣底背斜陽。若教轉盼一回首，
> 三十六宮無粉光。⑰

早晨精心修飾的髻鬟和妝粉已經零亂暗淡，慵懶睏睡的宮女在夕陽裏醒來，日復一日，只有深自哀憐。

心事重重的佳人，欲語還羞的姑娘，懶畫蛾眉的貴婦，見不到歡快的場面，聽不到流蕩的笑聲，這種封閉而幽鎖的女性世界，是畫家據實摹寫的結果，還是理想女性形象的模塑？

李公麟並不是畫背面仕女的第一人，在傳爲周昉的「彈琴仕女圖」（圖29）和「揮扇仕女圖」（圖30），亦可得見背對觀衆的畫面。在〈續麗人行幷引〉裏，類似的背面女子，經由蘇軾的奇想，也彷彿流下了無奈的淚水，〈續麗人行〉詩前序云：「李仲謀家有周昉畫背面欠伸內人，極精，戲作此詩。」這位背面內人的欠伸動作照理說是不大雅觀，畫家如此直接表達了宮廷生活

---

⑯ 《全宋詩》，冊15，卷862，頁10008-10009。
⑰ 《全宋詩》，冊25，卷1442，頁16626。

圖29　（傳）〔唐〕周昉「彈琴仕女圖」（局部）
美國 The William Rockhill Nelson Gallery of Art Atkins Museum 藏

圖30　（傳）〔唐〕周昉「揮扇仕女圖」（局部）　北京故宮博物院藏

不足爲外人道的疲憊與無趣，東坡則聯想到〈麗人行〉中的杜甫，爲〈麗人行〉續寫：

> 深宮無人春日長，沉香亭北百花香。美人睡起薄梳洗，燕舞鶯啼空斷腸。畫工欲畫無窮意，背立東風初破睡。若教回首卻嫣然，陽城下蔡俱風靡。杜陵飢客眼長寒，寒驢破帽隨金鞍。隔花臨水時一見，只許腰肢背後看。心醉歸來茅屋底，方信人間有西子。君不見孟光舉案與眉齊，何曾背面傷春啼。⑱

　　春睡初醒的美人，窈窕的背影令人一見傾心，窮愁潦倒的詩人只緣遠觀，就已心醉神迷，東坡幽了杜甫一默之後，筆鋒一轉，想到寂寥的深宮內人恐怕還是羨慕尋常百姓相敬如賓，恩愛度日吧？將梁鴻、孟光夫婦舉案齊眉的故事對照杜甫〈麗人行〉裏譏刺的楊國忠、虢國夫人不倫作爲，更具嘲諷之意。因此筆者在前文提到與其認爲杜甫〈麗人行〉是張萱「虢國夫人遊春圖」所根據的文本，不如以蘇軾〈續麗人行〉爲此類畫作的觸媒。
　　〈續麗人行〉同時又爲仕女畫的幽怨愁情提供了解答：無論是什麼身份背景，一個女子的終生幸福還是要建立在甜蜜的愛情與美滿的姻緣，有趣的是：愛情與姻緣的追求與失落往往正是女性創作自畫像或請人寫眞的原動力，晚唐女畫家薛媛自畫寫眞以挽回另結新歡的夫婿，《全唐詩》於其〈寫眞寄夫〉詩之前收錄了相關的故事：

> 南楚材旅游陳，受潁牧之眷，欲以女妻之，楚材許諾，因托言有訪道行，不復返舊。薛媛善畫，妙屬文，微知其意，對

---

⑱ 《全宋詩》，冊14，卷799，頁9252。

鏡圖形，爲詩寄之。楚材大慚，遂歸偕老。里人爲語稱之。

薛媛的自題像詩〈寫眞寄夫〉云：

> 欲下丹青筆，先拈寶鏡寒。已經顏索寞，漸覺鬢凋殘。淚眼
> 描將易，愁腸寫出難。恐君渾忘卻，時展畫圖看。⑲

以畫像感人，重拾舊愛，薛媛是一個成功的例子，崔徽就沒有如此幸運了。

崔徽的故事較簡單的記載見於宋張君房《麗情集》：

> 唐裴敬中爲察官，奉使蒲中，與崔徽相從。敬中回，徽以不
> 得從爲恨，久之成疾，自寫其眞以寄裴曰：「崔徽一旦不如
> 卷中人矣。」⑳

元稹〈崔徽歌〉所注解的略有不同，崔徽的畫像是請人代作，且畫家的名字也被記錄下來：

> 崔徽，河中府娟也。裴敬中以興元幕使蒲州，與徽相從累
> 月，敬中便還。崔以不得從爲恨，因而成疾。有丘夏善寫人
> 形，徽托寫眞寄敬中曰：「崔徽一旦不及畫中人，且爲郎
> 死。」發狂卒。㉑

宋代曾慥所記的崔徽故事除了畫家的名字，還有男主角裴敬中的友人知退，使故事更爲曲折：

---

⑲ 《全唐詩》，冊23，卷799，頁8991。
⑳ 〔宋〕張君房：《麗情集》（臺北：新興書局，1974年《筆記小說大觀》本），
　5編，第3冊，〈卷中人〉，頁1646。
㉑ 〔唐〕元稹：〈崔徽歌〉，《元稹集》（臺北：漢京文化事業有限公司，1983年），
　〈外集〉卷7，頁696。

蒲女崔徽，同郡裴敬中爲梁使蒲，一見爲動，相從累月，敬
中言還，徽不得去，怨抑不能自支。後數月，敬中密友知退
至蒲，有丘夏善寫人形，知退爲徽致意於夏，果得絕筆，徽
捧書謂知退曰：「爲妾謝敬中，崔徽一旦不及卷中人，徽且
爲郎死矣。」明日發狂，自是稱疾，不復見客而卒。⑧②

　蘇軾曾經得到一幅崔徽的畫像，題詩曰：

玉釵半脫雲垂耳，亭亭芙蓉在秋水。當時薄命一酸辛，
千古華堂奉君子。水邊何處無麗人，近前試看丞相嗔。
不如丹青不解語，世間言語原非真。知君被惱更愁絕，
卷贈老夫驚老拙。爲君援筆賦梅花，未害廣平心似鐵。⑧③

東坡首先形容畫上崔徽的美貌，感嘆紅顏薄命，並再次引用杜甫
〈麗人行〉的典故，訴說崔徽以畫代言的苦心，不解語的丹青可
能比戀人間信誓旦旦的言語更能傳情示愛吧。明代宋濂(1310-
1381)跋此詩曰：「二公〔按：指東坡與章質夫〕素友善，質夫
以崔徽真爲寄者，頗寓相謔之意。」⑧④蓋崔徽乃河中之倡婦，崔
徽的身份使得她原本單純的愛情被人染上曖昧的色彩，章質夫送
給東坡這一幅崔徽的畫像帶著狎暱的玩笑心態，沒想到被善於解
嘲的東坡以「知君被惱更愁絕」反譏章質夫，贈畫的美意隱含了
不願被情所惱的私衷。此詩最妙之處在於收結，所謂「謔而不

⑧② 〔宋〕曾慥編：《類說‧麗情集‧崔徽》（臺北：臺灣商務印書館，1983年《文
　　淵閣四庫全書》本），冊873，卷29，頁2a，總頁488上。
⑧③ 蘇軾：〈章質夫寄惠崔徽真〉，《全宋詩》，冊14，卷799，頁9249。
⑧④ 〔明〕宋濂：〈跋東坡寄章質夫詩後〉，《宋學士文集》（臺北：臺灣商務印書
　　館，1979年《四部叢刊正編》本），冊71，卷23，總頁203。又參曾棗莊、曾
　　濤編：《蘇詩彙評》（臺北：文史哲出版社，1998年），冊3，頁1221。

虐」，東坡用了「鐵石心腸」的唐代宰相宋璟(663-737)入仕前撰〈梅花賦〉，後人皮日休(834?-883?)稱其文「清便富豔，得南朝徐庾體，殊不類其為人」的典故，表示崔徽的畫像雖然動人，自己所愛的，仍是她堅貞的德行與執著的心靈⑧。

　　除了畫像贈君，東晉才女蘇蕙的織錦回文「璇璣圖」亦稱一絕。《晉書‧列女傳》云：

> 竇滔妻蘇氏，始平人也，名蕙，字若蘭。善屬文。滔，符堅時為秦州刺史，被徙流沙，蘇氏思之，織錦為迴文旋圖詩以贈滔。宛轉循環以讀之，詞甚悽惋，共八百四十字。⑧

　　武則天(623-705)〈織錦迴文記〉裏，蘇蕙「識知精明，儀容秀麗，謙默自守，不求顯揚」，可惜婚後「性近於急，頗傷嫉妒」。蘇蕙所妒的女人便是竇滔的寵妾趙陽臺。蘇蕙找到丈夫金屋藏嬌之處，對趙陽臺苦加捶辱，趙陽臺也不甘示弱，諂毀揭短，使竇滔對蘇蕙更加疏離。由於趙陽臺的介入，關於蘇蕙作織錦迴文圖詩的機緣，武則天文比《晉書》所記情節更為複雜：

> 及滔將鎮襄陽，邀其〔蕙〕同往，蘇氏忿之，不與偕行，滔遂攜陽臺之任，斷其音問。蘇氏悔恨自傷，因織錦迴文，五綵相宣，瑩心耀目，其錦縱橫八寸，題詩二百餘首，計八百餘言，縱橫反覆，皆成章句，〔……〕遂發蒼頭，齎致襄陽焉，滔省覽錦字，感其妙絕，因送陽臺之關中，而具車徒盛

---

⑧ 參〔唐〕皮日休：〈梅花賦并序〉，《皮子文藪》（臺北：臺灣商務印書館，1979年《四部叢刊正編》本），卷1，頁19，總頁10。

⑧ 〔唐〕房玄齡等撰：《晉書》（臺北：鼎文書局，1990年），卷96〈列女傳‧竇滔妻蘇氏〉，頁2523。

禮，邀迎蘇氏，歸於漢南，恩好愈重。⑧⑦

宋代文人對於的蘇蕙故事採取的是唐代的版本，認爲蘇蕙因琴瑟失鳴而靠一雙巧手與慧心與丈夫重修舊好，如黃庭堅有〈題蘇若蘭回文錦詩圖〉：

> 千詩織就回文錦，如此陽臺暮雨何。亦有英靈蘇蕙手，
> 只無悔過竇連波。⑧⑧

孔平仲則擬作迴文詩，〈題織錦璇璣圖迴文〉云：

> 紅窗小泣低聲怨，永夕春寒斗帳空。中酒落花飛絮亂，
> 曉鶯啼破夢匆匆。
> 晞草露如郎行薄，亂花風似客情多。歸鴻見處彈珠淚，
> 語燕聞時斂翠蛾。
> 同誰更倚閒窗繡，落日紅扉小院深。東復西流分水嶺，
> 恨兼愁續斷弦琴。
> 腸斷寫愁縈字字，錦紋傳意寄君看。床空照月殘燈冷，
> 黃葉霜前秋信寒。
> 前堂畫燭殘凝淚，半夜清香舊惹衾。煙鎖竹枝寒宿鳥，
> 水沉天色霽橫參。⑧⑨

此外，蘇軾、秦觀皆有題詠織錦圖或擬作迴文的詩篇⑨⓪，當

---

⑧⑦ 〔唐〕武則天：〈織錦迴文記〉，《全唐文》（北京：中華書局，1983年），卷97，頁14a-15b，總頁1006。
⑧⑧ 《全宋詩》，冊17，卷990，頁11395。
⑧⑨ 《全宋詩》，冊16，卷931，頁10966-10967。
⑨⓪ 秦觀：〈擬題織錦圖〉《全宋詩》，冊18，卷1061，頁12114。蘇軾：〈次韻回文三首〉，〔清〕王文誥輯註，孔凡禮點校：《蘇軾詩集》（北京：中華書局，1987年），卷47，頁2530。

時亦存蘇蕙故事的圖畫[91]。薛媛與蘇蕙，以及可能也會自畫像的崔徽，女子的藝術創作幾乎都是由於情人的離棄所觸發，男性詩人在仕女畫中醞釀的「我見猶憐」般的惆悵心緒，在女性將情愛的失落感化爲驅使創作的動力之下，找到了自我實現的依歸。

四、北宋題仕女畫詩的寫作解碼

接下來，筆者想要從「身體」、「情感」與「性別角色」等方面推臆北宋題仕女畫詩作者的寫作心態，以管窺其於中國詩歌書寫傳統的歷史定位。

仕女畫既然是以女性爲描繪對象，在創作者、觀賞者以及歌詠者都是以男性爲主的情況之下，籠罩在男性意識形態中的女性模塑方式便是個值得深思與玩味的問題——男性如何「觀看」女性？又如何透過筆墨線條或語言文字「敘述」所理解的女性生活樣態與心思情感？

回顧前文所舉例的仕女畫，不難發現，中國仕女畫中的主角無論體態裝扮和身份地位如何，她們的視線永遠是不和觀衆接觸的，不僅「女史箴圖」、「擣衣圖」等未必有模特兒的畫作如此，即使畫家對著婦女寫生時也是一樣。在傳爲周文矩「宮中圖」的一隅（圖31），我們看到一位背對觀衆，側向畫家的婦女正在被描畫，畫家所完成的部份顯然只呈現主角略側的臉龐，猶

---

[91]〔宋〕邵博記載：「予收南唐李侯閤中集第九一卷，〔……〕詩圖二，敘一，樓臺人物分兩處，中爲遠水紅橋小山，作竇滔從騎迎若蘭，車輿人物甚小而繁，大概學周昉而氣製甚遠。」《邵氏聞見後錄》（北京：中華書局，1997年），卷27，頁215-216。

圖31 （傳）〔五代〕周文矩「宮中圖」（局部）
美國大都會博物館藏

如孟子「觀其眸子」和顧愷之「傳神正在阿堵」的名言，視線的
迴避也正暗示了情感交流的屈曲。因此，畫家是帶著「男女授受
不親」的警戒心和距離感在創作的，也就是說：在作畫的當時，
畫家已經具有性別差異的意識，這種意識影響了他所選擇的觀看
視域，無論畫家自認仕女畫的功能作用爲何，他的觀看視域左右
他對女性美的表現。

　　然而，被畫的女性並不是置身於畫家的「觀看」之外，即便
她「假裝」畫家不存在，觀衆卻可以從個人的欣賞過程裏感受到
畫中女性對於「被觀看」的自覺。更値得一提的是：這種自覺竟
然是從被描繪開始，一直延續到綿綿不斷的反覆圖象觀覽，甚至
在圖象觀覽時，畫中的女性所設想的觀看者很可能還是男性。

　　以傳爲周昉的「簪花仕女圖」（圖4）爲例，一九七二年這一
幅作品從館藏地遼寧省博物館送到北京故宮博物院重新裝裱時，

被發現原畫並非是一幅整絹，而是由幾幅單片拼合而成㉒，說明它本不是卷軸，而是幾幅屏風畫，據畫面所鈐「紹興」紀年聯珠印，推想最遲在南宋以前由屏風畫改幀卷軸。

原為屏風畫的「簪花仕女圖」在建築空間裏的裝飾和展示作用使得它的賞玩性質更為增強，正如英國學者 John Berger 所說的：「男人注視女人，而女人注意自己被男人注視。〔……〕她把自己變成一個對象 (object)──並且是最特殊的視覺對象：一種景象 (a sight)。」㉓「簪花仕女圖」裏鬥弄狗兒 (猧子) 的、顧影自憐的、擎扇相隨的、手執紅花的、蓮步輕移的、細捻蝴蝶的六位女性都身著薄如蟬翼的羅紗，臂膀若隱若現，流露溫柔婉約的女性美，彷彿對著鍾愛的情人展現自己搖曳生姿的身軀。

然而，圖象的隱含意義畢竟還是由語言文字的敘述結果所決定的，對於欣賞過中西美女的現代人眼睛，「簪花仕女圖」無疑是性感又寂寞的㉔，無論是眉目或是姿態，我們很難想像其他人

㉒ 關於「簪花仕女圖」原由幾片直幅組合，學者說法不一，楊仁愷認為是五片，徐書城和趙曉華認為是三片，參見楊仁愷：《簪花仕女圖》（北京：人民美術出版社，1981 年），頁 13。徐書城：〈從《紈扇仕女圖》、《簪花仕女圖》略談唐人仕女畫〉，《文物》1980 年第 7 期，頁 71-75。趙曉華：〈簪花仕女圖由屏風畫改為卷軸畫傳藏之認識〉，《故宮文物月刊》第 13 卷第 5 期 (1995 年 8 月)，頁 98-125。故宮博物院，遼寧省博物館，上海博物館編：《晉唐宋元書畫國寶特集》（上海：上海書畫出版社，2002 年）。

㉓ John Berger, *Ways of Seeing* (London : British Broadcasting Corporation ; Harmondsworth, Penguin,1972)，中文譯本有三：陳志梧譯：《看的方法》（臺北：明文書局，1989 年）；戴行鉞譯：《藝術鑑賞之道》（臺北：臺灣商務印書館，1993 年）；戴行鉞譯：《視覺藝術鑑賞》（北京：商務印書館，1996 年）。

㉔ 巫鴻先生對「簪花仕女圖」有精彩的描述，見 Wu Hung, *The Double Screen : Medium and Representation in Chinese Painting* (Chicago: University of Chicago Press, 1996), pp.101-102. 又參 Yang Xin, *Three Thousand Years of Chinese Painting* (New Haven: Yale University Press, 1997), pp.77-79.

的觀看視線會立即移轉到抽象而又「形而上」的道德精神境界，即使不是面對「簪花仕女圖」這一幅作品，前文引述的許多唐宋仕女畫也都由於題材的性別因素，勾引觀眾直接從肢體形象進入畫家營造的綺麗世界。生理性的形體，或是文化意識影響下的形體概念，題畫詩的作者要把「觀看」的所思所感形諸筆墨，似乎「敘述身體」是最明快也最自然的了。

　　試看北宋文人題寫仕女畫中的身體敘述：

> 鬢亂釵斜特地寒。[95]
> 玉釵半脫雲垂耳。[96]
> 蠶眉鴉鬢縷金衣。[97]
> 朝來綰結髻鬟新。[98]
> 岌然高髻玉釵垂，雙鬟窈窕萼葉微。[99]
> 髻重髮根急，妝薄無意添。[100]

　　這些詩句給予讀者的第一個有意思的印象便是：詩人好像只觀察了畫上美女的頭部：鬢髮、蠶眉和玉釵，其他便一無所言，連包裹身體的衣著都很少提及，只見「翠翹紅粉尚爭春，隱約香風起仙袂」[101]、「飄飄衣袂欲仙去」[102]之類的形容，詩人還自稱

---

[95] 王安石：〈題畫扇〉，《全宋詩》，冊10，卷564，頁6684。
[96] 蘇軾：〈章質夫寄惠崔徽真〉，《全宋詩》，冊14，卷799，頁9249。
[97] 李行中：〈賦佳人嗅梅圖〉，《全宋詩》，冊14，卷839，頁9724。
[98] 韓駒：〈題伯時所畫宮女〉，《全宋詩》，冊25，卷1442，頁16626。
[99] 蘇轍：〈周昉畫美人歌〉，《全宋詩》，冊15，卷862，頁10008。
[100] 黃庭堅：〈題李亮功家周昉畫美人琴阮圖〉，《全宋詩》，冊17，卷1017，頁11602。
[101] 郭祥正：〈明皇十眉圖〉，《全宋詩》，冊13，卷752，頁8767。
[102] 李之儀：〈內侍劉有方畜名畫乃虢國夫人夜遊圖最為絕筆東坡館北客都亭駟有方敢跋其後既作詩以示時欲和而偶未暇今閱集得詩遂次其韻以申前志〉，《全宋詩》，冊17，卷964，頁11228。

「琴阮相與娛，聽絃不觀手」⑩，難道詩人果眞「非禮勿視」地將視線停留在美人的頭部？又由於美人的眼神不與觀眾相交，那可能脈脈含情的雙瞳更不在描寫的範圍了。

中國詩歌裏並不缺乏對於女性身體的敘述⑩，爲何最具形相實體的題畫詩卻避開一道？唐代的題仕女畫詩，如「一笑豈易得，雙蛾如有情。窗風不舉袖，但覺羅衣輕」⑩、「蟬怯纖腰步，蛾驚半額鬟」⑩，以及杜牧(803-852)的〈屏風絕句〉：

> 屏風周昉畫纖腰，歲久丹青色半銷。斜倚玉窗鸞髮女，
> 拂塵猶自妒嬌嬈。⑩

這些詩句不僅勾勒體態，還有行止動作，靈動鮮活，連杜甫都有令人金玉滿眼的功力，再看〈麗人行〉：

> 態濃意遠淑且眞，肌理細膩骨肉勻。繡羅衣裳照暮春，蹙金
> 孔雀銀麒麟。頭上何所有？翠微匎葉垂鬢唇。背後何所見？
> 珠腰壓衱穩襯身。⑩

可知北宋題畫詩對於女性身體的「不可言說」是比較特別

---

⑩ 黃庭堅：〈題李亮功家周昉畫美人琴阮圖〉，《全宋詩》，冊17，卷1017，頁11602。

⑩ 張淑香：〈三面「夏娃」──漢魏六朝詩中女性美的塑像〉，《抒情傳統的省思與探索》（臺北：大安出版社，1992年），頁127-162。陳宏碩：〈論古典詩賦中的女性形體描寫〉，《江漢論壇》1995年第10期，頁79-85。

⑩ 劉長卿：〈觀李湊所畫美人障子〉，《全唐詩》，冊5，卷149，頁1532。

⑩ 段成式、張希復、鄭符：〈小小寫眞聯句〉，《御定歷代題畫詩類》，卷54，頁679。

⑩ 《全唐詩》，冊16，卷522，頁5975。

⑩ 《杜詩詳註》，卷2，頁156-162。

的，正因爲隱而不宣，這不見身體的「身體觀」⑩才更值得一探究竟。

> 垂螺近額。走上紅裀初趁拍。只恐輕飛。擬倩游絲惹住伊。
> 文鴛繡履。去似楊花塵不起。舞徹伊州。頭上宮花顫未休。⑩

　　這一闋張先(990-1078)的〈減字木蘭花〉是否略具「簪花仕女圖」的況味？宋人不是對女性的身體不感興趣，只是把思婦閨怨、宮體詠物的書寫養份孳乳了倚聲填詞的成長。

　　題畫詩裏諱莫如深的模糊身體，又和對仕女畫的藝術要求互通聲氣，郭若虛《圖畫見聞誌》云：「士女宜富秀色婐婧之態。」⑪「婐婧」意指美好，郭若虛所說的「秀色婐婧」好像只是畫得賞心悅目即可，但是他又謂：「歷觀古名士，畫金童玉女及神儒星官，中有婦人形相者，貌雖端嚴，神必清古，自有威重儼然之色，使人見則肅恭，有歸仰之心。今之畫者，但貴其娇麗之容，是取悅於衆目，不達畫之理趣也。」⑫這種「仕女畫非止取悅於衆目」的觀念對於後人影響尤鉅，例如：

> 仕女之工，在於得其閨閣之態。唐周昉、張萱，五代杜霄、

---

⑩ 關於「身體觀」，可參看松浪健四郎、荒木祐治：《身體觀の研究──美しい身體と健康》（東京：專修大學出版局，1995年）。楊儒賓：《儒家身體觀》（臺北：中央研究院中國文哲研究所籌備處，1996年）。藝術作品中的「身體」研究是一個重要的課題，可參看 Marina Warner 著，孫慶田、劉培玲譯：《藝術中的女性形體》（北京：三聯書店，1992年）；Marc Le Bot 著，湯皇珍譯：《身體的意象》（臺北：遠流出版社，1996年）。

⑩ 〔宋〕張先著，吳熊和、沈松勤校注：《張先集編年校注》（杭州：浙江古籍出版社，1996年），頁153。

⑪ 《圖畫見聞誌》，卷1〈敘製作楷模〉，頁7a。

⑫ 同上註，〈論婦人形相〉，頁11。

周文矩，下及蘇漢臣輩，皆得其妙，不在施朱傅粉，鏤金佩
玉，以飾爲工。⑬

畫家人物最難，而美人爲尤難。綺羅珠翠，寫入丹青易俗，
故鮮有此技名其家者。〔……〕（仇）實父作筅篌美人，淡
妝濃抹，無纖毫脂粉氣。⑭

寫美人不貴工緻嬌艷，貴在於淡雅清秀，望之有幽嫻貞靜之
態，其眉目鬢髻佩環衣帶，必須筆筆有力，方可爲傳，非徒
悅得時人眼便佳也。⑮

古人初學畫人物，先從髏體畫起，骨格既立，再生血肉，然
後穿衣。高矮肥瘦，正背旁側，皆有尺寸，規矩準繩，不容
少錯。畫祕戲亦係學畫身體之法，非圖娛目賞心之用。凡匠
畫無不工於祕戲，文人墨士，不屑爲此，所以稱爲高品。⑯

　　因此，題仕女畫詩一旦涉及身體，便彷彿墜入惡道，非僅不
達「理趣」，還有墜落色慾的危險。回顧梅堯臣所謂的「駿駒少
馴良，美女少賢德」，女人的「無德」歸咎於容貌體態的美，如
果是一個平庸俗氣的女人，像李元膺說的「歸來安守無鹽女，不
寵無驚共白頭」便消解了詩人的焦慮與壓力，也就不會有淪爲祕
戲⑰的尷尬。

---

⑬ 〔元〕湯垕：《古今畫鑑》（北京：中華書局，1985年《叢書集成初編》本），
　　頁8。

⑭ 〔明〕徐𤇍：《重編紅雨樓題跋》，收於馮惠民、李萬健等選編：《明代書目題
　　跋叢刊》（北京：書目文獻出版社，1994年），下冊，卷2〈仇實父筅篌美人
　　圖〉，頁2084。

⑮ 〔清〕鄭績：《夢幻居畫學簡明》（臺北：鼎文書局，1972年《畫論叢刊》本），
　　下編，頁577。

⑯ 〔清〕松年：《頤園論畫》（臺北：鼎文書局，1972年《畫論叢刊》本），下
　　編，頁609。

　　北宋以後的題仕女畫詩作者都在戰戰兢兢確保自身不爲女色所迷，如范成大 (1126-1193) 詩：

> 輕薄人情翻覆手，冰容卻耐幽居久。關中舊事逐春休，
> 付與行人莫迴首。目送斜陽忘卻歸，竹風搖曳翠羅衣。
> 君看脈脈無言處，中有杜陵饑客詩。⑱

范成大所聯想到的杜甫詩乃〈佳人〉：

> 絕代有佳人，幽居在空谷。自云良家子，零落依草木。
> 關中昔喪亂，兄弟遭殺戮。官高何足論，不得收骨肉。
> 世情惡衰歇，萬事隨轉燭。夫婿輕薄兒，新人美如玉。
> 合昏尚知時，鴛鴦不獨宿。但見新人笑，那聞舊人哭？
> 在山泉水清，出山泉水濁。侍婢賣珠迴，牽蘿補茅屋。
> 摘花不插鬢，采柏動盈掬。天寒翠袖薄，日暮倚修竹。⑲

　　〈佳人〉詩的解讀有兩個方向，或認爲和詩經以來詩人以「棄婦」寓託人臣見棄，懷才不遇的哀怨相同⑳，如清人楊倫云：「此

---

⑰ 祕戲圖的賞玩據史載早見於《後漢書》，明代以後尤盛，仕女畫和祕戲圖的區隔判然分明，關於祕戲圖的研究，參看 Robert Hans van Gulik, *Erotic Colour Prints of the Ming Period: with an Essay on Chinese Sex Life from the Han to the Ching Dynasty, B.C. 206-A.D. 1644* (Tokyo: R.H. van Gulik, 1951); 文譯本見 R. H. van Gulik（高羅佩）著，楊權譯：《祕戲圖考》（廣州：廣東人民出版社，1996年），又參楊新：〈明代女畫家與春宮畫謅議〉，《故宮博物院院刊》，1995年第3期，頁1-5。

⑱ 范成大：〈題湯致遠運使所藏隆師四圖〉之〈倚竹〉，《全宋詩》，冊41，卷2244，頁25769。

⑲ 《杜詩詳注》，卷7，頁552-555。

⑳ 關於「棄婦」題材詩的解讀，參看王國瓔：〈漢魏詩中的棄婦之怨〉，臺灣大學人口研究中心婦女研究室主辦：「神話、傳說與歷史——先秦兩漢魏晉南北朝的婦女與兩性」學術研討會論文（臺北：臺灣大學人口研究中心婦女研究室，1996年），頁1-21。

因所見有感，亦帶自寓意。」⑫或認爲杜甫有具體的書寫對象，替不幸的婦女道出人生的悲情，如仇兆鰲謂：「天寶亂後，當是實有是人，故形容曲盡其情。舊謂託棄婦以比逐臣，傷新進猖狂，老成凋謝而作，恐懸空撰意，不能淋漓愷至如此。」⑫

　　到了元代文人手裏，例如王惲 (1227-1304) 的〈倚竹圖〉，「棄婦」形象的女性特質不再被強調，〈倚竹圖〉化杜甫〈佳人〉詩爲題畫詩：

> 粉香沾袖怯輕寒，都著幽情寄竹間。多是楚山湘水怨，
> 不應空待賣珠還。
> 天寒翠袖儘輕盈，暮倚湘筠思不勝。何異澗阿幽隱士，
> 長材空抱乏賓興。⑬

　　由范成大和王惲的題仕女畫詩可以得見：仕女畫的審美內涵被提昇到杜詩的意境，接續了屈原以降「美人香草」的文學喻託傳統，女性的落寞哀怨被視爲「士不遇」的代言，諸多以王昭君爲主題的歌詠即爲佐證。由敘寫女性到題詠仕女畫，北宋以後的文人文化和意識形態促使詩人將唐人眼中可愛的女性，翻轉成男性眼中可憐的自己，或許對作者來說，「身體」的觀照不僅太質實，還太膚淺，北宋文人的不寫「身體」，實爲仕女畫題寫由具象走向抽象的轉捩點。

　　唐代杜荀鶴 (846-904)《松窗雜記》記敘了進士趙顏得一仕女畫，愛其「甚麗」，呼之百日，美人下牆與進士共結連理的故

---

⑫　〔唐〕杜甫著，〔清〕楊倫箋注：《杜詩鏡銓》（臺北：華正書局有限公司，1986 年），卷 5，頁 230。
⑫　《杜詩詳注》，卷 7，頁 555。
⑬　〔元〕王惲：〈倚竹圖〉三首之二及三，《御定歷代題畫詩類》，卷 58，頁 1a-2b，總頁 726。

事，類似的感應傳說亦見於六朝志怪中，後被明清戲曲所採用，作為情節發展的核心關鍵⑫，試想若無杜麗娘自寫真，柳夢梅「拾畫」、「叫畫」，則一本《牡丹亭》不知如何搬演，欣賞仕女畫而好之愛之是很自然的事。然而，就如同《松窗雜記》所記，趙顏是見了畫中人「真真」「甚麗」而心生情意，假使缺乏對於美好形相的追求和渴慕，看畫人和畫中人很難互通款曲，筆者好奇的是：「畫中人」類型的故事是否也被北宋題仕女畫詩的作者關心？他們如何在題詩中表現個人對於畫中人的情感？

　　要回答前述的問題，先要討論題畫詩作者作為一個繪畫的「觀看者」的態度和立場。就筆者觀察所見，畫中人的身份是北宋題仕女畫詩作者的寫作依據，簡而言之，對作者來說，畫中人可粗分為「有名字」和「沒有名字」的兩種女人，所謂「有名字的女人」，就是登入歷史記載的女人，如王昭君、蘇蕙、楊貴妃等，她們的身份背景和出現在繪畫上的理由是可以辨識的，作者題寫時也容易找到切入點，歷史感懷和借古喻今是最常見也最便利的。反之，「沒有名字的女人」則較為困難，在觀覽時為了迴避女色，往往以「冷眼旁觀」的姿態，儘量不表露對畫中人的情感和關懷。我們也可以說：「有名字、有歷史的女人」是用不著重新認識的，因為史書已經給予後人參考座標和價值判準，如果詩人在題寫時流露情感，不是由於外在形相的美色刺激，而是其背後負載的宏深的歷史意義，是一種普遍的、客觀的、帶有思辨性質的情感。對畫中人美與醜的評價，不是針對個人，而是其對於歷史轉折的影響力。至於「無從解說」起的「沒有名字的女

---

⑫ 參看張靜二：〈「畫中人」故事系列中的「畫」與「情」——從美人畫說起〉，收於華瑋、王璦玲主編：《明清戲曲國際研討會論文集》（臺北：中央研究院中國文哲研究所籌備處，1998年），頁487-512。

人」，我們只看到了籠統的頭部描寫，她的年齡、她的裝扮、她的喜怒哀樂七情六慾都不見，隱約於詩意中透露的，只有「憂來無方」的閒愁和「若有所思」的相思——「嗅盡餘香不回面，思量何事立多時」⑫、「俯仰向背樂且悲，九重深遠安得窺」⑫。

　　同樣是美人背面，韓偓 (844-923) 寫得活色生香，綺想連篇：

> 酥凝背胛玉搓肩，輕薄紅綃覆白蓮。此夜分明來入夢，
> 當時惆悵不成眠。眼波向我無端豔，心火因君特地然。
> 莫道人生難際會，秦樓鸞鳳有神仙。⑫

　　蘇軾的〈續麗人行〉則回溯文學典故，在杜甫的詩裏找到立言的根基，詩人的想像非常節制，除了高荷的「卻憐如畫者，相與落誰手」⑫，體貼畫中人的境遇；王安石「青冥風露非人世，鬢亂釵斜特地寒」⑫，心繫乘鸞女仙的寂寥；便僅只梅堯臣通體全面地欣賞了畫上美人，思欲與之相伴：

> 冰蠶吐絲織纖絁，妙娥貌玉輕邯鄲。曲眉淺臉鴉髮盤，
> 白角瑩薄垂肩冠。銅青羅衫日月團，紅裙撮暈朝霞乾。
> 手中把筆書小字，字以通情形以觀。形隨畫去能長好，
> 歲歲年年應不老。相逢熟識眼生春，重伴忘憂作萱草。⑬

---

⑫　李行中：〈賦佳人嗅梅圖〉，《全宋詩》，冊14，卷839，頁9724。
⑫　蘇轍：〈周昉畫美人歌〉，《全宋詩》，冊15，卷862，頁10008。
⑫　韓偓：〈偶見背面是夕兼夢〉，《全唐詩》，冊20，卷683，頁7841。
⑫　高荷：〈和山谷題李亮功家周昉畫美人琴阮圖〉，《全宋詩》，冊21，卷1264，頁14243。
⑫　王安石：〈題畫扇〉，《全宋詩》，冊10，卷564，頁6684。
⑬　梅堯臣：〈當世家觀畫〉，《全宋詩》，冊5，卷257，頁3199。

　　與其說詩人對於畫中人投入的是男女私情，不如說是一種概括的、類化的、帶著疏離感的心懷，像對待物品 (thing in representation) 一般[131]，保持自己的身段距離觀看畫中人展示她的身形，詩人關心的不是她的感覺，也不重視個人的視覺愉悅，他只是「觀看」，如同她是一個客體，沒有交流，沒有互動，當然也就沒有《松窗雜記》所記敘的豔遇。而同樣以詠物手法歌詠美人的豔情宮體詩，則在活色生香的感官之美之外，還流露了詩人對於女性的情慾幻想，以及代替女性告白私心的情愛渴求[132]，例如梁簡文帝蕭綱 (503-551) 的〈率爾成詠〉：

> 借問仙將畫，詎有此佳人？傾城且傾國，如雨復如神。
> 漢后憐飛燕，周王重姒申。挾瑟曾遊趙，吹簫屢入秦。
> 玉階遍望樹，長廊每逐春。約黃出意巧，纏絃用法新。
> 近風時引袖，避日暫披巾。疏花映鬢插，細佩遶衫身。
> 誰知日欲暮，含羞不自陳。[133]

---

[131] 關於女性在藝術創作中被視為物品的論述，可參看王雅各：〈身體：女性主義視覺藝術在再現上的終極矛盾〉，《婦女與兩性學刊》第9期 (1998年4月)，頁1-54。這種被視為「它者」的性別觀念不僅影響男性對女性身體的看法，更在藝術品中暗藏性別與權力之間的角力，參 Kathy Davis 著，張君玫譯：《重塑女體：美容手術的兩難》(臺北：巨流圖書公司，1997年)。Linda Nochlin 著，游惠貞譯：《女性，藝術與權力》(臺北：遠流出版公司，1995年)。Griselda Pollock, *Vision and Difference: Femininity, Feminism, and Histories of Art* (London; New York: Routledge, 1988)。王正華：〈女人、物品與感官慾望：陳洪綬晚期人物畫中江南文化的呈現〉，《近代中國婦女史研究》第10期 (2002年12月)，頁1-57。

[132] 詳參林文月：〈南朝宮體詩研究〉，《澄輝集》(臺北：洪範書店，1983年)，頁139-221。康正果：《風騷與豔情──中國古典詩詞的女性研究》(鄭州：河南人民出版社，1988年)，頁154-161。鄭毓瑜：〈由話語建構論宮體詩的寫作意圖與社會成因〉，收於洪淑苓等合著：《古典文學與性別研究》(臺北：里仁書局，1997年)，頁167-194。

[133] 《漢魏六朝百三名家集‧梁簡文帝集》，卷2，頁3468。

　　詩中以「上窮碧落下黃泉」之勢誇飾美人跨古互今之美，再細細彩繪裝扮與穿戴，最後暗示美人爲悅己者容，期盼受君專寵的心情。

　　又如敘寫女性情思時往往借用女性口吻的「擬作」、「代言」筆法，在北宋題仕女畫詩中也很少見[134]，因此作者是以十足的男性角色，不涉及性別模擬的身份來觀看及敘述畫上的女性，觀看者主體和被觀看者的客體位置沒有移轉，也沒有交錯往還，我們讀到的，是男性平鋪直敘的語氣，自我解嘲的戲言，以及深自警惕的訓誡。

　　北宋文人對於仕女畫主角的「抒情」方式和宋詞裏大膽直接的言情傳愛大相逕庭，是否因爲詞本豔科，其文學特質可以容納「婦人語」、「空中語」等無傷世道人心的男歡女愛[135]？而即使同樣是言情的詩歌，宋代文人似乎都有言情的對象，或敘夫妻之鶼鰈情深；或傷情侶之生離死別；或贈妓以美其貌；或懷故人以憶其情[136]，是否宋人不善於以詩歌幻想虛擬的抒情對象？

　　此外，已有學者以在室女墓誌爲例，觀察到唐宋墓誌書寫情感流露形態的不同，認爲宋代誌文較形式化、公式化，欠缺情

────────────────

[134] 就筆者所見，僅有韓駒的〈題李伯時畫昭君圖〉云：「寄語雙鬟負薪女，炙面慎勿輕離家」，稍仿昭君語氣，但也可以解讀爲男性詩人對於時下少女的勸戒。關於「擬代」詩作，參看梅家玲：《漢魏六朝文學新論：擬代與贈答》（臺北：里仁書局，1997年）。

[135] 其實宋人對於詞裏理直氣壯的言情並非全盤接受，筆者以爲：在輿論壓力下，晏叔原稱其父晏殊「未嘗作婦人語」，黃山谷自云所作豔歌小詞不過「空中語」，都是開脫之詞。正由於依違於豔情與言志之間，幽微要眇的詞的寫作比詩更具彈性與自由度，參葉嘉瑩：〈論詞學中之困惑與花間詞之女性敘寫及其影響〉，《迦陵論詞叢稿（修訂本）》（石家莊：河北教育出版社，1997年），頁212-273。

[136] 參看佐藤保：〈宋詩における女性像および女性觀──愛する女性へのうた〉，石川忠久編：《中國文學の女性像》（東京：汲古書院，1982年），頁211-242。曾棗莊：〈論宋代的言情詩〉，《宋代文學研究叢刊》第2期(1996年9月)，頁39-54。

感，推想是誌文讀者的因素，唐代的誌文埋藏於地下，可以自由渲洩私密的情感；宋代誌文則公諸於世，作者甚至非死者親屬，故而情感含蓄內斂[137]。借用同樣的概念，筆者以爲：北宋題仕女畫詩的理性敘寫也可能和文字傳播的方便[138]，以及題畫詩作爲文人酬答的社交作用有關[139]。賞畫題詠本來可以是私人的自娛行爲，中唐以後，文人將題寫繪畫納入迭唱賡和的藝文活動中，成爲雅集高會的節目之一[140]，「私領域」的文房清賞擴充爲「公領域」的遊目騁懷，印刷術的進步又使得作者意識到隱藏的廣大讀者群的存在，個人的情感表達不自主地趨向智性、內化與類化，凝縮爲格式化的抒情方式。可以公開傾訴的情感，多半有明確而合乎道德倫常的對象，至於不欲人知的部份，則化爲歌詞，就如同藝術史家認爲畫中仕女的個性抹殺可以加強她們的性感[141]，透過歌兒舞女傳唱的普世歌謠則能讓閱聽大眾找到自我投射的依歸，「詩莊詞媚」的文學分工於焉形成。

題仕女畫詩中類化的情感可以總結爲一種想法：女子的幸福是建立在甜蜜的愛情和美滿的姻緣之上，歷史上身世崎嶇的女人，便是由於情愛不順遂，與男性的相處不和諧，像王昭君；而三千寵愛在一身的楊貴妃，則是嗜欲太深，縱情過度。類化的情感和概括式的性別觀念互爲表裏，其思想的原點和基本心態就

---

[137] 盧建榮：〈從在室女墓誌看唐宋性別意識的演變〉，《國立臺灣師範大學歷史學報》第 25 期 (1997 年 6 月)，頁 15-42。

[138] 參看王兆鵬：〈宋文學書面傳播方式初探〉，《文學評論》1993 年第 2 期，頁 122-131。

[139] 關於宋代文人次韻唱和題畫詩的現象，可參看衣若芬：〈蘇轍〈韓幹三馬〉及其次韻詩〉，《宋代文學研究叢刊》第 3 期 (1997 年 9 月)，頁 315-329。

[140] 衣若芬：〈晚唐五代題畫詩的審美特質〉。

[141] Wu Hung, *The Double Screen: Medium and Representation in Chinese Painting* (Chicago: University of Chicago Press, 1996), pp.101-102。

是：「她」，這個畫上的女人，畢竟是個女人。

　　儘管如此，我們仍然還要追問：詩人想像以及理解的女性形象是否與歷史現實相符？

　　歷史學家關於宋代女性的諸多研究已經逐漸勾畫出當時女性的形貌：兩稅法取代均田制，人民可以自由遷徙，工商產業的發展帶動社會經濟的繁榮，女子進入就業市場的結果，身體的居所空間已不完全僅受限於閨房，在描畫宋代婦女工作情況的畫像磚和前述如「雜劇打花鼓」之類的圖象資料亦可得到證明。再者，女性自我意識的主張、婚姻意願的表達、守節與再嫁的選擇、文化教育的薰陶、文藝創作的表現……在在與前述文人題詠仕女畫對於女性封閉而狹隘的想法不同⑭，筆者無意厚責古人，但也不

----

⑭ 以纏足爲例，學者認爲始於隋唐之際，至明代才盛行，見賈仲：〈中華婦女纏足考〉，收於鮑家麟編著：《中國婦女史論集》（臺北：稻鄉出版社，1992年），頁181-192。高洪興：《纏足史》（上海：上海文藝出版社，1995年）。Dorothy Ko, *Every Step a Lotus: Shoes for Bound Feet* (Berkeley: University of California Press, 2001).
在婦女的謀生能力和對社會經濟的貢獻方面，可參看全漢昇：〈宋代女子職業與生計〉，《中國婦女史論集》，頁193-204。石志廉：〈北宋婦女畫像磚〉，《文物》1979年第3期，頁87。劉靜貞：〈正位於內？——宋代女性的生活空間〉，《錢穆先生紀念館館刊》第6期(1998年12月)，頁57-71。
宋代社會對於婦女離婚、守節與再嫁亦未強加限制，參張邦煒：《婚姻與社會（宋代）》（成都：四川人民出版社，1989年）。柳立言：〈淺談宋代婦女的守節與再嫁〉，《新史學》第2卷第4期(1991年12月)，頁37-76。陶晉生：〈北宋婦女的再嫁與改嫁〉，《新史學》第6卷第3期(1995年9月)，頁1-27。陳東原：《中國婦女生活史》（臺北：臺灣商務印書館，1994年），頁129-172。游惠遠：《宋代民婦的角色與地位》（臺北：新文豐出版公司，1998年）。
關於女性的教育養成，可參看陶晉生、鮑家麟：〈北宋的士族婦女〉，《中國婦女史論集》（臺北：稻鄉出版社，1995年），第4集，頁167-184。柳立言：〈宋代公主的一生〉，《歷史月刊》第117期(1997年10月)，頁40-47。
在女性意識和女性創作方面，參看葛彬：〈論宋代女性文化意蘊〉，《南昌大學學報》第28卷第3期(1997年9月)，頁99-104。學者統計宋代的女詞人約有90位，女詩人200餘人，見蘇者聰：《宋代女性文學》（武漢：武漢大學出版社，1997年）。喬以鋼：《中國女性的文學世界》（武漢：湖北教育出版社，1993年）。

願忽略史家對於宋代女性處境實況的爬梳成就，將文人刻板的女性「印象」和時代環境中鮮活的女性「眞相」兩相對照，更可以顯現性別角色認同的差異以及性別的迷思。僅以唐代女書法家吳彩鸞爲例，《宣和書譜》記曰：

> 女仙吳彩鸞，自言西山吳眞君之女。太和中，進士文蕭客寓鍾陵，南方風俗，中秋夜婦人相持踏歌，婆娑月影中，最爲盛集。蕭往觀焉，而彩鸞在歌場中作調弄語以戲蕭，蕭心悅之，伺歌罷，躡蹤其後。至西山中，忽有青衣燃松明以燭路者，彩鸞見蕭，遂偕往復。歷山椒，有宅在焉，至其處，席未暇暖而彩鸞據案如府司治事，所問皆江湖喪溺人數。蕭他日詢之，彩鸞初不答，問至再四，乃語之：「我仙子也，所領水府事。」言未旣，忽震雷迅發，雲物冥晦，彩鸞執手板伏地，作聽罪狀，如聞讁詞云：「以汝泄機密事，罰爲民妻一紀。」彩鸞泣謝，諭蕭曰：「與汝自有冥契，今當往人世矣。」蕭拙於爲生，彩鸞爲以小楷書唐韻一部，市五千錢，爲糊口計，然不出一日間，能了十數萬字，非人力可爲也。錢囊羞澀，復一日書之，且所市不過前日之數，由是彩鸞唐韻，世多得之。歷十年，蕭與彩鸞遂各乘一虎仙去。唐韻字畫雖小而寬綽有餘，全不類世人筆，當於仙品中，別有一種風氣。[143]

筆者不厭其詳摘錄《宣和書譜》全文，乃是爲了看清吳彩鸞故事裏的一些「玄機」——故事中的吳彩鸞主動調戲文蕭，表現她異於常人的情感自由，從女仙至民妻的過程，彩鸞坦然接受，

---

[143] 《宣和書譜》（臺北：臺灣商務印書館，1983年《文淵閣四庫全書》本），卷5，頁4-5a。

還寫字維持一家生計，最後更成就了文蕭，讓他也隨著化仙而
去。敘事者可能想藉由「女仙」的身份，使得彩鸞勇於為「女
人」所不敢為、不能為的舉止合理化，但無論如何，彩鸞和文蕭
的情愛與婚姻都是女性單方主導的，文蕭當初的「心悅之，伺歌
罷，躡蹤其後」只是緣於好奇，這樣獨立自主，又有一技之長的
女性在題畫詩中的面目可以謝薖 (1074-1116) 的〈吳彩鸞寫真〉
為代表：

> 天上鳳皇難獨宿，人間翡翠本雙棲。丹青不與文蕭共，
> 誰遣雌東迷雀西。[144]

　　作者不但隻字未提彩鸞的書法藝術和賣字養家的功勞，只是
一味遺憾她在畫面裏形影孤單，彷彿沒有男性，女性就不可能幸
福，對比於《宣和書譜》中的吳彩鸞，詩人其實還是將她等同於
所有平凡的女性，不看重她的文采，也不關心她的性靈。

五、結　語

　　經過前述的討論，吾人得知北宋題仕女畫詩的內容主要包括
三個面向：「好德與好色」、「得勢與失寵」、「美麗與哀愁」，
而且可能受限於作者所欣賞的畫作及個人的審美品味，宋代仕女
畫在藝術史上所開啟的生活化、自然平實的風格並未見諸題詠。
在寫作時，作者往往於潛意識中帶著刻板的性別角色印象，並且
由於性別的芥蒂，造成不涉身體、類化情感的書寫趨勢，這樣的

---

[144]《全宋詩》，冊24，卷1378，頁15809。

書寫趨勢如果放在整個題仕女畫詩的體系中觀察，更可以看出其歷史意義。

江淹 (444-505)〈雲山贊〉四首之四〈秦女〉云：

> 青琴既曠世，綠珠亦絕群。猶不及秦女，十五乘綵雲。
> 璧質人不見，瓊光俗詎聞。願使洛靈往，爲我道奇芬。[145]

〈秦女〉詩寫的是秦繆公善吹簫的女兒弄玉，嫁給能以簫作鸞鳳之音的蕭史，數年後，兩人隨龍鳳飛去升天的故事，江淹在詩中隱含了嚮往神仙的思想。同樣的題材，到了唐代，主題人物換成蕭史，寫的仍是弄玉的心情：

唐代鮑溶〈蕭史圖歌〉：

> 霜綃數幅八月天，綵龍引鳳堂堂然。小載蕭仙穆公女，
> 隨仙上歸玉京去。仙路迢遙煙幾重，女衣清淨雲三素。
> 胡髯龁珊雲髻光，翠蕤皎潔瓊華涼。露痕煙跡漬紅貌，
> 疑別秦宮初斷腸。此天每在西北上。紫霄洞客曉煙望。[146]

飛上玉京的弄玉雖然仍有夫婿相伴，但是天上人間之隔，思鄉之情使她始終抑鬱寡歡，似乎仙境也不值得迷戀了。

六朝的神仙想像在唐代落入凡間，而北宋，除了孤單的仙女吳彩鸞，不見題寫其他女仙的作品。

詠物詩與宮體詩的熱熾之下，南朝的題仕女畫詩裏總有一雙窺看著的男性的眼睛，丘巨源 (?-485?)〈詠七寶扇〉云：

> 妙縞貴東夏，巧技出吳闈。裁狀白玉璧，縫似明月輪。

---

[145]《漢魏六朝百三名家集・江醴陵集》，卷1，頁3693。
[146]《全唐詩》，冊15，卷485，頁5502。

　　　表裏縷七寶，中銜駮難珍。畫作景山樹，圖爲河洛神。
　　　來延揮握玩，入與鐶釧親。生風長袖際，晞華紅粉津。
　　　拂眄迎嬌意，隱映含歌人。時移務忘故，節改競存新。
　　　倦情隨象簟，舒心謝錦茵。厭歌何足道，敬哉先後晨。⑭⑦

　　此詩從繪有洛神的扇面寫到揮扇的美人種種嬌態，兩美相
映，彼此爭春。

　　又如梁簡文帝〈詠美人觀畫〉：

　　　殿上圖神女，宮裏出佳人。可憐俱是畫，誰能辨僞眞。
　　　分明淨眉眼，一種細腰身。所可特爲異，長有好精神。⑭⑧

　　詩謂殿上圖繪之神女如宮中之佳人，而宮中之佳人亦如畫上
之神女，詩人以第三者的身份觀看佳人欣賞繪畫的神情和體態，
透過兩相比擬以喻畫作之眞實，類似的筆法在庾肩吾 (487-553?)
的奉詔和詩亦可得見，〈詠美人看畫應令〉云：

　　　欲知畫能巧，喚取眞來映。並出似分身，相看如照鏡。
　　　安釵等疏密，著領俱周正。不解平城圍，誰與丹青競。⑭⑨

　　庾肩吾又有〈詠美人〉：

　　　絳樹及西施，俱是好容儀。非關能結束，本自細腰肢。
　　　鏡前難並照，相將映渌池。看粧畏水動，欲袖避風吹。
　　　轉手齊裾亂，橫簪歷鬢垂。曲中人未取，誰堪白日移。

---

⑭⑦　〔清〕丁福保編：《全漢三國晉南北朝詩‧全齊詩》（臺北：世界書局，1962
　　年），卷4，頁839。
⑭⑧　《漢魏六朝百三名家集‧梁簡文帝集》，卷2，頁3477。
⑭⑨　《漢魏六朝百三名家集‧庾度支集》，頁4233。

　　不分他相識，唯聽使君知。⑮

　　兩首詩均以「美人照鏡」的意象形容畫家筆法之傳神寫眞，
看畫的美人整理衣飾，殷切等待著情人的愛憐。

　　唐代的題仕女畫詩裏，那一雙窺看的眼睛從美人看畫轉向直
接從畫面立言，沒有眞假二美人的重重掩映，輕慢的成份也消減
了，詩人堂而皇之地以男性的身份玩賞畫中的美女，時而興起一
親芳澤的遐思。晚唐五代，歷史題材的仕女畫受到文人青睞，開
始把對於女性的道德心態加諸於圖象上，北宋題仕女畫詩更發揚
光大，自我約束和以古鑑今的結果，約自南宋及元以後，畫上的
女性變成男性文人的心理投影和自我呈現的替身。延續至明清，
畫中人往往沈浸於深閨幽怨的感傷情懷，受其感染的男詩人與女
詩人，都在題仕女畫詩中強調貞潔的品格以及高尚的素質，美色
的視覺效果被道德規範所收編⑮，如果我們可以概略地將藝術的
極致稱爲「眞」、「善」、「美」，筆者以爲：北宋正是題仕女
畫詩由「以眞喻美」過渡到「以善化美」的津梁。

---

⑮　《漢魏六朝百三名家集‧庾度支集》，頁 4230。
⑮　參看鄭文惠：《詩情畫意——明代題畫詩的詩畫對應內涵》（臺北：東大圖書股
　　份有限公司，1995 年）。黃儀冠：《明晚至盛清女性題畫詩研究——以閱讀社群
　　及其自我呈現爲主》（臺北：政治大學中文研究所碩士論文，1998 年）。孔壽
　　山：《中國題畫詩大觀》（蘭州：敦煌文藝出版社，1998 年）。

北宋題仕女畫詩析論

提　　要

　　本文是以北宋文人題畫詩中題寫仕女畫之作品爲考察對象。中晚唐爲仕女畫興起時期，「仕女」一詞亦於當時確立。至北宋，仕女畫無論在造型風格、題材內容、繪畫的寫實性和象徵性，以及筆墨線條處理的技巧各方面均有突出的表現。筆者在析論題寫文字之前，先從其變演變發展營造北宋仕女畫的藝術氛圍，以設想文人題詠時所可能欣賞的繪畫景觀。

　　在解析北宋題仕女畫詩的內容方面，筆者依其寫作旨趣分爲「好德與好色」、「得勢與失寵」、「美麗與哀愁」三個層次，並嘗試配合相關傳世畫作對照分析畫中人物形態與觀畫者眼光之交融及錯落，以期得知北宋文人心目中理想或想像中的女性內心世界。

　　由於唐宋仕女畫的作者和題寫者大部份爲男性，而畫中主角爲女性，男女兩性形成觀看／被觀看的對立關係，「看」與「被看」，「發聲」與「沈默」之間，是交流融合，還是錯落誤差？「題仕女畫詩」的書寫，是經過了男性模擬女性形象之後，再以文字敘述作第二層的表現，詩的內容，如果可以視爲作者對於女性的解讀結果，它和善於刻畫女性體態的豔情宮體詩、抒發幽微愁緒的思婦閨怨詩詞的文學傳統有何關聯？本文從「觀看與敘

述」的角度，探討北宋題仕女畫詩所呈顯的「身體」、「情感」及其對於女性的「性別角色」的認知。

在本文的結論部份，筆者希望建構題仕女畫詩的基本寫作體系，並以之爲基礎，論說北宋文人在此寫作體系中所扮演的歷史角色以及定位。

關鍵詞：北宋　仕女畫　題畫詩　觀看　性別　宮體詩

宋代題「詩意圖」詩析論

——以題「歸去來圖」、「憩寂圖」、
「陽關圖」為例

一、前　言

　　所謂「詩意圖」，又稱「詩畫」或「詩圖」，是以詩文爲題材，表達詩文內涵的繪畫。「題詩意圖詩」，顧名思義，即是關於詩意圖的題詠。

　　繪畫以古代典籍或文學作品爲素材，依其取材與表現方式，大約有三種情形：一是作爲整部書或局部篇章的插圖或解說，如「山海經圖」、「大荒經圖」、「爾雅圖」、「搜神記圖」等①。二爲圖繪歷史典故或民間傳說，如東漢桓帝建和年間 (147-149) 山東嘉祥「武梁祠石刻畫」，畫荊軻刺秦王和專諸刺吳王圖 (圖 1 及圖 2) 等，這一類的繪畫又稱爲「歷史故事畫」或「故事人物畫」②。其三則爲「詩意圖」，有特定的單一文學文本作依據，除了敘說文學作品的內容，並闡發其義涵與意趣，以達畫中物象與詩文情致交融之境。

　　東漢桓帝時，劉褒取《詩經》內容所作之「雲漢圖」及「北風圖」，是詩意圖創作較早的例子，前者取材自〈大雅‧雲漢〉，記敘周宣王憂國憂民，即位之初便與百姓共體時艱，禳旱祈雨；後者描寫〈邶風‧北風〉裏衛國人民爲逃避亂政而相偕出走的情

① 見〔唐〕張彥遠：《歷代名畫記》，卷 3〈述古之祕畫珍圖〉，頁 28a，總頁 313。陶淵明〈讀山海經十三首〉之一云：「汎覽周王傳，流觀山海圖」，見楊勇：《陶淵明集校箋》（臺北：正文書局，1976 年），頁 233。《隋書‧經籍志》、《舊唐書‧經籍志》皆載郭璞撰「爾雅圖」，張彥遠所著錄之「爾雅圖」作者爲唐人江灌，見《歷代名畫記》，卷 3，頁 29b，總頁 313。
② 參看李霖燦：《中國美術史稿》（臺北：雄獅圖書股份有限公司，1992 年），頁 186-193。朴恩和：《宋代故事人物畫之研究》（臺北：臺灣大學歷史研究所碩士論文，1983 年）。

圖1　〔漢〕武梁祠畫象石「荊軻刺秦王圖」

圖2　〔漢〕武梁祠畫象石「專諸刺吳王圖」

景。《歷代名畫記》記載劉褒畫「雲漢圖」，「人見之覺熱」；
畫「北風圖」，「人見之覺涼」③，可知其圖象之感染力。

　　「詩意圖」的表現方式依畫家選擇和詮解詩文的情況有所不

---

③ 《歷代名畫記》，卷4，頁2b-3a，總頁315。

同，或圖繪詩文全部的內容，具象其要旨；或摘取詩文短句，以詩眼統攝全文；或緣情而發，依於詩文而又別開新意，雖是以表達詩文內涵爲目的，但是畫家的巧心營造，往往可能更添意趣，爲原作所不及，而另收畫龍點睛之妙。以下分別舉例簡述④。

　　圖繪詩文全篇內容的詩意圖，如晉明帝司馬紹曾繪曹植(192-232)〈洛神賦〉⑤，顧愷之(346-407)曾繪張華(232-300)〈女史箴〉（見圖3「女史箴圖」）。史道碩曾繪「蜀都賦圖」、「琴賦圖」⑥。唐代張志和(約730-810)寫顏魯公(709-785)漁歌五首⑦。段安節畫鄭谷〈雪中偶題〉作「雪詩圖」⑧。五代南唐畫家周文矩曾畫杜甫(712-770)〈飲中八仙歌〉⑨。顧大中嘗於南

---

④ 由於本文探討的是宋代的題畫詩，故而所列舉的詩意圖例限於宋代及其以前，有
　關詩意圖的研究，詳參 Shin Shou-chian, *Eremitism in Landscape Paintings by Ch'ien Hsuan* (CA. 1235 Before 1307), (Ph.D. diss., Princeton University, 1984), pp.239-244. 鄭文惠：《明代詩畫對應關係之探討——以詩意圖、題畫詩爲主》（臺北：政治大學中文研究所博士論文，1992年）。鄭文惠：〈明代詩意圖之詩畫對應形式及其文化內涵〉，《臺北師院學報》第6期(1993年6月)，頁217-258。衣若芬：《蘇軾題畫文學研究》（臺北：文津出版社有限公司，1999年），頁260-274。

⑤ 《歷代名畫記》，卷5，頁1b，總頁317。

⑥ 《歷代名畫記》，卷5，頁12a，總頁323。

⑦ 〔唐〕朱景玄云：「張志和，〔……〕初顏魯公典吳興，知其高節，以漁歌五首贈之，張乃爲卷軸，隨句賦象，人物、舟船、鳥獸、煙波、風月，皆依其文，曲盡其妙，爲世之雅律，深得其態。」見《唐朝名畫錄》，頁21a-21b，總頁373。又見《歷代名畫記》，卷10，頁10a，總頁355。

⑧ 〈雪中偶題〉詩云：「亂飄僧舍茶煙濕，密灑歌樓酒力微。江上晚來堪畫處。漁人披得一簑歸。」見〔清〕彭定求等編：《全唐詩》，冊20，卷675，頁7731。鄭谷有〈予嘗有雪景一絕爲人所諷吟段贊善小筆精微忽爲圖畫以詩謝之〉，見同卷，頁7725。據孔壽山先生考察，段贊善即段成式之子安節，見《唐朝題畫詩注》（成都：四川美術出版社，1988年），頁373。又參〔宋〕郭若虛：《圖畫見聞誌》，卷5，頁14b，總頁559。

⑨ 〔清〕張照等纂修：《祕殿珠林石渠寶笈・初編（上）》（臺北：國立故宮博物院，1971年），卷5，頁372。

陵巡捕司舫子臥屏上畫杜牧(803-853)〈南陵道中〉詩⑩。北宋張先(990-1078)繪其父張維平生所自愛詩十首,作「十詠圖」⑪(圖4),本文以題寫陶淵明〈歸去來兮辭〉的詩意圖為例,探討宋人如何透過手卷的「歸去來圖」的瀏覽方式解讀〈歸去來兮辭〉,如何神遊紙上,興發個人對於隱逸的嚮往與對於淵明的傾慕。

圖3　(傳)〔晉〕顧愷之「女史箴圖」(局部)　英國大英博物館藏

圖4　(傳)〔宋〕張先「十詠圖」　北京故宮博物院藏

⑩ 《宣和畫譜》,卷7,頁5b。
⑪ 〔清〕張照等纂修:《祕殿珠林石渠寶笈・續編(三)》(臺北:國立故宮博物院,1971年),頁1510-1513。孫覺有〈序張先十詠圖卷〉。又參周篤文:〈藝苑奇珍《十詠圖》——略論《張先十詠圖》的文獻與藝術價值〉,《文學遺產》1996年第4期,頁42-48。此圖經徐邦達先生考證當為真跡,參趙蘇娜編注:《歷代繪畫題詩存》(太原:山西教育出版社,1998年),頁9。

　　截取詩句作畫的詩意圖，如晉明帝和顧愷之均曾繪嵇康(223-263)〈兄秀才公穆入軍贈詩〉五首之四，詩云：「息徒蘭圃，秣馬華山。流磻平皋，垂綸長川。目送歸鴻，手揮五絃。俯仰自得，遊心泰玄。〔……〕」晉明帝作「息徒蘭圃圖」⑫；顧愷之則由創作過程中體會出「手揮五絃易，目送歸鴻難」⑬。王維「嘗見孟公吟曰：『日暮馬行疾，城荒人往稀。』又吟曰：『挂席數十里，名山多都未逢。泊舟尋陽郭，始見香爐峰。』因美其風調，至所舍，圖於素軸。」⑭李益(748-827)〈夜上受降城聞笛〉詩句：「回樂峰前沙似雪，受降城外月如霜」曾被圖寫於屏幛⑮。本文以蘇軾與李公麟圖繪杜甫「松根胡僧憩寂寞」詩句，合作的「憩寂圖」爲例，分析此種截句式詩意圖興盛的歷史與時代因素，並由「憩寂圖」的題詩，以王維輞川詩證成宋人「詩畫一律」的思想。

　　至於不泥於直述文字字義，以整體之情境氛圍烘托詩文內涵的詩意圖，有時在畫題上可以得見畫與詩之間的聯繫，有時則未必，如南宋馬麟畫「皇都春色圖」⑯用韓愈〈早春呈水部張十八員外〉詩：「天街小雨潤如酥，草色遙看近卻無。最是一年春好處，絕勝煙柳滿皇都。」倘若不熟悉文詞典故，便無能知曉畫與詩之關係，本文所討論的李公麟「陽關圖」亦爲一例。

　　再者，有些詩意圖非但從題目無法判定其文學來歷，題寫

---

⑫　《歷代名畫記》，卷5，頁1b，總頁317。
⑬　《歷代名畫記》，卷5，頁5b，總頁319。
⑭　〔宋〕葛立方：《韻語陽秋》（北京：中華書局，1985年《叢書集成初編》本），卷14，頁109。
⑮　〔宋〕郭若虛：《圖畫見聞誌》，卷5，頁15a，總頁560。
⑯　〔清〕厲鶚：《南宋院畫錄》，《畫史叢書》本，卷8，頁161。

者亦未必張顯其與原作之合轍軌跡，須經學者別具慧眼，抽絲剝繭以掘發其文化淵源，如王詵(1037-1093)「煙江疊嶂圖」與杜甫〈秋日夔府詠懷奉寄鄭監李賓客一百韻〉詩之相通⑰；宋迪「瀟湘八景」借杜甫晚年詩作抒發讁遷之怨等⑱。本文討論「陽關圖」及其題詩，關注的是「陽關」的文化典故喻義及其地理場域的想像，並因「陽關圖」的送別主題析論宋人對於離別的省思。

　　以上三種形式的詩意圖皆見諸史料及傳世畫跡，並且因中唐以降能詩善畫的文人日益增多而創作不衰，北宋徽宗朝(1082-1135)，畫學以詩意圖爲遴選畫士的甄試科目，更是從制度面肯定了詩意圖的創作意義⑲。

　　詩意圖是文學以筆墨鋪陳圖象的無聲演出，是畫家解讀詩意之後再現詩意的成果，其題詩則是對圖象文本的情思抒發，由於詩意圖的創作及其審美取向與中國繪畫的抒情特質密切相

---

⑰ 姜斐德(Alfreda Murck)：〈蘇軾題王晉卿《煙江疊嶂圖》〉，中共諸城市委會、諸城市人民政府、中國蘇軾研究學會編：《中國第十屆蘇軾研討會論文集》（濟南：齊魯書社，1999年），頁404-412。

⑱ 姜斐德(Alfreda Murck)：〈畫可以怨否？——「瀟湘八景」與北宋讁遷詩畫〉，《國立臺灣大學美術史研究集刊》第4期(1997年3月)，頁59-89。衣若芬：〈「瀟湘」山水畫之文學意象情境探微〉，《中國文哲研究集刊》第20期（2002年3月），頁175-222。

⑲〔宋〕俞成云：「徽宗政和中建設畫學，用太學法補試四方畫工，以古人詩句命題。」見《螢雪叢說》（臺北：新興書局，1974年《筆記小說大觀》本，3編，第3冊，卷上〈試畫工形容詩題〉，頁7。又，所謂「畫學」，是一種藝術教育的措施，目的在建立一套畫院學生甄選及養成制度，隸屬於國子監，其創立時間非如俞成所云建於政和中，據《宋史·選舉志》及日本學者嶋田英誠考證，當於崇寧三年(1104)，嶋田英誠文見〈徽宗朝の畫學について〉，收於《鈴木敬先生還曆記念中國繪畫史論集》（東京：弘文館，1981年），頁111-150。畫學後於1106年廢止，1107年恢復，1110年又再廢，前後共6年。

關，已經受到藝術史學者的關注⑳。本文雖然討論題詩意圖詩，重點不在重述學界耳熟能詳的「詩畫關係」、「詩書畫三絕」之問題，筆者感興趣的是：詩／詩意圖／題詩意圖詩之間的往復指涉關係是如何？由文字到圖象，再從圖象創發出文字的過程，作為第一層文本的「詩」和再創造出的「題畫詩」又存在怎樣的依憑寄生（共生）關係？本文試圖以所選取的三組題詩意圖詩為實例，從其圖繪的原詩、原詩的圖象表現與觀覽方式、題畫詩對於前二文本的解讀與闡釋，管窺其間生成創發之要義。

二、紙上神遊：題「歸去來圖」詩

　　自六朝至唐宋，對於陶淵明的文學成就與品格節操的肯定，經過了陸續的發現與張顯的歷程，鮑照 (414?-466)、江淹 (444-505)、鍾嶸 (468?-519?)、蕭統 (501-530)、王績 (585-644)、王維、李白、杜甫、白居易、蘇軾、陸游 (1125-1210) 等詩家，或祖述仿傚其行事、或賡和傳唱其詩文，逐漸形塑出陶淵明文化偶

⑳ 美國紐約大都會博物館曾於1985年舉辦「文字與意象：中國詩書畫」國際研討會，其中有多篇論文以現存的畫作為依據，討論中國繪畫的抒情表現及其文化意涵，見 Alfreda Murck, Wen C. Fong eds., *Words and Images: Chinese Poetry, Calligraphy, and Painting* (New York: The Metropolitan Museum of Art, 1991). 高居翰教授亦曾專書討論宋明繪畫中的詩情畫意，見 James Cahill, *The Lyric Journey: Poetic Painting in China and Japan* (Cambridge: Harvard University Press, 1996). 2001年4月1日至6月25日，臺北國立故宮博物院舉辦的「文學名著與美術」特展也是基於相同的旨趣，詳參本書〈題畫文學研究概述〉。

像的風采㉑，世人琅琅上口的「歸去來兮」、「桃花源」成爲想像及企慕陶淵明境界的依託，盛行不墜。

　　以〈歸去來兮辭〉在宋代的傳布情況爲例，陳知柔《休齋詩話》云：「陶淵明罷彭澤令，賦歸去來，而自命曰辭。迨今人歌之，頓挫抑揚，自協聲律。」㉒東坡便曾塡〈哨遍〉歌之，〈哨遍〉前序曰：

> 陶淵明賦歸去來，有其詞而無其聲，余既治東坡，築雪堂於上，人俱笑其陋，獨鄱陽董毅夫過而悦之，有卜鄰之意。乃取歸去來詞，稍加檃括，使就聲律，以遺毅夫，使家僮歌之，時相從於東坡，釋耒而和之，扣牛角而爲之節，不亦樂乎。㉓

　　東坡追和淵明詩文盈篇，歌淵明〈歸去來〉，又於謫居昌化期間作〈和陶歸去來兮辭幷引〉㉔，晁說之(1059-1129)云：

㉑ 參王國瓔：《古今隱逸詩人之宗——陶淵明論析》（臺北：允晨文化實業股份有限公司，1999年），頁29-44。鄧仕樑：〈陶謝在唐代的地位試探〉，收於氏著《唐宋詩風——詩歌的傳統與新變》（臺北：臺灣書店，1998年），頁15-38。葛曉音：〈陶詩的藝術成就——兼論有關詩畫表現藝術的發展〉，收於氏著《漢唐文學的嬗變》（北京：北京大學出版社，1990年），頁261-274。關於陶淵明其人與其文學作品在唐宋時期的評價問題，可參看鍾優民：《陶學史話》（臺北：允晨文化實業股份有限公司，1991年）。黃惠菁：《唐宋陶學研究》（高雄：高雄師範大學國文研究所博士論文，1997年）。羅秀美：《宋代陶學研究》（中壢：中央大學中文研究所碩士論文，1997年）。據筆者考察，宋人圖繪及歌詠古代文學家畫像以陶淵明最盛，見本書《北宋題人像畫詩析論》一文。
㉒ 見郭紹虞輯：《宋詩話輯佚》（臺北：華正書局有限公司，1981年），頁485。
㉓ 龍榆生：《東坡樂府箋》（臺北：華正書局有限公司，1985年），卷2，頁145。事又見〈與朱康叔〉：「〔……〕舊好誦陶潛歸去來，常患其不入音律，近輒微加增損，作般涉調哨遍，雖微改其詞，而不改其意。〔……〕」見〔宋〕蘇軾著，孔凡禮點校：《蘇軾文集》，卷59，頁1789。
㉔ 《全宋詩》，冊14，卷830，頁9603-9604。

建中靖國間，東坡和歸去來，初至京師，其門下賓客又從而和之者數人，皆自謂得意也，陶淵明紛然一日滿人目前矣。㉕

至南宋潘璵（一作嶼）〈聽彈歸去來辭〉詩㉖，仍可得見〈歸去來兮辭〉主題之風行。

繪畫〈歸去來兮辭〉的詩意圖據載在唐代已有㉗，可惜吾人缺乏關於唐人畫〈歸去來兮辭〉的進一步資料，宋人題寫的「歸去來圖」大多為李公麟所繪㉘，即使未註明畫者，相信以李公麟之聲名與畫壇地位，理當頗具影響力㉙。《宣和畫譜》記載李公麟有兩幅「歸去來圖」，但並未描述其內容，亦不詳二本之差異，依照《山谷詩集註》及黃庭堅的年譜，山谷約於元祐二年(1087)題寫李公麟畫「歸去來圖」，因此推測其中至少一本的繪

㉕〔宋〕晁說之：《嵩山文集》（上海：上海書店，1984年《四部叢刊續編》本，冊60），卷15〈答李持國先輩書〉，頁13。蘇轍有〈和子瞻歸去來詞并引〉，見《欒城後集》卷5，李之儀作〈跋東坡諸公追和淵明歸去來引後〉，見《姑溪居士後集》卷15，其他參看曾棗莊、曾濤合編：《蘇詩彙評》（臺北：文史哲出版社，1998年），卷43，頁1848-1849 。

㉖《全宋詩》，冊64，卷3341，頁39919。

㉗〔宋〕米芾云：「宗室仲爰字君發，收唐畫陶淵明歸去來。」見《畫史》（臺北：臺灣商務印書館，1983年《文淵閣四庫全書》本），頁9a，總頁7。

㉘據筆者統計《全宋詩》，在宋代約13題14首題寫關於「歸去來圖」的詩作中，除黃庭堅、葛勝仲、朱渙、方回、潘從大、錢選（自畫自題）、翁森未註明畫者之外，其他皆可由詩題或內容得知畫家為李公麟。依《山谷外集》之編排，〈題歸去來圖二首〉與〈題陽關圖二首〉相鄰，又據《山谷別集》卷8〈書伯時陽關圖草後〉得知，「陽關圖」為李公麟所作，〈題陽關圖〉作於元祐初，推想山谷所題「歸去來圖」亦當為李公麟所繪。又，錢選為理宗景定三年(1262)進士，入元後不肯為官，其詩文尚屬南宋風格，畫作則別具元代復古之調，《全宋詩》收錄其作品，故本文討論之，然於附圖部份，為尊重藝術史之斷代習慣，仍標為元朝畫家。

㉙如此推斷並非筆者個人之臆測，觀何澄、錢選、趙孟頫等人之畫作即可得知。又，關於元人圖繪及題寫〈歸去來兮辭〉的情形，見湯順禎：《史實與理想：元代人物繪畫之研究》（臺北：臺灣師範大學歷史研究所碩士論文，1996年）。阮廷瑜：《陶淵明詩論暨有關資料分輯》（臺北：國立編譯館，1998年）。

圖時間在元祐年間㉚。

　　李公麟「歸去來圖」的流傳情形，根據現存文獻得知，曾經收藏過「歸去來圖」的有東坡友人林次中㉛，入宣和內府之後，再出現於南宋趙蘭坡的收藏中㉜。趙蘭坡所藏之「歸去來圖」後歸王子慶，此幅上有「高宗御題李伯時畫歸去來辭，薛紹彭逐段書陶詞，且跋其後」㉝。清代養心殿亦藏有題爲李公麟的「歸去來圖」㉞，不過存世的作品不見宋高宗(1107-1187)的御題與薛紹彭所書陶詞。

　　養心殿所藏題爲李公麟的「歸去來圖」（圖5，以下簡稱「養心殿本」）應是後人摹本，與美國Freer Gallery所藏，同樣題爲李公麟所繪，同樣應爲後人摹寫的「陶淵明歸隱圖」（圖6，以下簡稱「Freer本」）合觀，從畫作相似的表述樣態，可以推測此一題材的基本形製，即使未必遠紹米芾所云唐代繪本，亦不至與李公麟原作相差太多，並可依稀想見宋人題寫時所觀覽

㉚ 見〔宋〕黃庭堅著，〔宋〕任淵、史容、史季溫注：《山谷詩集注・山谷外集》（臺北：藝文印書館，1969年），冊3，頁1123。〔宋〕黃㿥：《黃山谷年譜》（臺北：學海出版社，1979年），頁240。鄭永曉：《黃庭堅年譜新編》（北京：社會科學文獻出版社，1997年），頁199。

㉛ 蘇軾：〈書林次中所得李伯時歸去來陽關二圖後〉，《全宋詩》，冊14，卷813，頁9409。按：林旦，初名雄，字子明，一字次中，嘉祐二年進士，元祐初累遷殿中侍御史，《宋史》卷344有傳。

㉜ 〔宋〕佚名：《趙蘭坡所藏書畫目錄》，收於黃賓虹、鄧實編：《美術叢書》（南京：江蘇古籍出版社，1997年），冊3，頁2937。按：趙蘭坡，名與懃，燕王德昭九世孫，善摹古，繪墨竹。

㉝ 〔宋〕周密：《雲煙過眼錄》，卷上，《美術叢書》本，冊1，頁727。按：薛紹彭，字道祖，號翠微居士，河東萬全人，元祐元年官承事郎，監上清太平宮。

㉞ 〔清〕張照等纂修：《祕殿珠林石渠寶笈・初編（上）》（臺北：國立故宮博物院，1971年），卷6，頁619。李公麟此圖《宣和畫譜》著錄題爲「歸去來分圖」，《石渠寶笈》則作「畫歸去來辭」，爲統一名稱，本文依題畫詩之題目一律稱爲「歸去來圖」，附圖部份則據《石渠寶笈》作「畫歸去來辭」。

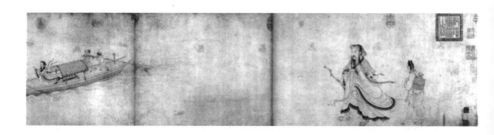

圖5-1 （傳）〔宋〕李公麟「畫歸去來辭」（局部）　臺北故宮博物院藏

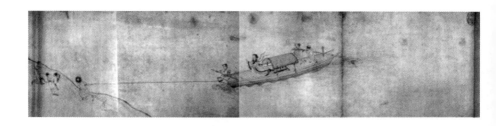

圖5-2 （傳）〔宋〕李公麟「畫歸去來辭」（局部）

圖5-3 （傳）〔宋〕李公麟「畫歸去來辭」（局部）

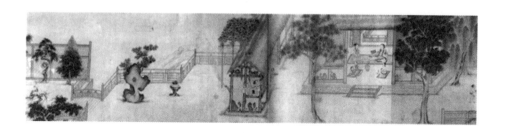

圖5-4　（傳）〔宋〕李公麟「畫歸去來辭」（局部）

圖5-5　（傳）〔宋〕李公麟「畫歸去來辭」（局部）

圖5-6　（傳）〔宋〕李公麟「畫歸去來辭」（局部）

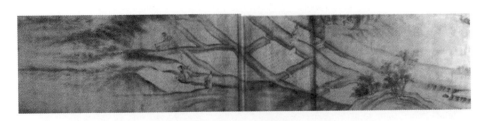

圖5-7　（傳）〔宋〕李公麟「畫歸去來辭」（局部）

圖5-8　（傳）〔宋〕李公麟「畫歸去來辭」（局部）

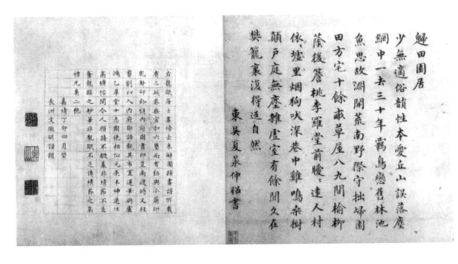

圖5-9　（傳）〔宋〕李公麟「畫歸去來辭」（局部）

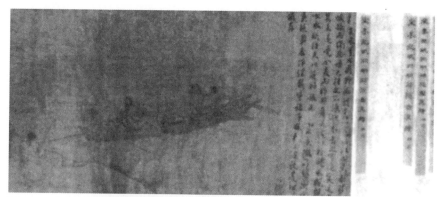

圖6-1　〔宋〕「陶淵明歸隱圖」（局部）　　美國 The Freer Gallery of Art 藏

圖6-2　〔宋〕「陶淵明歸隱圖」（局部）

圖6-3　〔宋〕「陶淵明歸隱圖」（局部）

圖6-4　〔宋〕「陶淵明歸隱圖」（局部）

圖6-5　〔宋〕「陶淵明歸隱圖」（局部）

圖6-6　〔宋〕「陶淵明歸隱圖」（局部）

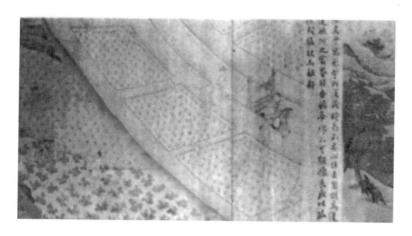

圖6-7 〔宋〕「陶淵明歸隱圖」（局部）

圖6-8 〔宋〕「陶淵明歸隱圖」（局部）

的畫意詩情㉟。「養心殿本」和「Freer本」同爲手卷，由右至
左，順著陶淵明〈歸去來兮辭〉的文意，描繪陶淵明回歸田園的
歷程，畫家採取的是六朝以來形成的敘事畫的構圖方式，主角人
物依照詩文所敘述的情節重覆出現，呈現異時同圖的景象，
「Freer本」將〈歸去來兮辭〉分爲七個段落：

1.從「歸去來兮，田園將蕪胡不歸」至「三徑就荒，松菊猶
存」。

2.從「攜幼入室，有酒盈樽」至「倚南窗以寄傲，審容膝之
易安」。

3.從「園日涉以成趣」至「撫孤松而盤桓」。

4.從「歸去來兮，請息交以絕遊」至「農人告余以春及，將
有事於西疇」。

5.從「或命巾車，或棹孤舟」至「善萬物之得時，感吾生之
行休」。

6.從「已矣乎，寓形宇內，能復幾時」至「懷良辰以孤往，
或植杖而耘耔」。

7.「登東皋以舒嘯，臨清流而賦詩。聊乘化以歸盡，樂夫天
命復奚疑。」

㉟ 「Freer本」的「陶淵明歸隱圖」一般認爲是12世紀（北宋末年）的作品，參
Wen C. Fong, James C.Y. Watt, *Possessing the Past: Treasures from the
National Palace Museum, Taipei* (New York: The Metropolitan Museum of
Art, 1996) , p137. 關於李公麟「歸去來圖」的研究，詳參 Elizabeth Brother-
ton, *Li Kung-lin and the Long Handscroll Illustrations of T'ao Ch'ien's
Returning Home* (Ph.D. diss., Princeton University, 1992). 傳世題爲李公麟
的「歸去來圖」還有美國波士頓美術館、克利夫蘭美術館各一本，前者爲南宋初
畫院所作，後者爲金末作品，見傅熹年、陶啓匀：〈元代的繪畫藝術〉，收於中
國美術全集編輯委員會編：《中國美術全集‧繪畫編5‧元代繪畫》（臺北：錦
繡出版社有限公司，1989年），頁31。

　　這七個段落的區分與選取，顯示畫家對於〈歸去來兮辭〉的理解，以及再現原作文意的構思，畫家在這七個段落之中擇出具有代表性的物件，組合成七個意象完整的獨立畫面，有如定格的場景。〈歸去來兮辭〉的文字書寫於個別畫面的右方，引領觀者辨識畫面的涵意，於是圖象帶有文字插圖的意味，這種圖文搭配的方式和題為顧愷之的「女史箴圖」（圖3）類似，具有說明畫面的作用。

　　「養心殿本」上面沒有〈歸去來兮辭〉原文，畫家首先塑造了鮮明清晰的陶淵明形象：「頭戴襜帽，披以薄紗巾，長及肩背，身穿敞領對襟大袖襌衣，上披毛毳，下穿長裙，手執杖」（圖7）[36]，和「Freer本」若合符節，也和梁楷、何澄(1224-?)、錢選（約1235-1307）以及趙孟頫等人所畫的陶淵明圖像（圖8、圖9、圖10、圖11）類似，所異者在於陶淵明的鞋子，趙孟頫和何澄為陶淵明穿的是文人的鞋履，其他人心目中的陶淵明足著草鞋，顯然更像一位樂在田園的隱者。「養心殿本」的畫家將陶淵明的造型確立之後，他便開始了歸鄉的旅程，雖然沒有文字說明段落的終始，但是和「Freer本」相比對，會發現畫面相當雷同，和「Freer本」一樣，除了起首之外，陶淵明總共在畫中連續出現了八次，都是在「Freer本」所截的最後一段安排了一位「登東皋以舒嘯」與一位「臨清流而賦詩」的淵明，可見畫家認為這兩件事尤其具有值得闡發的重要意義。「養心殿本」花了一些篇幅描繪淵明的居所，整齊的樹木、優雅的太湖石、曲折的圍欄、庭中的盆栽，這些細節使得陶淵明彷彿置身於園林，連他所盤桓的孤松和所舒嘯的東皋都修飾得有如園林造景，著實美化和精緻化了淵明的田園生活。

---

[36] 黃輝：《中國古代人物服飾與畫法》（上海：上海人民美術出版社，1993年，4刷），頁139。

圖7　（傳）〔宋〕李公麟「畫歸去來辭」（局部）

圖8　（傳）〔宋〕梁楷「東籬高士圖」　臺北故宮博物院藏

圖9 〔元〕何澄「歸莊圖」（局部）　吉林省博物館藏

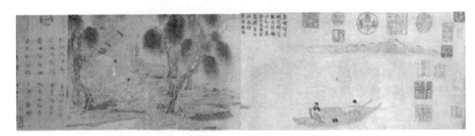

圖10 〔元〕錢選「歸去來圖」　美國大都會博物館藏

圖11 〔元〕趙孟頫「畫歸去來辭」　臺北故宮博物院藏

　　長518.5公分的「Freer本」和長898.8公分的「養心殿本」㊲，
由右向左的構圖動線，不同於懸掛的立軸畫和展示於建築空間裏
的屏風畫，觀賞時必須將畫作平鋪桌面，一邊舒放左手的畫卷，
一邊捲收右手的畫卷，在舒放與捲收的過程之中，停留在觀者眼
前的畫面大約是兩臂張開的距離，這有限的視線範圍與隨機的畫
面終始，蘊含無盡的組合可能，形成流動的時空意義㊳。即使是
文圖並茂的「Freer本」，觀者也未必就依照一段一景，左圖右
書的布局來欣賞，可以凝滯，可以飛逝，觀者主導著每一次〈歸
去來兮辭〉的圖象演出，劇本情節的主旋律不變，節奏的快慢和
敘事的始末完全操控於兩手之間。如果說西元四〇五年陶淵明寫
作了〈歸去來兮辭〉之後便是一種意念表達的完成，不斷以不同
圖象粉墨登場的「歸去來圖」則暗示了永遠不能結束，不能蓋棺
論定的重生，至於「歸去來圖」的題寫，即為搬演過後的裊裊餘
音。

　　在〈歸去來兮辭〉之前，陶淵明還寫了一段序文，交代自己
出仕彭澤令，但「質性自然，非矯厲所得」，不願屈從人事，再
加上「尋程氏妹喪于武昌，情在駿奔，自免去職」，故而再度歸
隱的緣由與經過，由於序文明白題署寫於「乙巳歲十一月」，但

㊲ 此指本幅的長度，不含拖尾。

㊳ 參看蔣勳：〈中國藝術中的時間與空間——長卷與立軸繪畫的美學意義〉，收於
氏著《美的沈思——中國藝術思想芻論》（臺北：雄獅圖書股份有限公司，1987
年，3版），頁96-114。葛婉章：〈漫談手卷〉，《故宮文物月刊》第3卷第12
期（1986年3月），頁114-121。古原宏伸（Kohara Hironobu), "Narrative
Illustration in the Handscroll Format", in Alfreda Murck, Wen C. Fong
eds., *Words and Images: Chinese Poetry, Calligraphy, and Painting* (New
York: The Metropolitan Museum of Art, 1991), pp.247-265. 毛文芳：〈試
論國畫手卷的美學意涵〉，《國立編譯館館刊》第20卷第1期（1991年6月），
頁297-317。

辭文裏卻描述了春天的景象，序文時間和辭意內容的不符，影響到整篇文章寫作時間的判斷，以及全文的解讀，引起了金代王若虛 (1174-1243) 至近當代學者的討論㊴，筆者願意採取楊玉成先生的看法：「序文／正文的時序矛盾可以看作是寫實／想像兩種語言平面的差異所造成的。」㊵亦即，序文敘述的是眞實的事件，正文則想像歸隱的歷程，起始的「歸去來兮」旣表明了自己絕意仕途的決心，也是回應家園呼喚的自我招隱，「它是由許多不斷移動的『現在』所構成」㊶，從「歸去來圖」的觀覽形態，我們也可以映證這種見解。

　　對於寫作〈歸去來兮辭〉的陶淵明而言，回歸家園是即將踏上的未來旅程，「悟已往之不諫，知來者之可追」，「引壺觴以自酌，眄庭柯以怡顏」，將動詞置於句首，顯示作者的堅決意志和行動力，他鋪陳了大量的進行中的動態活動，串聯出怡人的田園景致。陶淵明的幻想在「歸去來圖」中完成，後人觀覽「歸去來圖」時，隨著舒展和捲收的視線移止，「不斷移動的『現在』」落實於筆墨之間，彷彿與淵明重遊歸鄉之路，同感久居樊籠，復返自然的心神曠達，然後又因「農人告余以春及，將有事於西疇」而「或命巾車，或棹孤舟」，展開另一段行旅，至「登東皋以舒嘯，臨清流而賦詩」而歇憩。當觀者掩卷沈思，將神遊的觀感訴諸文字，他們的視覺經驗又再度完成了陶淵明歸隱的理想：

㊴ 參看楊玉成：《陶淵明文學研究》（臺北：政治大學中文研究所博士論文，1992年），頁 246-264。
㊵ 同上註，頁 248。
㊶ 同上註，頁 247。

日日言歸眞得歸，迎門兒女笑牽衣。宅邊猶有舊時柳，
漫向世人言昨非。㊷

小邑絃歌始數旬，迷塗才覺便歸身。㊸

當時想見歸意好，扁舟颼水風吹衣。壺籃未飲入室酒，
玉色先見迎門兒。豈無故老説情話，尚有殘菊依東籬。
雲歸鳥倦自有意，欲辯已忘誰復知。㊹

　「迷塗才覺」，淵明便動身上路，何況「日日言歸」而今
「眞得歸」，詩人看到的是「已歸」的情景，又從「已歸」的情
景回想當時的「歸意」。誠如前文所述，手卷形式的「歸去來
圖」開放了順著主要情節而隨起隨收的敘事時態，這種特色恰好
在詩人的題寫中表現出來，甚至到了南宋，「歸去來圖」的名稱
有簡化爲「歸來圖」的例子㊺，可知「歸去來兮」的「來」字不
僅只是虛化的語助詞，還帶有動詞的方向性和時間感，「歸來」，
一方面是招喚，同時也是心願的達成。

　　就筆者所知，圖繪「歸去來圖」的畫作都沒有描寫〈歸去來
兮辭〉的序文，在題詞或跋尾也沒有書寫序文的文字，畫家和題
寫者爲何忽略這一段？筆者以爲原因之一正是序文的寫實性限制
了「歸去來」主題的「追尋」特質。畫家或題寫者若是同淵明一
樣，將序文置於歸隱的前提和解釋歸隱動機的告白，這一幅「歸
去來圖」便只可以歸屬於淵明一人，仕與隱的抉擇，個人情性與
社會常規的衝突，自我生命價值的肯定都只是淵明個人的問題，

㊷ 黃庭堅：〈題歸去來圖二首〉之一，《全宋詩》，冊17，卷1013，頁11571。
㊸ 葛勝仲：〈跋陶淵明歸去來圖〉，《全宋詩》，冊24，卷1368，頁15702。
㊹ 周紫芝：〈題李伯時畫歸去來圖〉，《全宋詩》，冊26，卷1531，頁17390。
㊺ 如潘從大：〈疏齋以舊作題淵明歸來圖詩見贈依韻奉和〉，《全宋詩》，冊68，
　　卷3581，頁42796。方回：〈題淵明歸來圖〉，《全宋詩》，冊66，卷3506，
　　頁41854。

而序文之後的正文也就僅僅提供了個人的解決途徑。相反地，直接從正文揭示棄官歸田的決心，具體呈現「舟遙遙以輕颺，風飄飄而吹衣」情景的「歸去來圖」，雖然望而即知為淵明，卻是超越歷史上真實存有的單一主體的一個文化概念和符號，畫上的淵明可以是八百年前早已作古的「古今隱逸詩人之宗」，一個「他者」，使人敬慕；也可以即為畫家或觀者自身的投射或寄託，一個「我的理想」，令人反躬自省，見賢思齊，這種遊移回復於「他」與「我」之間的觀點，在題畫詩中處處可見。

　　當詩人以歷史上的淵明視之，他關心的是淵明如何於進退出處的矛盾中折衝個人安身立命之道，也就是提出自己對於淵明為何引遁山林的理解。基本上，詩人的想法有兩端，一是不肯仕晉，不願委屈亂世；一是淵明個人情性使然。

　　黃庭堅云：「人間處處猶崔子，豈忍更令三徑荒。」[46]《論語‧公冶長》云：「崔子弒齊君，陳文子有馬十乘，棄而違之，至於他邦，則曰：『猶吾大夫崔子也。』」山谷以崔子比喻劉裕纂晉，時代紛亂，不如歸去；錢選題自己的畫作曰：

> 衡門植五柳，東籬采叢菊。長嘯有餘清，無奈酒不足。
> 當世宜沈酣，作色召侮辱。乘興賦歸歟，千載一辭獨。[47]

　　趙蕃(1143-1229)也和錢選一樣，認為淵明借酒消憂乃時代環境使然：「淵明豈樂居巖藪，逢此百罹聊飲酒。」[48]葛勝仲(1072-1144)云：「欲從典午完高節，聊與無懷作外臣。」[49]

---

[46] 黃庭堅：〈題歸去來圖二首〉之一，《全宋詩》，冊17，卷1013，頁11571。
[47] 錢選：〈題歸去來圖〉，《全宋詩》，冊68，卷3582，頁42805-42806。
[48] 〈題歸去來圖〉，《全宋詩》，冊49，卷2616，頁30393。
[49] 葛勝仲：〈跋陶淵明歸去來圖〉，《全宋詩》，冊24，卷1368，頁15702。

「典午」意謂「司馬」，指淵明忠於晉室，晉室旣已覆亡，則退
隱以作無懷氏之民。

潘從大（1262進士）極言淵明的耿耿孤忠，感慨其有志難伸
之苦：

> 公歸豈爲三徑松，取節荊軻讎祖龍，平生大義要其終。
> 遯身甘混田舍翁，肯隨一世皆尚同。言言易水詩見志，
> 撫卷陡覺辭深雄，誰知筆補造化工。寓懷麴蘗匪昏醉，
> 孤忠耿耿蟠心胸。紆轡幾許塵埃中，柴桑不與車馬通。
> 八表同昏雨濛濛，皦日行天西復東。當年榮木隨時窮，
> 黃花今猶傲秋風。〔……〕[50]

北宋夏倪則推崇淵明的人生境界不受世俗規範的制約：

> 先生抱道肯乞憐，凜凜有面方如田。何能爲此五斗粟，
> 折腰鄉里小兒前。顧視銅章等涕吐，賦歸唾詞如涌泉。
> 〔……〕[51]

已經被偶像化的陶淵明，成爲後世渴望身心自由的典範人
物，觀賞「歸去來圖」，除了承載陶淵明的歷史重量，歸結於觀
者自己的，是那難以企及的行爲高度：

> 流傳匪獨遺怡玩，端使懦夫懷凜然。[52]
> 韻絕難追神易倦，使我空然汗顏面。[53]

---

[50] 潘從大：〈疏齋以舊作題淵明歸來圖詩見贈依韻奉和〉，《全宋詩》，冊68，卷
3581，頁42796。
[51] 夏倪：〈次韻題歸去來圖〉，《全宋詩》，冊22，卷1318，頁14967。
[52] 釋祖可：〈李伯時作淵明歸去來圖王性之刻於琢玉坊病僧祖可見而賦詩〉，《全
宋詩》，冊22，卷1288，頁14610。
[53] 夏倪：〈次韻題歸去來圖〉，《全宋詩》，冊22，卷1318，頁14967。

我今此意不自事，老去見畫空慚非。(54)

開圖我亦有遺恨，不得執屨從其後。(55)

拜公遺像讀公傳，眼高千載爲之空。(56)

現實的我，畢竟還是必須過著爲五斗米折腰的日子，因此，所謂的「汗顏」、「慚非」、「遺恨」，不僅是基於對陶淵明的崇敬，也洩露了不敢面對自己眞正心靈需求的規避與猶疑。筆者以爲：題寫「歸去來圖」引伸至淵明歸隱初衷的話題固然熱烈，但是更值得思考的是深入隱遁本身，設想個體如何與群體共生，又如何離群索居，接受與世隔絕的孤寂與靜默？關於這一點，方回(1227-1307)從〈歸去來兮辭〉「以心役形」的角度談到：

人以心形役，方寸有所主。陋巷足簞瓢，外物肯妄取。

心或爲形役，飢腸内煎煮。未必得鼎食，湯鑊已烹汝。

淵明歸去來，妙甚第三語。自形役自心，何乃浪自苦。

此理一以悟，公相亦糞土。而況折我腰，不過米斗五。

昨非謝督郵，今是睎衡宇。易有不復遠，艮曰止其所。

聖之清若和，高風夷惠伍。懦立薄夫敦，仰止邁終古。(57)

老子曰：「吾所以有大患，爲我有身。」形體的不自主源於心靈的受約束，在沸沸揚揚的人世間鑽營覓食，我們也可能是鼎鑊中的魚肉，是要奪個頭角崢嶸？還是爭得頭破血流？堅持信念與妥協衆議，何者是安頓自我的方式？陶淵明說服自己道：「寓

(54) 周紫芝：〈題李伯時畫歸去來圖〉，《全宋詩》，册26，卷1531，頁17390。
(55) 趙蕃：〈題歸去來圖〉，《全宋詩》，册49，卷2616，頁30393。
(56) 潘從大：〈疏齋以舊作題淵明歸來圖詩見贈依韻奉和〉，《全宋詩》，册68，卷3581，頁42796。
(57) 〈題淵明歸來圖〉，《全宋詩》，册66，卷3506，頁41854。

形宇內，能復幾時？何不委心任去留！」放下形軀的桎梏，超脫
塵世的慾念，回歸田園故里，在自然中通透關照本我，傾聽純然
真實的生之禮讚，何其自在逍遙[58]！

　　然而，從陶淵明的詩文中，我們其實也發現孤子一身，貧窮
無奈的愁苦，他並不掩飾克服蹇困的辛酸，用更堅強的意志激勵
和成就自己的生命價值，於是，一個永恆的隱者形象樹立了，他
滲透文人文化中，薰染徘徊於理想與現實之間的靈魂，淵明的範
示性有如淘洗濁汙的救贖，激發「有為者亦若是」的勇氣，或者
令人汗顏愧慚，以書寫脫卸「心為形役」的煩惱，「歸去來圖」
的觀覽和題寫正是這種淨化的過程。

　　《宣和畫譜》記敘李公麟畫陶潛「歸去來圖」曰：「不在於
田園松菊，乃在於臨清處」[59]，意指不拘於松菊等具體物象，而
是朝著抽象的內心情感去酙磨，「養心殿本」和「Freer本」的
「歸去來圖」都以登皋舒嘯和臨流賦詩的淵明作結（圖12、圖
13），尤其是幽坐水畔吟哦沈思的詩人，巾帶飄飄，昂首望向畫
幅之外，好似有言之不盡，綿延悠長的餘韻[60]，南宋還有只寫
「臨流賦詩」的作品[61]，可見這一場景頗具代表性。

---

58 關於隱逸，參看劉文剛：《宋代的隱士與文學》（成都：四川大學出版社，1992
　　年）。張立偉：《歸去來兮：隱逸的文化透視》（北京：三聯書店，1995年）。
　　王文進：《仕隱與中國文學──六朝篇》（臺北：臺灣書店，1999年）。
59 《宣和畫譜》，卷7，頁7b。
60 方聞教授曾經指出：「臨流賦詩」的意境影響南宋馬遠等畫家的山水點景人物安
　　排，獨坐溪畔沈思默想的文人，將視線投向畫外，彷彿牽引觀者進入一個深邃的
　　心理空間。參 Wen C. Fong, James C.Y. Watt, *Possessing the Past: Trea-*
　　sures from the National Palace Museum, Taipei, pp.134-137. Wen C. Fong,
　　Beyond Representation (New York: The Metropolitan Museum of Art ,
　　1992), pp.270-272.
61 翁森：〈題陶淵明臨流賦詩圖〉，《全宋詩》，冊68，卷3593，頁42916。

圖12　（傳）〔宋〕李公麟「畫歸去來辭」（局部）

圖13　〔宋〕「陶淵明歸隱圖」（局部）

〈歸去來兮辭〉中不斷追尋的行旅，到了「臨流賦詩」暫時停歇，「臨流賦詩」不是個休止符，當淵明臨流靜思，開展出的是生生不已的文學創作，是超出形軀的枯槁衰老和個體的有限年壽，得以薪盡火傳的不朽生命。因此，「歸去來圖」的繪製和題寫，便是這不朽生命的無盡延伸。

再者，詩人又以生花妙筆賦予〈歸去來兮辭〉及「歸去來圖」新的情韻，即所謂「詩傳畫外意」。例如於無聲的畫作裏設想鄉土的招喚：「古木參天叫杜鵑，春愁渾在夕陽邊」(62)，「春愁渾在夕陽邊」扣著「景翳翳以將入」，但聲聲「不如歸去」的杜鵑鳥其實是詩人的想像，淵明原文與畫家作品中並沒有杜鵑的意象，詩人從淵明的一片歸心裏彷彿聽見了杜鵑的催促，畫外有聲，聲傳千載。黃庭堅最爲擅長從文學典故裏增添詩意圖的涵義，重塑畫外之意，他的題詩總結於「誰與老翁同避世，桃花源裏捕魚郎」(63)，不復得桃花源之路的漁人與記敘桃花源故事的淵明同返淵明故里，如此奇思妙想簡直是一篇後設小說，然而也唯其如此，轉喻了淵明歸去的正是人間桃源，將地理上的故鄉提昇爲文化心靈上的桃源，於是〈歸去來兮辭〉與「歸去來圖」的閱覽遂成爲不須地圖，超越時空，無入而不自得的漫遊。

三、時空定格：題「憩寂圖」詩

蘇軾堂妹婿柳仲遠曾經請蘇軾和李公麟合作過一幅「松石圖」，不久之後，大約在哲宗元祐三年 (1088)，仲遠又取杜甫

(62) 朱渙：〈題徐禮部家歸去來圖〉，《全宋詩》，册47，卷2510，頁29019。
(63) 黃庭堅：〈題歸去來圖二首〉之二，《全宋詩》，册17，卷1013，頁11571。

「松根胡僧憩寂寞，龐眉皓首無住著，偏袒右肩露雙腳，葉裏松子僧前落」詩句，再來求畫，於是有「憩寂圖」之作(64)。根據蘇轍的題詩，「憩寂圖」是由蘇軾畫石，李公麟畫松及老僧，其詩云：

東坡自作蒼蒼石，留取長松待伯時。只有兩人嫌未足，
更收前世杜陵詩。(65)

子由的題詩點出了「松石圖」與「憩寂圖」文化情境的差異。圖象的題材類似，然而寓含杜甫詩意的「憩寂圖」卻更具豐富的內涵，因此，畫作的標題與詩文題寫是爲詩意圖喻義的重要來源。

柳仲遠得到「憩寂圖」之後，文獻上再沒有相關的流傳訊息，只有南宋鄧椿《畫繼》記錄蘇軾和李公麟作畫的事情。現今得見題爲「憩寂圖」的南宋作品 (圖 14) 究竟有多少蘇李原畫的成份，吾人不得而知，此畫現藏上海博物館，繪一僧袒腹趺坐，斜倚松根，松枝懸吊著葫蘆，地上鋪設紙筆，僧人似在冥思。「憩寂圖」的畫題雖然失傳，圖繪松下僧人的畫作倒還是從杜詩裏孳乳靈感，例如南宋釋居簡 (1164-1246)〈古松下禪僧圖〉云：

眼明千載老風煙，幽思悠然喜欲顛。疑在浣花詩裏見，
只無松子落僧前。(66)

---

(64) 事見蘇軾：〈題憩寂圖詩〉，《蘇軾文集》，卷 68，頁 2138。筆者曾經考察過「憩寂圖」的創作時間及背景，見衣若芬：《蘇軾題畫文學研究》，頁 226。

(65) 蘇轍：〈子瞻與李公麟宣德共畫翠石古木老僧謂之憩寂圖題其後〉，《全宋詩》，冊 15，卷 863，頁 10024。

(66) 《全宋詩》，冊 53，卷 2797，頁 33218。

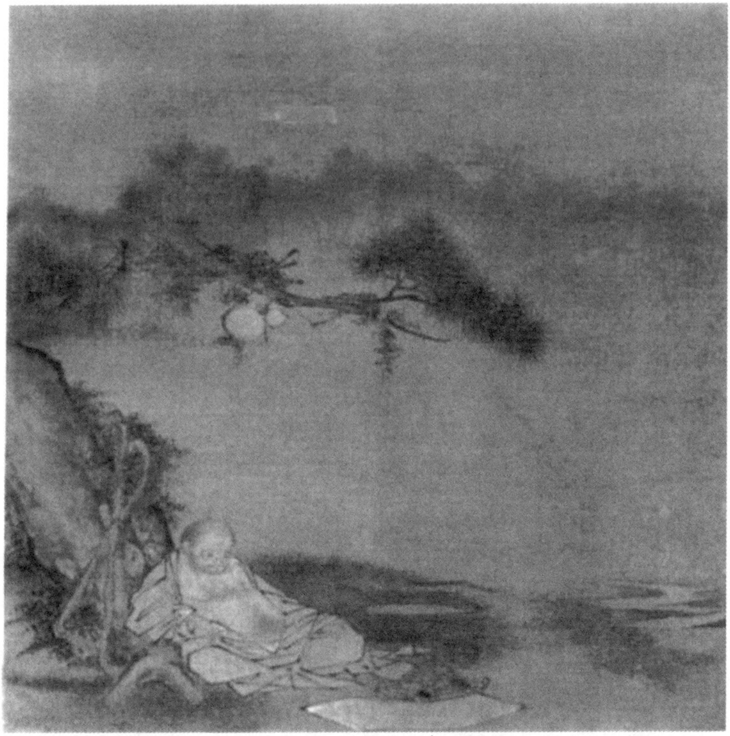

圖14 〔宋〕「憩寂圖」 上海博物館藏

「憩寂圖」的創作背景顯示類似的「截句式」的詩意圖在宋代頗有好之者，雖然史料上記載六朝已經有圖繪截句式詩意圖的例子，但是這種詩意圖大約於中唐以後才盛行，究其原因，筆者以爲與摘選佳詞秀句以爲學習範例的「詩句圖」的風氣有關(67)。

(67) 關於詩句圖對於文學批評的影響，參看羅根澤：《晚唐五代文學批評史》（臺北：臺灣商務印書館，1996年），第4章〈詩句圖〉，頁89-106。黃維樑：〈詩話詞話中摘句爲評的手法——兼論對偶句和安諾德的「試金石」〉，收於鄭樹森、周英雄、袁鶴翔主編：《中西比較文學論集》（臺北：時報文化出版企業有限公司，1986年，3刷），頁61-78。

　　「詩句圖」又稱「句圖」，雖名爲「圖」，但並非繪畫，例如李洞《集賈島詩句圖》、宋太宗 (939-997) 好楊徽之詩，「御選集中十聯寫於屏」[68]。宋眞宗 (968-1022) 寵臣劉琮（一作綜）「寫御選句圖立於晉祠」[69]。詩僧惠崇「自撰句圖，凡一百聯」[70]。魏泰《臨漢隱居詩話》云：「惠崇〔……〕有百句圖刊石於長安，甚有可喜者」[71]，惠崇的一百聯句圖，據吳處厚《青箱雜記》（作於1087）卷九記載有：

> 〈書楊雲卿別墅〉云：「河分崗勢斷，春入燒痕青。」〈長信詞〉云：「陰井生秋草，明河轉曙遲。」〈送遠上人西遊〉云：「地形吞蜀盡，江勢拘蠻迴。」〈江行晚泊〉云：「嶺暮春猿急，江寒白鳥稀。」[72]

　　從以上的詩例可得知，「詩句圖」著重的聯句大多是寫景的對句，句中以巧妙的動詞將風景點化得活潑生動，如「河分崗勢斷，春入燒痕青」的「分」與「入」，前者呈現了河流的動勢，後者顯露春色浸染山水之深刻，「崗勢斷」是立體的縱高，「燒痕青」是橫切的平面，「斷」字形容山之陡峭，「青」字鋪設眼前的色彩，詩人巧構形似之言，以文字寫出了一幅山水畫。

　　詩句圖書寫於屏風或鐫刻於立石，旣是展示文字之美，使讀

---

[68] 〔宋〕陳應行：《吟窗雜錄》，卷35，又見〔宋〕釋文瑩：《玉壺清話》（北京：中華書局，1997年），卷5，頁46。

[69] 〔宋〕釋文瑩：《玉壺清話》，卷1，頁2。

[70] 〔宋〕吳處厚：《青箱雜記》（北京：中華書局，1997年，2刷），頁94。

[71] 〔宋〕魏泰：《臨漢隱居詩話》（臺北：新興書局，1988年《筆記小説大觀》本，28編，第3冊），頁1900。

[72] 〔宋〕吳處厚：《青箱雜記》，頁94。

者聯想詩情意象，也便利了傳布，它一方面提示詩歌典範，指導讀者如何創作，另一方面也建立了讀者的審美判斷。賈島詩的孤寒清冷，惠崇詩的素樸勁健，富於視覺形象的描寫語彙，或許也提供了畫家的創作靈感，《林泉高致》記敘郭熙涵泳古今詩句的心得道：

〔……〕更如前人言：「詩是無形畫，畫是有形詩」，〔……〕余因暇日，閱晉唐古今詩什，其中佳句，有道盡人腹中之事，有裝出人目前之景，然不因靜居燕坐，明窗淨几，一炷爐香，萬慮消沈，則佳句好意亦看不出，幽情美趣亦想不成，即畫之生意，亦豈易有及乎？⑦③

　　郭熙喜愛的詩句有長孫左輔的〈尋山家〉：「獨訪山家歇還涉，茅屋斜連隔松葉。主人聞語未開門，繞籬野菜飛黃蝶。」和杜甫的「舍南舍北皆春水，但見群鷗日日來」，王維的「行到水窮處，坐看雲起時」等等。這些詩句都寓情於景，《宣和畫譜》卷十一著錄有郭熙「詩意山水圖」二幅，或許即由此興發畫面的聯想。

　　徽宗畫學以古人詩句命題，採取的也是截句式的詩意圖，以測驗考生是否通曉詩意，並且形諸筆下，宋人畫史和筆記中記錄其考題和表現方式如：

「野水無人渡，孤舟盡日橫」，自第二人以下，多繫空舟岸側，或拳鷺於舷間，或棲鴉於篷背，獨魁則不然，畫一舟人臥於舟尾，橫一孤笛，其意以為非無舟人，止無行人耳，且

---

⑦③ 〔宋〕郭熙撰，〔宋〕郭思編：《林泉高致集》，頁13b-14a，總頁579。

以見舟子之甚閑也。(74)

唐人詩有「嫩綠枝頭紅一點，動人春色不須多」之句。聞舊時嘗以此試畫工，眾工競於花卉上粧點春色，皆不中選，惟一人於危亭縹緲隱映處，畫一美婦人憑欄而立，眾工遂服，此可謂善體詩人之意矣。(75)

「踏花歸去馬蹄香」，〔……〕有一名畫克盡其妙，但掃數蝴蝶飛逐馬後而已，便表得馬蹄香出也，果皆中魁選。(76)

不同於圖繪全篇的詩意圖的完整敘事性，截句式詩意圖由於選取的句子偏於寫景，敘事性較弱，而且往往以部份（詩句）含括整體（全篇），或是以定格的畫面暗示景致的流動，因此圖象頗富象徵性和想像的空間，例如以美人象徵春色，以飛逐馬後的蝴蝶想像「踏花」的香郁，甚而日益朝向抽象化的思考發展，妙在畫面所懸置的絃外之音。

畫學考試導引出的創作趨向和審美意識自然有其文化背景，「憩寂圖」則爲其中之一。「憩寂圖」題目的訂定並且引發了一些想法：「憩寂圖」摘取杜詩，但不以「『松』根胡『僧』憩寂寞」的「松僧」爲題——「松僧圖」的名稱既扣詩句，畫面主題也很清楚明白，卻和前述蘇李曾經合作過的「松石圖」一樣，不足以表達其爲詩意圖的特殊性質。相反地，不落質實名相的「憩寂」二字指向的是一種情境氛圍，乍看之下不明究理，非熟悉杜詩，具有文化素養的讀書人無以含英咀華，「善體詩人之意」，

---

(74)〔宋〕鄧椿：《畫繼》（《畫史叢書》本），卷1，頁3。有關徽宗畫學以詩句測試畫工的情形，參看李慧淑，〈宋代畫風轉變之契機——徽宗美術教育成功的實例（上）〉，《故宮學術季刊》1卷4期(1984年)，頁71-91。

(75)〔宋〕陳善：《捫蝨新話》（北京：中華書局，1985年《叢書集成初編》本），上集，卷1，頁3。

(76)〔宋〕俞成：《螢雪叢說》，卷上，頁7。

因此，以「憩寂圖」取代「松僧圖」，略有隔閡的題目爲並不新鮮的圖象結構提供了知識的智趣，也留存了畫外的餘韻。

「憩寂」二字作爲繪畫標題，的確是個空前絕後的組合，它來自杜甫〈戲爲韋偃畫雙松圖歌〉，其詩曰：

> 天下幾人畫古松？畢宏已老韋偃少。絶筆長風起纖末，
> 滿堂動色嗟神妙。兩株慘裂苔蘚皮，屈鐵交錯迴高枝。
> 白摧杇骨龍虎死，黑入太陰雷雨垂。松根胡僧憩寂寞，
> 龐眉皓首無住著。偏袒右肩露雙腳，葉裏松子僧前落。
> 韋侯韋侯數相見，我有一匹好東絹。重之不減錦繡段，
> 已令拂拭光凌亂，請公放筆爲直幹。(77)

杜詩爲韋偃所畫的雙松圖而作，先從畫史的地位肯定韋偃畫松的藝術成就，接著描述其筆力神妙，令人驚嘆，雙松圖的畫面是兩株長滿苔蘚的老松，松枝屈曲如鐵，交錯迴環。畫筆枯淡之處，是如龍虎的杇骨般剝蝕的樹幹；畫筆濃潤之處，則是有如雷雨低垂般陰森的枝葉。松樹下有一位濃眉白髮的胡僧寂然小憩，他袒肩露腳，意態自得，無視於從樹上墜落的松子，彷彿已經入定。詩人由於深愛韋偃的作品，故而備絹求畫，本詩的收結又是另一首題畫詩創生的契機。

柳仲遠摘取的「松根胡僧憩寂寞，龐眉皓首無住著，偏袒右肩露雙腳，葉裏松子僧前落」四句，在杜詩中只是畫面的一隅，被蘇李二位格放成焦點。「松根胡僧憩寂寞」，依照一般的習慣可能作「寂寞胡僧憩松根」，經過杜甫的倒裝，不順的詞句引人於誦讀時產生頓挫之感，又因「平平平平仄仄仄」的格局而有了

(77)〔清〕仇兆鰲注：《杜詩詳注》（臺北：里仁書局，1980年），卷9，頁757-758。

艱澀的況味，這種艱澀的況味因著畫中胡僧的坦然自適得到舒
放，一張一弛，跌宕起伏。「葉裏松子僧前落」，從「葉裏」到
「僧前」的松子，隱含了時間的流逝，使得「憩」字有了時間距
離的落點，襯托胡僧的靜默安詳。

　　至於標爲畫題的「憩寂」二字，動詞的「憩」字與形容詞
「寂」字被單獨挑出使用，成爲一個含義模糊的新名詞。就個別
的字義上說，「憩」指休息，是短暫的停留，「寂寞」則含有寧
靜冷清和觀禪入定雙義。「憩寂」，像是停頓與未完成，停頓是
爲了再起，是短暫的止息之後，完成那未完成的人生參悟。杜甫
的四句詩，被凝縮成意義開放的片斷時空，畫家儘管不背離原詩
的內容，但也自由發揮對於原詩的闡述，營造原作所無的圖象
(icon)，「憩寂圖」裏便出現杜詩中所無的石，而且據蘇轍的
詩，蘇軾是在李公麟之前先畫了石，蘇軾題曰：

> 東坡雖是湖州派，竹石風流各一時。前世畫師今姓李，
> 不妨還作輞川詩。[78]

　　東坡自認雖以文同 (1018-1079) 開創的湖州竹派著稱，畫石
工夫亦不遜色，並引王維「宿世謬詞客，前身應畫師」[79]詩，將
李公麟與王維相提並論，由「憩寂圖」裏禪定的靜寂聯想到王維
輞川詩中空靈的禪趣[80]。

---

[78] 蘇軾：〈次韻子由題憩寂圖後〉，《全宋詩》，冊14，卷830，頁9600。

[79] 王維：〈偶然作〉六首之六，〔清〕趙殿成箋注：《王右丞集箋注》（上海：上
　　海古籍出版社，1998年，2刷），卷5，頁75。

[80] 關於王維輞川詩中的禪意，參看楊文雄：《詩佛王維研究》（臺北：文史哲出版
　　社，1988年）。孫昌武：《禪思與詩情》（北京：中華書局，1997年）。蕭麗
　　華：《唐代詩歌與禪學》（臺北：東大圖書公司，1997年）。皮述民：《王維探
　　論》（臺北：聯經出版事業公司，1999年）。葉淑麗：〈王維《輞川集》詩的禪
　　趣〉，《嘉南學報》第22期(1996年)，頁232-240。

東坡將李公麟稱作「畫師」，一度引起時人的議論，黃庭堅爲東坡解釋道：「或言子瞻不當目伯時爲前身畫師，流俗人不領，便是語病。伯時一丘一壑，不減古人，誰當作此癡計。子瞻此語是眞相知。」(81)和王維一樣，李公麟也曾經隱居山林，他高遠的情志不亞於古人，東坡「前身畫師」的說法並無不妥。

的確，身兼「隱者」、「官員」、「詩人」與「畫家」，李公麟與王維在角色身份和藝文才情等方面都相當接近，兩人均曾隱居和出仕，王維有輞川別業；李公麟有龍眠山莊。王維的繪畫藝術被東坡推崇備至；李公麟的水墨與白描技法在畫史上的成就亦有目共睹。王維有「詩佛」之譽；李公麟雖然詩名不揚，但亦能賦詠(82)，李公麟並曾畫過王維，蘇軾有詩曰：

> 前身陶彭澤，後身韋蘇州。欲覓王右丞，還向五字求。
> 詩人與畫手，蘭菊芳春秋。又恐兩皆是，分身來入流。(83)

因此，「不當目伯時爲前身畫師」反對的不是與王維齊名，而是「畫師」的稱謂被認爲有貶損之意，不適合用來稱呼或類比李公麟。王維自言「前身應畫師」是肯定自己文學之外的繪畫長才，然而，若以「畫師」指稱他人，感受便大不相同，黃庭堅沒有正面肯定「畫師」的身份，轉以頌揚李公麟不讓王維專美於前的品德操守，其實並不足以止息時人的質疑。

---

(81) 〈題李伯時憩寂圖〉，〔宋〕黃庭堅：《豫章黃先生文集》（臺北：臺灣商務印書館，1979年《四部叢刊正編》本），卷27，頁306。

(82) 關於李公麟與王維的比較，參看 Robert E. Harrist, *Painting and Private Life in Eleventh-Century China: Mountain Villa by Li Gonglin* (Princeton, N.J.: Princeton University Press, 1998) 又，根據筆者研究，東坡是樹立王維繪畫地位的關鍵，參衣若芬：《蘇軾題畫文學研究》，頁70-105。

(83) 蘇軾：〈次韻黃魯直書伯時畫王摩詰〉，《全宋詩》，冊14，卷830，頁9600。

　　「前身畫師」的問題雖不能令人滿意地解決，思索問題形成的原因，以及其提出的方式仍是有意義的，它顯示當時人對於「畫師」職業的態度。李公麟擅畫，但並非繪圖工匠，東坡嘗言：「古來畫師非俗士，摹寫物象略與詩同」[84]，「古來畫師非俗士，妙想實與詩同出」[85]，力圖提舉「畫師」的社會地位，並且以王維爲範例，有意建立繪畫的文化價值，可是尚未被廣泛接受，人們需要一個新的名詞去重新認識像李公麟和王維這種畫家的藝術作品。大約就與「憩寂圖」創作的時間相去不遠，東坡提出了「士人畫」的名稱，其言曰：「觀士人畫，如閱天下馬，取其意氣所到。」[86]畫家的個人素質是意氣之所從出，繪畫與文學同樣能夠抒情寫志，正如李公麟所云：「吾爲畫，如騷人賦詩，吟詠情性而已」[87]。

　　情性之抒發，或爲無形之畫，或爲無聲之詩，黃庭堅題寫「憩寂圖」云：

　　　　松寒風雨石骨瘦，法窟寂寥僧定時。李侯有句不肯吐，
　　　　淡墨寫出無聲詩。[88]

　　「無聲詩」的比喩，是宋人解析繪畫的質素的結果，釋惠（德）洪(1071-1128)[89]亦曾題東坡畫曰：「雪裏壁間枯木枝，

---

[84]〈歐陽少師令賦所蓄石屏〉，《全宋詩》，冊14，卷789，頁9143。

[85]〈次韻吳傳正枯木歌〉，《全宋詩》，冊14，卷819，頁9483。

[86]蘇軾：〈又跋漢傑畫山二首〉之二，《蘇軾文集》，卷70，頁2216。關於「士人畫」，參看衣若芬：〈「士人畫」與雅俗之辨〉，《蘇軾題畫文學研究》，頁286-308。

[87]《宣和畫譜》，卷7，頁9b。

[88]〈次韻子瞻子由題憩寂圖二首〉之一，《全宋詩》，冊17，卷987，頁11382。

[89]有關釋惠洪之名號及生平，詳參黃啓方：〈釋惠洪五考〉，收於氏著：《宋代詩文縱談》（臺北：臺灣商務印書館，1997年），頁241-272。

東坡戲作無聲詩。」⑩繪畫本是視覺藝術，卻被要求與具有聽覺效果的語言文字相比，在無聲的圖象世界裏形構詩的美感，詩意圖的製作恰好正是這種理想的實踐，是畫家涓涓情思的娓娓吐露，而詩意圖的題寫則是有聲之詩轉譯爲無聲之詩，再爲之發言的第二層聲音，它可能籠罩原詩，可能覆蓋圖畫，也可能僅是旁白，詩／詩意圖／題詩意圖詩彼此往復指涉，彷彿前者呼，後者應，山陰道上，應接不暇。

黃庭堅「無聲詩」的形容，又與「憩寂圖」的意趣十分符合，「憩寂」，本就是「無聲」，「憩寂圖」摹寫杜甫詩意，所傳達的即是詩中寧謐清靜，安然自在的境界，但是，誠如前文所云，「憩寂」暗示的是停頓與未完成，是暫時閒憩之後的再出發，並非「死寂」，亦非「圓寂」，因而有「葉裏松子僧前落」的時間感，延續畫中人物的生命氣息。「憩寂」的「無聲」又由畫面的宛若「有聲」反襯，黃庭堅云：「松含風雨石骨瘦，法窟寂寥僧定時」，蒼勁的松與堅定的石在畫家的筆墨渲染之下顯得氣勢飛動，寂寥的僧人泰然入定，是動態之中的靜止，令人聯想馬麟的「靜聽松風圖」(圖 15)，圖上的水波、松葉、繞纏枝幹的藤蘿、乃至於松下文人的衣襟與鬚髯，都被風吹拂得飄飄然，虯結的松樹與巨石的稜角，呈現不穩定的狀態，依松屈左膝而坐的文人手支樹幹，也是一付欲傾欲倒的模樣，這起伏的動勢卻不見擾攘，因爲人心之靜，得以縱浪大化，動靜之間的制衡與折衝，便是人與自然契合的玄機。

---

(90) 《石門文字禪》（臺北：臺灣商務印書館，1979年《四部叢刊正編》本），卷4〈戒壇院東坡枯木張嘉夫妙墨童子告以僧不在不可見作此詩示汪履道〉，頁35。關於詩與畫的藝術表現，參鄧喬彬：《有聲畫與無聲詩》（上海：上海社會科學院出版社，1993年）。

圖15　〔宋〕馬麟「靜聽松風圖」　臺北故宮博物院藏

明代胡應麟(1551-1602)云：「太白五言絕，自是天仙口語，右丞卻入禪宗，如『人閒桂花落，夜靜春山空。月出驚山鳥，時鳴春澗中。』〔……〕讀之身世兩忘，萬念皆寂。」(91)且看王維輞川詩：「木末芙蓉花，山中發紅萼，澗戶寂無人，紛紛開且落」（〈辛夷塢〉），無人的空山幽谷，辛夷自開自落，茱萸兀自結實：「結實紅且綠，復如花更開」（〈茱萸沜〉），無須費力辨認，是花是實都不重要，正如孔子曰：「天何言哉，四時行焉，百物生焉」，人文的語言智識不是自然萬物的存在依憑，天地亦非由主觀的「我」構成其意義。「獨坐幽篁裏，彈琴復長嘯，深林人不知，明月來相照」（〈竹里館〉），「我」在竹林間彈琴、長嘯，人爲的音響無以穿透宇宙的闃寂，「獨坐」的「我」唯有明月爲伴，人雖不知，但也不求人知。輞川詩裏的「人」對照主觀的「我」，「人」儘管沒有出現，「我」卻可以從聲響裏得知「人」之存有：「空山不見人，但聞人語響，返景入深林，復照青苔上」（〈鹿柴〉），唯其有「人」，「我」才顯示出獨特性；唯其有「人語響」，才更烘托山之「空」。無聲的光線隨時間而斜移，那映照日影的青苔，如同自開自落的花實，在無聲的間架裏幻設永恆。東坡提醒李公麟「不妨還作輞川詩」，輞川詩與憩寂圖相協的，或許即是這般動靜互參，完滿自足的和諧幽境(92)。

---

(91)〔明〕胡應麟：《詩藪》（臺南：莊嚴文化事業有限公司，1997年《四庫全書存目叢書》本），內編，卷6，頁16b，總頁693。

(92) 王維詩中的畫境向來是學者析論王維詩，解讀山水田園詩作美感經驗之重點，詳參李豐楙：〈山水詩傳統與中國詩學〉，收於羅宗濤等著：《中國詩歌研究》（臺北：中央文物供應社，1985年），頁89-130。袁行霈：〈王維詩歌的禪意與畫境〉，收於氏著：《中國詩歌藝術研究》（臺北：五南圖書出版公司，1989年），頁197-216。葛曉音：《山水田園詩派研究》（瀋陽：遼寧大學出版社，1993年）。

　　此外，「不妨還作輞川詩」又爲「憩寂圖」開顯了蓬勃的生意。東坡不從「憩寂圖」聯繫至「輞川圖」，而是回歸文學傳統，從王維輞川詩裏汲取滋養的精髓，順著詩意圖的生成邏輯，我們可以想像其山泉奔湧般的創造活力，經由不斷的觀想與閱讀，飛散種籽，繁衍生機：

　　杜詩→憩寂圖→題憩寂圖詩→輞川詩→（輞川圖）→（題輞川圖詩）……

四、離歌翻唱：題「陽關圖」詩

　　李公麟所創作的詩意圖除了「歸去來圖」、「憩寂圖」，還有「九歌圖」、「孝經圖」、「陽關圖」等等[93]，其中受到宋代文人題詠最盛的，非「陽關圖」莫屬。

　　「陽關圖」畫的是王維〈送元二使安西〉詩：

> 渭城朝雨浥輕塵，客舍青青柳色新。勸君更盡一杯酒，
> 西出陽關無故人。[94]

　　王維的這首詩由景入情，先點出清晨送別，朝雨初歇，渭城（今陝西咸陽東北）客舍旁柳樹青青，主人殷勤勸酒，因爲出使安西（今新疆庫車附近）的友人西出陽關便如孤蓬，相會無期。

---

[93] 李公麟所作的九歌圖之研究，參看 Deborah Del Gais Muller, *Li Kung-lin's "Chiu-ko T'u": A Study of the "Nine Songs" Handscrolls in the Sung and Yuan Dynasties* (Ph.D. diss., Yale University, 1981). 孝經圖之研究，參看 Richard M. Barnhart, *Li Kung-lin's Hsiao-ching Tu: Illustrations of the Classic of Filial Piety* (Ph.D. diss., Princeton University, 1967).

[94] 《王右丞集箋注》，卷14，頁263。

唐人以折柳喻別離，因此詩中的景物亦具象徵之意，彷彿含悲送行，「勸君更盡一杯酒」的懇切，更顯得「西出陽關無故人」之決絕。

〈送元二使安西〉詩後被編入樂府，稱爲「渭城曲」(95)，「渭城曲」反複誦唱，有「陽關三疊」之說(96)，歌詞中沒有濃厚的個人情愫，也不特指固定的對象，因此具有普遍性，適於各種離筵別席，是中唐以來流行的送別曲，如白居易：「相逢且莫推辭醉，聽唱陽關第四聲」(97)。張祜：「不堪昨夜先垂淚，西去陽關第一聲」(98)。李商隱(813-858)：「唱盡陽關無限疊，半杯松葉凍頗黎」(99)、「紅綻櫻桃含白雪，斷腸聲裏唱陽關」(100)。崔仲容：「渭城朝雨休重唱，滿眼陽關客未歸」(101)。「渭城」、「陽關」成爲送別之典故，如寇準(961-1023)：「且莫辭沈醉，聽取陽關徹」(102)。周邦彥(1056-1121)：「何須渭城，歌聲未盡處，先淚零」(103)。

「渭城」與「陽關」的文化意涵想必影響了李公麟「陽關圖」的創作，由李公麟的題詩可知「陽關圖」即是一幅送別之

---

(95)〔宋〕郭茂倩：《樂府詩集》（北京：中華書局，1979年），卷80〈近代曲辭二〉，頁1139 。

(96) 至於如何疊唱，說法不一，蘇軾曾云於密州得古本陽關，其唱法爲第一句不疊，其餘三句每句皆再疊唱，見〈記陽關第四聲〉，《蘇軾文集》，卷67，頁2090。

(97)〈對酒五首〉之四，《全唐詩》，冊14，卷449，頁5066。

(98)〈聽歌二首〉之二，《全唐詩》，冊15，卷511，頁5844。

(99)〈飲席戲贈同舍〉，《全唐詩》，冊16，卷539，頁6152。

(100)〈贈歌妓二首〉之一，《全唐詩》，冊23，卷801，頁9011。

(101)〈贈歌姬〉，《全唐詩》，冊16，卷539，頁6155。

(102)〈陽關引〉，唐圭璋編：《全宋詞》（臺北：明倫出版社，1970年），頁3。

(103)〈綺寮怨・思情〉，《全宋詞》，頁613。以上關於「渭城」與「陽關」之詩詞經檢索元智大學「唐宋文史資料庫」(http://cls.admin.yzu.edu.tw/)修正而得。

作，〈小詩並畫卷奉送汾叟同年機宜奉議赴熙河幕府〉云：

> 畫出離筵已愴神，那堪眞別渭城春。渭城柳色休相惱，
> 西出陽關有故人。[104]

「陽關圖」的受贈者「汾叟」，據張舜民的題詩得知姓「安」，安汾叟的生平事蹟不詳，也不清楚他與李公麟的交情，我們由黃庭堅的題詩及跋語推斷「陽關圖」大約作於元祐二年(1087)[105]。據《北宋經撫年表》，元祐二年左右知熙州（今甘肅臨洮）的是劉舜卿，安汾叟可能是到劉舜卿幕下做文書方面的官員[106]。熙州其實與陽關所在地（今甘肅敦煌西南七十公里處）[107]尚有一段距離，李公麟在京師送行，亦非於渭城客舍餞別，因此，「渭城」與「陽關」只是虛擬的地理場景，用以象徵遙遠的旅途。

不像王維的友人元二千里迢迢出使安西，使得王維感嘆「西出陽關無故人」，到熙河擔任幕僚的安汾叟令李公麟反寫了王維詩句：「西出陽關有故人」，爲未來的重逢保留了期待，故而「渭城柳色休相惱」，離別是暫時，無須哀愁。

「陽關圖」雖然贈予安汾叟，但根據蘇軾題詩，後來得到此

---

[104] 《全宋詩》，冊18，卷1069，頁12162。

[105] 〈書伯時陽關圖草後〉：「元祐初作此詩，題伯時所作陽關圖。崇寧元年五月見此草於趙升叔家，殊妙於定本。升叔，伯時婿也，時俱繫舟於大雲倉之達觀台下。」見《山谷集‧別集》（臺北：臺灣商務印書館，1983年《文淵閣四庫全書》本），卷12，頁9b，總頁657。

[106] 「機宜」爲「主管機宜文字」、「主管書寫機宜文字」之簡稱，「奉議郎」爲正八品文臣寄祿官。

[107] 勞幹：〈兩關遺址考〉，《中央研究院歷史語言研究所集刊》第11本(1943年，1947年再版)，頁287-296。胡恩厚：〈玉門關與陽關〉，《國文天地》12卷7期(1996年12月)，頁46-49。黃壁珍：〈論玉門關與陽關〉，《史博館學報》第7期(1997年12月)，頁205-226。

畫的是林次中，然後歸徽宗內府。關於「陽關圖」的收藏和流傳情形，明代張丑(1568-1601)《清河書畫舫》云：

> 李檢法白描陽關圖一卷，細如絲髮，神彩煥然，後有親書詩跋及薛紹彭識尾幷三鳳後人等印，又有二印，一曰忠恕而已，一曰關西倉父，不知何人印也，此畫原係趙蘭坡故物，後歸郝清臣所，見之雲煙過眼錄中，今在陳湖陸氏，亦云購于〔陸〕全卿，某丘墓在陳湖之東，屢經賞閱。〔……〕蘇公之詩惜今不存。(108)

張丑看過的這一幅「陽關圖」，據說南宋時曾被趙蘭坡及郝清臣收藏(109)，明代時先屬吳中之陸容（全卿），後歸陳湖之陸氏，此後便無相關的消息。由於「陽關圖」今已不存，也未見沿用「陽關圖」名稱的作品，現存較早的送別圖，如南宋「送東海上人歸國圖」(圖16)和元代李升的「淀山湖送別圖」(圖17)都不易發現「陽關圖」之遺緒(110)，因此僅能從題畫詩中想像其畫面。張舜民題曰：

> 古人送行贈以言，李君送人兼以畫。自寫陽關萬里情，
> 奉送安西從辟者。澄心古紙白如銀，筆墨輕清意蕭灑。
> 短亭離筵列歌舞，亭亭諠諠簇車馬。溪邊一叟靜垂綸，
> 橋畔俄逢雨負薪。掣臂蒼鷹隨獵犬，聳耳駏驢扶隻輪。

---

(108) 〔明〕張丑《清河書畫舫》（臺北：臺灣商務印書館，1983年《文淵閣四庫全書》本），卷8上，頁35b，總頁314。

(109) 〔宋〕周密：《雲煙過眼錄》，卷下，《美術叢書》本，冊1，頁734。

(110) 關於宋代以來送別圖的形式與發展，參石守謙：〈〈雨餘春樹〉與明代中期蘇州之送別圖〉，收入氏著：《風格與世變：中國繪畫史論集》，頁231-260。「送東海上人歸國圖」參Miyeko Murase, “Farewell Paintings of China: Chinese Gift to Japanese Visitors”, *Artibus Asiae*. vol. XXXⅡ (1970), pp.211-236.

長安陌上多豪俠，正值春風二三月。分明朝雨浥輕塵，
客舍青青柳色新。主人舉杯苦勸客，道是西征無故人。
殷勤一曲歌者闋，歌者背淚霑羅巾。酒闌童僕各辭親，
結束韜縢意氣振。稚子牽衣老人哭，道上行客皆酸辛。
惟有溪邊釣魚叟，寂寞投竿如不聞。〔……〕(111)

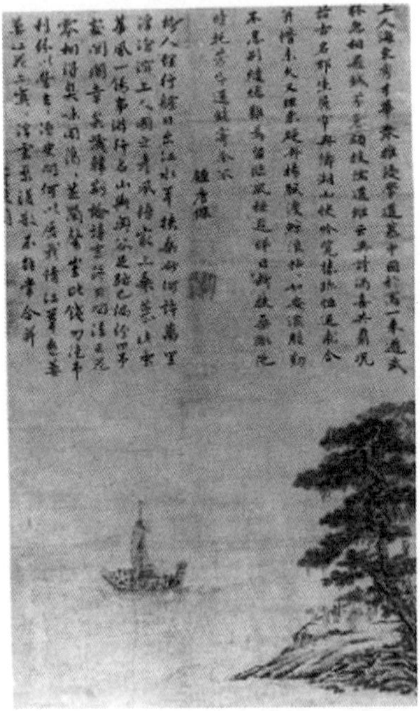

圖16 〔宋〕「送東海上人歸國圖」 日本常盤山文庫藏

(111) 〈京兆安汾叟赴辟臨洮幕府南舒李君自畫陽關圖并詩以送行浮休居士爲繼其後〉，《全宋詩》，冊14，卷833，頁9670，本詩引文經筆者校對〔宋〕孫紹遠編：《聲畫集》卷1同詩而成。

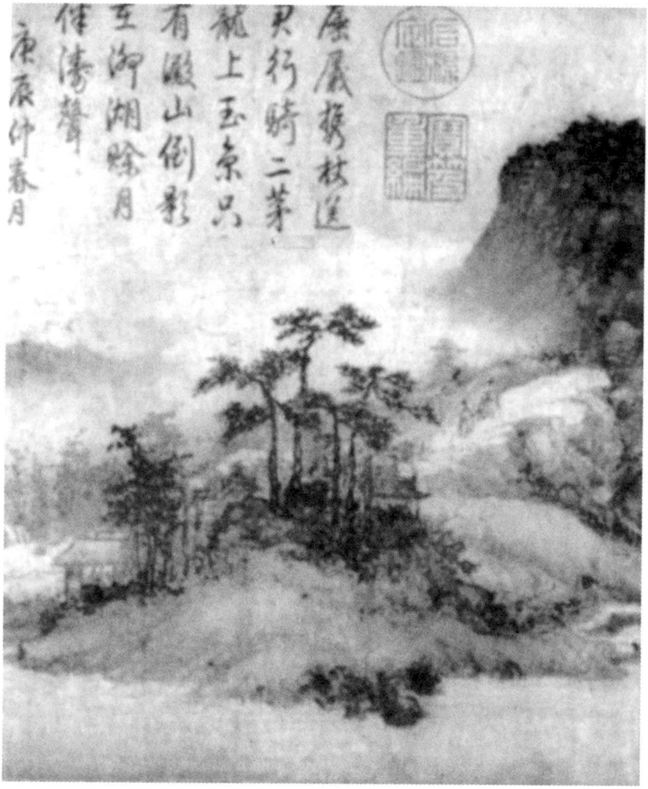

圖17　〔元〕李升「淀山湖送別圖」（局部）　上海博物館藏

蘇頌(1020-1101)題曰：

> 三尺冰紈一絕詩，翩翩車馬送行時。尊前懷古閒開卷，
> 見盡關山遠別離。⑿

張舜民與蘇頌的題詩顯示「陽關圖」是一幅長手卷，圖寫了

⑿〈和題李公麟陽關圖二首〉之二，《全宋詩》，冊10，卷529，頁6401。

春日橋上驛亭裏離筵歌舞的送別景象，亭下蓄勢待發的車馬彷彿催促著行者啓程上路，勸酒的主人與將行的客人離情依依，令歌者與往來的路人皆爲之鼻酸，在一片離愁別緒之中，唯有溪邊垂釣的老叟，橋畔的負薪的樵夫，與「掣臂蒼鷹隨獵犬，聳耳駏驢扶隻輪」的獵人和運貨者，充耳不聞，不爲所動。

　　以王維詩爲基調的「陽關圖」，經由李公麟的鋪敘，新添了幾個點景人物：釣叟、樵夫、獵人和運貨者，這幾個人物本來不在王維詩中，就傳達王維詩的內容而言只是配角，值得注意的是：觀畫者卻認爲是這些配角撐起了這一齣送別大戲，顛覆了悲情的主旋律，尤其以臨流垂釣的漁翁最是神來之筆，《宣和畫譜》提到「陽關圖」時說道：「公麟作陽關圖，以離別慘恨爲人之常情，而設釣者於水濱，忘形塊坐，哀樂不關其意。」[113]

　　樓鑰(1137-1213)題曰：

> 離觴別淚爲君傾，行李匆匆欲問程。不用陽關尋舊曲，圖中端有斷腸聲。
> 畫出陽關古別離，蕭疏柳質不勝悲。行人顧嘆離人泣，柳下漁翁總不知。[114]

　　謝薖(1074-1116)詩云：

> 坐對丹青傷別離，淚和朝雨想頻揮。道邊垂柳年年在，看盡行人長不歸。
> 春草春波傷底事，青青柳色最銷魂。龍眠自有離家恨，貌得陽關煙雨昏。[115]

---

[113] 《宣和畫譜》，卷7，頁7b-8a。
[114] 〈題汪季路太傅所藏龍眠陽關圖〉，《全宋詩》，冊47，卷2542，頁29434。
[115] 〈觀李伯時陽關圖二首〉，《全宋詩》，冊24，卷1378，頁15807。

　　不在意別離之苦的漁翁與主客之間的離情別恨形成強烈的對照，如同路旁的垂柳，任憑人世幾番聚散，依舊青青如故，「塊然獨坐，哀樂不關其意」的釣者，正表現李公麟題詩裏對於別離的淡然。畫家以更自由的詮釋角度，企圖超越悲歡離合的情緒反應，突破了送別主題一般惆悵感傷，悽愴悲涼的抒懷方式[16]，也激發了宋人的智性思辨：人間爲何有別離？別離的目的是什麼？別離是人生之「常」還是「非常」？假使眞如《宣和畫譜》所說，「離別慘恨爲人之常情」，我們又該以怎樣的態度去面對？就算別離是人生之「常」，決定其「常」的因素是什麼？

　　南宋詩人嚴粲於〈陽關圖〉詩裏解釋持竿釣者「哀樂不關其意」的原因道：

> 人人腸斷渭城歌，誰獨持竿面碧波。可是無情如木石，
> 祇應此地別離多。[17]

　　釣者不是無情，只是看多了遠別的場面，習以爲常，「常」與「非常」是相對而非絕對的概念，而且往往是由數量與頻率來判斷。孟郊 (751-814) 有詩：「山川古今路，縱橫無斷絕。來往天地間，人皆有離別。」[18]然而，即使離別是人生之常，聚散無定，所謂「悲莫悲兮生別離」[19]，「黯然銷魂者，唯別而已矣」[20]，面臨分離，仍不免一尊別酒，兩行清淚，依依不捨，泣下沾巾。離別之

---

[16] 參翁成龍：〈論唐代送別詩〉，《臺中商專學報》第27期 (1995年6月)，頁61-93。蕭瑞峰：《多情自古傷離別──古典文學別離主題研究》（臺北：文史哲出版社，1996年）。

[17] 《全宋詩》，冊59，卷3129，頁37391。

[18] 孟郊：〈古別曲〉，《全唐詩》，冊11，卷373，頁4188。

[19] 〈九歌・少司命〉。

[20] 江淹：〈別賦〉，《江文通集》（臺北：臺灣商務印書館，1979年《四部叢刊正編》本），卷1，頁10b，總頁10。

常未必能鍛鍊出人們的堅強與麻木，「一向年光有限身，等閑離別易銷魂」⑫，無法遏阻年華流逝的有限之身，畢竟終究老去。歡聚少，悲離多，人生的無窮變數左右著我們的境遇，我們卻無力轉還，詩人喟嘆的，不僅是離人遠去，不僅是離愁悽悽，而是自己「此去經年，應是良辰好景虛設。便縱有千種風情，更與何人說」⑫的孤獨。

東坡詩云：「人生到處知何似，恰似飛鴻踏雪泥」，人浮於世，即如一遭身不由己的遠遊，〈九辯〉所說的：「登山臨水兮送將歸」，送者歸家之後也可能是下一個行人，每一個生命個體都隨時可能變動，謝邁體認到這一點，作詩云：

> 摩詰句中有眼，龍眠筆下通神。佳篇與畫張本，
> 短紙爲詩寫真。渭城偶落吾手，小圖傳觀眾賓。
> 坐上晏如居士，暗中摸索離人。⑬

風塵僕僕於人生路途，誰個不是暗中摸索於一站又一站的旅人？

主動或被迫，接受或抗拒，離別的理由因人而異，所謂「別方不定，別理千名」⑭，但說穿了，宋人認爲都是爲了爭名逐利，貪求富貴，張舜民繼描述「陽關圖」的畫面之後，題曰：

> 〔……〕李君此畫何容易，畫出漁樵有深意。爲道世間離別
> 人，若箇不因名與利。紅蓮幕府盡奇才，家近南山紫翠堆。

---

⑫ 晏殊：〈浣溪紗〉，《全宋詞》，頁90。
⑫ 柳永：〈雨霖鈴〉，《全宋詞》，頁21。
⑬ 〈集菴摩勒圍觀李伯時畫陽關圖以不能捨餘習偶被世人知爲韻得人字賦六言〉，《全宋詩》，冊24，卷1376，頁15789。
⑭ 江淹：〈別賦〉，《江文通集》，卷1，頁12a，總頁11。

炬赫朱門當巷陌，潺潺流水遶亭臺。當軒怪石人稀見，夾道
長松手自栽。靜鎮園林鶯對語，密穿堂戶燕驚迴。試問主翁
在何所，近向安西幕府開。歌舞教成頭已白，功名未立老相
催。西山東國不我與，造父王良安在哉。已卜買田箕嶺下，
更看築室潁河隈。憑君傳語王摩詰，畫箇陶潛歸去來。⑫

　　詩人帶著看官重回人去樓空的家園，景物依舊，人事已非，
家園的主人立志功成名就之後衣錦榮歸，但是詩人卻不如此樂
觀，與其白頭而一事無成，倒不如及時覺悟，早日回頭，像那自
給自足的漁樵獵戶，不求於人，也不必忍受離鄉背井的辛苦。

　　夏倪的題詩有若〈招魂〉，呼喚遊子切莫徘徊於險惡的外
鄉：

君不見季子敝盡黑貂裘，一生車轍環九州。使之負郭有二
頃，未必肯相六國侯。此郎亦復何爲者，浪自出入不肯休。
東風夾道羅供帳，倚馬欲行那得上。綠尊翠勺浩縱橫，四坐
哀歌互酬倡。陰雲漠漠天四垂，行子多著短後衣。金羈滴瀝
鳴翠弭，負馬蹶倒從盧兒。漁舟微茫出浦漵，遠山無數迎修
眉。傾曦馱醉出關去，縱有離愁渠得知。長安春色濃如酒，
乃向斯時別親友。可憐兒女浪苦辛，奔走功名逮華首。濁醪
百榼胸崔嵬，暮色慘慘羈鴻哀。羊腸鳥道天尺五，爾獨胡爲
來此哉。水有蛟龍獰口眼，陸有虎豹潛巖隈。嗟爾遊子不顧
返，富貴有時終自來。⑫

---

⑫　〈京兆安汾叟赴辟臨洮幕府南舒李君自畫陽關圖并詩以送行浮休居士爲繼其後〉，
　　《全宋詩》，冊14，卷833，頁9670，
⑫　〈次韻漢陽蔡守題陽關圖〉，《全宋詩》，冊22，卷1318，頁14967。

　　戰國時人蘇秦曾十次上書秦王，卻始終不受重用，後來百斤
黃金用盡，黑色貂裘也都穿破了，最後只好離秦而歸。雖說「丈
夫志四海，萬里猶比鄰」⑫，但也可能功名未遂，窮途潦倒，因
此，奔波勞頓未必有所報償，送別不如慰留。

　　從「陽關圖」的送行聯想陶淵明的歸回田園，擺盪於「去」
與「來」之間的書寫模式⑱，可能和蘇軾同時題寫林次中所獲得
的「歸去來圖」與「陽關圖」有關，且看其題詩：

　　　　不見何戡唱渭城，舊人空數米嘉榮。龍眠獨識殷勤處，
　　　　畫出陽關意外聲。
　　　　兩本新圖寶墨香，樽前獨唱小秦王。爲君翻作歸來引，
　　　　不學陽關空斷腸。⑲

　　唐代的歌者何戡和米嘉榮⑳，今日所唱的陽關曲「小秦王」㉛，

---

⑫　曹植：〈贈白馬王彪〉之六。〔清〕丁晏編：《曹集詮評》（臺北：世界書局，
　　1973年），頁44。
⑱　直到明代楊慎〈陽關圖引〉仍題道：「銷魂莫讀江淹賦，好畫陶潛歸去來。」見
　　〔清〕陳邦彥等編：《御定歷代題畫詩類》卷55，頁3b，總頁690。
⑲　〈書林次中所得李伯時歸去來陽關二圖後〉，《全宋詩》，冊14，卷813，頁
　　9409。
⑳　何戡，唐長慶年間人，善歌，劉禹錫有〈與歌者何戡〉詩：「舊人惟有何戡在，
　　更與殷勤唱渭城。」《全唐詩》，冊11，卷365，頁4119。米嘉榮亦爲歌者，
　　劉禹錫〈與歌者米嘉榮〉云：「唱得涼州意外聲，舊人唯數米嘉榮。近來時世輕
　　先輩，好染髭須事后生。」《全唐詩》，冊11，卷365，頁4116。
㉛　「小秦王」爲詞牌名，亦名丘家箏，即秦王小破陣樂。秦觀云：「渭城曲絶句，
　　近世又歌入小秦王，更名陽關曲。」東坡〈書彭城觀月詩〉云：「〔……〕余十
　　八年前中秋夜，與子由觀月彭城，作此詩，以『陽關』歌之。」見《蘇軾文集》，
　　卷68，頁2150。《蘇軾詩集》卷15有〈陽關詞三首〉，分別爲〈贈張繼愿〉、
　　〈答李公擇〉與〈中秋月〉，王十朋註引趙次公曰：「三詩各自說事，先生皆以
　　陽關歌之，乃聚爲一處，標其題曰『陽關三絶』。」見頁751-753。三詞又見
　　《東坡樂府箋》卷1，詞牌爲「陽關曲」，其中〈中秋作〉後校曰：「本名小秦
　　王，入腔即陽關。」見頁92。胡仔亦云：「唐初歌辭，多是五言詩，或七言詩，

從「渭城曲」到「陽關圖」，送別的題材雖然有不同的展演形式，
離情別意卻是千古不易，李公麟的「陽關圖」不僅畫出了送別之
意，還有雋永的意外之聲，不過在東坡看來，與其陷溺於離愁中不
可自拔，毋寧學陶淵明高歌歸去來。

　　東坡「意外聲」之說也正是宋人觀覽「陽關圖」所沈思的要
義，除了領悟離別的因果，喟然欲返田園，有的詩人遙想「陽
關」的地理位置，發出了江山蒙塵，今不如昔之嘆，例如：

> 渭城淒咽不堪聽，曾送征人萬里行。今日玉關長不閉，
> 誰將舊曲變新聲。⑬
> 百年摩詰陽關語，三疊嘉榮意外聲。誰遣伯時開縞素，
> 蕭條邊思坐中生。
> 西出陽關萬里行，彎弓走馬自忘生。不堪未別一杯酒，
> 長聽佳人泣渭城。⑬

　　遠在今甘肅敦煌附近的陽關及其北面的玉門關，彼時已屬
西夏領地，李公麟所送別的安汾叟將往熙河任幕僚，而熙河正
處於宋與西夏爭戰的邊塞要衝，神宗熙寧五年(1070)才因熙河
之役勝利，收復部份失土而設熙河路，此後熙河地區仍有多次

初無長短句。自中葉以後，至五代，漸變成長短句。及本朝，則盡爲此體。今所
存，止『瑞鷓鴣』、『小秦王』二闋是七言八句詩，并七言絕句詩而已。『瑞鷓
鴣』猶依字易歌，若『小秦王』，必須雜以虛聲乃可歌耳。〔……〕（錄〈答李
公擇〉）此『小秦王』也。」見《苕溪漁隱叢話》（臺北：長安出版社，1978
年），後集，卷39〈長短句〉，頁323，可知「小秦王」即指「陽關」。又參鄭
騫：〈蘇東坡的陽關曲〉，《中華文化復興月刊》第10卷第4期(1977年4月)，
頁6-8。
⑬　蘇頌：〈和題李公麟陽關圖二首〉之一，《全宋詩》，冊10，卷529，頁6401。
⑬　蘇轍：〈李公麟陽關圖二絕〉，《全宋詩》，冊15，卷864，頁10053。

戰事⑬，東坡與子由所謂的「意外聲」，是否還寓意送別離情之外，建功邊防的期許？李公麟「西出陽關有故人」的「有」，化朋友遠行的個人失落爲凱旋歸返的信心，黃庭堅則更神思至陽關以西的塞外風光：

> 斷腸聲裏無形影，畫出無聲亦斷腸。想得陽關更西路，
> 北風低草見牛羊。⑬

山谷詩接續東坡「不學陽關空斷腸」之句，悲切的渭城曲具現爲「無聲詩」的繪畫，依然令人動容。北朝民歌〈敕勒歌〉「天蒼蒼，野茫茫，風吹草低見牛羊」的景象何其遼遠廣闊，而今空留遺憾。

對於故土失離感受最爲沈痛的，是陸游的〈題陽關圖〉：

> 誰畫陽關贈別詩，斷腸如在渭橋時。荒城孤驛夢千里，
> 遠水斜陽天四垂。青史功名常蹭蹬，白頭襟抱足乖離。
> 山河未復胡塵暗，一寸孤愁只自知。⑬

淪陷敵手的陽關，較之北宋，更在萬里之外，「陽關圖」似是諷刺，又似警示，唐朝的元二尙可西出陽關，北宋的安汾叟亦得鎮戍熙河，殘守半壁江山的南宋君臣縱使有千般送別親故的離愁，也不及「胡塵遮斷陽關路，空聽琵琶奏石州」，「一聯輕甲

---

⑬ 1038 年元昊稱帝時，西夏的疆域便包括「東拒黃河，西至玉門，南臨蕭關，北抵大漠。」見《宋史・夏國傳下》。宋置熙河路之始末，參〔清〕畢沅編：《續資治通鑑》（長沙：岳麓書社，1992 年），頁 932。關於宋與西夏爭戰熙河之事，見王天順主編：《西夏戰史》（銀川：寧夏人民出版社，1996 年）。

⑬ 〈題陽關圖二首〉之一，《全宋詩》，冊 17，卷 1013，頁 11570。

⑬ 《全宋詩》，冊 40，卷 2183，頁 24865。

流塵積，不爲君王戍玉關」[137]的苦恨。

　　親朋的闊別，故土的割裂，詩人各自從「陽關圖」中心領神會，進而爲「人有悲歡離合，月有陰晴圓缺，此事古難全」的「不全」尋求昇華與超脫的出口。

> 只有古今情不盡，渭城楊柳幾春風。[138]
> 詩吟摩詰如無味，畫到陽關別有情。[139]
> 人事好乖當語離，龍眠貌出斷腸詩。渭城柳色關何事，
> 自是離人作許悲。[140]

　　詩人的淚眼濯洗了渭城柳色，無情之物遂因而同染悽惻，「陽關圖」的抒情情調本是由此生成，它直指人們無所遁逃於有情天地，「人事好乖，便當語離」[141]，那人生最不如意的事，也是最無可避免的人生經驗。詩人觀覽「陽關圖」，不只是在重感個人的別離情緒，從個人的境遇與之共鳴，並且還借著繪畫的物質性，疏離、檢視、省思自己的情緒反應，例如韓駒的題詩：

> 風煙錯漠路崎釜，倦客羈臣淚滿襟。何事道人常把玩，
> 只應無復去來心。[142]

　　透過圖象觀看到的送別場景畢竟與現實人生不同，韓駒用了非常有意思的動詞——「把玩」，將繪畫藝術媒體的特質表露無

---

[137] 陸游：〈看鏡二首〉，《全宋詩》，冊40，卷2183，頁24866。

[138] 〔宋〕王灼：〈題李伯時渭城送客圖用知幾韻〉，《頤堂先生文集》（揚州：江蘇廣陵古籍刻印社，1994年《續古逸叢書》本），卷4，頁13a，總頁794。

[139] 晁說之：〈謝蘊文承議陽關圖〉，《全宋詩》，冊21，卷1212，頁13808。

[140] 〈題陽關圖二首〉之二，《全宋詩》，冊17，卷1013，頁11571。

[141] 陶潛：〈答龐參軍〉，《陶淵明集校箋》，卷2，頁77。

[142] 〈題修師陽關圖〉，《全宋詩》，冊25，卷1441，頁16611。

遺，唯其是「把玩」「陽關圖」，與真正的送別有所隔閡，詩人才可能輕易地無去無來，是大解脫，得大自在。

　　回到「陽關圖」本身，李公麟繪出「陽關」別意，以圖象傳達了文字無以窮盡的世情，使得善於敘事的繪畫借由景物的安排（諸如富於文學象徵意味的楊柳、釣者）增添了抒情的成份，將圖象的表述方式經過反襯、烘托和引申，趨近文學的語言，這便是《宣和畫譜》所謂的「蓋深得杜甫作詩體制而移於畫」⑭。詩與畫的互相滲透和借鏡，是製作「詩意圖」的理想，「陽關圖」與王維〈送元二使安西〉詩是極佳的範例，試想：發生於日常生活中的「陽關圖」送別場面，描寫了人間尋常的分離故事，手卷的觀覽方式使視點遊移變動，稀釋了愁情；而王維詩由時間至空間，確確切切，最後聚焦於主客二人，特寫酒筵餞行，二者迥然不同，但是王維詩的清新恬淡，又和李公麟泰然的態度相契，人間的尋常分離故事具有普遍性，詩畫二者可以超越形式表現，達到同樣的抒情境界。

　　至於「陽關圖」的題詠，則是既貼近人世的常情，為離別掬淚，沈入「西出陽關無故人」的哀傷，又因繪畫的虛擬演出而作旁觀之想，從圖象中產生智性的體悟，於是抽離的情感亦不失深刻的思維。

---

⑭《宣和畫譜》，卷7，頁7b。又參吳保合：〈從「渭城曲」到「陽關圖」──宋人「詩畫一律」論管窺〉，《文藝復興月刊》第138期（1982年12月），頁41-46。

五、結　　語

　　以上分別以題「歸去來圖」、「憩寂圖」、「陽關圖」爲例，略窺宋代題「詩意圖」詩的書寫情況，並且從詩／詩意圖／題詩意詩三者的藝術表現分析文學圖象化與圖象文學化的衍生關係。我們發現：「歸去來圖」、「憩寂圖」和「陽關圖」不僅代表三種形態的詩意圖創作，也因其表現方式與內容展現不同的寫作向度。

　　手卷形式的「歸去來圖」，延續了六朝以來敘事畫的圖繪風格，主角陶淵明順著文意重複出現，而在情節的線性發展之下，觀覽手卷畫時，因畫卷的舒捲開合，畫中流動的時空結構以及敘事終始的隨機性，使得由圖象具現文字有如與淵明同歌「歸去來兮」，觀者一方面依照各自對於〈歸去來兮辭〉的解讀方式，呈顯「回憶過去」與「想像未來」的時空虛擬；一方面由於陶淵明的文化偶像型塑，將畫裏淵明做爲自身之寄託或投射，於是「歸去來圖」的題寫宛若追尋理想的紙上神遊，是解脫「心爲形役」之苦的淨化過程。

　　截取杜甫詩句的「憩寂圖」雖然以松下禪僧爲題材，卻不以「松僧圖」命名，可知詩意圖的題目即隱含了必須通曉其文學典故方能領略畫意的文化要求。本文從「詩句圖」的文學賞鑑及學習範式推想截句式詩意圖興盛的社會因素，再因徽宗朝畫學以古人詩句命題作畫的甄選措施而推波助瀾，「憩寂圖」本源於杜甫題韋偃「雙松圖」詩，然而經過畫家摘取與淬煉，已經別有生機，成爲一幅時空定格卻餘意無窮的作品，尤其是蘇軾「不妨還

作輞川詩」的遐想，更聯繫了「憩寂圖」與王維詩，直探完滿自足的心靈幽境。

　　「陽關圖」的觀賞與題寫則是另一番智性的哲思。王維〈送元二使安西〉詩被編入樂府，成爲離筵傳唱的送行之歌，再被李公麟畫入尺幅，本身即幾經轉譯，形成富有深意的文化符碼。宋人題詠「陽關圖」，除了感受其間的離情別意，喟嘆山河變色，陽關迢遙，更從而思索「人事好乖，便當語離」的人生困境，並希冀昇華及超越離別之愁苦。「陽關圖」儘管以送別爲主調，但是通過圖象表達的視覺經驗畢竟與實際的個人遭遇不同，因此又與送別題材的文學作品不同，由此亦可得見題畫詩的獨特文類性質。

　　南宋以來，除了圖繪《詩經》、《孝經》等賦有教育意義的作品，具有政治教化的功能之外，詩意圖的創作旨趣逐漸趨於「內向化」與「抽象化」，亦即著重繪畫的抒情美感與概念式的意象經營，以氣氛烘托、情境渲染取勝，影響中國繪畫以「詩境」爲訴求的表意方式。到了明代，詩意圖的創作爲因應畫家的需要而產生「格式化」的現象，並肩負著圖解詩句內容的功能，再加上版畫印刷技術的進步，促使詩意圖以「畫譜」的形式流傳，萬曆、天啓年間，便有杭州顧炳編印的《顧氏畫譜》（初刻於1603）、宛陵汪氏的《詩餘畫譜》（又名《草堂詩畫意》，跋於1612）、新安黃鳳池編纂的《唐詩畫譜》等。以《唐詩畫譜》爲例，此書選五、七、六言絕句各數十首，廣請董其昌(1555-1636)、陳繼儒(1558-1639)等名家爲之書，畫家蔡元勳作畫，新安名工之一劉次泉爲之鐫刻，「集詩、書、畫、刻四美於一輯」⑭（參看圖18、圖19），頗爲可觀。

---

⑭〔明〕黃鳳池輯：《唐詩畫譜》（上海：上海古籍出版社，1982年）。

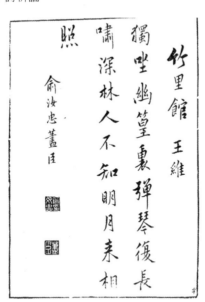

圖18　〔明〕黃鳳池編《唐詩畫譜》「竹里館」詩

圖19　〔明〕黃鳳池編《唐詩畫譜》「竹里館」圖

　　至於詩意圖的書寫，或可借用圖象學學者 Erwin Panofsky (1892-1968) 關於研究藝術品的意義所要經過的三個步驟來解釋。Panofsky 認為：我們對於圖象的理解通常有三個層次，首先是觀察組合藝術素材最初的或原始的主題，其中又可分為「事實」的認知和「表現」的形式；接著辨識從屬的或約定俗成的題材所形成的意象、故事或寓意；然後再從而深入作品的內在意義──亦即構成作品的象徵價值 (symbolical values) [145]。Panofsky 的論點由於忽視了風格形式的歷史因素以及創作者所受社會機制的影響，未必適用於所有的藝術作品，不過具有文化背景要求的詩意圖之品賞卻不妨參酌，依 Panofsky 的理論，逐一實行其步驟：

　　當觀者面對內涵豐富的詩意圖時，首先看見的是它的「事實」：畫上有一位乘舟飄搖的男子，或是獨坐松下的老僧，還是送行的人馬，這些事實引導我們去體會其中的形式表現及情感表達：乘舟男子的面容怡然，畫卷的樣式像是準備敘述他的完整故事；老僧孤子禪坐，寧謐安詳；送行的人馬哀戚不捨。接著參考作品的標題，從標題辨認其文學淵源，並回到文化傳統尋求與其相應的典故與喻義。最後再從中開顯其象徵價值，此象徵價值可能呼應傳統的價值判準，如觀淵明故事以自省己身──「使我空然汗顏面」，觀松下禪僧如讀無聲之詩，觀長亭相送而傷神落淚；也可能象外生意，別指一路，「歸去來圖」裏回歸的田園其

---

[145] Erwin Panofsky, *Meaning in the Visual Arts* (Chicago: University of Chicago Press, 1982), pp.28-54. 又參郭繼生：〈藝術史研究方法之回顧與前瞻〉，收於氏著：《籠天地於形內──藝術史與藝術批評》（臺北：時報文化出版公司，1986 年），頁 16-39。戴麗卿：〈文本轉換與觀者視角的研究──從圖意學、藝術史詮釋學到接受美學兼談臺灣的美術史教學與研究〉，《中國美術史研究之省思研討會論文集》（臺北：臺灣大學藝術史研究所，1997 年），頁 207-240。

實正是人間桃源，是人們心靈的永恆故鄉，松下僧禪的寂定也正
是王維輞川詩中闃靜的宇宙時空，而陽關淚盡，看見的則是無往
無來的灑脫自在。因此文學典故便是創作詩意圖的活水源頭，在
當時的文化情境裏欣然重生，詩意圖的題詠遂展示其反芻文化，
賦予圖象象徵價值，吐故納新的智慧結晶。

宋代題「詩意圖」詩析論
——以題「歸去來圖」、「憩寂圖」、「陽關圖」為例

提　　要

　　所謂「詩意圖」，又稱「詩畫」或「詩圖」，是以詩文為題材，表達詩文內涵的繪畫。「題詩意圖詩」，顧名思義，即是關於詩意圖的題詠。本文選擇詩意圖的三種基本類型的宋代作品，即圖繪陶淵明〈歸去來兮辭〉全篇內容的「歸去來圖」、摘取杜甫〈戲為韋偃畫雙松圖歌〉中「松根胡僧憩寂寞」詩句所作的「憩寂圖」、以及摹寫王維〈送元二使安西〉詩境的「陽關圖」為實例，從其圖繪的原詩、原詩的圖象表現與觀覽方式、題畫詩對於前二文本的解讀與闡釋，管窺其間生成創發之要義。

　　作者認為：手卷形式的「歸去來圖」延續六朝以來的敘事畫風格，觀覽手卷畫時，因畫卷的舒捲開合，畫中流動的時空結構以及敘事終始的隨機性，使得由圖象具現文字有如與淵明同歌「歸去來兮」，其題寫宛若追尋理想的紙上神遊，是解脫「心為形役」之苦的淨化過程。

　　取杜甫詩句的「憩寂圖」雖然以松下禪僧為題材，卻不以「松僧圖」命名，可知詩意圖的題目即隱含了必須通曉其文學典故方能領略畫意的文化要求，經過畫家摘取與淬煉，「憩寂圖」成為一幅時空定格卻餘意無窮的作品，尤其是蘇軾「不妨還作輞

川詩」的遐想，更聯繫了「憩寂圖」與王維詩，直探完滿自足的
心靈幽境。

　　「陽關圖」的觀賞與題寫則是另一番智性的哲思。王維〈送
元二使安西〉詩被編入樂府，成為離筵傳唱的送行之歌，再被李
公麟畫入尺幅，本身即幾經轉譯，形成富有深意的文化符碼。宋
人題詠「陽關圖」，除了感受其間的離情別意，喟嘆山河變色，
陽關迢遙，更從而思索「人事好乖，便當語離」的人生困境，並
希冀昇華及超越離別之愁苦。「陽關圖」儘管以送別為主調，但
是通過圖象表達的視覺經驗畢竟與實際的個人遭遇不同，因此又
與送別題材的文學作品不同，由此亦可得見題畫詩的獨特文類性
質。

　　作者並採納西方圖象學學者關於研究藝術品的意義所要經過
的三個步驟來觀照詩意圖的欣賞與題詠，得知文學典故是創作詩
意圖的活水源頭，因不同的歷史文化情境重生其圖象意義，而詩
意圖的題寫則展示其反芻文化，賦予圖象象徵價值，吐故納新的
智慧結晶。

關鍵詞：詩意圖　題畫詩　歸去來圖　憩寂圖　陽關圖　宋代

主要參考書目

一、專　　書

典籍史料

王　充撰，劉盼遂集解：《論衡集解》，臺北：世界書局，
　　1962年

班　固撰，顏師古注：《漢書》，臺北：鼎文書局，1986年

班　固等撰：《東觀漢記》，北京：中華書局，1985年《叢書
　　集成初編》本

曹　植撰，丁晏編：《曹集銓評》，臺北：世界書局，1973年

陶淵明著，楊勇編：《陶淵明集校箋》，臺北：正文書局，
　　1976年

沈　約：《宋書》，臺北：鼎文書局，1990年

江　淹：《江文通集》，臺北：臺灣商務印書館，1979年《四
　　部叢刊正編》本

劉　勰著，周振甫注：《文心雕龍》，臺北：里仁書局，1984年

蕭　統編，李善注：《文選》，臺北：華正書局，1984年

歐陽詢撰，汪紹楹校：《藝文類聚》，上海：上海古籍出版社，
　　1999年

房玄齡等撰：《晉書》，臺北：鼎文書局，1990年

王　維撰，趙殿成箋注：《王右丞集箋注》，北京：中華書局，
　　1962年

顏眞卿：《文忠集》，北京：中華書局，1985年《叢書集成初
　　編》本

杜　甫著，仇兆鰲注：《杜詩詳注》，臺北：里仁書局，1980 年

杜　甫著，楊倫箋注：《杜詩鏡銓》，臺北：華正書局有限公司，1986 年

皎　然：《詩式》，臺南：莊嚴文化事業有限公司，1997 年《四庫全書存目叢書》本

弘法大師（遍照金剛）撰，王利器校注：《文鏡祕府論校注》，臺北：貫雅文化事業有限公司，1991 年

韓　愈著，朱熹考異：《朱文公校昌黎先生集》，臺北：臺灣商務印書館，1979 年《四部叢刊正編》本

白居易著，顧學頡點校：《白居易集》，北京：中華書局，1985 年

元　稹：《元稹集》，臺北：漢京文化事業有限公司，1983 年

李商隱著，馮浩箋注：《玉谿生詩集箋注》，臺北：里仁書局，1981 年

皮日休：《皮子文藪》，臺北：臺灣商務印書館，1979 年《四部叢刊正編》本

司空圖：《司空表聖文集》，臺北：臺灣商務印書館，1967 年《四部叢刊初編》本

朱景玄：《唐朝名畫錄》，臺北：臺灣商務印書館，1983 年《文淵閣四庫全書》本

張彥遠：《歷代名畫記》，臺北：臺灣商務印書館，1983 年《文淵閣四庫全書》本

劉　昫撰：《舊唐書》，臺北：鼎文書局，1989 年

荊　浩：《筆法記》，臺北：臺灣商務印書館，1983 年《文淵閣四庫全書》本

李　昉等撰：《太平御覽》，臺北：臺灣商務印書館，1968 年

姚　鉉編：《唐文粹》，臺北：世界書局，1988 年《摛藻堂四
　　　　庫全書薈要》本

黃休復：《益州名畫錄》，臺北：臺灣商務印書館，1983 年
　　　　《文淵閣四庫全書》本

范仲淹：《范文正公文集》，北京：中華書局，1985 年《叢書
　　　　集成初編》本

張　先著，吳熊和、沈松勤校注：《張先集編年校注》，杭州：
　　　　浙江古籍出版社，1996 年

歐陽脩：《歐陽文忠公集》，臺北：臺灣商務印書館，1979 年
　　　　《四部叢刊正編》本

歐陽脩：《居士集》，臺南：莊嚴文化事業有限公司，1997 年
　　　　《四庫全書存目叢書》本

張方平：《樂全集》，臺北：臺灣商務印書館，1983 年《文淵
　　　　閣四庫全書》本

韓　琦：《安陽集》，臺北：臺灣商務印書館，1983 年《文淵
　　　　閣四庫全書》本

劉道醇：《五代名畫補遺》，臺北：臺灣商務印書館，1983 年
　　　　《文淵閣四庫全書》本

劉道醇：《宋朝名畫評》，臺北：臺灣商務印書館，1983 年
　　　　《文淵閣四庫全書》本

郭　熙撰，郭思編：《林泉高致集》，臺北：臺灣商務印書館，
　　　　1983 年《文淵閣四庫全書》本

蘇　頌：《蘇魏公文集》，臺北：臺灣商務印書館，1983 年
　　　　《文淵閣四庫全書》本

王安石撰，李壁注；《王荊公詩注》，臺北：臺灣商務印書館，
　　　　1983 年《文淵閣四庫全書》本

沈　括著，胡道靜校注：《新校正夢溪筆談》，香港：中華書局，1987年

蘇　軾著，孔凡禮點校：《蘇軾文集》，北京：中華書局，1990年

蘇　軾撰，龍楡生校：《東坡樂府箋》，臺北：華正書局有限公司，1985年

黃庭堅：《豫章黃先生文集》，臺北：臺灣商務印書館，1965年《四部叢刊初編》本

黃庭堅著，任淵、史容、史季溫注：《山谷詩集注‧山谷外集》，臺北：藝文印書館，1969年

郭茂倩：《樂府詩集》，北京：中華書局，1979年

郭若虛：《圖畫見聞誌》，臺北：臺灣商務印書館，1983年《文淵閣四庫全書》本

晁說之：《嵩山文集》，上海：上海書店，1984年《四部叢刊續編》本

釋惠洪：《石門文字禪》，臺北：臺灣商務印書館，1979年《四部叢刊正編》本

（未署作者）：《宣和畫譜》，臺北：臺灣商務印書館，1983年《文淵閣四庫全書》本

王　灼：《頤堂先生文集》，揚州：江蘇廣陵古籍刻印社，1994年《續古逸叢書》本

王十朋：《梅溪先生文集》，臺北：臺灣商務印書館，1967年《四部叢刊初編》本

張孝祥：《于湖居士文集》，臺北：臺灣商務印書館，1965年《四部叢刊初編》本

葛立方：《韻語陽秋》，北京：中華書局，1985年《叢書集成

初編》本

黃　嬭：《黃山谷年譜》，臺北：學海出版社，1979年

計有功撰，王仲鏞校箋：《唐詩紀事校箋》，成都：巴蜀書社，
　　　1989年

俞　成：《螢雪叢說》，臺北：新興書局，1988年《筆記小說
　　　大觀》本

胡　仔：《苕溪漁隱叢話》，臺北：長安出版社，1978年

鄧　椿：《畫繼》，天津：天津古籍出版社，1997年

陳　思編，陳世隆補：《兩宋名賢小集》，臺北：臺灣商務印書
　　　館，1983年《文淵閣四庫全書》本

劉應李：《新編事文類聚翰墨全書》，臺南：莊嚴文化事業有限
　　　公司，1995年《四庫全書存目叢書》本

孫紹遠編：《聲畫集》，臺北：臺灣商務印書館，1983年《文
　　　淵閣四庫全書》本

周　密：《浩然齋雅談》，北京：中華書局，1985年《叢書集
　　　成初編》本

周　密：《雲煙過眼錄》，南京：江蘇古籍出版社，1997年
　　　《美術叢書》本

虞　集：《道園學古錄》，臺北：世界書局，1986年《景印摛
　　　藻堂四庫全書薈要》本

湯　垕：《古今畫鑑》，北京：中華書局，1985年《叢書集成
　　　初編》本

宋　濂：《宋學士文集》，臺北：臺灣商務印書館，1979年
　　　《四部叢刊正編》本

胡應麟：《詩藪》，臺南：莊嚴文化事業有限公司，1997年
　　　《四庫全書存目叢書》本

張　　丑：《清河書畫舫》，臺北：臺灣商務印書館，1983 年
　　　　《文淵閣四庫全書》本

趙琦美：《鐵網珊瑚》，臺北：國立中央圖書館，1970 年

黃鳳池輯：《唐詩畫譜》，上海：上海古籍出版社，1982 年

張　　溥輯：《漢魏六朝百三名家集》，臺北：文津出版社，
　　　　1979 年

陳邦彥等奉敕編：《御定歷代題畫詩類》，臺北：臺灣商務印書
　　　　館，1983 年《文淵閣四庫全書》本

張　　照等纂修：《祕殿珠林石渠寶笈・初編》，臺北：國立故宮
　　　　博物院，1971 年

張　　照等纂修：《祕殿珠林石渠寶笈・續編》，臺北：國立故宮
　　　　博物院，1971 年

彭定求等編：《全唐詩》，北京：中華書局，1992 年

卞永譽：《式古堂書畫彙考》，臺北：臺灣商務印書館，1983
　　　　年《文淵閣四庫全書》本

厲　　鶚：《宋詩紀事》，臺北：鼎文書局，1971 年

厲　　鶚：《南宋院畫錄》，上海：上海人民美術出版社，1982
　　　　年《畫史叢書》本

鄭　　燮著，卞孝萱編：《鄭板橋全集》，濟南：齊魯書社，
　　　　1985 年

畢　　沅編：《續資治通鑑》，長沙：岳麓書社，1992 年

李調元編，何光清點校：《全五代詩》，成都：巴蜀書社，
　　　　1991 年

嚴可均校輯：《全上古三代秦漢三國六朝文》，北京：中華書
　　　　局，1991 年

丁福保編：《全漢三國晉南北朝詩》，臺北：世界書局，1962 年

何文煥編訂：《歷代詩話》，臺北：藝文印書館，1983年

湯漱玉：《玉臺畫史》，北京：人民文學出版社，1994年《香
　　　豔叢書》本

開明書店二十五史刊行委員會編：《二十五史補編》，臺北：開
　　　明書店，1974年

朱東潤：《梅堯臣集編年校注》，上海：上海古籍出版社，
　　　1980年

郭紹虞輯：《宋詩話輯佚》，臺北：華正書局，1981年

魯歌、高峰、戴其芳、李世琦編注：《歷代歌詠昭君詩詞選注》，
　　　武漢：長江文藝出版社，1982年

嚴　復著，王栻主編：《嚴復集》，北京：中華書局，1986年

李德身：《王安石詩文繫年》，西安：陝西人民出版社，1987年

孔壽山編著：《唐朝題畫詩注》，成都：四川美術出版社，
　　　1988年

四川大學古籍整理研究所編；曾棗莊、劉琳主編：《全宋文》，
　　　成都：巴蜀書社，1988年

北京大學古文獻研究所編：《全宋詩》，北京：北京大學出版
　　　社，1991年

陳尚君輯校：《全唐詩補編》，北京：中華書局，1992年

馮惠民、李萬健等選編：《明代書目題跋叢刊》，北京：書目文
　　　獻出版社，1994年

伍蠡甫主編：《中國名畫鑑賞辭典》，上海：上海辭書出版社，
　　　1996年

鄭永曉：《黃庭堅年譜新編》，北京：社會科學文獻出版社，
　　　1997年

逯欽立輯：《先秦漢魏晉南北朝詩》，北京：中華書局，1998年

曾棗莊、曾濤合編：《蘇詩彙評》，臺北：文史哲出版社，
　　1998年
唐圭璋編纂，王仲聞參訂，孔凡禮補輯：《全宋詞》，北京：中
　　華書局，1999年

現代學術專著

繆　鉞：《詩詞散論》，臺北：臺灣開明書店，1953年
朱光潛：《文藝心理學》，臺北：臺灣開明書店，1958年
齊益壽：《陶淵明的政治立場與政治理想》，臺北：臺灣大學文
　　學院，1968年
莊　申：《中國畫史研究續集》，臺北：正中書局，1972年
李霖燦：《中國名畫研究》，臺北：藝文印書館，1973年
傅樂成：《漢唐史論集》，臺北：聯經出版事業公司，1977年
吉川幸次郎著，鄭清茂譯：《宋詩概說》，臺北：聯經出版事業
　　公司，1977年
羅根澤：《中國文學批評史》，臺北：鳴宇出版社，1979年
曾永義：《說俗文學》，臺北：聯經出版事業公司，1980年
楊仁愷：《簪花仕女圖》，北京：人民美術出版社，1981年
錢　穆：《中國學術思想史論叢》，臺北：東大圖書公司，
　　1982年
高木森：《五代北宋的繪畫》，臺北：文史哲出版社，1982年
陳鵬翔主編：《主題學研究論文集》，臺北：東大圖書有限公
　　司，1983年
林文月：《澄輝集》，臺北：洪範書店，1983年
王夢鷗：《古典文學論探索》，臺北：正中書局，1984年

徐復觀：《中國藝術精神》，臺北：學生書局，1984年

徐邦達：《古書畫偽訛考辨》，南京：江蘇古籍出版社，1984年

許海欽：《中國藝術文化史──題跋學》，臺北：豪峰出版社，
　　　　1985年

周紹良、白化文編：《敦煌變文論文錄》，臺北：明文書局，
　　　　1985年

羅宗濤等著：《中國詩歌研究》，臺北：中央文物供應社，
　　　　1985年

鄭樹森、周英雄、袁鶴翔主編：《中西比較文學論集》，臺北：
　　　　時報文化出版企業有限公司，1986年

郭繼生：《籠天地於形內──藝術史與藝術批評》，臺北：時報
　　　　文化出版公司，1986　年

鈴木敬著，魏美月譯：《中國繪畫史》，臺北：國立故宮博物
　　　　院，1987年

蔡英俊主編：《意象的流變》，臺北：聯經出版事業公司，
　　　　1987年

曾祖蔭：《中國古代文藝美學範疇》，臺北：文津出版社，
　　　　1987年

李霖燦：《中國美術史稿》，臺北：雄獅圖書股份有限公司，
　　　　1987年

蔣　勳：《美的沈思──中國藝術思想芻論》，臺北：雄獅圖書
　　　　股份有限公司，1987年

中國唐代文學學會、西北大學中文系、廣西師範大學主編：《唐
　　　　代文學研究》，桂林：廣西師範大學出版社，1988年

李澤厚：《華夏美學》，香港：香港三聯書店，1988年

康正果：《風騷與艷情──中國古典詩詞的女性研究》，鄭州：

河南人民出版社，1988年

楊文雄：《詩佛王維研究》，臺北：文史哲出版社，1988年

羅聯添：《唐代文學論集》，臺北：臺灣學生書局，1989年

敏　澤：《中國美學思想史》，濟南：齊魯書社，1989年

John Berger 著，陳志梧譯：《看的方法》，臺北：明文書局，
　　　　1989年

張邦煒：《婚姻與社會（宋代）》，成都：四川人民出版社，
　　　　1989年

袁行霈：《中國詩歌藝術研究》，臺北：五南圖書出版公司，
　　　　1989年

張高評：《宋詩之傳承與開拓──以翻案詩、禽言詩、詩中有畫
　　　　爲例》，臺北：文史哲出版社，1990年

馮天瑜、何曉明、周積明：《中華文化史》，上海：上海人民出
　　　　版社，1990年

葛曉音：《漢唐文學的嬗變》，北京：北京大學出版社，1990年

胡曉明：《中國詩學之精神》，南昌：江西人民出版社，1991年

鍾優民：《陶學史話》，臺北：允晨文化股份有限公司，1991年

劉俊文等主編：《日本學者研究中國史論著選譯》，北京：中華
　　　　書局，1992年

陳植鍔：《北宋文化史論述》，北京：中國社會科學出版社，
　　　　1992年

Marina Warner 著，孫慶田、劉培玲譯：《藝術中的女性形體》，
　　　　北京：三聯書店，1992年

劉文剛：《宋代的隱士與文學》，成都：四川大學出版社，
　　　　1992年

陳華昌：《唐代詩與畫的相關性研究》，西安：陝西人民出版

社，1993年

劉　墨：《中國藝術美學》，南京：江蘇教育出版社，1993年

鄧喬彬：《有聲畫與無聲詩》，上海：上海社會科學院出版社，1993年

王興華：《中國美學論稿》，天津：南開大學出版社，1993年

李　栖：《題畫詩散論》，臺北：華正書局，1993年

饒宗頤：《畫䫺：國畫史論集》，臺北：時報文化出版公司，1993年

鮑家麟編著：《中國婦女史論集》，臺北：稻鄉出版社，1993年

喬以鋼：《中國女性的文學世界》，武漢：湖北教育出版社，1993年

黃　輝：《中國古代人物服飾與畫法》，上海：上海人民美術出版社，1993年

葛曉音：《山水田園詩派研究》，瀋陽：遼寧大學出版社，1993年

高木森：《宋畫思想探微》，臺北：臺北市立美術館，1994年

陳東原：《中國婦女生活史》，臺北：臺灣商務印書館，1994年

張　毅：《宋代文學思想史》，北京：中華書局，1995年

黃光男、趙惠玲、賴瑛瑛合著：《婦女與藝術》，臺北：教育部編印，1995年

劉詠聰：《女性與歷史──中國傳統觀念新探》，臺北：臺灣商務印書館，1995年

Linda Nochlin 著，游惠貞譯：《女性，藝術與權力》，臺北：遠流出版公司，1995年

高洪興：《纏足史》，上海：上海文藝出版社，1995年

鄭文惠：《詩情畫意──明代題畫詩的詩畫對應內涵》，臺北：

　　　東大圖書股份有限公司，1995年

張立偉：《歸去來兮：隱逸的文化透視》，北京：三聯書店，
　　　1995年

石守謙：《風格與世變》，臺北：允晨文化股份有限公司，
　　　1996年

John Bergen著，戴行鉞譯：《視覺藝術鑑賞》，北京：商務印
　　　書館，1996年

楊儒賓：《儒家身體觀》，臺北：中央研究院中國文哲研究所籌
　　　備處，1996年

Marc Le Bot著，湯皇珍譯：《身體的意象》，臺北：遠流出版
　　　社，1996年

R. H. van Gulik(高羅佩) 著，楊權譯：《祕戲圖考》，廣州：
　　　廣東人民出版社，1996年

羅根澤：《晚唐五代文學批評史》，臺北：臺灣商務印書館，
　　　1996年

蕭瑞峰：《多情自古傷離別──古典文學別離主題研究》，臺
　　　北：文史哲出版社，1996年

王天順主編：《西夏戰史》，銀川：寧夏人民出版社，1996年

曹愉生：《唐代詩論與畫論之關係研究》，臺北：文史哲出版
　　　社，1997年

王水照主編：《宋代文學通論》，開封：河南大學出版社，
　　　1997年

韓經太：《理學文化與文學思潮》，北京：中華書局，1997年

黃賓虹、鄧實編：《美術叢書》，南京：江蘇古籍出版社，
　　　1997年

袁行霈：《陶淵明研究》，北京：北京大學出版社，1997年

Kathy Davis 著，張君玫譯：《重塑女體：美容手術的兩難》，
　　　臺北：巨流圖書公司，1997 年

洪淑苓等合著：《古典文學與性別研究》，臺北：里仁書局，
　　　1997 年

梅家玲：《漢魏六朝文學新論：擬代與贈答》，臺北：里仁書
　　　局，1997 年

葉嘉瑩：《迦陵論詞叢稿（修訂本）》，石家莊：河北教育出版
　　　社，1997 年

蘇者聰：《宋代女性文學》，武漢：武漢大學出版社，1997 年

孫昌武：《禪思與詩情》，北京：中華書局，1997 年

蕭麗華：《唐代詩歌與禪學》，臺北：東大圖書公司，1997 年

黃啓方：《宋代詩文縱談》，臺北：臺灣商務印書館，1997 年

Darian Leader 著，龔卓軍譯：《拉岡》，臺北：立緒出版公
　　　司，1998 年

謝佩芬：《北宋詩學中「寫意」課題研究》，臺北：臺大出版委
　　　員會，1998 年

劉詠聰：《德‧才‧色‧權——論中國古代女性》，臺北：麥田
　　　出版股份有限公司，1998 年

游惠遠：《宋代民婦的角色與地位》，臺北：新文豐出版公司，
　　　1998 年

孔壽山：《中國題畫詩大觀》，蘭州：敦煌文藝出版社，1998 年

趙蘇娜編注：《歷代繪畫題詩存》，太原：山西教育出版社，
　　　1998 年

鄧仕樑：《唐宋詩風——詩歌的傳統與新變》，臺北：臺灣書
　　　店，1998 年

阮廷瑜：《陶淵明詩論暨有關資料分輯》，臺北：國立編譯館，

1998年

衣若芬：《蘇軾題畫文學研究》，臺北：文津出版社有限公司，
　　1999年

劉紀蕙主編：《框架內外：藝術、文類與符號疆界》，臺北：立
　　緒文化公司，1999年

邱添生：《唐宋變革期的政經與社會》，臺北：文津出版社，
　　1999年

王國瓔：《古今隱逸詩人之宗——陶淵明論析》，臺北：允晨文
　　化股份有限公司，1999年

王文進：《仕隱與中國文學——六朝篇》，臺北：臺灣書店，
　　1999年

皮述民：《王維探論》，臺北：聯經出版事業公司，1999年

衣若芬，劉苑如主編：《世變與創化：漢唐、唐宋轉換期之文藝
　　現象》，臺北：中央研究院中國文哲研究所籌備處，
　　2000年

方漢文：《後現代主義文化心理：拉康研究》，上海：上海三聯
　　書店，2000年

柯慶明：《中國文學的美感》，臺北：麥田出版股份有限公司，
　　2000年

陶咏白，李湜：《失落的歷史——中國女性繪畫史》，長沙：湖
　　南美術出版社，2000年

拉康著，褚孝泉譯：《拉康選集》，上海：上海三聯書店，
　　2001年

衣若芬：《赤壁漫游與西園雅集——蘇軾研究論集》，北京：線
　　裝書局，2001年

Gulik, Robert Hans van. *Erotic Colour Prints of the Ming*

Period : with an Eessay on Chinese Sex Llife from the Han to the Ching Dynasty, B.C. 206-A.D. 1644, Tokyo : R.H. van Gulik, 1951

Aldrich, Virgil C. *Philosophy of Art*, N.J.: Prentice-Hall Inc., 1963

Berger, John. *Ways of Seeing*, London: British Broadcasting Corporation; Harmondsworth, Penguin,1972

Panofsky, Erwin. *Meaning in the Visual Arts*, Chicago: University of Chicago Press, 1982

Bush, Susan. and Murck, Christian eds., *Theories of the Arts in China*, Princeton: Princeton University Press, 1983

Bryson, Norman. *Vision and Painting: The Logic of the Gaze*, New Haven: Yale University Press, 1983

Marsha Weidner, ed., *Views from Jade Terrace: Chinese Women Artist, 1300-1912*, Indianapolis and New York: Indianapolis Museum of Art and Rizzoli International Publications, Inc., 1988

Pollock, Griselda. *Vision and Difference: Femininity, Feminism, and Histories of Art*, London; New York: Routledge, 1988

Weidner, Marsha ed., *Flowering in the Shadows: Women in the History of Chinese and Japanese Painting*, Honolulu: University of Hawaii Press, 1990

Murck, Alfreda, and Fong, Wen C. eds., *Words and Images: Chinese Poetry, Calligraphy, and Painting*, New

York: The Metropolitan Museum of Art, 1991

Fong, Wen C. *Beyond Representation*, New York: The Metropolitan Museum of Art , 1992

Finch, Lynette. *The Classing Gaze: Sexuality, Class and Surveillance*, Australia: Allen & Unwin, 1993

Bryson, Norman, Holly, Michael Ann and Moxey, Keith ed., *Visual Culture: Images and Interpretations*, Hanover, NH: Published by University Press of New England [for] Wesleyan University Press, 1994

Wu, Hung. *The Double Screen: Medium and Representation in Chinese Painting*, Chicago: University of Chicago Press, 1996

Cahill, James. *The Lyric Journey: Poetic Painting in China and Japan*, Cambridge: Harvard University Press, 1996

Fong, Wen C. and Watt, James C.Y. *Possessing the Past: Treasures from the National Palace Museum, Taipei*, New York: The Metropolitan Museum of Art, 1996

Yang, Xin. *Three Thousand Years of Chinese Painting*, New Haven: Yale University Press, 1997

Harrist, Robert E. *Painting and Private Life in Eleventh-Century China: Mountain Villa by Li Gonglin*, Princeton, N.J.: Princeton University Press, 1998

Murck, Alfreda. *Poetry and Painting in Song China: The Subtle Art of Dissent*, Cambridge: Harvard University Press, 2000

Ko, Dorothy. *Every Step a Lotus: Shoes for Bound Feet*, Berkeley: University of California Press, 2001

田中豐藏：《中國美術の研究》，東京：二玄社，1964年

鈴木敬先生還曆記念會編：《鈴木敬先生還曆記念中國繪畫史論集》，東京：弘文館，1981年

石川忠久編：《中國文學の女性像》，東京：汲古書院，1982年

下見隆雄：《劉向列女傳の研究》，東京：東海大學出版會，1989年

松浪健四郎、荒木祐治：《身體觀の研究──美しい身體と健康》，東京：專修大學出版局，1995年

松本肇、川合康三編：《中唐文學の視角》，東京：創文社，1998年

川合康三：《終南山の變容：中唐文學論集》，東京：研文出版社，1999年

二、學位論文

鄔錫芬：《王昭君故事研究》，臺中：東海大學中文研究所碩士論文，1981年

金炫辰：《中國仕女畫之研究》，臺北：文化大學藝術史研究所碩士論文，1983年

朴恩和：《宋代故事人物畫之研究》，臺北：臺灣大學歷史研究所碩士論文，1983年

陳文華：《杜甫傳記唐宋資料考辨》，臺北：臺灣師範大學國文研究所博士論文，1987年

衣若芬：《鄭板橋題畫文學研究》，臺北：臺灣大學中文研究所
　　　　碩士論文，1990年

廖慧美：《唐代題畫詩研究》，臺中：東海大學中文研究所碩士
　　　　論文，1991年

許麗玲：《唐人題畫詩研究》，臺北：東吳大學中文研究所碩士
　　　　論文，1991年

鄭文惠：《明代詩畫對應關係之探討——以詩意圖、題畫詩爲
　　　　主》，臺北：政治大學中文研究所博士論文，1992年

楊玉成：《陶淵明文學研究》，臺北：政治大學中文研究所博士
　　　　論文，1992年

陳盈妃：《王昭君戲曲研究——以雜劇、傳奇爲範圍》，臺北：
　　　　輔仁大學中文研究所碩士論文，1993年

湯順禎：《史實與理想：元代人物繪畫之研究》，臺北：臺灣師
　　　　範大學歷史研究所碩士論文，1996年

林翠華：《形神理論與北宋題畫詩》，臺南：成功大學中文研究
　　　　所碩士論文，1997年

黃惠菁：《唐宋陶學研究》，高雄：高雄師範大學國文研究所博
　　　　士論文，1997年

羅秀美：《宋代陶學研究》，中壢：中央大學中文研究所碩士論
　　　　文，1997年

黃儀冠：《明晚至盛清女性題畫詩研究——以閱讀社群及其自我
　　　　呈現爲主》，臺北：政治大學中文研究所碩士論文，
　　　　1998年

黃秀蘭：《宮素然「明妃出塞圖」與張瑀「文姬歸漢圖」析辨——
　　　　金元時期昭君故事畫研究》，臺北：臺灣大學藝術史研
　　　　究所碩士論文，1999年

廖堯震：《王詵青綠本「煙江疊嶂圖」和「漁村小雪圖」研究》，
　　　臺北：臺灣大學藝術史研究所碩士論文，2002年

Barnhart, Richard M. *Li Kung-lin's Hsiao-ching Tu: Illustra-
　　　tions of the Classic of Filial Piety*, Ph.D. diss.,
　　　Princeton University, 1967

Shin, Shou-chian. *Eremitism in Landscape Paintings by
　　　Ch'ien Hsuan (CA. 1235—Before 1307)*, Ph.D. diss.,
　　　Princeton University, 1984

Muller, Deborah Del Gais. *Li Kung-lin's "Chiu-ko T'u": A
　　　Study of the "Nine Songs" Handscrolls in the Sung
　　　and Yuan Dynasties*, Ph.D. diss., Yale University,
　　　1981

Brotherton, Elizabeth. *Li Kung-lin and the Long Handscroll
　　　Illustrations of T'ao Ch'ien's Returning Home*,
　　　Ph.D. diss., Princeton University, 1992

崔敬桓：《韓國題畫詩 의陳述樣相研究》，서울：西江大學校
　　　大學院博士論文，1992年

三、會議及期刊論文

會議論文

馬德富：〈宋代繪畫藝術的文化審視〉，收於孫欽善、曾棗莊等
　　　編：《國際宋代文化研討會論文集》（成都：四川大學

出版社，1991年），頁420-433

黃景進：〈從宋人論「意」與「語」看宋詩特色之形成——以梅
　　　　堯臣、蘇軾、黃庭堅為中心〉，國立成功大學中文系所
　　　　主編：《第一屆宋代文學研討會論文集》（高雄：麗文
　　　　文化事業股份有限公司，1995年），頁63-90

饒宗頤：〈圖詩與辭賦——馬王堆新出「大一出行圖」私見〉，
　　　　收於湖南博物館主編：《湖南博物館四十周年紀念論文
　　　　集》（長沙：湖南教育出版社，1996年），頁79-82

王國瓔：〈漢魏詩中的棄婦之怨〉，臺灣大學人口研究中心婦女
　　　　研究室主辦：「神話、傳說與歷史——先秦兩漢魏晉南
　　　　北朝的婦女與兩性」學術研討會論文（臺北：臺灣大學
　　　　人口研究中心婦女研究室，1996年），頁1-21

戴麗卿：〈文本轉換與觀者視角的研究——從圖意學、藝術史詮
　　　　釋學到接受美學兼談臺灣的美術史教學與研究〉，《中
　　　　國美術史研究之省思研討會論文集》（臺北：臺灣大學
　　　　藝術史研究所，1997年），頁207-240

張靜二：〈「畫中人」故事系列中的「畫」與「情」——從美人
　　　　畫說起〉，收於華瑋、王璦玲主編：《明清戲曲國際研
　　　　討會論文集》（臺北：中央研究院中國文哲研究所籌備
　　　　處，1998年），頁487-512

姜斐德(Alfreda Murck)：〈蘇軾題王晉卿「煙江疊嶂圖」〉，
　　　　中共諸城市委會、諸城市人民政府、中國蘇軾研究學會
　　　　編：《中國第十屆蘇軾研討會論文集》（濟南：齊魯書
　　　　社，1999年），頁404-412

張海鷗：〈蘇軾文學觀念中的清美意識〉，收於王水照主編：
　　　　《首屆宋代文學國際研討會論文集》（上海：復旦大學

出版社，2001年），頁349-370

衣若芬：〈宋代題「瀟湘」山水畫詩的地理概念、空間表述與心
　　　　理意識〉，收於李豐楙、劉苑如主編：《空間、地域與
　　　　文化──中國文化空間的書寫與闡釋》（臺北：中央研
　　　　究院中國文哲研究所，2002年），頁325-372

期刊論文

勞　幹：〈兩關遺址考〉，《中央研究院歷史語言研究所集刊》
　　　　第11本(1943年，1947年再版)，頁287-296

李霖燦：〈論中國之肖像畫〉，《大陸雜誌》第6卷第10期
　　　　(1953年6月)，頁7-11

莊　申：〈睢陽五老圖補述〉，《大陸雜誌》第13卷第3期
　　　　(1956年8月)，頁83-90

曹樹銘，〈李龍眠之研究〉，《大陸雜誌》第40卷第7、8期合
　　　　刊(1970年4月)，頁1-53

莊　申：〈五代十國的繪畫〉，《東吳大學中國藝術史集刊》第
　　　　3卷(1974年8月)，頁51-65

李　渝：〈中國傳統繪畫中的女性形象〉，《雄獅美術》第85
　　　　期(1978年3月)，頁9-43

石志廉：〈北宋婦女畫像磚〉，《文物》1979年第3期，頁87

徐書城：〈從「紈扇仕女圖」、「簪花仕女圖」略談唐人仕女
　　　　畫〉，《文物》1980年第7期，頁71-75

張　薔：〈宋人物畫管窺〉，《美術史論》1981年第1期，頁
　　　　65-82

徐邦達：〈王詵水墨「煙江疊嶂圖」卷真偽考辨〉，《中國畫研

究》第2期(1982年)，頁296-303

吳保合：〈從「渭城曲」到「陽關圖」──宋人「詩畫一律」論
　　　　管窺〉，《文藝復興月刊》第138期(1982年12月)，
　　　　頁41-46

王水照：〈論蘇軾創作的發展階段〉，《社會科學戰線》1984
　　　　年第1期，頁259-269

吳文彬：〈中國的仕女畫〉，《故宮文物月刊》第1卷第12期
　　　　(1984年3月)，頁59-71

唐　蘭：〈論李公麟〉，《朵雲》第6期(1984年5月)，頁165-
　　　　181

李慧淑：〈宋代畫風轉變之契機──徽宗美術教育成功的實例
　　　　（上）〉，《故宮學術季刊》第1卷第4期(1984年)，
　　　　頁71-91

梁濟海：〈關於宋人論畫中的「道」與「理」和「形」與「意」〉，
　　　　《美術史論》1985年第3期，頁63-71

（未署作者）：〈畫家筆下的佳人美女──中國傳統仕女畫〉，
　　　　《藝術家》第20卷4期(1985年3月)，頁178-193

陳桂雲：〈宋李公麟麗人行卷〉，《故宮文物月刊》第3卷第12
　　　　期(1986年3月)，頁1

葛婉章：〈漫談手卷〉，《故宮文物月刊》第3卷12期(1986年
　　　　3月)，頁114-121

李欣復：〈傳神寫意說的源流演變及美學意義〉，《浙江師範大
　　　　學學報》1987年第1期，頁37-41

許天治：〈感通乎 變奏乎 描摹乎──摭談「麗人行」與「虢國
　　　　夫人遊春圖」〉，《故宮文物月刊》第4卷第10期
　　　　(1987年1月)，頁84-94

何惠鑑：〈滄巖居士張澂考略並論摹周文矩宮中圖卷跋後之軍司
　　　　　馬及其他僞印〉，《上海博物館集刊》第4期(1987年)，
　　　　　頁35-50

吳雨生、倪衛國：〈宋代繪畫研究〉，《朵雲》第16集(1988年)，
　　　　　頁51-67

高友工：〈試論中國藝術精神〉，《九州學刊》第2卷第2期
　　　　　(1988年1月)，頁1-12

高友工：〈試論中國藝術精神〉，《九州學刊》第2卷第3期
　　　　　(1988年3月)，頁1-12

祝振玉：〈略論宋代題畫詩興盛的幾個原因〉，《文學遺產》
　　　　　1988年第2期，頁91-98

劉芳如：〈中國仕女畫之美〉，《故宮文物月刊》第6卷第2期
　　　　　(1988年5月)，頁20-35

王　毅：〈中唐至兩宋士大夫生活藝術──兼論中國傳統文化的
　　　　　衰變〉，《中國人民大學學報》1989年第2期，頁89-97

佘　城：〈繁富之美──談宋代人物畫之欣賞〉，《故宮文物月
　　　　　刊》第6卷12期(1989年3月)，頁14-35

島田修二郎著，林保堯譯：〈逸品畫風〉，《藝術學》第5期
　　　　　（1991年3月），頁249-275

毛文芳：〈試論國畫手卷的美學意涵〉，《國立編譯館館刊》第
　　　　　20卷第1期(1991 年6月)，頁297-317

柳立言：〈淺談宋代婦女的守節與再嫁〉，《新史學》第2卷第
　　　　　4期(1991年12月)，頁37-76

高文、齊文榜：〈現存最早的一首題畫詩〉，《文學遺產》
　　　　　1992年第2期，頁93-94

雪　松：〈昭君出塞故事的演變〉，《綏遠文獻》第16期(1992

年12月），頁89-95

王兆鵬：〈宋文學書面傳播方式初探〉，《文學評論》1993年第2期，頁122-131

鄭文惠：〈明代詩意圖之詩畫對應形式及其文化內涵〉，《臺北師院學報》第6期(1993年6月)，頁217-258

李裕民：〈郭若虛的家世與生平〉，《美術史論》1994年第1期，頁63-68

解耀華：〈析「虢國夫人游春圖」——解一幅古畫之謎〉，《學術月刊》1994年第1期，頁22-25

李　栖：〈唐題畫詩初探〉，《高雄師大學報》第5期(1994年3月)，頁21-35

魏光霞：〈試觀男性文化典律下昭君形象的扭曲〉，《國文天地》第10卷第1期(1994年6月)，頁14-26

衣若芬：〈談蘇軾繪畫思想中的「常形」與「常理」說〉，《宋代文學研究叢刊》創刊號(1995年3月)，頁431-448

何延喆：〈從嘉道仕女畫看清後期審美心態文化觀念及畫家境遇之變〉，《藝術家》第40卷第3期(1995年3月)，頁327-339

翁成龍：〈論唐代送別詩〉，《臺中商專學報》第27期(1995年6月)，頁61-93

楊　新：〈明代女畫家與春宮畫諛議〉，《故宮博物院院刊》1995年第3期，頁1-5

趙曉華：〈簪花仕女圖由屏風畫改為卷軸畫傳藏之認識〉，《故宮文物月刊》第13卷第5期(1995年8月)，頁98-125

陶晉生：〈北宋婦女的再嫁與改嫁〉，《新史學》第6卷第3期(1995年9月)，頁1-27

葉淑麗：〈王維《輞川集》詩的禪趣〉，《嘉南學報》第22期
　　　　　(1996年)，頁232-240

劉滌凡：〈唐代詠昭君詩的研究──兼論唐宋詩氣象〉，《大陸
　　　　　雜誌》第92卷第3期(1996年3月)，頁30-37

劉芳如：〈論兩宋人物畫的形質之變（上）（下）〉，《故宮文
　　　　　物月刊》第14卷第1期-2期(1996年4月-5月)，頁26-
　　　　　41；頁69-83

陳葆眞：〈南唐中主的政績與文化建設〉，《國立臺灣大學美術
　　　　　史研究集刊》第3期(1996年)，頁41-93

衣若芬：〈也談宋代題畫詩興盛的幾個原因〉，《宋代文學研究
　　　　　叢刊》第2期(1996年9月)，頁55-70

曾棗莊：〈論宋代的言情詩〉，《宋代文學研究叢刊》第2期
　　　　　(1996年9月)，頁39-54

周篤文：〈藝苑奇珍「十詠圖」──略論「張先十詠圖」的文獻
　　　　　與藝術價值〉，《文學遺產》1996年第4期，頁42-48

胡恩厚：〈玉門關與陽關〉，《國文天地》第12卷第7期(1996
　　　　　年12月)，頁46-49

黃璧珍：〈論玉門關與陽關〉，《史博館學報》第7期(1997年
　　　　　12月)，頁205-226

李　栖：〈唐題畫詩專集評析〉，《國立編譯館館刊》第25卷
　　　　　第2期(1996年12月)，頁85-101

劉紀蕙：〈故宮博物院 vs. 超現實拼貼：臺灣現代讀畫詩中兩種
　　　　　文化認同之建構模式〉，《中外文學》第25卷第7期
　　　　　(1996年12月)，頁66-96

陳生璽：〈漢代的匈漢關係與昭君「和親」〉，《歷史月刊》第
　　　　　108期(1997年1月)，頁60-66

姜斐德(Alfreda Murck)：〈畫可以怨否？──「瀟湘八景」與北宋謫遷詩畫〉，《國立臺灣大學美術史研究集刊》第4期(1997年3月)，頁59-89

盧建榮：〈從在室女墓誌看唐宋性別意識的演變〉，《國立臺灣師範大學歷史學報》第25期(1997年6月)，頁15-42

衣若芬：〈蘇轍〈韓幹三馬〉及其次韻詩〉，《宋代文學研究叢刊》第3期(1997年9月)，頁315-329

陳葆真：〈藝術帝王李後主（一）〉，《國立臺灣大學美術史研究集刊》第4期(1997年3月)，頁43-58

葛　彬：〈論宋代女性文化意蘊〉，《南昌大學學報》第28卷第3期(1997年9月)，頁99-104

柳立言：〈宋代公主的一生〉，《歷史月刊》第117期(1997年10月)，頁40-47

袁文麗：〈晚唐詩人內向心理探因〉，《山西大學學報》1997年第4期，頁50-54

Jacques Lacan 著，李家沂譯：〈精神分析經驗所揭示形塑「我」之功能的鏡像階段〉，《中外文學》第27卷第2期(1998年7月)，頁34-42

陳葆真：〈藝術帝王李後主（二）〉，《國立臺灣大學美術史研究集刊》第5期(1998年3月)，頁41-76

王雅各：〈身體：女性主義視覺藝術在再現上的終極矛盾〉，《婦女與兩性學刊》第9期(1998年4月)，頁1-54

劉靜貞：〈正位於內？──宋代女性的生活空間〉，《錢穆先生紀念館館刊》第6期(1998年12月)，頁57-71

陳葆真：〈藝術帝王李後主（三）〉，《國立臺灣大學美術史研究集刊》第6期(1999年3月)，頁71-130

衣若芬：〈戰火與清遊：赤壁圖題詠論析〉，《故宮學術季刊》
　　　　第18卷第4期(2001年夏)，頁63-102

劉雪珍著，葉心怡譯：〈喬叟「騎士的故事」中的視覺政治〉，
　　　　《中外文學》第30卷第5期(2001年10月)，頁60-78

衣若芬：〈「瀟湘」山水畫之文學意象情境探微〉，《中國文哲
　　　　研究集刊》第20期(2002年3月)，頁175-222

劉紀蕙：〈文化研究的視覺系統〉，《中外文學》第30卷第12
　　　　期(2002年5月)，頁12-23

王正華：〈女人、物品與感官慾望：陳洪綬晚期人物畫中江南文
　　　　化的呈現〉，《近代中國婦女史研究》第10期(2002年
　　　　12月)，頁1-57

Murase, Miyeko. "Farewell Paintings of China: Chinese Gift
　　　　to Japanese Visitors", Artibus Asiae . vol. XXX Ⅱ
　　　　(1970), pp.211-236

矢代幸雄：〈宋摹周文矩宮中圖〉，《美術研究》第25期，
　　　　1934年1月，頁1-13

淺見洋二：〈中晚唐詩における風景と繪畫〉，《日本中國學會
　　　　報》第44集，1992 年，頁97-114

淺見洋二：〈閨房のなかの山水、あゐいは瀟湘について——晚
　　　　唐五代における風景と繪畫〉，《東洋學》第67集，
　　　　1992年，頁43-65

內山精也：〈王安石「明妃曲」考——北宋中期の士大夫の意識
　　　　形態をめぐって〉，《橄欖》第5期(1993年3月)，頁
　　　　151-190

鈴木健一：〈近世初期の題画文学〉，《国語と國文学》第72
　　　　卷第10期(1995年10月)，頁41-53

淺見洋二：〈「詩中有畫」をめぐって——中國における詩と繪
　　　畫〉，《東洋學》第78集，1997年，頁58-80

淺見洋二：〈「詩中有畫」と「著壁成繪」——中國における詩
　　　と繪畫〉《日本中國學會報》第50集，1998年，頁
　　　108-123

竹浪遠：〈王詵「煙江疊嶂圖」について——上海博物館所藏・
　　　著色本、水墨本を中心に〉，《澄懷堂美術館研究紀
　　　要》第2號 (2001年)，頁11-34

四、圖錄及畫冊

唐宋元明名畫展覽會編：《唐宋元明名畫大觀》，東京：大塚巧
　　　藝社，1929年

鈴木敬主編：《海外所在中國繪畫目錄》，東京：東京大學東洋
　　　文化研究所附屬東洋學文獻センタ—刊行委員會，
　　　1977年

上海博物館，上海人民美術出版社編：《宋人畫册》，上海：上
　　　海人民美術出版社，1979年

*Eight Dynasties of Chinese Painting: The Collections of the
　　　Nelson Gallery-Atkins Museum, Kansas City, and
　　　the Cleveland Museum of Art*, Cleveland: The Cleve-
　　　land Museum of Art, in Cooperation with Indiana
　　　University Press, 1980

（北京）故宮博物院編：《歷代仕女畫選集》，天津：天津人民
　　　美術出版社，1981年

徐邦達編：《中國繪畫史圖錄》，上海：上海人民美術出版社，
　　　1981-1984 年

鈴木敬編：《中國繪畫總合圖錄》，東京：東京大學出版會，
　　　1982-1983 年

福開森編：《歷代著錄畫目》，臺北：臺灣中華書局，1983 年

吳哲夫總編輯；李慧淑主編：《中華五千年文物集刊・宋畫篇》，
　　　臺北：中華五千年文物集刊編輯委員會，1985-1986 年

國立故宮博物院編輯委員會編：《海外遺珍・繪畫》，臺北：國
　　　立故宮博物院，1985 年

國立故宮博物院編輯委員會編：《海外遺珍・繪畫（二）》，臺
　　　北：國立故宮博物院，1988 年

中國美術全集編輯委員會編：《中國美術全集・繪畫編》，臺
　　　北：錦繡出版社有限公司，1989 年

國立故宮博物院編輯委員會編：《故宮書畫圖錄》，臺北：國立
　　　故宮博物院，1989-2002 年

國立故宮博物院編輯委員會編：《海外遺珍・繪畫（再續）》，
　　　臺北：國立故宮博物院，1990 年

梁濟海：《中國古代繪畫圖錄・宋遼金元部分》，北京：人民美
　　　術出版社，1991 年

國立故宮博物院編輯委員會編：《故宮藏畫大系》，臺北：國立
　　　故宮博物院，1993 年

國立故宮博物院編輯委員會編：《宋代書畫冊頁名品特展》，臺
　　　北：國立故宮博物院，1995 年

國立故宮博物院編輯委員會編：《仕女畫之美》，臺北：國立故
　　　宮博物院，1996 年

中國古代書畫鑑定組編：《中國繪畫全集》，北京：文物出版

社；杭州：浙江人民美術出版社，1997年

郭學是、張子康責任編輯：《中國歷代仕女畫集》，天津：天津
　　人民美術出版社；石家莊：河北教育出版社，1998年

戶田禎佑、小川裕充編：《中國繪畫總合圖錄・續編》，東京：
　　東京大學出版會，1998-2001年

國立故宮博物院編輯委員會編：《千禧年宋代文物大展》，臺
　　北：國立故宮博物院，2000年

國立故宮博物院編輯委員會編：《文學名著與美術特展》，臺
　　北：國立故宮博物院，2001年

洪文慶主編：《中國名畫賞析》，臺北：錦繡出版事業股份有限
　　公司，2001年

洪文慶主編：《海外中國名畫精選》，臺北：錦繡出版事業股份
　　有限公司，2001年

故宮博物院、遼寧省博物館、上海博物館編：《晉唐宋元書畫國
　　寶特集》，上海：上海書畫出版社，2002年

劉芳如、張華芝執行編輯：《群芳譜──女性的形象與才藝》，
　　臺北：國立故宮博物院，2003年

題畫文學論著知見錄

(1911-2005)

目錄編輯説明

　　本目錄蒐集一九一一年至二〇〇五年關於題畫文學之專著書籍與研究論文，依其內容分爲「綜述」、「斷代研究」、「作家作品分論」三部分。「綜述」屬宏觀概論性質；「斷代研究」指區隔歷史時代研究之論述；個別之題畫文學作者及其作品則見諸「作家作品分論」，至於作家作品之間的比較、文人或畫家社群之作品，由於超出個別作家之範圍，又不能涵括一朝一代，爲避免紛雜，均歸於「綜述」一類，此三部分再依序分爲「專著」、「學位論文」及「單篇論文」，按照專著初版與論文刊登的時間順序羅列。「作家作品分論」一類則爲方便學者檢索，依據作家之生年先後編排，其中討論較爲集中之題畫作品再分立出來。本目錄以呈現近人編選或研究之成果爲目的，不收重印一九一一年以前個別作家之題跋或題畫詩集，一九一一年以後的作品則斟酌採納。

　　筆者才疏學淺，所知有限，本目錄旨在提供個人見聞，以與學界共享，遺珠之憾在所難免，尚祈方家不吝賜正。

目錄編輯說明

壹・綜　述

一、專　著

葛　質：《歷代題畫詩鈔》　　上海：中華圖書館　1913年

查豐詒：《近代題畫詩選》　　香港：宇宙書店　1957年

鮑少游：《麗精畫苑題畫詩集》　香港：麗精美術學院　1966年

李崇賢主編：《書畫題跋錄》　　臺北：學海出版社　1971年

陳丕華編：《題畫寶笈》　　臺北：中華書畫出版社　1973年

林震東編：《題畫詩彙》　　臺北：太一彩色印刷公司　1974年

洪丕謨編：《歷代題畫詩選注》　上海：上海書畫出版社
　　　　1983年

王伯敏：《李白杜甫論畫詩散記》　杭州：西泠印社　1983年

許海欽：《古款識暨宋以前故宮名畫題跋考》　臺北：豪鋒出版
　　　　社　1984年

許海欽：《中國藝術文化史──題跋學》　臺北：豪峰出版社
　　　　1985年

丁炳啓編：《題畫詩絕句百首賞析》　北京：語文出版社
　　　　1985年

周積寅、史金城編：《中國歷代題畫詩選注》　杭州：西泠印社
　　　1985年

王山峽等編注：《歷代書法繪畫詩選》　昆明：雲南人民出版社
　　　1985年

王學仲：《中國歷代題畫詩選注》　杭州：西泠印社　1985年

劉繼才、柳玉增編：《中國古代題畫詩釋析》　蘭州：甘肅人民
　　　出版社　1986年

李德壎編：《歷代題畫詩類編》　濟南：山東教育出版社
　　　1987年

張金鑑編：《中國畫的題畫藝術》　福州：福建美術出版社
　　　1987年

任世杰編：《題畫詩類編》　合肥：安徽美術出版社　1989年

孔端甫：《國畫題款常識問答》　濟南：山東美術出版社
　　　1989年

丁炳啓編注：《古今題畫詩賞析》　天津：人民美術出版社
　　　1991年

于風選著：《古代題畫詩分類選編》　廣州：嶺南美術出版社
　　　1991年

李方玉、朱緒常：《中國畫的題款藝術》　北京：知識出版社
　　　1991年

張晨編：《中國題畫詩分類鑑賞辭典》　瀋陽：遼寧美術出版社
　　　1992年

沈樹華編：《中國畫題款藝術》　北京：人民美術出版社
　　　1992年

蔣華編：《揚州八怪題畫錄》　南京：江蘇美術出版社　1992年

李　栖：《題畫詩散論》　臺北：華正書局　1993年

吳企明、金學智、姜光斗編：《歷代題詠書畫詩鑑賞大觀》 西
　　安：陝西人民出版社　1993年

麻守中、張軍、黃紀華編：《歷代題畫詩鑑賞寶典》 長春：時
　　代文藝出版社　1993年

Liao, Ping-hui. *Words and Pictures: On Lyric Inscriptions in
　　Chinese Painting*, East-West Comparative Literature:
　　Cross-Cultural Discourse. Hong Kong: Dept. of
　　Comp. Lit., University of Hong Kong, 1993.

蔡若虹、石理俊、俞宗元、苗英編：《中國古今題畫詩詞全璧》
　　　石家莊：河北教育出版社　1994年

李儒光編著：《畫中詩：中國題畫名詩鑑賞》 長沙：岳麓書社
　　1995年

孔壽山：《中國題畫詩大觀》 蘭州：敦煌文藝出版社　1997年

《中國歷代書畫題跋彙編》 天津：天津古籍出版社　1998年

趙蘇娜編注：《故宮博物院歷代繪畫題詩存》 太原：山西教育
　　出版社　1998年

釋明復編著：《高僧書畫款識》 高雄：太谷文化出版社
　　1998年

王安江：《現代題圖題畫創意圖典》 鄭州：河南美術出版社
　　1998年

周積寅：《中國歷代題畫詩選注》 杭州：西泠印社　1998年

胡文虎：《中國歷代名畫題跋集》 杭州：浙江人民美術出版社
　　　1999年

任　平：《古今題畫詞精選》 杭州：中國美術學院出版社
　　1999年

馬志成：《梅蘭竹菊題畫詩》 天津：天津楊柳青畫社　1999年

徐建融：《書畫題款・題跋・鈐印》　上海：上海書店　2000年

柴劍虹：《敦煌題畫詩漫話》　杭州：浙江教育出版社　2000年

韓丰聚、孫恒生：《題畫詩選釋》　石家莊：河北美術出版社
　　　2000年

王振德：《中國畫款題常識》　太原：山西人民出版社　2001年

孫丹妍：《中國畫題跋手冊》　上海：上海書畫出版社　2001年

陸家衡編：《中國畫款題類編》　北京：人民美術出版社
　　　2002年

吳企明：《題畫絕句的寫作與欣賞》　蘇州：蘇州大學出版社
　　　2003年

樓曉勉：《新編畫家題跋必備》　杭州：浙江古籍出版社
　　　2004年

徐利明：《怎樣題跋鈐印》　南京：江蘇美術出版社　2004年

張重梅：《花信東風：題畫學初探》　北京：文物出版社
　　　2005年

二、學位論文

許海欽：《論題跋》　文化大學藝術研究所碩士論文　1978年

毛　雪：《蘇軾、黃庭堅題跋之研究》　鄭州：鄭州大學碩士論
　　　文　2003年

三、單篇論文

青木正兒：〈題畫文學の發展〉　原載《支那學》第9卷第1號
　　　（1937年7月）　後收入《青木正兒全集》第2卷（東

京：春秋社，1983年） 頁491-504

青木正兒著，馬導源譯：〈題畫文學之發展〉 《大陸雜誌》第3卷第10期（1951年11月） 頁15-20

虞君質：〈中國畫題跋之研究〉 《故宮季刊》第1卷第2期（1966年） 頁13-27

張德文：〈中國畫款題之研究〉 《中等教育》第21卷第1-3期（1970年4月至10月） 頁15-20，38-48，49-52

青木正兒著，魏仲佑譯：〈題畫文學及其發展〉 《中國文化月刊》第9期（1970年7月） 頁76-92

劉太希：〈談談題畫〉 《藝壇》第29期（1970年8月） 頁27-28

川口久雄：〈題画文学唱導文学〉 《金沢大学法文学部論集・文学編》19(1972年3月) 頁1-17

Jean Laude; Robert T. Denomme, "On the Analysis of Poems and Paintings", *New Literary History*, Vol. 3, No. 3, Literary and Art History (Spring, 1972) pp. 471-486

蘇瑩輝：〈讀閻立本步輦圖諸家題跋書所見〉《故宮季刊》第11卷第1期（1976年） 頁25-35

鄭騫講述，劉翔飛筆記：〈題畫詩與畫題詩〉 《中外文學》第8卷第6期（1979年11月） 頁5-13

方延豪：〈題畫詩跋的妙趣〉 《暢流》第61卷第10期（1980年7月） 頁11-15

黃國聲：〈古代題跋概論〉 《中山大學學報》1980年第4期（廣州） 頁97-105

謝常青：〈摹畫的詩〉 《承德師專學報》1981年第1期

古遠青：〈談題畫詩〉 《延安大學學報》1981年第2、3期

頁82-84

李　猷：〈談題畫詩、題跋、題畫記和署款〉　《東方雜誌》復
　　　　刊第14卷第10期(1981年4月)　頁70-73

墨　禪：〈淺談國畫的題字──兼說書畫應酬之道〉　《臺電月
　　　　刊》第233期(1982年5月)　頁44-45

姚　華：〈題畫一得・一筆〉　《貴州文史叢刊》1982年第4期
　　　　頁134-145

劉太希：〈閒談題畫〉　《書畫家》第9卷第6期(1982年7月)

吳　越：〈圓融中國藝術的款題〉　《國魂》第442期(1982年
　　　　9月)　頁91-93

吳　越：〈平衡中國繪畫形式之藝術──再談中國繪畫的款題〉
　　　　《國魂》第443期(1982年10月)　頁86-88

曹慕樊：〈杜公「韋諷錄事宅觀曹將軍畫馬圖歌」及東坡「韓幹
　　　　十四馬」之比較觀〉　《草堂》1982年第2期　頁22-25

張春光：〈略談題畫詩〉　《齊齊哈爾師院學報》1983年第3期
　　　　頁112-114

樂恕人：〈「廬山圖」及其題畫詩〉　《大成》第113期(1983
　　　　年4月)　頁2-5

Egan, Ronald C., "Poems on Paintings: Su Shih and Huang
　　　　T'ing-chien," *Harvard Journal of Asiatic Studies*,
　　　　Volume 43 Number 2, 1983　pp.413-451

曹鐵珊、羅義俊：〈中國題畫文學的發展〉　《文藝論叢》第
　　　　19期(1984年1月)　頁25-34

凌　空：〈談畫上題詩〉　《書畫家》第13卷第5期(1984年5
　　　　月)　頁45-47

徐建融：〈中國畫題款的美學意蘊試探〉　《朵雲》第9集

（1985年12月） 頁48-52

柴劍虹：〈敦煌題畫詩漫語〉 《敦煌學輯刊》1986年第1期
頁154-155

劉繼才：〈中國古代題畫詩論略〉 《社會科學輯刊》1986年
第5期 頁93-104

鄧安生：〈古代題跋試探〉 《天津師範大學學報》1986年第5
期 頁64-70

張建業：〈關於我國最早的題畫詩〉 《美術史論》1987年第1
期 頁105-108

祝君波：〈論中國古代題畫詩〉 《朵雲》1987年第14期 頁
70-77

戴麗珠：〈有關畫中題詩的問題〉 《幼獅學誌》第20卷第2期
（1988年10月） 頁160-165

蘇友泉：〈中國畫題款與用印之研究〉 《臺南師院學報》第
21期（1988年） 頁375-412

周積寅：〈中國歷代題畫詩概說〉 《東南文化》第3期（1988
年8月） 頁199-200

熊碧梧：〈款題藝術研究〉 《復興崗學報》第42期（1989年2
月） 頁405-440

李　猷：〈從題畫詩說起〉 《大成》第194期（1990年1月）
頁12-14

李儒光：〈題畫詩簡論〉 《湖南師範大學社會科學學報》第
19卷第5期（1990年9月） 頁55-59

唐俊卿：〈淺論國畫中題畫詩的詩情畫意〉 《西北師大學報》
1991年第1期 頁57-60

李　栖：〈《聲畫集》評析〉 《高雄師大學報》第2期（1991

年3月）　頁71-93

祝君波：〈論中國古代題畫詩〉　《中國美術》第29期（1991年
　　　7月）　頁26-35

楊國蘭：〈中國題畫詩中的「題」字透視〉　《育達學報》第5
　　　期（1991年12月）　頁32-38

高文、齊文榜：〈現存最早的一首題畫詩〉　《文學遺產》
　　　1992年第2期　頁93

張福勛、王志民：〈將空間藝術轉化為時間藝術──題畫詩藝摭
　　　談〉　《內蒙古師大學報》1992年第2期　頁89-95;78

Sargent, Stuart H., "Colophons in Countermotion: Poems by
　　　Su Shih and Huang T'ing-chien on Paintings,"
　　　Harvard Journal of Asiatic Studies, Volume 52
　　　Number 1, 1992　pp. 263-302

衡　均：〈中國畫題跋蠡測〉　《西北師大學報》第30卷第2期
　　　（1993年3月）　頁98-102

李　栖：〈「聲畫集」引江西宗派詩集存佚考〉　《高雄師大學
　　　報》第4期（1993年3月）　頁89；91-109

周靖寧、吳少禮：〈詩情畫意趣盎然──說題畫詩〉　《綏化師
　　　專學報》1994年第4期

胡定元：〈墨池飄茶香──中國茶文化大型系列組畫（國畫）
　　　108幅之題畫詩108首〉　《農業考古》1994年第2期
　　　　頁175-180

（未署作者）：〈詩文玩味：歷代題畫趣詩〉　《新聞出版交
　　　流》1994年第4期

陳　華：〈境界謀合　刺意善變──中國古代題畫諷刺詩的立意特
　　　色〉　《南京藝術學院學報》1994年第4期　頁25-36

王樹春：〈題款與鈐印〉　《美術嚮導》1994年第5期 頁46-49

文成英：〈畫意入詩 詩情入畫——論「題畫詩」的藝術特色〉
　　　　《雲南師範大學學報》1994年第6期

孔壽山：〈論中國的題畫詩〉　《文藝理論與批評》1994年第6
　　　　期　頁105-109

崔敬桓：〈題畫詩의 이미지再產出에 있어서詩的話者 의機能
　　　　과詩의 길이〉《淵民學志》第2輯(1994年)　頁159-
　　　　196

孔壽山：〈簡論題畫詩〉　《文藝研究》1995年第4期　頁142-
　　　　149

劉　曄：〈讀揚州八怪的蘭菊題畫詩〉　《南京藝術學院學報》
　　　　1995年第4期　頁49-52

儲國熙：〈譯題畫詩一首〉　《外國語》（上海外國語學院學
　　　　報）1995年第6期　頁38

李　栖：〈蘇氏兄弟繪畫觀的考察——以題畫詩、畫題跋作比
　　　　較〉　收入國立成功大學中文系所主編：《第一屆宋代
　　　　文學研討會論文集》（高雄：麗文文化事業有限公司，
　　　　1995年）　頁347-368

鄧仕樑：〈「蘇子作詩如見畫」——從杜甫和蘇軾的馬詩看唐宋
　　　　詩風〉　《中國文化研究所學報》新4期(1995年)
　　　　頁63-81

楊北、云峰：〈我國題畫詩源於何時〉　《洛陽師範學院學報》
　　　　1996年第4期　頁109-110

韋自強：〈中國畫的題款和鈐印〉　《甘肅教育》1996年第11
　　　　期　頁48

高木森：〈丹青造化難開解　看畫讀詩一字工——漫談題畫詩之

英譯（上）〉　《故宮文物月刊》第14卷第9期(1996
年12月)　頁108-119

朱鳳云：《詩書畫印在中國畫中的有機結合》　《廣西師范大學
學報》1997年增刊1期　頁145-146

高木森：〈丹青造化難開解　看畫讀詩一字工──漫談題畫詩之
英譯（下）〉　《故宮文物月刊》第14卷第10期
(1997年1月)　頁34-45

易仲威：〈湘賢題畫詩賞析〉　《中國美術》第58期(1997年2
月)　頁12-14

高木森：〈老眼模糊呈翰墨　錯把山羊寫作牛──再談題畫詩之
英譯兼答讀者回音〉　《故宮文物月刊》第15卷第3期
(1997年6月)　頁100-109

崔谷平：〈中國畫的題款與鈐印〉　《新疆藝術》1997年第3期
頁32-36

卞良君：〈中國古代的題畫詩與賞樂詩〉　《延邊大學學報》
1997年第4期　頁114-118

傅愛國：〈「文化廚房的佳肴」──讀任世杰《題畫詩類編》〉
《美術之友》1997年第5期　頁31-32

張樹天：〈題畫詩中意境的創造〉　《語文學刊》1997年第6期
頁3-5

馬興榮：〈論題畫詞〉　《撫州師專學報》第55期(1997年12
月)　頁7-13

朱守聚：〈中國畫的題款藝術〉　《齊魯藝苑》1998年第2期
頁16-18

聖　璞：〈談中國畫的題款〉　《遼寧教育學院學報》1998年
第4期　頁101-103

王　卉：〈中國畫題款始於漢代之物證——《五瑞圖》藝術價值
　　　　淺析〉　《西北師大學報》1999年第1期　頁60-61

古添洪：〈論「藝詩」的詩學基礎及其中英傳統：以中國題畫詩
　　　　及英詩中以空間藝術爲原型的詩篇爲典範〉　收入劉紀
　　　　蕙主編：《框架內外：藝術、文類與符號疆界》（臺
　　　　北：立緒文化事業有限公司，1999年）　頁87-122

邢　軍：〈關於題畫詩體的初創時期〉　《遼寧商務職業學院學
　　　　報》1999年第1期　頁69-72；68

趙忠山、張桂蘭：〈中國古代題畫詩的空白意蘊〉　《齊齊哈爾
　　　　大學學報》1999年第2期　頁53-55

衣若芬：〈題畫文學研究概述〉　《中國文哲研究通訊》第10
　　　　卷第1期（2000年3月），頁215-252

沈　謙：〈詩與畫的結合——題畫詩〉　《明道文藝》第289期
　　　　（2000年4月）　頁134-142

沈　謙：〈詠牛的題畫詩〉　《中國語文》第515期（2000年5
　　　　月）　頁22-27

沈　謙：〈詠鸚鵡的題畫詩〉　《中國語文》第516期（2000年
　　　　6月）　頁42-46

沈　謙：〈詠雞的題畫詩〉　《中國語文》第517期（2000年7
　　　　月）　頁23-30

安藤太郎：〈李白、杜甫の題画詩と経国集「清涼殿画壁山水
　　　　歌」の表現の一考察〉　《研究の資料》第43期（2000
　　　　年7月）　頁1-9

沈　謙：〈詠馬的題畫詩〉　《中國語文》第518期（2000年8
　　　　月）　頁28-41

沈　謙：〈題畫詩的藝術手法〉　《明道文藝》第293期（2000

年8月）　頁136-144

沈　謙：〈詠鷹的題畫詩‧上〉　《中國語文》第519期(2000
　　　　年9月）　頁28-37

沈　謙：〈詠梅的題畫詩〉　《明道文藝》第294期(2000年9
　　　　月）　頁132-142

沈　謙：〈詠鷹的題畫詩‧下〉　《中國語文》第520期(2000
　　　　年10月）　頁21-27

聶振斌：〈中國題畫詩大觀〉　《文藝研究》2000年第1期

周錫韜：〈論「畫贊」即題畫詩——兼談《先秦漢魏晉南北朝
　　　　詩》與《全唐詩》的增補〉　《文學遺產》2000年第3
　　　　期　頁18-25

宋生貴：〈題畫詩的文化底蘊與審美特質〉　《廣播電視大學學
　　　　報》2000年第4期　頁65-68

薛　和：〈詩化的山水精神——兼談山水題畫詩的審美特徵〉
　　　　《青海師範大學學報》2000年第4期　頁90-93

張樹天：〈題畫詩的時空觀念〉　《語文學刊》2000年第4期
　　　　頁5-6

韓曉光：〈丹青題詠　妙處相資——題畫詩藝術表現手法淺論〉
　　　　《景德鎮高專學報》2001年第1期　頁35-41

孫韜成：〈中國畫題款之管見〉　《浙江師大學報》2001年第1
　　　　期　頁89-92

張　岩：〈試論中國畫的題款與題跋〉　《陝西師範大學學報》
　　　　2001年第2期　頁99-103

游　帆：〈讀《中國畫的題畫藝術》增補本〉　《美術之友》
　　　　2001年第2期　頁26

衣若芬：〈戰火與清遊：赤壁圖題詠論析〉　《故宮學術季刊》

第18卷第4期(2001年夏)　頁63-102

楊學是：〈詩畫的晤對與璧合──論題畫詩〉　《綿陽師專學報》20卷第4期(2001年8月)　頁20-23

高淮生：〈由題畫詩透視中國文人畫家的人格精神〉　《中國礦業大學學報》2002年第1期　頁140-146

楊學是：〈《御定歷代題畫詩》匡謬〉　《樂山師範學院學報》2002年第3期　頁46-49

張文鋒：〈畫意詩情──論古代題畫詩的意境生成〉　《東北財經大學學報》2002年第3期　頁89-91

東方喬：〈題畫詩的審美價值與地位〉　《長沙電力學院學報》2002年第4期　頁77-80

東方喬：〈題畫詩源流考辨〉　《河北學刊》2002年第4期　頁97-100

王五一：〈淺談題畫詩的藝術神韻〉　《河南社會科學》10卷4期(2002年7月)　頁165-166

嚴建國：〈中國畫題款初探〉　《聊城大學學報》2002年第5期　頁101-102

翁曉瑜：〈古今作生竹，能者未十輩？──從一首題畫詩看一段畫竹歷史〉　《宜賓學院學報》2002年第5期　頁60-63

薛思孝：〈漫談國畫題款〉　《山西老年》2002年第5期　頁46

徐弘道：〈畫龍點睛的題畫詩〉　《養生月刊》2002年第11期　頁522-523

于立寧：〈淺談中國畫與題畫詩〉　《中國工商》2002年第12期　頁97

劉二剛：〈莫忘題畫藝術〉　《美術觀察》2003年第1期　頁62-63

東方喬：〈題畫詩藝術價值初探〉　《河北師範大學學報》
　　　　2003年第2期　頁60-66

阮　璞：〈中國畫詩文題跋淺談──《美術史論研究生畫學十
　　　　講》選〉　《美術研究》2003年第2期　頁60-66

周淑芳：〈題畫詩：詩人對畫境的點醒與延伸〉　《長沙電力學
　　　　院學報》2003年第18卷第2期(2003年5月)　頁102-
　　　　106

王艾村：〈《晉祠周柏圖》與題畫詩〉　《鐘山風雨》2003年
　　　　第5期　頁44

繆士毅：〈花卉題畫詩賞趣〉　《文史天地》2003年第7期　頁
　　　　60-61

秦全增：〈題款在中國花鳥畫中的作用新解〉　《南陽師範學院
　　　　學報》第2卷第10期(2003年10月)　頁87-88

衣若芬：〈觀看、敘述、審美──建構中國題畫文學研究方法論
　　　　之我見〉　《國際中國學研究》第6輯(2003年12月)
　　　　頁3-21

來新夏：〈說題畫詩〉　《中國書畫》2004年第2期　頁132-
　　　　133

閻雪清：〈淺談中國傳統題畫詩〉　《文物世界》2004年第4期
　　　　頁39-40+21

高　霞：〈中國古代題畫詩簡論〉　《濟寧師範專科學校學報》
　　　　第25卷第4期(2004年8月)　頁69-71

郭　洁：〈漫談題畫詩〉　《山東商業職業技術學院學報》第4
　　　　卷第3期(2004年9月)　頁40-44

傅璇琮、周建國：〈《步輦圖》題跋為李德裕作考述〉　《中國
　　　　書畫》2004年第11期　頁10-12

周金月：〈文人畫題款和鈐印的美學價值〉 《職大學報》
　　　2005年第1期 頁85-86
孫小力：〈元明題畫詩文初探——兼及「詩畫合一」形式的現代
　　　繼承〉 《上海大學學報》（社會科學版）第12卷第1
　　　期（2005年1月） 頁36-41
徐邦達：〈「文華堂題」款畫跋及晉府鈐印〉 《故宮博物院院
　　　刊》2005年第2期 頁89-90+159
華海鏡、金荷仙：〈梅花題畫詩〉 《中國園林》2005年第3期
　　　頁41-43
蔡副全：〈《西狹頌》之「五瑞圖」是中國畫最早的題款嗎？——
　　　—與王卉同志商榷〉 《甘肅高師學報》2005年第4期
　　　頁75-78

貳・斷代研究

一、專　　著

黃頌堯：《清人題畫詩選》 臺北：中國美術出版社 1973年
陳履生選注：《明清花鳥畫題畫詩選注》 成都：四川美術出版
　　　社 1988年
孔壽山編：《唐朝題畫詩注》 成都：四川美術出版社 1988年
漆劍影編：《唐宋題書畫詩選析》 北京：長征出版社 1991年
李　栖：《兩宋題畫詩論》 臺北：臺灣學生書局 1994年
鄭文惠：《詩情畫意——明代題畫詩的詩畫對應內涵》 臺北：
　　　東大圖書公司 1995年

戴麗珠編著：《明清文人題畫詩輯》　　臺北：學海出版社
　　　1998年
劉海石選注：《清人題畫詩選注》　瀋陽：遼海出版社　　1998年
黃頌堯輯：《清人題畫詩選》　臺北：中國美術出版社　　1998年
張岩、錢淑萍編著：《明清名人中國畫題跋》　　西安：陝西人民
　　　美術出版社　　2000年
衣若芬：《觀看・敘述・審美——唐宋題畫文學論集》　　臺北：
　　　中央研究院中國文哲研究所　　2004年

二、學位論文

李　栖：《宋題畫詩研究》　東吳大學中文研究所博士論文
　　　1991年
許麗玲：《唐人題畫詩研究》　東吳大學中文研究所碩士論文
　　　1991年
廖慧美：《唐代題畫詩研究》　東海大學中文研究所碩士論文
　　　1991年
鄭文惠：《明代詩畫對應關係之探討——以詩意圖、題畫詩為
　　　主》　政治大學中文研究所博士論文　　1992年
林翠華：《形神理論與北宋題畫詩》　成功大學中文研究所碩士
　　　論文　　1997年
黃儀冠：《晚明至盛清女性題畫詩研究——以閱讀社群及其自我
　　　呈現為主》　政治大學中文研究所碩士論文　　1998年
呂海春：《從題畫詩與詩意圖看元代詩歌與文人畫之關係》　復
　　　旦大學博士論文　　2001年
王韶華：《元代題畫詩研究》　杭州：浙江大學博士後論文

　　2002年

趙曉濤：《游于藝途——宋代詩與畫的相關性研究》　上海：復
　　旦大學碩士論文　2003年

陳熙熙：《唐代題畫文學略論》　西安：陝西師範大學碩士論文
　　2004年

三、單篇論文

包根弟：〈論元代題畫詩〉　《古典文學》第2集（臺北：臺灣
　　學生書局，1980年12月）　頁317-335

徐邦達：〈南宋帝后題畫書考辨〉　《文物》1981年第6期　頁
　　52-64

季　子：〈明代題畫詩鳥瞰〉　《書畫家》第7卷第1期(1981
　　年2月)　頁2

黃仁生：〈唐宋題畫詩簡論（一）〉　《常德師專學報》1982
　　年第1期

劉繼才：〈論元代的題畫詩〉　《遼寧師院學報》1982年第3期
　　頁55-61

孔壽山：〈盛唐的題畫詩〉　《朵雲》1987年第13期　頁141-
　　142

祝振玉：〈略論宋代題畫詩興盛的幾個原因〉　《文學遺產》
　　1988年第2期　頁91-98

陳華昌：〈唐代題畫詩的美學意義〉　收入中國唐代文學學會、
　　西北大學中文系、廣西師範大學主編：《唐代文學研
　　究》（桂林：廣西師範大學出版社，1990年）　頁41-58

李　更：〈君看脈脈無言處，中有杜陵飢客詩——淺談宋代題畫

詩與宋代文化〉（提要）　收入孫欽善、曾棗莊等主
　　　　編：《國際宋代文化研討會論文集》（成都：四川大學
　　　　出版社，1991年）　頁530-531

戴麗珠：〈清代婦女題畫詩〉　《靜宜人文學報》第3期(1991
　　　　年6月)　頁45-69

戴麗珠：〈唐代文人題畫詩輯──唐宋元文人題畫詩輯三之一〉
　　　　《靜宜人文學報》第4期(1992年6月)　頁95-125

戴麗珠：〈唐宋元文人題畫詩輯〉　收入《詩與畫之研究》（臺
　　　　北：學海出版社，1993年）　頁91-534

鄭文惠：〈明代題畫詩詩畫對應內涵之研究〉　《博雅教育文
　　　　集》第3輯（臺北：臺北師範學院，1993年6月）
　　　　頁129-150

李　栖：〈唐題畫詩初探〉　《高雄師大學報》第5期(1994年
　　　　3月)　頁21-35

鄭文惠：〈明代園林山水題畫詩之研究──以文人園林為主〉
　　　　《國立政治大學學報》第69期（上）(1994年9月)
　　　　頁17-45

李　更：〈宋代題畫詩初探〉　《古典文獻研究論叢》（北京：
　　　　北京大學出版社，1995年）　頁256-282

鄭文惠：〈元代題畫詩研究──以花木蔬果為主〉　行政院國家
　　　　科學委員會研究計畫成果報告　國立政治大學中文系
　　　　1995年　頁1-37

長谷川昌弘：〈題跋よりみたる宋代禪〉　《印度学仏教学研》
　　　　44(2)(1996年3月)　頁622-630

衣若芬：〈也談宋代題畫詩興盛的幾個原因〉　《宋代文學研究
　　　　叢刊》第2期(1996年9月)　頁55-70

林翠華：〈形神論對北宋題畫詩的影響〉　《宋代文學研究叢
　　　　刊》第2期(1996年9月)　頁105-145

李　栖：〈唐題畫詩專集評析〉　《國立編譯館館刊》第25卷
　　　　第2期(1996年12月)　頁85-101

吳企明：〈元人題畫絕句擷秀〉　《蘇州大學學報》1997年第2
　　　　期　頁74-76

許麗玲：〈唐人題畫詩之論畫美學研究〉　《中正嶺學術研究集
　　　　刊》第16期(1997年12月)　頁105-126

黃儀冠：〈清代婦女題畫詩的閱讀社群及其自我呈現——以「晚
　　　　晴簃詩匯」為主〉《國立編譯館館刊》第27卷第1期
　　　　(1998年6月)　頁287-310

衣若芬：〈北宋題人像畫詩析論〉　《中國文哲研究集刊》第
　　　　13期(1998年9月)　頁121-173

衣若芬：〈北宋題仕女畫詩析論〉，收入鍾彩鈞主編《傳承與創
　　　　新：中央研究院中國文哲研究所十週年紀念論文集》
　　　　（臺北：中央研究院中國文哲研究所籌備處，1999
　　　　年）　頁301-380

肖　屏：《詩書合璧話題款》　《湖北美術學院學報》2000年
　　　　第1期　頁65-67

朱小愛：〈論明清題畫的審美大綜合〉　《長沙電力學院學報》
　　　　2000年第3期　頁80-82；亦載於《華夏文化》2000年
　　　　第3期　頁50-51

施建中：〈由唐人題畫詩觀唐畫寫真之論〉　《南京師大學報》
　　　　2001年第3期

朱迎平：〈宋代題跋文的勃興及其文化意蘊〉　《文學遺產》
　　　　2000年第4期　頁84-93

衣若芬：〈晚唐五代題畫詩的審美特質〉　收於衣若芬、劉苑如主編：《世變與創化：漢唐、唐宋轉換期之文藝現象》（臺北：中央研究院中國文哲研究所籌備處，2000年）　頁377-424

衣若芬：〈寫眞與寫意：從唐至北宋題畫詩的發展論宋人審美意識的形成〉　《中國文哲研究集刊》第18期(2001年3月）　頁41-90

顧　琴：〈論題款書法的詩情與畫意〉　《江南學院學報》2001年第3期　頁69-73

李南鍾：〈宋代題畫詩의類型과意境에관한考察──"聲畫集"의美人題畫詩를중심으로〉　《中國文學》35(2001年）　頁77-101

衣若芬：〈宋代題「瀟湘」山水畫詩的地理概念、空間表述與心理意識〉　收於李豐楙、劉苑如主編：《空間、地域與文化──中國文化空間的書寫與闡釋》（臺北：中央研究院中國文哲研究所，2002年）　頁325-372

酈　波：〈從二蘇題畫詩看元祐文人心態〉　《蘇州鐵道師範學院學報》2002年第1期　頁72-75

袁有根，呂十鎖：〈從中國畫題款史看古畫鑒定中的偏差〉　《山西師大學報》2002年第3期　頁11-17

楊學是：〈空廊屋漏畫僧盡 梁上猶書天寶年──唐題畫詩研究〉　《宜賓學院學報》2002年第5期　頁57-59

衣若芬：〈漂流與回歸：宋代題「瀟湘」山水畫詩之抒情底蘊〉　《中國文哲研究集刊》第21期(2002年9月）　頁1-42

吳美鳳：〈一個金國，各自表述──從書畫的跋識與著錄中試探

　　　　藝術史上之正統觀〉　《國立歷史博物館館刊》第12
　　　　卷第12期(2002年12月)　頁50-69

薛　穎：〈元祐文人集團汴京題畫詩唱和〉　《陰山學刊》第
　　　　16卷第4期(2003年7月)　頁44-49

衣若芬：〈「江山如畫」與「畫裏江山」：宋元題「瀟湘」山水
　　　　畫詩之比較〉　《中國文哲研究集刊》第23期(2003年
　　　　9月)　頁33-70

衣若芬：〈旅遊、臥遊與神遊：明代文人題「瀟湘」山水畫詩的
　　　　文化思考〉　收於王瑷玲主編：《明清文學與思想中之
　　　　主體意識與社會——文學篇」》（臺北：中央研究院中
　　　　國文哲研究所，2004年）　頁17-92

苗貴松：〈宋代題畫詞簡論〉　《常州師範專科學校學報》第
　　　　22卷第2期(2004年4月)　頁18-23

田　春：〈宋代詩歌題畫方式之沿革述論〉　《藝術探索》第
　　　　19卷第1期(2005年2月)　頁24-26

劉　亮：〈論唐五代題畫詩與同期山水畫審美精神的發展〉
　　　　《南京藝術學院學報》（美術與設計版）2005年第2期
　　　　頁73-79

淺見洋二：〈書評 衣若芬著『觀看‧敘述‧審美——唐宋題畫
　　　　文學論集』〉　《中國文學報》69期(2005年4月)
　　　　頁201-214

楊曉玫：〈唐代釋類題畫詩探析〉　《人文與社會學報》第1卷
　　　　第6期(2005年6月)　頁201-231

楊志翠：〈宋代文人集團及其題畫詩對山水畫審美發展的影響〉
　　　　《樂山師範學院學報》第20卷第8期(2005年8月)
　　　　頁134-136

衣若芬：〈浮生一看──南宋李生「瀟湘臥遊圖」及其歷代題
　　　　跋〉　漢學研究第 23 卷第 2 期(2005 年 12 月)　頁 99-
　　　　132

李　怡：〈翰墨描繪無形畫 丹青譜寫有形詩──明代杭州西湖
　　　　題畫詩意境之美解讀〉　《名作欣賞》2005 年第 16 期
　　　　頁 36-41

參・作家作品分論

※江淹※ (444-505)

解昆樺：〈壁畫贊詩中的脫離意圖──江淹「雪山贊四首並序」
　　　　短評〉　《乾坤詩刊》22 期(2002 年 4 月)　頁 34-35

※庾信※ (513-581)

中野將：〈庾信綺豔詩考──詠畫屏風詩を中心として〉　《筑
　　　　波中國文化論叢》第 4 期(1984 年 9 月)

興膳宏：〈庾信の題畫の詩について〉　《東洋藝林論叢──中
　　　　田勇次郎先生頌壽記念論集》（東京：平凡社，1985
　　　　年 5 月）　頁 579-597

※李白※ (699-762)

王振德、趙沛霖：〈李白論畫詩中的藝術見解〉　《美術研究》
　　　　1981 年第 2 期　頁 84

王定璋：〈論李白題畫詩文〉　《西南師範大學學報》1996 年
　　　　第 3 期　頁 93-96

楊學是：〈李白題畫詩管窺——兼與杜甫題山水畫詩之比較〉
　　　　《綿陽師範高等專科學校學報》2002年第4期　頁20-24
嚴　俊：〈李白題畫詩作的審美意趣〉　《樂山師範學院學報》
　　　　第19卷第3期(2004年3月)　頁53-55

※**杜甫**※(712-770)

一、學位論文

楊國蘭：《杜甫題畫詩研究》　中央大學中文研究所碩士論文
　　　　1990年
李百容：《杜甫題畫詩之審美觀研究》　臺北：國立臺灣師範大
　　　　學國文研究所在職班碩士論文　2004年

二、單篇論文

和田利男：〈杜甫の題画詩に就いて〉　《群馬大学紀要・人文
　　　　科学編》3期(1953 年3月)頁159-169
杜呈祥：〈杜詩中之馬〉　《師大學報》第1期(1956年6月)
　　　　頁151-172
陳友琴：〈漫談杜甫的題畫詩〉　原載《光明日報》1961年7月
　　　　2日　後收入《杜甫研究論文集》第2輯（北京：中華
　　　　書局，1963年）
宋　廓：〈畫鷹〉　《甘肅日報》1962年3月25日
徐復觀：〈杜甫的題畫詩〉　收入《中國藝術精神》（臺北：臺
　　　　灣學生書局，1966年）　頁259-261

吳仁懋：〈杜甫題畫詩之研究〉 《詩學集刊》（臺灣師範大學國文系） 1969年5月 頁317-339

林方直：〈杜甫題畫詩欣賞〉 《內蒙古大學學報》1979年第1-2期 頁96-101

韓成武：〈談杜甫詠畫題畫詩〉 《河北大學學報》1980年第4期 頁102

徐明壽：〈杜甫的題畫詩〉 《光明日報》1980年5月1日

蕭文苑：〈杜甫論畫〉 《吉林大學社會科學學報》1981年第1期 頁30

李汝倫：〈談談杜甫對於韓幹畫馬的評價〉 《草堂》1981年第2期 頁89

季壽榮：〈從杜甫的題畫詩看唐代幾位畫家的創作風貌〉 《美術研究》1981年第2期 頁86

周裕鍇：〈一洗萬古凡馬空──談杜甫詠馬詩〉 《草堂》1981年第2期 頁54

孔壽山：〈杜甫的題畫詩〉 《朵雲》1982年第1期 頁51-61

劉繼才：〈杜甫不是題畫詩的首創者──兼論題畫詩的產生與發展〉 《遼寧大學學報》1982年第2期 頁66

齊冰至：〈試論杜甫的題畫詩〉 《鹽城師專學報》1983年第2期

陳志昂：〈杜甫的詠馬詩〉 《學習與研究》1983年第11期 頁32-34

王啓興：〈論杜甫題畫詩的美學思想〉 《武漢大學學報》1984年第1期 頁53-58

鄧魁英：〈杜甫詩中的馬和鷹〉 《北京師範大學學報》1984年第3期 頁18-24

成松柳：〈杜甫題畫詩及其審美觀〉 《草堂》1985年第2期

頁52

朱縱舫：〈略論杜甫詠鷹詠馬詩〉　《草堂》1986年第1期　頁
　　　　1-8

張　晶：〈杜甫題畫詩的審美標準〉　《貴州文史叢刊》1986
　　　　年第2期　頁128-132

林春蘭：〈杜甫詠馬詩評析〉　《中國語文》第58卷第5期
　　　　（1986年5月）　頁71-79

廖慧美：〈咫尺應須論萬里——論杜甫題畫詩〉　《東海中文學
　　　　報》第8期（1988年7月）　頁117-151

田守眞：〈讀杜甫題畫詩札記〉　《杜甫研究學刊》1990年第3
　　　　期　頁39-43

范文質：〈論杜甫題畫詩的審美特徵〉　《呼蘭師專學報》
　　　　1990年2月　頁26-28

羅慷烈：〈杜甫的題畫詩〉　《明報月刊》第26卷1期（1991年
　　　　1月）　頁106-110

吳建輝：〈淺析杜甫題畫詩所追求的風骨〉　《杜甫研究叢刊》
　　　　1991年第3期　頁41-45

何根海：〈杜甫題畫詩繪畫美學思想芻探〉　《杜甫研究叢刊》
　　　　1991年第4期　頁46-50

李　栖：〈杜甫的題畫詩〉　《中國文化月刊》145期（1991年
　　　　11月）　頁94-104

李祥林：〈畫骨・傳神・寫眞——杜甫的繪畫美學形神觀〉
　　　　《杜甫研究學刊》1992年第4期　頁35-41

牟瑞平：〈以畫法爲詩法在杜甫山水景物詩中的表現二題〉
　　　　《杜甫研究學刊》1993年第2期　頁15-20

李祥林：〈杜甫對韓幹畫馬的批評之我見〉　《杜甫研究學刊》

1994年第4期　頁45-49

楊　力：〈略論杜甫題畫詩的繪畫美學思想〉　《中國韻文學刊》1997年第2期　頁99-103

張碧蓉：〈詩與畫之間：杜甫題畫詩探析〉　《臺中商專學報》第31期(1999年6月)　頁425-436

任　輝：〈論杜甫題畫詩〉《錦州師範學院學報》2001年第1期

楊學是：〈再論杜甫題畫詩〉　《西南民族大學學報》（人文社科版）第24卷第9期(2003年9月)　頁94-97

徐雪梅：〈老筆蒼勁中的靈氣飛舞——淺論杜甫的題畫馬詩〉　《內蒙古師範大學學報》（哲學社會科學版）第33卷第3期(2004年5月)　頁66-68

李百容：〈「意匠慘澹經營中」——論杜甫題畫詩審美觀中的藝術創造過程〉　《人文及社會學科教學通訊》第88期(2004年12月)　頁124-144

李百容：〈論杜甫題畫山水詩之審美意涵〉　《建中學報》第10期(2004年12月)　頁33-43

劉偉生：〈杜甫題畫詠馬詩「骨」美傾向的文化闡釋〉　《東方人文學誌》第4卷第2期(2005年6月)　頁95-106

衛　琪：〈從杜甫的題畫詩看唐代幾位畫家的創作風貌〉　《河南師範大學學報》（哲學社會科學版）第32卷第4期(2005年7月)　頁158-159

§奉先劉少府新畫山水障歌§

張成林：〈讀杜甫的一首題畫詩（〈奉先劉少府新畫山水障歌〉）〉　《黑龍江藝術》1982年第2期　頁68

孫移泰：〈畫筆驚風雨題詩泣鬼神——杜甫題畫詩「奉先劉少府

新畫山水障歌」賞析〉　《國文天地》第8卷第6期
(1992年11月)　頁63-68

張　英：〈杜甫題畫詩管窺〉　《雲南社會科學》1996年第6期
　　　頁83-86

周　瑾：〈杜甫題畫詩的法與意〉　《杜甫研究學刊》1996年
　　　第4期　頁1-86

§ 戲題王宰畫山水圖歌 §

何國治：〈「咫尺應須論萬里」──介紹杜甫「戲題王宰畫山水
　　　圖歌」〉　《學習與研究》1981年第5期　頁31

鍾　法：〈咫尺應須論萬里──讀杜甫的「戲題王宰畫山水圖
　　　歌」〉　《百花園》1982年第2期　頁63

梁鼎豫：〈讀古詩　話古圖──杜甫《戲題畫山水圖歌》賞析〉
　　　《地圖》1996年第2期

§ 丹青引贈曹將軍霸 §

李雲逸：〈談「丹青引贈曹將軍霸」〉　《西北大學學報》
　　　1980年第2期　頁47-52

何國治：〈意匠慘淡經營中──介紹杜甫「丹青引贈曹將軍霸」
　　　《學習與研究》1982年第9期　頁52-55

葛曉音：〈讀杜甫的「丹青引贈曹將軍霸」〉　《文史知識》
　　　1982年第10期　頁48

丁炳啓：〈張彥遠對杜甫的批評──讀「丹青引贈曹將軍霸」札
　　　記〉　《古典文學論叢》1983年第2期

許俊雅：〈試論杜子美「丹青引贈曹將軍霸」一詩〉　《孔孟月
　　　刊》第23卷第11期(1985年7月)　頁32-36

孟向榮：〈「幹惟畫肉不畫骨」臆解〉　《文史哲》1988年第1
　　　　期　頁62-63

郭鶴鳴：〈也談「丹青引」之韓幹畫馬〉　《國文天地》第5卷
　　　　第1期(1989年6月)　頁78-82

石守謙：〈「幹惟畫肉不畫骨」別解——兼論「感神通靈」觀在
　　　　中國畫史上的沒落〉　《藝術學》第4期(1990年3月)
　　　　頁165-192

簡恩定：〈杜甫「丹青引」論韓幹畫馬爭議述評〉　《古典文
　　　　學》第11集（臺北：臺灣學生書局，1990年12月）

李　栖：〈由杜甫的鑑賞觀看「幹惟畫肉不畫骨，忍使驊騮氣凋
　　　　喪」〉　《高雄師大學報》第3期(1992年3月)　頁
　　　　127-139

楊　力：〈略論杜甫題畫詩的繪畫美學思想〉　《中國韻文學
　　　　刊》1997年第2期　頁99-103

楊學是：〈杜甫題畫詩芻論〉　《綿陽師範高等專科學校學報》
　　　　第21卷第1期(2002年2月)　頁69-72

王秀春：〈論杜甫的題畫詩對後代題畫詩及文人畫的影響〉
　　　　《杜甫研究學刊》2002年第4期　頁19-25

徐　明：〈杜甫題畫詩的傳播學觀照〉　《河北大學學報》
　　　　2002年第4期　頁93-97

※**韓　愈**※(768-824)

陳傳興：〈「稀」望——試論韓愈「畫記」〉　《中外文學》第
　　　　16卷第12期(1988年5月)　頁136-154

川合康三：〈韓愈の文學樣式探究の試み——「畫記」分析〉
　　　　收入《終南山の變容：中唐文學論集》（東京：研文出

版社，1999 年）　頁 279-287

※白居易※（772-846）

吳士余：〈「畫竹歌」與詩評論〉　《光明日報》1980 年 12 月
　　　3 日

丸山茂：〈自照文学としての「白氏文集」──白居易の「写
　　　眞」（肖像画）〉　《日本大学人文科学研究所研究紀
　　　要》（通号 34）（1987 年）　頁 59-73

澤崎久和：〈白居易の写眞詩をめぐって〉　《福井大学教育学
　　　部紀要》第 1 部（通号 39）（1991 年）　頁 1-29

※黃　巢※（?-884）

施寶義：〈黃巢「自題像」詩辨偽〉　《讀書》1981 年第 10 期
　　　頁 154-156

※韋　莊※（836-910）

孟毓華：〈「金陵圖」與「臺城」──一首唐詩標題的質疑〉
　　　《新華日報》1980 年 7 月 6 日

※梅堯臣※（1002-1060）

李　栖：〈梅堯臣的題畫詩〉　《中國學術年刊》第 13 期（1992
　　　年 4 月）　頁 189-202

※王安石※（1021-1086）

王晉光：〈略論王安石寫景之作和題畫詩〉　收入《王安石論
　　　稿》（臺北：大安出版社，1993 年）　頁 119-134

李燕新：〈王安石題畫詩析論〉　《大同商專學報》第 11 期
　　　（1998 年 8 月）　頁 121-170

※蘇　軾※(1037-1101)

一、專　　著

蘇軾著，高畑常信譯：《東坡題跋》　東京：木耳社　1989 年
蘇軾著，屠友祥校注：《東坡題跋》　上海：上海遠東出版社
　　　1996 年
衣若芬：《蘇軾題畫文學研究》　臺北：文津出版社　1999 年

二、學位論文

謝惠芳：《蘇軾題畫文學之研究》　臺灣師範大學國文研究所碩
　　　士論文　1994 年
戴伶娟：《蘇軾題畫詩藝術技巧研究》　成功大學歷史語言研究
　　　所碩士論文　1994 年
衣若芬：《蘇軾題畫文學研究》　臺灣大學中文研究所博士論文
　　　1995 年
金想美：《蘇軾題畫詩研究》　서울（首爾）：서울大學校大學
　　　院碩士論文　1999 年
程碧珠：《蘇東坡題畫詩之隱喻學》　新竹：玄奘大學中國語文
　　　學研究所碩士論文，2005 年

三、單篇論文

朱應鵬：〈蘇軾的畫論〉　《覺悟》（藝術評論）第12卷第7、
　　　　8期，上海民國日報副刊1923年8月

橫山伊勢雄：〈蘇東坡の畫論——題畫詩を中心として〉　《研
　　　　究年報》（日本大學第三高等學校職員研究部）第11
　　　　期(1966年11月)

Chang, H. C. "Su Tung-po's Poems on Wu Tao-tsu" *Tamkang*
　　　　Review Volume 1 Number 1, April 1970 pp.15-28

花　　庵：〈蘇東坡論文同畫竹〉　《古今談》第90期(1972年
　　　　10月)　頁31

馬增鴻：〈批判蘇軾的文人畫理論〉　《美術學報》1975年第1
　　　　期)

江正誠：〈蘇軾的國畫及其畫論（上）〉　《藝文誌》第132期
　　　　(1976年9月)　頁54-58

江正誠：〈蘇軾的國畫及其畫論（下）〉　《藝文誌》第133期
　　　　(1976年10月)　頁57-61

戴麗珠：〈蘇東坡與詩畫合一之研究〉　《國立臺灣師範大學國
　　　　文研究所集刊》第20期(1976年6月)　頁929-1040

王　　遜（遺作）：〈蘇軾和宋代文人畫〉　《美術研究》1979
　　　　年第1期　頁60-63

俞劍華：〈「傳神記」注釋〉　《南藝學報》1979年第1期

傅經順：〈蘇軾改「蝸牛」〉　《河北日報》1979年9月23日

闇室說詩：〈蘇軾題「楊妃痛齒圖」〉　《星星》1980年第2期
　　　　頁95

聞　虞：〈蘇軾「李覃六馬圖贊」譯解〉　《語文戰線》1980
　　　　年第4期

彭　駿：〈從「先得成竹」談起──讀蘇軾的一則畫論〉　《廣
　　　　州文藝》1980年第8期　頁58-60

顏中其：〈蘇軾論畫〉　《學術月刊》1980年第11期　頁73-76

徐中玉：〈關於蘇軾的一首論詩論畫詩〉　收入《論蘇軾的創作
　　　　經驗》（上海：華東師範大學出版社，1981年）

劉逸生：〈畫意詩心兩輝映（蘇詩〈書李世南所畫秋景〉）〉
　　　　《光明日報》1981年10月25日

孫　克：〈詩畫本一律，天工與清新──蘇軾藝術觀的再認識〉
　　　　《美術研究》1982年第1期　頁74-77

徐書城：〈蘇東坡作畫與論畫〉　《美術史論叢刊》1982年第2
　　　　期　頁83-104

郎紹君：〈早期文人寫意三題──兼談蘇軾的繪畫美學思想〉
　　　　《文藝研究》1982年第3期　頁115-125

孫　民：〈依畫翻新意，詩抒畫外情──蘇軾詠畫題畫詩賞析〉
　　　　《社會科學輯刊》1982年第3期　頁159-160

項郁才：〈論蘇軾詠畫詩〉　《黃石師院學報》1982年第4期
　　　　頁66

洪毅然：〈替蘇東坡論畫詩翻案（〈書鄢陵王主簿所畫折枝二
　　　　首〉）〉　《活頁文史論叢》139期(1982年5月)

周義敢：〈蘇軾的題畫詩〉　收入蘇軾研究學會編：《東坡詩論
　　　　叢》（成都：四川人民出版社，1983年）　頁75-87

葛　路：〈蘇軾論畫像與畫竹〉　收入《美學文獻》第一輯（北
　　　　京：書目文獻出版社，1984年）

張忠全：〈蘇軾的題畫詩〉　《四川師院學報》1984年第4期

頁 89-94

吳枝培：〈讀蘇軾的題畫詩〉 《古代文學理論研究》第9輯
（1984年4月） 頁 192-207

林從龍、范炯：〈略論蘇軾題畫詩〉 《江海學刊》1985年第1
期 頁 48-51

張志烈：〈從論畫四記看蘇軾藝術認識的發展〉 收入蘇軾研究
學會編：《東坡文論叢》（成都：四川文藝出版社，
1986年） 頁 122-136

郭雋杰：〈蘇軾題跋淺探〉 收入蘇軾研究學會編：《東坡文論
叢》（成都：四川文藝出版社，1986年） 頁 71-79

湯炳能：〈論蘇軾題畫詩的豐富想像〉 《學術論壇》1987年
第2期 頁 49-52

梁大和：〈蘇軾題畫詩初探〉 《惠陽師專學報》1991年第2期

長尾秀則：〈蘇東坡「題跋」小考〉 《國學院大學大學院文學
研究科論集》第17期(1991年) 頁 39-47

張子良：〈試論東坡題畫詩的藝術成就〉 臺北市立美術館主辦
「東方美學與現代美術」研討會論文 1992年4月 頁
195-206

塚本宏：〈「東坡題跋」卷四に於ける二王の存在に關する考察
（上）〉 《和洋女子大學紀要》第32期(1992年3月)
頁 37-57

塚本宏：〈「東坡題跋」卷四に於ける二王の存在に關する考察
（中）〉 《和洋女子大學紀要》第33期(1993年3月)
頁 1-21

塚本宏：〈「東坡題跋」卷四に於ける二王の存在に關する考察
（下）〉 《和洋女子大學紀要》34期(1994年3月)

頁1-24

伊藤忠綱：〈題跋‧題畫詩よりみた蘇軾の繪畫〉　《二松學舍大學大學院紀要》第11卷(1997年)　頁284-304

豐福健二：〈蘇軾の題跋と『東坡外集』〉　《中國學論集：古田教授頌壽記念》(東京：汲古書院，1997年)

相川政行，加藤泰弘：〈東坡題跋の研究──「跋黃魯直草書」の解釋の問題を中心として〉　《東京学芸大学紀要》第49期(1997年10月)　頁223-231

張寶石：〈論蘇軾的題畫詩〉　《北京教育學院學報》1999年第4期　頁28-31

高畑常信：〈文同の思想と墨竹‧東坡題跋〉　《東京学芸大学紀要》第51期(2000年2月)　頁151-183

魏景波：〈東坡題跋思想藝術淺論〉　《陝西教育學院學報》2001年第1期　頁49-51；88

陳永紹：〈論蘇軾「書鄢陵王主簿所畫折枝二首之一」詩畫關係〉　《藝術論衡》第7期(2001年12月)　頁27-36

陳春艷：〈試論蘇軾題畫詩的寫意性〉　《廣東廣播電視大學學報》2002年第3期　頁59-64

黃　海：〈人言一點紅　解寄無邊春──蘇軾題畫詩解讀〉《五邑大學學報》第5卷第1期(2003年2月)　頁36-39+44

陳才智：〈蘇軾題畫詩述論〉　《樂山師範學院學報》第19卷第6期(2004年6月)　頁1-7

§惠崇春江晚景§

黃　雨：〈春江水暖誰先知〉　《南方日報》1978年9月24日

寇宗基、馬酒驪：〈春江水暖鴨先知——古詩名句漫談〉　《山西日報》1979年12月13日

王水照：〈生活的真實與藝術的真實——從蘇軾「惠崇春江曉景」談起〉　《文學遺產》1981年第2期，後收入《唐宋文學論集》（濟南：齊書社，1984年）　頁326-336

項郁才：〈詩如見畫，畫外生發——談蘇軾題畫詩「惠崇春江曉景」〉　《黃石師院學報》1981年第4期

鍾尚鈞：〈畫境優美，詩意盎然——蘇軾「惠崇春江晚景」賞析〉　《語文教學之友》1982年第4期

陳志明：〈「惠崇春江晚景」賞析〉　《教學通訊》1983年第2期

徐榮街：〈詩入眼底畫卷開——蘇軾「惠崇春江晚景」簡說〉　《語文教研》1983年第3期

李揚勇：〈試析蘇軾的題畫詩「惠崇春江晚景」〉　《語文教學與研究》1983年第4期

魏怡、嗜文：〈蘇軾「惠崇春江晚景」賞析〉　《北京師範大學學報》1983年第3期　頁95-96

紀作亮：〈蘇軾「惠崇春江晚景」解說〉　《語文教學之友》1983年第5期

丁長和：〈讀蘇軾「惠崇春江晚景」〉　《語文教學與研究》1983年第6期

洪　橋：〈蘇軾的「惠崇春江晚景二首」〉　《文教資料簡報》1983年第6期　頁88-90

葉水濤：〈「春江晚景」賞析〉　《中學語文》1983年第6期　頁21

§書王定國所藏煙江疊嶂圖§

聞　虞：〈收束與展拓──說蘇軾「書王定國所藏煙江疊嶂圖」
　　　　詩〉　《語文戰線》1981年第11期

鍾銀蘭：〈對王詵水墨「煙江疊嶂圖」及蘇、王唱和詩的再認
　　　　識〉　《上海博物館集刊》第7期(1996年)　頁175-195

姜斐德 (Alfreda Murck)：〈蘇軾題王晉卿「煙江疊嶂圖」〉，
　　　　中過諸城市委會、諸城市人民政府，中國蘇軾研究學會
　　　　編：《中國第十屆蘇軾研究會論文集》（濟南：齊魯書
　　　　社，1999年)　　頁404-412

※蘇　轍※ (1039-1112)

衣若芬：〈蘇轍「韓幹三馬」及其次韻詩〉　《宋代文學研究叢
　　　　刊》第3期(1997年9月)　頁315-329。

林秀珍：〈蘇轍題畫詩研究〉　《中國古典文學研究》第7期
　　　　(2002年6月)　頁1-30

※黃庭堅※ (1045-1105)

一、學位論文

翁曉瑜：《黃庭堅題畫詩研究》　成都：四川大學碩士論文，
　　　　2003年

二、單篇論文

大野修作：〈黃庭堅詩における“もの”による思考──格物と

題畫詩〉　《鹿兒島大學教養部文科報告》17-1(1982
年9月)　頁29-46

陳新璋：〈一首形神兼備的題畫詩──黃庭堅「題竹石牧牛」賞
析〉　《廣州文藝》1983年第12期　頁59-60

中村茂夫著，劉曉路譯：〈黃庭堅論繪畫〉　《美術史論》
1984年第3期　頁47-62

傅秋爽：〈試論黃庭堅題畫詩的藝術特色〉　《河北學刊》
1986年第3期　頁95-99

祝振玉：〈發明妙慧，筆補造化──黃庭堅題畫詩略論〉　《上
海師範大學學報》1988年第1期　頁23-27

鄭相泓：〈黃山谷의題画詩小攷〉　《中國文學研究》第6期
(1988年)　頁111-137

閔定慶：〈黃庭堅與古文獻──讀《山谷題跋》〉　《九江師專
學報》1989年第4期

余　悅：〈黃庭堅畫論發微〉　　江西省文學藝術研究所編：
《黃庭堅研究論文集》（南昌：江西人民出版社，
1989年)　頁37-51

鍾聖生：〈黃山谷與他的題畫詩〉　《江西師大學報》第27卷
第1期(1994年3月)　頁45-47；44

塚本宏：〈「山谷題跋」卷四に於ける二王の存在に關する考察
（上）〉　《和洋女子大学紀要》第36期(1995年3月)
頁37-57

塚本宏：〈「山谷題跋」卷四に於ける二王の存在に關する考察
（下）〉　《和洋女子大学紀要》第36期(1996年3月)
頁31-47

李嘉瑜：〈黃庭堅題竹畫詩之審美意識〉　《中山人文學報》第

7期（1998年8月）　頁79-100

吳　畏：〈漫談黃庭堅題畫詩的文藝評論特點〉　《貴州工業大
　　　　學學報》（社會科學版）第6卷第1期（2004年2月）
　　　　頁97-100

※**趙　佶**※ (1082-1135)

吳企明：〈論趙佶題畫詩的美學價值和藝術淵源〉　《蘇州大學
　　　　學報》1995年第2期　頁51-54

※**陸　游**※ (1125-1210)

沈宗威：〈讀陸放翁題跋札記〉　《中華文史論叢》1979年第3
　　　　輯　頁214

※**范成大**※ (1126-1193)

馮幼衡：〈從「西塞漁社圖」的題跋看李結生平與南宋士大夫的
　　　　書法〉　《故宮學術季刊》第17卷第2期（1999年12月）
　　　　　頁65-122+左4-5

※**朱　熹**※ (1130-1200)

王利民：〈朱熹題畫詩論析〉　《孔孟學報》第80期（2002年9
　　　　月）　頁181-194

※**劉克莊**※ (1187-1269)

王述堯：〈劉后村題畫詩論略〉　《鹽城師範學院學報》（人文
　　　　社會科學版）第24卷第2期（2004年5月）　頁55-58

※元好問※ (1190-1257)

門　巋：〈一片傷心畫不成——論元好問的題畫詩〉　《文學遺
　　　　產》1990年第4期　頁65-70

李　栖：〈元好問的題畫詩〉　《宋代文學研究叢刊》第2期
　　　　（1996年9月）　頁71-89

鍾碧蘭：〈元好問的題畫詩〉　《屏東師院學報》第12期（1999
　　　　年6月）　頁157-171

※吳　澄※ (1249-1333)

王素美：〈論元人吳澄題畫詩的特點〉　《河北師範大學學報》
　　　　2000年第4期

※趙孟頫※ (1254-1322)

邵宏、嚴善錞：〈趙孟頫「題畫詩」英譯辨析〉　《趙孟頫研究
　　　　論文集》（上海：上海書畫出版社，1995年）　頁532-
　　　　543

邵　宏：〈書畫的「同源」與「同法」——從趙孟頫題畫詩的英
　　　　譯談起〉　《新美術》2005年第1期　頁37-42

※鄧文原※ (1258-1328)

夏　琴：〈鄧文原題畫詩略論〉　《社會科學研究》2000年第1期

※黃公望※ (1269-1354)

侗　慶：〈黃公望題畫詩簡析〉　《蘇州大學學報》1985年第4
　　　　期　頁92-95

徐小虎：〈再探黃公望「富春山居圖卷」「無用師本」上沈周題

跋之眞僞：鑑定方法上的若干問題〉　《臺灣美術》第
53期(2003年7月)　頁84-98

※吳　鎮※ (1280-1354)

王次澄：〈吳鎮題畫詩初探〉　《中國古典文學研究》第2期
　　　　(1999年12月)　頁135-166
王雪吟：《吳鎮題畫文學研究》　臺北市立師範學院應用語言文
　　　　學研究所碩士論文　2003年

※李士行※ (1283-1328)

何傳馨：〈元代書畫題詠文化——以李士行「江鄉秋晚」卷爲
　　　　例〉　《故宮學術季刊》第19卷第4期(2002年夏)
　　　　頁11-40+170

※王　冕※ (1287-1359)

牛孺子：〈王冕的墨梅詩〉　《文匯報》1960年12月26日(上海)

※倪　瓚※ (1301-1374)

蔣翔宇：《倪瓚題畫詩研究》　逢甲大學中文研究所碩士論文
　　　　1995年
李　艷：〈淺談倪瓚的題畫詩〉　《殷都學刊》2000年第2期
婁　瑋：〈倪瓚《水竹居圖》題跋考〉　《中國歷史文物》2003
　　　　年第6期　頁76-82

※王　蒙※ (1308-1385)

謝世英：〈王蒙之「葛稚川移居圖」——主題，題款及風格〉

《國立歷史博物館學報》第5期(1997年6月)   頁89-
106

※**貝　瓊**※ (?-1379)
林美蘭：〈貝瓊的題畫詩──「桃花源」、「瀟湘」的象徵〉
《中山中文學刊》第2期(1996年6月)   頁83-98

※**王　紱**※ (1362-1416)
劉文叢：《王紱題畫詩研究》　臺北市立師範學院應用語言文學
研究所碩士論文　2002年

※**沈　周**※ (1427-1509)
費　泳：〈論「富春山居圖」沈周題跋之眞僞〉　《故宮文物月
刊》第18卷第3期(2000年6月)   頁62-67
游美玲：《沈周題畫詩研究》　臺北：臺北市立師範學院應用語
言文學研究所碩士論文　2004年

※**唐　寅**※ (1470-1523)
趙　盟：〈讀詩如見畫的題畫絕唱──賞析唐寅的一首《題畫
詩》〉　《中國校園文學》2004年第5期　頁115-116

※**文徵明**※ (1470-1559)
許淑美：《文徵明題畫文學研究》　臺北：臺北市立師範學院應
用語言文學研究所碩士論文　2005年

※**徐　渭**※ (1521-1593)

一、學位論文

黃秋薇：《徐渭題畫文學之繪畫理念研究》　屏東師範學院國民
　　　教育研究所碩士論文　2003年

二、單篇論文

于占德：〈徐渭題畫詩及其藝術個性表現淺論〉　《齊魯藝苑》
　　　2004年第1期　頁36-44
黃秋薇：〈徐渭題畫文學中之繪畫理念〉　《屏東師院學報》第
　　　20期(2004年3月)　頁463-479
于占德：〈獨立書齋嘯晚風──徐渭題畫詩的個性表現〉　《美
　　　術嚮導》2004年第2期　頁35-39
于占德：〈獨立書齋嘯晚風──淺析徐渭幾首題畫詩看個性表
　　　現〉　《美術》2004年第5期　頁82-83

※李　贄※ (1527-1602)
王伯敏：〈儒家文人畫必須批判──讀李贄論畫札記〉　《美術
　　　學報》1975年第1期

※李漁※ (1610-約1680)
高文彥：〈李漁題畫詩析論〉　《東方人文學誌》第3卷第2期
　　　(2004年6月)　頁153-168

※**陳維崧**※ (1625-1682)

周絢隆：〈實用性原則的遵循與背叛——陳維崧題畫詞的文本解
讀〉 《首都師範大學學報》2000年第6期 頁79-86

※**石　濤**※ (1630-1707)

王方宇：〈詩與畫——石濤的題畫詩和詩意圖〉 《大成》第
126期(1984年5月) 頁11-16

朱書萱：〈石濤山水題畫詩中的情與理〉 《故宮文物月刊》第
16卷第4期(1998年7月) 頁118-133

陳慧霞：〈由視覺藝術創作理念中見時間性、空間性之表現——
以石濤畫語錄、題畫詩跋爲例〉 《康寧雜誌》第15
期(2002年4月) 頁25-32

洪倩芬：《石濤山水題畫文學研究》 臺北市立師範學院應用語
言文學研究所碩士論文 2002年

※**惲壽平**※ (1633-1690)

張　瑗：〈傳丹青之妙筆，寓象外之奧旨——簡評惲南田的題畫
詩〉 《南京師大學報》1988年第2期 頁58-62

※**王士禎**※ (1634-1711)

王利民：〈論王士禎的題畫詩〉 《古今文藝》25卷4期(1999
年8月) 頁26-31

琴知雅：〈王士禎 의 題画詩 를 통해 본 ‘神韻’의韻致〉
《中國學論叢》11卷1期(2001年) 頁281-305

※高其佩※ (1660-1734)

李　德：〈高其佩的題畫詩〉　《社會科學輯刊》1986 年第 5 期
　　　　　頁 105-108

※岳　端※ (1671-1704)

張菊玲：〈清初宗室詩人岳端的題畫詩〉　《民族文學研究》第
　　　　　3 期(1992 年 7 月)　頁 20-25；32

※金　農※ (1687-1764)

源川彥峰：〈題画記から見た金冬心の芸術論〉　《二松学舍大
　　　　　学人文論叢》65 期(2000 年 10 月)　頁 199-219
金聖容：《金農題畫文學研究》　臺中：逢甲大學中國文學研究
　　　　　所碩士論文　2003 年

※鄭　燮※ (1693 -1765)

一、學位論文

衣若芬：《鄭板橋題畫文學研究》　臺灣大學中文研究所碩士論
　　　　　文　1990 年

二、單篇論文

潘　茂：〈鄭板橋題畫〉　《文匯報》1961 年 11 月 23 日（上
　　　　　海）
金曉東：〈細察・凝思・妙──讀鄭板橋題畫竹有感〉　《文匯

報》1978年11月5日

洪　達：〈讀鄭板橋的題竹詩〉　《南方日報》1979年1月7日

沈　西：〈讀「題竹」〉　《布穀鳥》1980年第5期

何早梅：〈鄭板橋的題畫詩〉　《新華日報》1980年12月21日

張　薔：〈鄭板橋畫竹與詠竹〉　《南藝學報》1981年第2期
　　　　頁19-20

何浩坤：〈鄭板橋的題竹詩〉　《廣州日報》1981年11月1日

勵藝夫：〈咬定青山不放鬆〉　《智慧樹》1981年第6期

李　栖：〈鄭板橋的題畫詩〉　《藝文誌》第203期(1982年8
　　　　月)　頁55-59

卞孝萱：〈「板橋題畫」非鄭燮所編刻印〉　《社會科學戰線》
　　　　1983年第3期　頁314-319

曹智平：〈鄭板橋的題竹畫詩〉　《藝譚》1983年第3期

衣若芬：〈鄭板橋的題畫藝術初探〉　《國立編譯館館刊》第
　　　　18卷第1期(1989年6月)　頁303-318

姜一涵：〈論鄭板橋的蘭竹畫及其題畫詩〉　《美育》第32期
　　　　(1993年2月)　頁1-10

江根源：〈適性率眞　風流千古——淺論鄭板橋題畫之美學價
　　　　值〉　《浙江師大學報》1995年第2期　頁24-28

路景雲：〈鄭燮題畫詩文淺識〉　《河北師範大學學報》第18
　　　　卷第4期(1995年10月)　頁67-72

林　同：〈鄭板橋的題畫詩〉　《新疆大學學報》1996年第1期

廣　華：〈鄭燮《題畫竹》一解〉　《新鄉師範高等專科學校學
　　　　報》1997年第1期　頁27-28

楊振宇：〈通往圖像的途中——對鄭板橋一則題畫的現象學描
　　　　述〉　《新美術》2003年第1期　頁55-60

林柏峰：〈論鄭板橋繪畫題跋〉　《運城學院學報》第21卷第2
　　　　期(2003年4月)　頁59-61

沈鴻鑫：〈鄭板橋的題畫〉　《上海藝術家》2004年第1期　頁
　　　　40-41

源川彥峰：〈鄭板橋の藝術——題画詩に込められた哲学〉
　　　　《二松学舍大学論集》第47期(2004年)　頁247-278

李　榮：〈試論藝術創作的過程——讀鄭板橋為《竹》「題畫」
　　　　有感〉　《藝術教育》2004年第6期　頁75

※**清高宗**※(1711-1799)

李霖燦：〈清高宗的題畫詩〉　《故宮季刊》第6卷第4期
　　　　(1972年)　頁11-22

孫　瑜：〈乾隆皇帝題畫詩面面觀〉　《南京藝術學院學報》
　　　　1994年第4期　頁19-24

覃瑞南：〈清高宗書畫題跋之研究〉　《臺南家專學報》第16
　　　　期(1997年6月)頁277-286

※**曹雪芹**※(1717-1763)

吳曉鈴：〈試揭所謂曹雪芹佚詩《自題畫石》之謎幷以「回向」
　　　　故吳恩裕先生〉《上海師範學院學報》1983年第1期
　　　　頁50-52

※**戴　熙**※(1752- 1819)

鄧喬彬：〈論戴熙的《習苦齋題畫》〉　《杭州師範學院學報》
　　　　2000年第1期

※改　琦※ (1774-1829)

陳富華：〈淺論清代少數民族詞人改琦的題畫詞〉　《新疆大學
　　　學報》1994年第2期　頁84-88

※洪秀全※ (1814-1864)

陳周棠、張運賢、林鴻璦：〈淺談洪秀全題洪英綸夫婦畫像詩的
　　　來歷與史料價值〉　《學術研究》1979年第6期　頁
　　　23-25

※施瓊芳※ (1815-1868)

余育婷：〈施瓊芳題畫詩探析〉　《東方人文學誌》第4卷第2
　　　期(2005年6月)　頁197-212

※蔣春霖※ (1818-1868)

黃嫣梨：〈蔣春霖「題畫詩」人物考略〉　《明報月刊》第26
　　　卷第9期(1991年9月)　頁98-99

※吳昌碩※ (1844-1927)

吳俊卿：《吳昌碩題畫》　香港：中國印書館　1976年

光　一：《吳昌碩題畫詩箋評》　杭州：浙江人民出版社，
　　　2003年

※沈曾植※ (1850-1922)

菅野智明：〈「寐叟題跋」の書法〉　《福島大学教育学部論
　　　集》第61期(1996年12月)　頁15-32

菅野智明：〈「寐叟題跋」の款印〉　《福島大学教育学部論

集》第62期(1997年6月)　頁19-35

※**齊白石**※(1863-1957)

一、專　　著

齊白石、澍群：《齊白石題畫詩選注》　長沙：湖南美術出版社
　　1987年

二、單篇論文

澍　群：〈齊白石題畫詩評介〉　《中國美術》第60期(1997年
　　6月)　頁34-37
熊宜敬：〈畫遍天地萬物・寫盡人世千般──齊白石題畫詩跋意
　　味深長〉　《典藏古美術》第117期(2002年6月)　頁
　　92-97

※**黃賓虹**※(1865-1955)

錢學文：《黃賓虹題畫墨迹》　上海：上海人民美術出版社，
　　1996年
孔　錦：〈黃賓虹題畫跋佚文述評〉　《南京藝術學院學報》
　　(美術與設計版)2005年第2期　頁95-100

※**梁啓超**※(1873-1929)

冀亞平、賈雙喜等編：《梁啓超題跋墨蹟書法集》　北京：榮寶
　　齋　1995年

※**張宗祥**※ (1882-1965)

張宗祥：《張宗祥題畫詩墨迹》　杭州：浙江人民美術出版社
　　　1997年

※**李炳南**※ (1890-1986)

李炳南老居士全集編輯委員會編：《雪廬老人題畫遺墨》　臺
　　　中：青蓮出版社　1997年

※**郭沫若**※ (1892-1978)

郭平英主編：《郭沫若題畫詩存》　太原：山西教育出版社
　　　1997年

※**潘玉良**※ (1895-1977)

魏宏偉：〈陳獨秀爲潘玉良畫作題跋〉　《檔案與史學》2003
　　　年第6期　頁72

※**劉海粟**※ (1896-1952)

白　堅：〈詩書畫交融幷美的光輝典範──簡論劉海粟的題畫藝
　　　術〉　《南京藝術學院學報》1994年第3期　頁40-43

※**溥心畬**※ (1896-1963)

王瓊馨：〈舊王孫的人格象徵──溥心畬詠松題畫詩試探〉　建
　　　國學報第21期(2002年7月)　頁67-74

※**黃君璧**※ (1898-1991)

《黃君璧山水畫册當代名家題詞》　臺北：白雲堂　1973年

黃君璧繪著，劉墉主編：《黃君璧題畫詩》　臺北：編者自印
　　　1988年

※**嚴蒼山**※(1898-1968)
嚴壽釗：〈崎嶇攀峻岭　曲折涉高臺——嚴蒼山題畫詩賞析〉
　　　《上海中醫藥大學學報》2001年第2期　頁36-37

※**劉延濤**※(1898-1999)
溫庸之、潘瓊竹：〈劉延濤先生題畫詩鈔〉　《美術學報》第
　　　25卷第26期(1992年3月)　頁4743-4761

※**張大千**※(1899-1983)
周棄子：〈張大千題畫詩〉　《藝文誌》第1期(1965年10月)
　　　頁44-45

※**柳子谷**※(1901-1986)
王向峰：〈畫外心音——讀柳子谷先生的題畫詩〉　《齊魯藝
　　　院》1996年第2期　頁6；10

※**傅抱石**※(1904-1965)
歐陽摩一：〈論傅抱石的款題藝術〉　《東南文化》2003年07
　　　期　頁76-84

※**李可染**※(1907-1989)
王樹春：〈李可染先生題款藝術〉　《美術嚮導》1997年03期
　　　頁46-48

※啓　功※ (1912-2005)

啓　功：《啓功題畫詩墨跡選》　北京：北京師範大學出版社
　　　2004年

※吳萬谷※ (1914-)

吳萬谷：《吳萬谷題畫詩》　臺北：正中書局　1981年

※饒宗頤※ (1917-)

饒宗頤：《選堂書畫題跋集》　臺北：新文豐出版社　2003年

※汪曾祺※ (1920-1997)

馬　莉：〈汪曾祺的四首題畫詩〉　《語文知識》2005年第10
　　　期　頁6

※王伯敏※ (1924-)

毛建波：〈淡語蘊奇自不凡──王伯敏先生題畫淺識〉　《浙江
　　　藝術職業學院學報》第2卷第2期（2004年6月）　頁
　　　16-21

※歐豪年※ (1935-)

李銘宗：〈論歐豪年先生題畫詩〉　《現代美術》第61期（1995
　　　年8月）　頁72-78

※張紉詩※ (?-1972)

張紉詩：《張紉詩題畫詩集》　香港：志豪出版社　1970年

※陳國釗※

陳國釗：《陳國釗題畫詩稿》　武漢：湖北美術出版社　　1997年

蝙蝠之歌——再版雜言

　　《觀看‧敘述‧審美──唐宋題畫文學論集》於二〇〇四年
六月初版，如今即將再版。感謝讀者對於本書的關注，以及對於
「題畫文學」的興趣。本書再版的過程中，文哲所的詹巧燕小姐
和助理葉建昭先生給予了極大的協助，謹此致謝。爲了繼續與學
術界的同好共享題畫文學的研究資訊，再版本中的〈題畫文學論
著知見錄〉部分，作了大量的增補，並且延伸至二〇〇五年。
〈題畫文學論著知見錄〉難以臻及全備，敬請讀者諒解。

　　我所任職的中研院文哲所，提供了非常自由開放的研究環境
與風氣。我的視野，由於有來自不同學科背景的同仁鼓勵與激
盪，而更爲勇於接受新知識、新挑戰。令我敬重的文哲所師長和
同仁，讓我對以學術研究爲職志的專業精神感同身受，獲益良
多，是所幸甚。《觀看‧敘述‧審美──唐宋題畫文學論集》能
在文哲所出版，自有我沾文哲所之光的小小榮耀之心。

　　本書初次出版之後，日本大阪大學淺見洋二教授撰寫了書
評 ①。十分感謝淺見教授的指教，淺見教授在書評中引述了興
膳宏、小尾郊一、維根斯坦 (Ludwig Wittgenstein)，以及
W.J.T. Mitchell 等諸位先生關於詩歌與繪畫（映像、圖像）關
係的看法，提出了「爲繪畫所囚禁的詩」與「爲詩所囚禁的繪
畫」的觀念，主張「詩就是詩，不是繪畫」（反之亦然）。淺
見教授說：

> 關於這種「爲繪畫所囚禁的詩」的問題，衣若芬的《觀看‧
> 敘述‧審美──唐宋題畫文學論集》並未直接告知我們明確
> 的答案。在衣氏著作的問題設定中似乎原本就未包括這一問

---

① 見中國文學會，京都大學文學部中國語學中國文學研究室編：《中國文學報》69
　期 (2005 年 4 月)，頁 201-214。

題。然而，通過受到本書的啓發，筆者重新認識到：詩爲繪
畫所囚禁，這是很明確的。但從另一面來看，實際上繪畫也
是爲詩所囚禁的。

　　誠如淺見教授所言，本書並未對詩與畫的關係多所著墨，倒
是筆者的碩士論文《鄭板橋題畫文學研究》粗略觸及。談到詩與
畫的關係，錢鍾書先生〈中國詩與中國畫〉的宏文長久被奉爲圭
臬，近年來出現了反思的聲浪。從資料中得知，錢先生曾經於一
九四八年四月一日蒞臨臺灣大學演講，講題正是「中國詩與中國
畫」。我也向上海復旦大學的王水照先生求證過，我們在臺灣大
學讀書期間聽老師說過，錢先生打算答應傅斯年先生之敦聘，執
教於臺灣大學。可惜時勢突變，兩岸阻絕，終於未能成行。如果
錢先生眞的能夠任教臺大，中國詩歌與繪畫的關係問題是否能夠
早日在臺灣展開充分的討論？

　　空想歸空想，不過顯示我對於闡析詩歌與繪畫的關係問題還
沒有充分的，足以續貂錢先生的見解。順著淺見教授詩與畫彼此
「囚禁」的概念想，是誰讓兩者「囚禁」？「囚禁」的結果又是
什麼？

　　我以爲，題畫文學是詩與畫結合而誕生的「混血兒」，爲這
樣的「混血兒」尋求一張合格合法的「身分證」，是十餘年來，
我所全心全力投注的工作。詩與畫「結合」的想法，和淺見教授
說的詩與畫彼此「囚禁」並不衝突。題畫詩可能爲繪畫所「囚
禁」，因爲身體裏便帶有繪畫的因子，擺脫不了。但是我也贊同
淺見教授指出的：「詩就是詩，不是繪畫」，題畫文學研究不是
爲了重彈「詩畫一律」的老調。詩與畫，各自有其獨特的藝術性
質與表現形態，題畫詩，只是偶然邂逅美麗的心印足跡。

　　題畫文學書寫觀覽圖畫的視覺經驗，以文字表達，形諸於詩、詞、曲、文等等文學類型，作爲一種文學作品，自然無庸置疑。然而，題畫文學作者的所見所思，因爲有了繪畫爲寫作的前提，必然無法完全離開繪畫所賦予的感官印象。作者所抒發的情感、思維、藝術理念，也必然無法完全擺脫畫作的繪製體系、使用脈絡，以及藝文氛圍。因此我嘗試汲取文學和藝術史雙方的研究方法，希望能夠適切地體會作者眼中所看見的繪畫景象，經由作者之眼而達至畫家之眼，具有更寬廣的，通往審美境界的視域。

　　我是個成長於臺北的城市佬，有限的鄉土經驗，是在家母位於彰化的娘家老宅中度過的漫長暑假。黃昏時分，三合院鄰近院口的龍眼樹上，總會啪啪地飛出黑色的鳥。後來我才知道，那是蝙蝠，而且牠們的窩巢並不在龍眼樹。但是，爲什麼我一仰頭，牠們就從龍眼樹上飛下來呢？

　　伊索寓言裏的蝙蝠，被問到是鳥類還是獸類的身份問題。

　　爲「題畫文學」說明定位時，我的腦海中，經常浮現一仰頭，蝙蝠從龍眼樹上飛下的黃昏印象。

　　科學家告訴我們：蝙蝠是會飛的哺乳動物。科學家也透過儀器觀察發現，蝙蝠利用飛行時發出的超聲波「回聲定位」。

　　爲了確認自我與他者（目標）的位置，蝙蝠必須不斷地發出聲音，並且接收回響。即使我們人類的耳朵聽不見，蝙蝠之歌，仍然在翱翔之際，散放於天空。

衣若芬 書於文哲所
2005年12月

中央研究院　中國文哲研究所　中國文哲專刊㉘

觀看・敘述・審美
唐宋題畫文學論集

Observation, Description, Appreciation:
Studies of Tang-Song Writings on Painting

著　　者	衣若芬(I Lo-fen)	
發 行 者	中央研究院　中國文哲研究所	
	臺北市南港區研究院路 2 段 128 號	
	電話：(02) 27883620	
	網址：http://www.litphil.sinica.edu.tw	
排版印刷	久忠實業有限公司	
	新北市三重區成功路 41 巷 11 弄 6 號	
	電話：(02) 29771062	
定　　價	新臺幣 350 元	
初　　版	2004 年 6 月	
再　　版	2005 年 12 月	
三　　刷	2014 年 2 月	

GPN　1009301705
ISBN　957-01-7419-6

國家圖書館出版品預行編目資料

觀看・敘述・審美——唐宋題畫文學論集

衣若芬著　　初版

臺北市：中央研究院　中國文哲研究所　民 93(2004)

面；　公分　（中國文哲專刊；28）

參考書目：面

ISBN 957-01-7419-6（平裝）

1. 中國詩 - 歷史 - 唐 (618-907)

2. 中國詩 - 歷史 - 宋 (960-1279)

3. 中國詩 - 評論

820.9104　　　　　　　　　　　　　93009353